Der Gedanke

Anouk S.

Der Gedanke

Drei Erzählungen

ANAIS

Ich danke Anna, Annemarie,
Cäsar, Conny und Ferdinand

INHALT

Stahl auf der Haut

1. Kapitel

Exposition

Fräulein S. zündet sich eine Zigarette an. Ihre Lippen schließen sich um den Filter. Sie inhaliert tief. Der Lippenstift hinterlässt seinen Abdruck auf dem gelben Zigarettenpapier. Es ist nicht so, dass sie ihrer Sucht nicht hätte abschwören können, sie will es schlicht nicht. Ihrer jungen Freundin Antonia hingegen verbietet sie den Konsum von Nikotin mit Pedanterie. Der Gestank widert sie an – wenn er an anderen Menschen haftet. An Antonia hat alles rein zu sein. Vielleicht ist sie die abgespaltene Inkarnation ihrer eigenen, besseren Seiten? Doch für Philosophie ist dieser Zeitpunkt definitiv der falsche: Mit breiten Ledermanschetten um die Fußgelenke hängt Tonis Körper kopfüber von dicken Haken in der massiven Decke. Ein seltener und kostbarer Anblick. Die junge Frau trägt eine dunkle Augenbinde, und so ist sich Fräulein S. nicht sicher, ob Antonia das Hinzutreten einer weiteren Zuschauerin bemerkt haben kann. Leise hat sich soeben Fräulein Wiesengrund neben ihre grausame Freundin gestellt, um sich mit ihr gemeinsam an der Betrachtung des vollkommen ausgelieferten Körpers zu erfreuen.

Antonias Leib zeigt die Stigmata vergangener Ereignisse: Die violetten Striemen stammen noch von letzter Woche. *So lange ist es bereits her*, denkt Fräulein S., *und dafür sieht das noch recht drastisch aus*. Das hätte sie ihrer Sklavin gegenüber natürlich nie verlauten lassen. Zumindest wäre jetzt jede Stimulation – und sei sie noch so sanft – zu viel. Trotz verbundener Augen spiegelt Antonias Gesichtsausdruck die prekäre Positionierung ihres Körpers. Bald würde Fräulein S. das lebende Kunstwerk zerstören und das Mädchen befreien müssen.

Es ist paradox: In den Momenten, die für ihren Leib die höchste Anspannung bedeuten, fühlt Antonia stets, wie aus ihrem Inneren jegliche Versteifung weicht und sich ihr Geist mit einer geradezu meditativen Ruhe ausfüllt. Sie ist dann so mit dem Vollzug der ansonsten selbstverständlichen, automatisch ablaufenden körperlichen Grundfunktionen beschäftigt – Atmen etwa oder Schlucken –, dass aller Alltagsdruck von ihr abfällt und sie zu einem Zustand vollkommener innerer Freiheit aufsteigen kann. Die leibliche Qual als Medium mentalen Friedens: Wäre Antonia gerade der Ratio mächtig gewesen, so hätte sie die ungeheuerlichen Konsequenzen eines solchen Gedankens aufs Schärfste verurteilt und vielleicht – wie das letzte Mal vor vielen, vielen Jahren – mit ihren Lüsten gehadert. Doch augenblicklich beseelt sie einzig und allein der Wunsch durchzuhalten, um sich und ihrer Herrin ein weiteres Mal die Ernsthaftigkeit ihrer Sehnsucht nach Unterwerfung zu beweisen.

Fräulein Wiesengrund legt Fräulein S. die Hände auf die Schultern und flüstert ihr etwas ins Ohr. Antonia scheint unruhig zu werden, als sie die Anwesenheit einer dritten Person registriert. Fräulein S. nickt zu den Worten ihrer Freundin. »Ja, ich weiß, ich muss sie nun befreien.« Einen winzigen Augenblick noch würde sie sich das Vergnügen gönnen. Sanft streicht sie Antonia über die Schenkel, bevor sie den Flaschenzug gemächlich in Gang setzt. So kann das Mädchen sich zunächst mit den Händen abstützen, um dann – noch langsamer und gehalten durch die Seile – die Beine auf den Boden zu legen. Sobald es die Stricke zulassen, setzt Antonia sich mit angezogenen Beinen auf die Erde. Die Hände legt sie auf die Knie. Sie weiß, dass sie zu warten hat. Niemals wäre ihr eingefallen, sich der Augenbinde selbst zu entledigen.

Nachdenklich betrachtet Fräulein S. ihre Sklavin. Ein Gefühl der Zärtlichkeit steigt in ihr auf. Toni ist ihr wertvollster Besitz.

Sie beugt sich hinab und streicht durch den Haarschopf der jungen Frau, die daraufhin das Gesicht wendet, noch immer umgeben von vollkommener Dunkelheit. Die Tortur jedoch ist beendet.

Fräulein S. geht in die Hocke, fasst Antonia an den Schultern und zieht sie an sich. Sie schiebt ihre Hand zwischen deren Schenkel. Dort ist es feucht und heiß, die Klitoris geschwollen.

»Kleine Schlampe«, sagt Fräulein S. Aber sie meint es zärtlich. Eigentlich hatte sie geplant, Antonia den Orgasmus zu verwehren. Aber es ist zu schön, dieses blinde Wesen so ganz in der Gewalt zu haben. Sie reibt gleichmäßig über jene empfindlichste aller Stellen des weiblichen Körpers. Antonia stöhnt und zieht die Luft scharf ein. Sie bedarf ihrer gesamten Fähigkeit zur Selbstbeherrschung, um den Höhepunkt vorerst zurückzuhalten. Noch weiß sie nicht, ob ihr erlaubt sein würde, Erleichterung zu finden. Fräulein S. erweist sich schließlich als gnädig.

»Du darfst jetzt kommen«, sagt sie. Und Antonia kommt mit aller Kraft. Ihr Unterleib zuckt in Muskelkontraktionen. Eine gewaltige Entladung. Anschließend hält sie sich ganz ruhig. Doch ihr Schweiß und der schwere Atem zeugen von der vorangegangenen Erregung. Brav leckt sie die feuchte Hand der Herrin sauber. Es dauert einen Moment, bis sich Antonias Augen nach Entfernen des Tuches ans Licht gewöhnt haben.

Fräulein Wiesengrund steht währenddessen im Türrahmen und beobachtet die Szene. Nachdenklich wickelt sie eine Strähne ihres blonden Haares um den Finger. Sie fürchtet, dass eine Person zu viel im Raum ist: sie selbst. Für Fräulein S. und deren Sklavin ist die Außenwelt versunken. Jeder Zuschauer – selbst ein Fremder – hätte die Vertrautheit und Nähe zwischen den asymmetrischen Partnerinnen wahrnehmen müssen. Das muss auch Fräulein Wiesengrund – und sich damit ein weiteres Mal eingestehen, dass ihre Freundschaft zu Fräulein S. nicht mehr dieselbe ist, seit diese eine Sklavin in ihre Obhut genommen hat. Zum einen schmerzt die Eifersucht: Antonia hier, Antonia da, immer nur noch die wunderbare Toni. Doch zum anderen frisst die garstige Ratte Neid an ihren Eingeweiden. Zu gern möchte sie selbst ein so hingabebereites Geschöpf ihr Eigen nennen. Wenn sie gleich nach Hause käme, dann würde da nur ihr Gatte Thomas warten, ein Wunschzettel-Sklave, wie er im Buche steht: Ihre Macht ist in diesem Verhältnis nur eine Farce, Thomas' Ohnmacht eine Inszenierung nach seiner eigenen Regie. Sie fragt sich oft, weshalb sie sich das noch antut. Thomas ist, wenn er denn überhaupt einmal zu Hause weilt, immer überarbeitet. Zwar verdient er als Unternehmensberater mehr als passabel, aber sein Beruf saugt alles auf, was er jemals an Charakter besessen hat. Er scheint Fräulein Wiesengrund immer blasser zu werden. Seine Konturen verschwimmen vor ihren Augen jeden Tag ein bisschen mehr. Zudem verfügt er nicht einmal über praktische Fähigkeiten: ein fataler Handwerker, ein miserabler Koch. Tonis Lasagne hingegen ist vorzüglich – zumindest wenn man den Worten von Fräulein S. Glauben schenken darf.

Brüsk dreht Fräulein Wiesengrund sich um. Ihre Pfennigabsätze knallen im Flur aufs Parkett. Sie reißt ihren Mantel vom Garderobenhaken und verlässt die Wohnung. Wütend schnaubt sie vor sich hin. Vermutlich hat Fräulein S. ihren geräuschvollen Abtritt nicht einmal bemerkt! Und die liebe Toni besitzt ohnehin nur Augen für die verehrte Herrin.

Tatsächlich bemerkt Letztere die Abwesenheit der Freundin erst, nachdem sie ihrer Sklavin die Hand zum Aufstehen gereicht hat. Schon oft hatte Fräulein S. im Laufe der Bekanntschaft erleben müssen, dass heftige Launen das Urteilsvermögen Fräulein Wiesengrunds trüben, ja mitunter vollkommen außer Kraft setzen konnten. Tonis Herrin ist sich bereits seit einiger Zeit darüber im Klaren, dass ihre Freundschaft sehr gelitten hat. Die Rolle, die ihre Sklavin in diesem Zusammenhang spielt, ist evident. Und doch repräsentiert das Mädchen nur den zufälligen Auslöser eines Konflikts, der immer hätte ausbrechen können. Fräulein Wiesengrund ist mit ihrer Lebenssituation schon lange unzufrieden. Und das Verhältnis zu Fräulein S. prägte schon seit Beginn ihrer Bekanntschaft nicht nur ein freundschaftliches Gefühl, sondern auch eines der Rivalität. Das Konkurrenzverhältnis war freilich immer ein einseitiges: Fräulein S. bewegt sich bis heute durch die Welt, ohne sich mit anderen zu messen.

Die erschöpfte Antonia ist froh, früh zur Ruhe gehen zu dürfen. Nur selten lässt ihre Herrin sie neben sich in ihrem eigenen Bett schlafen, womit sie in der Vergangenheit mehrfach Antonias Bitten und Flehen herausforderte. Doch heute legt sich Toni ohne Widerspruch auf den ihr vorbehaltenen schmalen Futon. Ihr körperlicher Zustand macht sie glücklich, und sie genießt es, in stiller Abgeschiedenheit den Erlebnissen der vergangenen Stunden nachzuspüren. Ihre Glieder fühlen sich schwer an. Wohlig streckt sie sich und zieht die kratzige Decke um ihren Körper.

Fräulein S. sitzt derweil auf ihrem Sofa. Das Wohnzimmer ist sehr groß und fast leer. Ein altmodisches Sofa, auf dem abgenutzten Parkett Stereogeräte und einige Kissen. In einer Ecke eine Skulptur aus rohem Stein, die fast bis zur Decke reicht. Der Flaschenzug und die Hängevorrichtung in der Mitte des Raumes fallen zwar ins Auge, aber Besuchern gegenüber ist Fräulein S. bisher stets eine Ausrede eingefallen. Doch die meisten Freunde wissen ohnehin von ihren Leidenschaften – und pflegen selbst ähnliche. Ihre zweite Besessenheit hingegen hat sie im Arbeitszimmer untergebracht: Fräulein S. ist im Besitz aller Quellentexte, die Michel Foucault für *Überwachen und Strafen* ausgewertet hat, und studiert nämliche mit Akribie. Hin und wieder erschauert sie dann vor der Schlechtigkeit der Menschen – und vor ihrer eigenen dazu.

Doch gerade jetzt quälen Fräulein S. ganz andere Fragen: Soll sie Fräulein Wiesengrund anrufen und versuchen, sich mit ihr auszusprechen? Ein kurzes Ringen mit der eigenen Integrität, dann greift sie zum Hörer. Fräulein S. besitzt ein Telefon mit Wählscheibe. In manchen Fragen ist sie altmodisch. Allerdings erfordern ihre langen, geschliffenen Fingernägel die Inanspruchnahme eines Bleistiftes, um die veraltete Technik bedienen zu können.

Bereits nach dem zweiten Klingeln nimmt Fräulein Wiesengrund ab. Fräulein S. weiß, dass sie sich nun auf dünnem Eis bewegt, und tastet sich dementsprechend behutsam vorwärts: Nun, sie habe seit einiger Zeit das Gefühl, dass sich eine ungute Atmosphäre ... ja, ganz genau, und wenn sie ... dann täte es ihr sehr leid ... und die Freundschaft an sich und für sich – und natürlich an und für sich – und überhaupt ... Sie fühlt, wie der Schweiß ihre Stirn benetzt. Fräulein Wiesengrund verhält sich zunächst reserviert. Ganz tief in ihrem Inneren weiß sie, dass ihr Ärger über Fräulein S. nichts mit Antonia zu tun hat, ja nicht einmal mit Fräulein S. selbst. Es sind ihre eigenen Enttäuschungen und Kümmernisse, die sie quälen. Doch soll sie jetzt mit Fräulein S. über derart Grundsätzliches sprechen? Zumal sie glaubt, den Weg aus der vermeintlichen Sackgasse ohne Hilfe finden zu müssen. Zu stolz, um Hilfe anzunehmen – das war sie schon immer.

»Also«, beginnt Fräulein Wiesengrund schließlich zögernd, »ich finde es schade, dass wir uns in letzter Zeit nur noch so selten sehen. Und wenn es mal eine Gelegenheit gibt, nun ja, nichts gegen Toni, aber muss sie denn wirklich immer dabei sein? Ich wäre gern wieder einmal mit dir allein.«

Fräulein S. spürt, dass Fräulein Wiesengrund an der Oberfläche verbleibt. Aber ein tiefer gehendes Gespräch sollte man vielleicht auch nicht am Telefon führen. Insofern wäre eine Zusammenkunft unter vier Augen – und das möglichst bald – die beste Strategie.

»Morgen habe ich in der Universität zu tun«, sagt Fräulein S. »Du weißt doch, ich habe einen Lehrauftrag bekommen und gebe ein Seminar über feministische Theorien. Von Dahlem aus dauert es ewig, bis ich wieder in Kreuzberg bin. Aber vielleicht könntest du mich Mittwochabend vom Verlag abholen? So gegen 19 Uhr? Dann könnten wir gemeinsam essen gehen?« Ein wenig zögernd stimmt Fräulein Wiesengrund zu. Fräulein S. spürt deren Enttäuschung darüber, dass es erst nächste Woche zu einem Treffen kommen würde.

»Aber warte mal«, setzt sie ein wenig atemlos hinzu. »Ich wollte dich und Thomas – gesetzt den Fall, dass er in der Stadt ist – für morgen, also Samstagabend, ohnehin einladen. Philip und Toni werden auch kommen. Ich wollte etwas kochen, und danach kann man ja sehen, was sich ergibt. Hast du Lust?«

Nein, denkt Fräulein Wiesengrund, *eigentlich nicht. Im Grunde habe ich keine Lust: keine Lust mehr, mir dein reiches Leben anzusehen.* Zwar ist Philip, ein junger Anwalt, nicht als fester Freund von Fräulein S. zu bezeichnen, im Zweifelsfalle ist er jedoch stets an ihrer Seite und dient ihr ergeben. Er ist so anders als Thomas.

Dennoch kann Fräulein Wiesengrund nicht absagen. Das wäre ein zu offensichtlicher Affront gewesen. Früher hatte sie diese Abende geliebt. In Fräulein S.' Räumlichkeiten war es stets möglich gewesen, in gediegener Atmosphäre gemeinsam Dinge zu tun, die in den meisten SM-Clubs der Stadt sofort diejenigen auf die Barrikaden gerufen hätten, die meinen, die alleinigen Verwalter und Definitionsbevollmächtigten dessen zu sein, was als einvernehmlich und vernünftig gilt. Also bemüht sich Fräulein Wiesengrund um eine angemessene Reaktion.

»Und Thomas?«, fragt Fräulein S. »Aber bitte, dafür hat er doch immer noch Zeit gehabt«, erklärt die Freundin und verabschiedet sich: »Also dann, bis Samstag.«

»Bis Samstag«, bestätigt Fräulein S. und legt auf. Dann erhebt sie sich vom Sofa, um noch einmal nach ihrer Sklavin zu sehen.

Leise öffnet sie die Tür zu der kleinen Kammer. Nachdem sich die Augen der Herrin an die Dunkelheit gewöhnt haben, kann sie schemenhaft den Körper auf dem Bodenlager erkennen. Antonia schläft fest. Fräulein S. lächelt selbstvergessen. Ihre Macht erstreckt sich auf Leib und Seele des Mädchens. Sie hat um dieses Wesen ein virtuelles Panoptikum errichtet. Es gehört ihr. Manchmal überfällt Fräulein S. ein jäher Angstrausch: Hoffentlich ist sie auf Dauer stark genug, um Antonia mit ihren Sehnsüchten und ihrer tiefen Bereitschaft zum Dienen verantwortungsvoll zu führen. Leise schließt sie die Tür. Heute ist es wirklich wunderbar mit Toni gewesen.

2. Kapitel

Eine Genealogie der Dominanz

Zwar hieß das Domina-Gewerbe auch vor dreißig Jahren nicht mehr *Flagellations-Prostitution*, aber im Rückblick scheint Fräulein S. ihre Studienzeit – sadomasochistisch gesehen – zur Antike zu gehören. Sie denkt gern an diese Zeit zurück, die für sie ungeheuer aufregend und voller Bewegung war. Was heute am frühen Nachmittag im Programm der privaten Sender verhandelt wird, war damals aufgeladen mit den Verlockungen des Tabus.

Zwar gab es eine Szene jenseits des kommerziellen Bereiches, aber die war klein und speiste sich im Wesentlichen aus privaten Zirkeln, zu denen nur schwer Zugang zu gewinnen war. Wer devote oder dominante Neigungen verspürte, war zunächst vor allem eines: allein. Das auch Mitte der siebziger Jahre noch aufgeladene politische Klima machte es undenkbar, die Sehnsucht nach Unterwerfung oder Herrschaft zu thematisieren. Kein Internet, kaum Printmedien und keine speziellen Rubriken in Stadtzeitungen, deren Herausgeber entspannt auf die bizarren Formulierungen ihrer Inserenten reagierten. So trieb eine kleine, radikale Minderheit ihr Unwesen, noch nicht von den Medien umarmt und zwangsweise ins erotische Establishment eingegliedert, dessen Angehörige vielleicht von deren Existenz nicht einmal wusste. Es war nahezu unmöglich, gezielt nach einem adäquaten Partner – oder einer Partnerin – zu suchen. Für Männer blieb die kommerzielle Dienstleistung häufig die einzige Möglichkeit, nicht an ihren Phantasien zu ersticken. Und für Frauen? Fräulein S. hatte keine Freundinnen oder weiblichen Bekannten, die so fühlten wie sie. Und wenn doch, dann sprachen sie nicht darüber – ebenso wenig wie Fräulein S. selbst. Und so wusste sie nicht, wie ihre potentiellen Genossinnen an der sexuellen Front mit dem Problem umgingen. Ihr selbst hatten damals akute Geldnot sowie die rhetorischen Künste eines Freundes den Weg gewiesen.

1975 befand Fräulein S. sich im zweiten Semester ihres Studiums der Philosophie und Soziologie. Wahrlich: Ihr Interesse galt damals anderen Dingen als der Nützlichkeit einer Haftpflichtversicherung. Derartiges war profan und gehörte zum Sicherheitswahn der spießigen Pharisäer, gegen die sie schließlich kämpfte. Und dann war es plötzlich zu spät: Der Wasserschaden, den die ausgelaufene Waschmaschine produziert hatte, ging vollständig zu Lasten der revolutionären Studentin. Anders jedoch als der Genosse Lenin ging Fräulein S. gleich zwei Schritte vorwärts: Sie begann Geld zu verdienen und parallel ihre lange verdrängten Phantasien in die Realität umzusetzen.

Der Plan entstand bei einer Flasche Wein – vielleicht waren es auch zwei –, genossen mit Felix, einem guten Freund, einem ›wissenden‹ Freund vor allem. Sie saßen gemeinsam in der Küche und betrachteten die feuchten Flecken. Fräulein S. seufzte. Sie nahm einen Schluck Lambrusco und verzog das Gesicht. Runter damit. Noch ein Grund mehr, sich in den Arbeitsmarkt einzugliedern. Gedankenverloren starrte sie auf das Feuchtbiotop.

»So ähnlich sieht es in letzter Zeit ständig in meinem Höschen aus. Ach Felix, je mehr die Kommilitoninnen vom Sex und der sexuellen Befreiung schwadronieren, umso mehr fühle ich mich zum Schweigen verdammt. Sexuelle Befreiung, ja, das wollen sie alle. Aber bitte nur in Form des gleichberechtigten Synchronorgasmus mit irgendeinem wackeren Genossen. In Missionarsstellung natürlich. Wie revolutionär!«

Sie gähnte. »Also hör mal«, entgegnete Felix, »in dieser Stadt gibt es mindestens vier Etablissements, die dir zum einen deine Geldsorgen abnehmen und zum anderen deine libidinösen Frustrationen lindern könnten. Tu mir den Gefallen, und frage dort nach Arbeit. Denn viel lieber als dein Gejammer, beste Freundin, höre ich deine intelligenten Erläuterungen zur Bedeutung der Wertform in Marx' Kapital. Morgen ist Lesekreis. Sei so gut und gewähre mir vorher noch ein wenig Nachhilfeunterricht!«

Fräulein S. musste lachen. Felix hatte recht! In den nächsten Tagen wollte sie seine Anregungen in die Tat umsetzen. So konnte es schließlich nicht weitergehen!

Alles hatte sich als erstaunlich unkompliziert erwiesen: Felix hatte im Vorhinein seine Kontakte spielen lassen. Beim Vorstellungsgespräch war ihr Mangel an praktischer Erfahrung nicht so stark ins Gewicht gefallen, wie sie befürchtet hatte. Was zählte, war die Authentizität ihrer Phantasien. Und sicher hatten Fräulein S.' schlanke, hoch gewachsene Figur sowie ihr hübsches Gesicht ihr Übriges zum Erfolg beigetragen.

»Ich sehe da keine Probleme«, sagte Charlotte, ihre zukünftige Chefin. »Du kannst zu Anfang bei deinen Kolleginnen hospitieren. Die werden dich dann immer mehr einbeziehen. Nach kurzer Zeit wirst du so weit sein, dass du deine eigenen Gäste betreuen kannst. Du hast Talent, das spüre ich.«

Fräulein S. freute sich sehr über diese Worte. Bereits für den folgenden Tag wurde ein Termin für die erste Hospitation vereinbart.

Die nächsten Wochen vergingen für Fräulein S. wie im Flug. Sie wurde immer wehmütig, wenn sie an diese Zeit der Initiation zurückdachte. Alles, einfach alles war neu und aufregend. Sie verbrachte ihre Tage wie in Trance. Vergessen das nächste Referat! Vergessen der Marx-Lesekreis! Und erst recht vergessen die Adorno-Gruppe! Fräulein S. durfte entdecken, dass die Realität ihre Phantasiewelten an Intensität noch übertreffen konnte. Und da für sie damals die Sehnsucht, einen Mann zu dominieren, stärker war als die Sehnsucht, einen Mann zu lieben, hatte sich Felix' Einfall als die perfekte Lösung erwiesen. Heureka!

Dennoch strahlte die Sonne nicht ganz ungetrübt: Bisher war es Fräulein S. nicht gelungen, nähere Kontakte zu ihren Kolleginnen aufzubauen. Zwar arbeiteten alle Frauen während der Zusammenkunft mit einem Gast harmonisch mit ihr zusammen, im Aufenthaltsraum jedoch fühlte sie sich geschnitten. Man verhielt sich ihr gegenüber distanziert. Fräulein S. meinte, Misstrauen zu spüren. Oder bildete sie sich das nur ein? Tatsächlich hatte es sich herumgesprochen, dass sie eigentlich Studentin war. Die übrigen Frauen empfanden sie zunächst als Fremdkörper, fühlten sich bedroht und in Frage gestellt: Da könnte ja jeder kommen. Hatten sie schon einmal schlechte Erfahrungen machen müssen?

Bald teilte Charlotte Fräulein S. mit, dass sie das nächste Mal relativ eigenständig agieren sollte. Ein wohlhabender Stammgast wollte die Phantasie verwirklichen, drei Frauen gleichzeitig um sich zu haben. Eine davon sollte, gleich ihm selbst, den devoten Part einnehmen. Er wollte, nachdem er von zwei Frauen auf einmal gequält worden war – hierbei sollte Fräulein S. einer Kollegin assistieren –, einem Paar zuschauen. Es sollten zwei Frauen sein – die eine dominant, die andere submissiv. Und diesen zweiten Teil der Choreographie sollte Fräulein S. gemeinsam mit Kiki gestalten, einer ganz jungen Kollegin, die in Charlottes Etablissement gewöhnlich für die Bedürfnisse dominanter Herren zur Verfügung stand. Die zweite dominante Dame kannte Fräulein S. noch nicht.

»Fräulein Wiesengrund ist nicht allzu oft hier«, erklärte Charlotte. »Sie studiert ebenfalls. Ihr werdet euch sicher gut verstehen.«

Fräulein Wiesengrund – Fräulein S. musste unwillkürlich lachen. Hatte die andere ›studentische Hilfskraft‹ bewusst Adornos zweiten Namen als Pseudonym gewählt? Fräulein S. jedenfalls hatte für sich eine Chiffre all dessen gewählt, was in ihrem Leben eine Rolle spielt: Sadismus, Sozialismus, Subkultur.

Eine ganze Weile bevor mit dem zahlungskräftigen Gast zu rechnen war, betrat Fräulein S. den Aufenthaltsraum. Am Tisch saß eine Frau, vielleicht drei oder vier Jahre älter als sie selbst. Sie hatte langes blondes Haar. Ihre Finger spielten mit einer Strähne. Vor ihr stand eine dampfende Teetasse. Das musste Fräulein Wiesengrund sein. Fräulein S. näherte sich dem Tisch unter dem unverwandten Blick der anderen Frau, die gleichsam durch sie hindurchzusehen schien.

»Hallo«, sagte Fräulein S. Der Gruß klang zögernd, beinahe fragend. Die Frau am Tisch stützte die Hand unters Kinn. Ihr Gesicht war hübsch, aber hart. Nun gut, das mochte in diesem Arbeitsfeld von Vorteil sein. Sie zog die Augenbrauen hoch.

»Hallo«, entgegnete sie. Es klang herausfordernd.

Fräulein Wiesengrund war nicht begeistert gewesen, als Charlotte ihr mitteilte, eine weitere studierende Kollegin eingestellt zu haben. Bisher konnte sich Fräulein Wiesengrund allen Mitarbeiterinnen ungehindert weit überlegen fühlen. Während Fräulein S. unter dem unverbindlichen Verhalten der Kolleginnen litt, war es Fräulein Wiesengrund vollkommen egal. Sie ließ im Aufenthaltsraum absichtlich die anspruchsvollste Lektüre liegen, um sich bewusst vom Mob, wie sie es nannte, abzugrenzen. Oh, Adorno! Anfänglich war man ihr mit neugieriger Freundlichkeit entgegengekommen. Doch die versiegte – von Fräulein Wiesengrund selbst verschuldet – schnell. So hatte deren überhebliche Attitüde den Boden für die Skepsis gegenüber Fräulein S. erst bereitet. Charlotte bekam von diesen Konflikten nichts mit. Vielleicht war es ihr auch egal. Das Geschäft lief gut. Und das zählte.

Fräulein Wiesengrund empfand Fräulein S. bereits als Bedrohung, bevor sie sie auch nur zu Gesicht bekommen hatte. Sie wähnte die Gefahr, von dem ›Eindringling‹ in der eigenen – vermeintlichen – Einmaligkeit gestürzt zu werden. Bisher hatten sich all jene wohlsituierten Männer, die es schätzten, mit der

Dame ihrer Wahl nach dem Spiel noch ein paar Worte wechseln zu können, stets für sie entschieden. Das könnte nun anders werden. Der attraktive Anblick Fräulein S.' unterstützte diese Befürchtungen auf dramatische Weise. Fräulein Wiesengrund hatte Angst: Angst vor Distinktionsverlust. Und dunkel schwante ihr, dass es klüger sei, um die Freundschaft der Fremden zu buhlen. Denn vor Freunden muss man keine Angst haben – so redete es sich Fräulein Wiesengrund zumindest ein. Fräulein Wiesengrund entspannte ihre Gesichtszüge.

»Hey«, sagte sie, »zieh dich doch schon mal um, dann können wir noch kurz die Session absprechen. Kiki muss jeden Moment kommen. Kennst du sie schon?«

Tatsächlich war Fräulein S. Kiki bereits einmal begegnet. Ein scheues Mädchen, klein und dünn wie ein Kind. War sie überhaupt volljährig? Aber etwas anderes hätte Charlotte sicher nicht zugelassen. In diesem Moment betrat Kiki den Raum. Sie trug ein kurzes Hängerkleidchen aus schwarzem Transparentstoff, darunter einen knappen BH, einen winzigen Slip, Strumpfhalter und Strümpfe mit Spitzenrand. Fräulein S. war nicht ganz wohl bei dem Gedanken, die Kleine schlagen zu müssen. Überhaupt hatten sich ihre bisherigen Phantasien immer um Männer gedreht – Sklaven, die sie umso mehr verehrten, je grausamer sie zu ihnen war.

Weshalb eigentlich?, dachte Fräulein S. Ihre Augen ruhten auf Kiki. Gerade deren fragile Gestalt erschien ihr mit einem Mal ungeheuer aufreizend. Bei einem Mann war Fräulein S. auf Kooperation angewiesen – bei einem realen Zweikampf hätte sie unterliegen müssen. Doch Kiki war ihr tatsächlich ausgeliefert. Dieser Gedanke erregte Fräulein S. sehr.

Plötzlich wurde sie aus ihrer Versunkenheit aufgerüttelt. Kiki hielt ihr ein breites schwarzes Halsband hin: »Hilfst du mir mal?« Sie drehte sich um und nahm ihre schulterlangen Haare zusammen. Ein zarter, gebogener Nacken. Makellos weiße Haut.

Fräulein S. fühlte auf einmal den Drang, ihre spitz gefeilten Fingernägel über das unversehrte Gewebe zu ziehen, vom Haaransatz bis hinunter zum Höschen tiefe, rote Kratzer zu hinterlassen. Kiki drehte den Kopf.

»Was ist?«, fragte sie. Endlich schnallte ihr Fräulein S. das Band fest. Wie gut es dem Mädchen stand! Anschließend tauschte sie selbst ihre Alltagsgarderobe gegen ein Kleid aus schwarzem Lackleder, lang und eng, das ihre Figur durch eine Schnürung im Rücken perfekt modellierte.

Fräulein Wiesengrund – in enger Korsage und schmal geschnittenem Lederrock – stand auf, um den Gast zu holen. Fräulein S. sollte sich mit Kiki schon einmal in die Folterkammer begeben, sie käme dann mit dem Opfer nach. Das wartete derweil mit verbundenen Augen in einer kleinen Zelle an die Wand gekettet. Der Mann war nackt und kauerte auf Stroh, das den Unannehmlichkeiten des harten, kalten Bodens noch eine stachelige Komponente hinzufügte. Fräulein Wiesengrund nahm ihn wortlos an die Kette und führte ihn hinter sich her zur Folterkammer.

Als sie die Tür öffnete, bot sich ihr ein apartes Bild: Fräulein S. hielt Kiki – nun vollkommen nackt – an einer straff gezogenen Kette. Das kniende Mädchen hatte den Oberkörper vorgebeugt und sich mit den Ellenbogen auf den Boden gestützt. Fräulein Wiesengrund traute kaum ihren Augen: Hingebungsvoll leckte die Kleine über die Schuhspitze ihrer künftigen Peinigerin.

So ein Bastard, dachte Fräulein Wiesengrund. *Bei mir braucht sie immer noch ein paar Ohrfeigen extra, und bei dieser Person ist sie nach zehnminütiger Bekanntschaft zu allem bereit.*

Sie lächelte gezwungen. »Hebt euch das lieber für später auf«, flüsterte sie Fräulein S. zu.

Das Spiel konnte beginnen. Mit einer energischen Bewegung zog Fräulein Wiesengrund dem Gast die Augenbinde herunter. Der blinzelte zunächst vorsichtig.

»Augen auf!«, sagte sie kalt und verabreichte ihm zur Begrüßung zwei feste Ohrfeigen. »Auf die Knie!« Der Mann warf sich beinahe zu Boden.

»Bei unserem letzten Zusammentreffen hast du mich eindeutig provoziert«, erklärte Fräulein Wiesengrund. »Du weißt genau, wovon ich spreche. Ich will keine Ausflüchte hören. Du wirst jetzt für dein Fehlverhalten bezahlen müssen. Zu meiner Unterstützung habe ich Fräulein S. mitgebracht.«

Sie zerrte seinen Kopf in deren Richtung. »Wir nennen sie hier auch die Blutrünstige.« Das war Fräulein S. allerdings völlig neu. Sie bemühte sich um ein maliziöses Lächeln. Kiki kettete sie vorerst an die Wand.

Fräulein Wiesengrund packte den linken Arm des Gastes, und Fräulein S. grub ihm ihre Fingernägel in den rechten. Sie stießen ihn vor sich her zur Streckbank. »Hinlegen!« Der Sklave auf Zeit legte sich auf den Rücken. Seine Beine und Handgelenke platzierte er so, dass die Damen ihn bequem an die beweglichen Balken fesseln konnten.

»Der Anblick dieses verfetteten Körpers ist eine Beleidigung für meine Augen«, konstatierte Fräulein Wiesengrund. »Liebe Gefährtin, wärst du so gut und würdest die Streckfunktion dieses herrlichen Geräts betätigen?«

»Aber mit dem größten Vergnügen.« Fräulein S. bewegte die Kurbel. Schon bald straffte sich der Körper derart, dass der offensichtlich steife, ungelenkige Mann aufstöhnte.

»Das ist doch noch gar nichts, du Memme«, sagte Fräulein S., von der langsam der nur zu gut bekannte Machtrausch Besitz ergriff. »Na, dann wollen wir ihm das Maul mal stopfen.« Fräulein Wiesengrund hielt dem Mann die Nase zu. Als er nach Luft schnappte, presste sie ihm einen fleckigen Lappen zwischen die Zähne: »Gleich wirst du froh sein, dass du was zum Draufbeißen hast.« Sie lächelte verführerisch, und ihre Stimme wurde mit einem Mal ganz sanft. »Siehst du, so nett und fürsorglich sind wir. Was sagt man da?«

Das Opfer stieß ein röchelndes Geräusch aus. Mehr brachte es nicht zustande. Die Sanktion erfolgte sofort. Fräulein Wiesengrund nahm eine dünne, geschmeidige Gerte zur Hand und zog sie dem Unglücklichen über den Oberschenkel. Trotz des Knebels brüllte er auf.

»Na bitte, geht doch. Aber eigentlich wollte ich etwas anderes hören. Nun gut, das mag später kommen.« Fräulein Wiesengrund strich kurz über die malträtierte Stelle, ein deutlich sichtbarer Striemen. Fräulein S. betrachtete die gewaltige Erektion des Gefesselten.

Für Außenstehende mag das herzlos anmuten, dachte Fräulein S., *aber Fräulein Wiesengrund gibt ihm genau das, was er braucht. Sie ist wirklich eine phantastische Domina. Sie verschmilzt mit ihrer Rolle, hat sich aber trotzdem unter Kontrolle. Von ihr kann ich viel lernen.*

»Ich hasse Asymmetrie.« Fräulein Wiesengrund ging einmal um die Streckbank herum. Sie ließ die Gerte auf den anderen Schenkel niedersausen. Ein harter Schlag. Der Knebel dämpfte den Schmerzensschrei nur dürftig. Und erneut hob sie die Reitpeitsche. »Du Weichei.« Ihre Stimme troff vor Hohn. »Das machen wir jetzt so lange, bis du gelernt hast, dich zu beherrschen.« Der Wehrlose verfolgte jede ihrer Bewegungen mit weit aufgerissenen Augen. Die Angst stand darin geschrieben. Sie schlug zu. Fest. Er schrie nicht, aber er wimmerte hörbar und versuchte, seinen gebundenen Körper zu drehen.

»Mach nur weiter so«, schaltete sich Fräulein S. ein. »Dann haben wir umso länger unseren Spaß.« Sie hatte sich auf der anderen Seite der Streckbank postiert, in der Hand eine neunschwänzige Katze mit dicken geflochtenen Riemen. Doch bevor sie ihm gab, was er verdiente, ließ sie es sich nicht nehmen, seine

Brustwarzen mit Krokodilklemmen zu bestücken. Die Haut des Mannes fühlte sich feucht an. Die Klemmen waren mit einer dünnen Kette verbunden. Fräulein S. zog daran und presste dem Opfer die Kette zusätzlich zwischen Zähne und Knebel. So zog er sich selbst die Brustwarzen lang. »Du freust dich doch sicher, wenn du uns Arbeit abnehmen kannst, nicht wahr?« Der Mann röchelte erschöpft – dabei hatten sie doch gerade erst angefangen. Fräulein S. interpretierte den Laut gnädig als Zustimmung. »Nun«, sprach sie, »wo war ich stehen geblieben?« Sie machte eine Pause. Der Mann rollte angstvoll die Augen. Der Anblick der kapriziösen Frauengestalt schien ihm im Augenblick nur wenig Freude zu bereiten.

»Ach ja, ich weiß es wieder.« Fräulein S. ließ sich in einem Tonfall vernehmen, als sei ihr soeben eingefallen, was sie noch einkaufen wollte. Sie trat erneut an die Seite ihres Opfers und spielte lächelnd mit der Peitsche. Plötzlich hob sie die Waffe. Kalt blickte sie dem Gepeinigten in die Augen. Dann schlug sie zu. Doch nicht nur einmal. Sie ließ eine Kaskade von Hieben auf die Innenseiten seiner Schenkel hinabsausen. Das Opfer brüllte. Fast hörte es sich wie ein wildes Tier an. Sein Körper tobte, so weit es die Fesseln zuließen. Unvermittelt brach Fräulein S. die Marter ab. Mit einem Finger zeichnete sie die Striemen nach und näherte sich mit der Hand dem Geschlecht des Mannes.

»Wenn du so weitermachst, dann bist du morgen früh noch hier.« Ihre Stimme trug das Timbre delikaten Vergnügens. »Aber ich werde dir noch eine Chance gewähren.« Sie schlug zu. Kein Schrei, dafür verhaltenes Wimmern.

»Besser – aber noch nicht ausreichend.« Die Peitsche fauchte erneut durch die Luft. Ein grausames Klatschen. Anschließend Stille. Offensichtlich hatte er verstanden, dass seine Lage ernst war.

»Sehr schön«, kommentierte ihrerseits Fräulein Wiesengrund, »wenn du es schaffst, drei Schläge hintereinander lautlos zu ertragen, hören wir auf. Vielleicht nehmen wir dir dann sogar die Klammern ab. Vielleicht aber auch nicht.« Sie schlug erneut zu. Der Misshandelte gab keinen Ton von sich, doch sein Körper bebte in den Fesseln, und seine Augen schrien um Gnade. Seine Peinigerin platzierte den zweiten Schlag exakt an dieselbe Stelle, an der ihn eben schon die Gerte getroffen hatte. Das war ihre Spezialität. Es kostete das Opfer all seine Willenskraft, um den Schmerz nicht laut herauszuschreien. Beim dritten Hieb schließlich traten ihm die Tränen in die Augen. Aber er blieb stumm. Und nach wie vor präsentierte sich sein Geschlecht in stabiler Erektion.

Fräulein S. wandte sich an ihre Gefährtin: »Was meinst du, können wir unseren Sklaven erlösen?«

»Unbedingt«, entgegnete Letztere. Fräulein Wiesengrund nahm ihm die Kette und den Lappen aus dem Mund. Kurz fuhr sie ihm über das schweißnasse Antlitz. Sie ließ die Klammern aufschnappen. Das Opfer wand sich in stillen Qualen. Fräulein Wiesengrund weidete sich einen Moment an diesem Anblick.

»Und jetzt möchte ich, dass du dich bei uns bedankst. Für all die Mühe, die wir uns mit dir geben, finde ich das nur gerechtfertigt. Meinst du nicht?«

Im Verlauf des Martyriums war der Mann zu einem Haufen Fleisch ohne Zukunft geworden. »Danke«, stöhnte er. Aber es hörte sich teilnahmslos an. Beide Frauen zogen empört die Augenbrauen hoch.

»Danke wofür?« Fräulein S.' Stimme klang schneidend. »Dafür, dass Sie mich geschlagen haben.«

Der Mann flüsterte mit tonloser Stimme.

»Falsch«, sagte Fräulein Wiesengrund. »Zu danken hast du uns dafür, dass wir dich erziehen, dass wir dich abrichten, dass wir dir helfen, ein besserer Sklave zu werden. All das, was wir mit dir tun, erfolgt nur zu deinem Besten.«

»Ich danke Ihnen für ihr aufopferungsvolles Verhalten mir gegenüber.« Der Gequälte hatte sich nun wieder vollkommen in der Gewalt. »Sehr schön«, quittierte Fräulein Wiesengrund die Äußerung, die ihr Opfer, das nahezu in Trance hinübergeglitten zu sein schien, vielleicht sogar ernst meinte.

»Ich denke, damit können wir zufrieden sein.« Fräulein S. sprach langsam. Jedes Wort aufgeladen von Bedeutung. »Ich hole Kiki.« Das Mädchen kniete an der Wand. Auf allen vieren kroch Kiki hinter ihr her. *Nicht zu fassen*, dachte Fräulein Wiesengrund, *diese durchtriebene kleine Schlampe. Bei mir mitunter renitent bis aufs Messer, und hier agiert sie in vorauseilendem Gehorsam, als bekäme sie es extra bezahlt.*

Aber zum Räsonieren war nun keine Zeit. Nachdem Fräulein S. dem Mädchen erlaubt hatte, aufzustehen, setzte sich Kiki neben den gefesselten Mann auf einen Querbalken der Streckbank. Ihre kleine Hand griff nach seinem Phallus. Langsam begann sie, ihn zu massieren. Zum ersten Mal während dieses Zusammenseins tönten Geräusche vollkommen ungetrübter Lust durch den Raum. Kikis Bewegungen wurden schneller. Der Mann hob sein Becken und schob es der Sklavin entgegen, als sei deren Hand ein Unterleib. Zunächst war nur ein heiseres Gurgeln zu vernehmen, das schließlich zu einem Schrei anschwoll.

»Na, das ging ja schnell«, bemerkte Fräulein S., »umso besser, meine liebe Kiki, dann habe ich jetzt mehr Zeit, mich mit dir zu befassen. Seif ihn ordentlich mit seinem Sperma ein und binde ihn dann los.« Anschließend befahl man dem erschöpften Mann, sich zu erheben. Als er stand, schwankte er einen Moment leicht. Fräulein Wiesengrund hakte die Kette ein und führte ihn zu dem Platz an der Wand, an dem zuvor Kiki gewartet hatte. Sie zeigte auffordernd zu Boden. Ihr Gefangener ging auf die Knie. Sie schloss die Kette an den Ring, der in die Wand eingelassen war, und sah auf ihren Gefangenen hinunter. In ihren Augen klirrten die Eisschollen, doch das war nur Schein. Innerlich loderte die Ekstase der Macht – Momente, in denen Spiel und Leben eins wurden. Bei dem nun Folgenden würde sie jedoch im Hintergrund bleiben. So war es vereinbart worden. Fräulein Wiesengrund hatte bis jetzt die führende Position innegehabt, und Fräulein S. war ihre Sekundantin gewesen. Nun sollte es umgekehrt sein.

Auch wenn es nicht leichtfiel: Fräulein Wiesengrund musste ihre Gefühle gegenüber Fräulein S. unter Kontrolle behalten. Kiki schien der Unbekannten gegenüber Vertrauen gefasst zu haben.

Erstaunlich, dachte Fräulein Wiesengrund, *aber vielleicht hat sie auch nur Angst vor ihr – schließlich haben sie noch nie zusammengearbeitet. Die Kleine will sich einschleimen, ja, das wird es sein. Und was Fräulein S. angeht: Ich muss ihre Freundschaft gewinnen. Dann wird es ihr schwerer fallen, mich zu verdrängen oder mir auf andere Weise Schaden zuzufügen.*

Derweil hatte Fräulein S. mit Kiki die Arena betreten. Die Sklavin hatte sich wieder in dieselbe Position begeben, die sie auch vorhin eingenommen hatte. Von der Brust an presste sich ihr entblößter Körper auf den Boden. Der Rücken war anmutig durchgedrückt und mündete schließlich in die zierliche Rundung ihrer Lenden. Mit weit herausgestreckter Zunge leckte sie die hohen Absätze der Herrin entlang. Der Ruck an der Leine kam unvermutet. Kiki würgte und musste schlucken. Sie hob den Kopf. Hatte sie etwas falsch gemacht?

»Was soll das? Mach schön weiter.« Fräulein S.' Stimme klang warnend. Sie griff dem Mädchen in die Haare und drückte das zarte Gesicht zu Boden. Die Kleine glich den Übergriff geschickt aus. Sie drehte den Kopf auf die Seite und zeigte ihre Zunge aufs Neue. Der Gast sollte für sein Geld etwas zu sehen bekommen! Zudem machte es Kiki Spaß. Tatsächlich gefiel ihr Fräulein S. ausnehmend gut. Sie wirkte nicht so distanziert wie Fräulein Wiesengrund. Letztere trat Kiki gegenüber stets mit Arroganz auf, was den Widerstand der zähen kleinen Kämpferin herausforderte. Denn eine solche war Kiki. Zwar liebte sie die erotische Unterwerfung, doch ihr Trotz stand ihr dabei noch sehr im Wege.

Die Art und Weise, in der die Sklavin ihren Körper präsentierte, wirkte herausfordernd, gar provozierend, auf Fräulein S.

»Bleib so«, wies sie Kiki an. Sie legte die Hundeleine auf den Boden und nahm eine Peitsche zur Hand. An der Wand hing – ordentlich nebeneinander aufgereiht – eine große Auswahl der unterschiedlichsten Modelle. Fräulein S. wählte eine kurze Riemenpeitsche. Damit könnte sie hart zuschlagen und die Hiebe gleichzeitig präzise platzieren. Sie wollte Kiki wehtun, sie aber nicht verletzen. Zunächst strich sie mit den Ledersträngen sanft über Kikis Rücken, ihre Lenden, ihre Schenkel. Dann schlug sie zu, nicht allzu fest. Die Sklavin blinzelte zu Fräulein S. in die Höhe. Wie schön sie war!

Und wie freundlich sie mich im Aufenthaltsraum angelächelt hat, dachte das Mädchen. Fräulein Wiesengrund hingegen ignorierte sie meist oder behandelte sie mit Gleichgültigkeit. Für sie würde Kiki niemals mehr als das Notwendigste tun. Wie anders schien hingegen Fräulein S. zu sein. Während der Zeit, die Kiki wartend an der Wand verbracht hatte, hatte sie sich in romantische und aufopferungsvolle Träumereien hineingesteigert. Nun war sie bereit. Sie wollte dienen, und sie wollte leiden. Sie ersehnte nichts mehr als die Peitsche. Auffordernd streckte sie Fräulein S. ihre Lenden entgegen, so weit sie nur konnte.

»Meine Kleine«, sagte die Herrin, »wenn du dich mir derart ordinär anbietest, mir deinen Körper nahezu aufdrängst, dann musst du dich auch nicht wundern, wenn ich eine solche Gelegenheit nicht ungenutzt verstreichen lasse. Ich werde dich keineswegs schonen.« Sie holte weit aus und zog die Riemen über das weiße Fleisch des Mädchens. Immer wieder. Fest. Und noch fester.

Ja, dachte Kiki, *ja*. Ihr Körper war Zustimmung, er schrie nach mehr. *Unglaublich*, dachte Fräulein S., *so ein zarter Körper und dabei so hart im Nehmen*. Inzwischen stöhnte Kiki laut. Zwar fühlte sie Schmerz, aber er war durchdrungen von Lust: Lust an der Auslieferung, Lust an der Unterwerfung und daran, für diese Frau zu leiden. Für die emotional ausgehungerte Kiki war es Liebe auf den ersten Blick.

Schließlich legte Fräulein S. die Peitsche zur Seite.

Warum?, dachte Kiki enttäuscht. Ihr Körper brüllte nach Zuwendung, gleich welcher Art. Heute war sie unersättlich. Fräulein S. zog den Oberkörper des Mädchens am Haarschopf in die Horizontale. Kiki befand sich noch immer auf allen vieren, der Oberkörper nun gerade. Die Zuchtmeisterin griff ihr unter das Kinn und zwang ihren Blick in die Höhe. Kikis Augen bettelten: *Gib mir was, gib mir irgendetwas!* Sie erzählten von Transzendenz, Auflösung und der Suche nach Liebe. Fräulein S. konnte den Sog des Blicks kaum ertragen. Sie streichelte das Mädchen und sah sie aufmunternd an.

»Brav«, sagte sie. Doch all das war sicher nur ein Tropfen auf dem heißen Stein. Da kam Fräulein S. eine Idee. Sie nahm eine der vielen Kerzen, die in den Leuchtern an der Wand brannten. Zunächst träufelte sie das heiße Wachs vorsichtig auf Kikis vibrierenden Rücken. Dann goss sie – mutig geworden – den ganzen Schwall, der sich in der Kerze angesammelt hatte, über Kikis tiefrote Lenden. Stöhnend reckte ihr Opfer den Kopf. Der Hals wurde ganz lang, wie bei einer Katze. Die Kleine hatte sich wirklich unter Kontrolle: eiserne Selbstdisziplin, das musste ihr Fräulein S. zugestehen. Voller Erwartung legte sich die Sklavin auf Anweisung ihrer neuen Herrin mit dem Rücken auf die Folterbank. Sie wusste, was nun kommen würde. Sie wartete. Fräulein S. nahm eine neue Kerze zur Hand. Als die Brustwarzen – *wie klein und wie unwiderstehlich*, dachte die Herrin – an der Reihe waren, entrang sich Kikis Kehle ein Laut, den das Mädchen aber noch im selben Augenblick unterdrückte.

»Ich werde dir jetzt noch einmal wehtun, mein Herz«, kündigte Fräulein S. an. »Und wenn du hübsch stillhältst, dann werde ich danach von dir ablassen.« Kiki hatte die Augen weit aufgerissen. »Bitte«, flüsterte sie, »tun Sie mir weh.« Fräulein S. goss ohne weitere Ankündigung einen Sturzbach Wachs auf die Klitoris ihres Opfers. Das Mädchen verzog das Gesicht. Ihr Leib krampfte sich zusammen. Die Streckbank knarrte. Das Holz ächzte umso lauter vor dem Hintergrund vollkommener Stille. *Was für ein Geschöpf*, dachte Fräulein S. Ergriffen streichelte sie die Wange des Mädchens, das daraufhin versuchte, ihre Hand zu küssen und abzulecken. Wie weich und wie sanft ihre Zunge war. »Pass gut auf dich auf, meine Kleine.« Diese Worte waren einzig für Kiki hörbar.

Auch heute, fünfundzwanzig Jahre später, denkt Fräulein S. hin und wieder an diese Episode zurück. Mitunter erscheint ihr Kiki im Traum.

Sie war wahrscheinlich nur zwei oder drei Jahre jünger als ich, was wohl aus ihr geworden sein mag? Sie war dem Mädchen nach der Zusammenkunft nur noch einige Male kurz begegnet, kaum mit der Gelegenheit, ein paar Worte zu wechseln. Eines Tages erklärte Charlotte, Kiki habe ihre Arbeit niedergelegt. Auf Fragen nach deren Verbleib antwortete sie stets ausweichend. Fräulein S. hatte manchmal befürchtet, dass dem so duldsamen kleinen Geschöpf irgendetwas passiert sein mochte. Kiki war in ihrer absoluten Hingabe eine beunruhigende Gestalt gewesen – beunruhigend und faszinierend zugleich. Vielleicht war sie krank geworden? Hatte man sie am Ende in irgendeine Klinik eingewiesen? Sie sprach manchmal darüber mit Fräulein Wiesengrund. Auch die schien in Sorge, aber letztendlich war es ihr gleichgültig. Sie hatte nichts für Kiki empfunden. Das Mädchen war nur eine unter vielen Kolleginnen gewesen.

Mir ist sicher manches durch Kikis Verschwinden erspart geblieben, denn ich hätte ihr niemals geben können, was sie brauchte – so zog es damals durch Fräulein S.' Gedanken. Und auch heute noch erscheint ihr im Rückblick diese Einschätzung als zutreffend. Bereits damals hasste sie sich für diese Überlegung, für ihre eigene Bequemlichkeit und für ihre Unzulänglichkeit gegenüber dieser Herausforderung. Daran hat sich bis heute nichts geändert.

Das Erlebnis mit Kiki war ihr selbst Initiation und Erweckung: Es musste kein Mann sein! Eine Sklavin zu besitzen war fortan ihr sehnlichster Wunsch. Mit Antonia, der lebensfrohen und selbstständigen Antonia, ist dieser Traum in Erfüllung gegangen.

3. Kapitel

Das Gastmahl

Es ist schön, anderen beim Kochen zuzusehen. Das denkt zumindest Fräulein S., während sie gedankenverloren Antonia betrachtet, die in einem Topf rührt. Toni ist vollkommen in ihrer Tätigkeit versunken. Würde man sie jetzt ansprechen, sie würde erschreckt zusammenzucken. Diese Eigenheit ihrer Sklavin – jede Verrichtung mit vollkommener Aufmerksamkeit und innerer Anteilnahme auszuführen – fasziniert Fräulein S. immer wieder aufs Neue. Jedem Befehl, und sei er noch so erniedrigend, folgt Toni mit einer Selbstverständlichkeit und Hingabe, die jede Assoziation von Entwürdigung zunichte macht: Toni ist stolz auf das, was sie für ihre Herrin tut, was immer es auch sein mag. Und dieser Stolz schützt den Kern ihrer Persönlichkeit.

Die Küche ist groß und hell. Ihre Wände sind in zartem Grün gestrichen. In der Mitte steht ein antiker Tisch aus Weichholz, darüber eine zeitgenössisch-avantgardistische Lampe. Fräulein S. liebt Brüche und Widersprüchlichkeiten. Das gemeinsame Essen aber soll im Wohnzimmer stattfinden. Bereits gestern Abend hat Fräulein S. dort eine große Tafel hergerichtet. Zum einen ist es so für mehrere Leute komfortabler, zum anderen hat Antonia dann beim Servieren mehr zu laufen. Unwillkürlich lächelt Fräulein S. und erfreut sich an ihrer Bosheit. Aber die Sklavin soll heute auch einmal ihren Spaß haben. Schließlich würde Philip kommen. In der Vergangenheit hatte sich Fräulein S. des Öfteren der Phantasie hingegeben, Philip zu befehlen, Antonia gegenüber die dominante Rolle einzunehmen. Mitunter hatte ihr Spielgefährte durchaus Interesse an diesem Part signalisiert, warum sollte es nicht einmal dazu kommen? Sie empfand Lust bei dem Gedanken, zuzuschauen, wie der gut gebaute junge Mann Antonias winziges Fötzchen vögelte. Vermutlich wäre es bis zum Bersten ausgefüllt. Philip würde die vor Schmerz und Lust schreiende Toni von hier bis in die Sterne stoßen.

Sie ist wirklich unglaublich eng, denkt Fräulein S. Und das muss sich ändern, denn schließlich soll Antonia in nicht allzu ferner Zukunft dem einen oder anderen ihrer männlichen Bekannten zur Verfügung stehen können.

Inzwischen hat Antonia den Auflauf in den Ofen geschoben. Das meiste ist fertig. Die Nachspeise steht angerichtet und hübsch verziert im Kühlschrank. Nur der Salat muss noch geschnitten werden. Aber zunächst hat Fräulein S. andere Pläne mit ihrer Dienerin. Die Gedanken an das Arrangement mit Philip haben sie so sehr angeregt, dass sie Lust verspürt, diesen Brand von ihrer Sklavin löschen zu lassen. Sie wird nicht selbst Hand an sich legen. Wozu hat sie das Mädchen? »Komm her, Toni.« Ihre Stimme ist ein wenig rau, wie immer, wenn sie ihre Libido erwachen fühlt. Augenblicklich steht Antonia neben der Herrin. Die steht auf, packt ihre Sklavin an ihrem Oberarm und führt sie ins Schlafzimmer. Nur dort kann Fräulein S. sich wirklich fallen lassen.

Wie spießig, denkt sie manchmal, kommt aber nicht dagegen an. Möglicherweise ein Residuum der sterilen protestantischen Ethik, in deren Geist man sie aufwachsen ließ? Aber Fräulein S. boykottiert seit Langem jede Psychologie.

Wenn etwas eine Bereicherung ist, ist es gleichgültig, warum man es tut, lautet ihre Maxime.

Antonia ist nicht erstaunt ob des plötzlichen Übergriffs. Sie folgt jeder Laune ihrer Herrin mit Ruhe und Souveränität – und das bereits seit Beginn der Beziehung. Fräulein S. setzt sich aufs Bett.

»Knie nieder!«, befiehlt sie dem Mädchen. Toni tut, wie ihr geheißen. Fräulein S. schlägt den Rock hoch und zieht den Slip zur Seite. Antonia weiß genau, was sie nun zu tun hat. Aber sie wartet ab. Denn Fräulein S. liebt es, ihr in den Haarschopf zu greifen und ihren Kopf scheinbar gewaltsam zwischen den eigenen Schenkeln zu platzieren. Antonia fängt sofort an zu lecken. Erst langsam und vorsichtig, ja zärtlich, dann immer fordernder. Sie umkreist mit der Zunge die Klitoris ihrer Herrin, um sich dann ganz plötzlich und unerwartet daran festzusaugen. Sie löst sich wieder und leckt gleichmäßig darüber hin. Sie weiß, dass Fräulein S. auf diese Weise bald kommen wird. Antonias Zunge fühlt sich rau an.

Wie bei einem kleinen Tier, denkt die Herrin. Gleich wird es so weit sein. Sie packt Tonis Haare fester. Sie reißt daran und presst gleichzeitig das Gesicht der Sklavin auf das eigene Geschlecht. Antonia ist als Person in solchen Momenten nicht vorhanden. Hier zählen nur die unglaubliche Geschicklichkeit ihrer Zunge und die Phantasiebilder, die begleitend an Fräulein S.' inneren Augen vorbeiziehen: Sie sieht Toni, mit nichts an ihrem schönen Körper außer schwarzen High-Heels, über den Schreibtisch gebeugt. Dahinter steht Philip. Er hat Tonis Becken gepackt und schiebt sich langsam in ihre enge Möse hinein. Antonia zeigt sich willig, dennoch bereitet es ihr Mühe. Sie wimmert leise. Philip bewegt sich zunächst vorsichtig. Er hält den Unterleib des Mädchens eng an seinen gepresst. Als Toni bereit zu sein scheint, stößt er fester und immer fester in sie hinein. Kurz bevor er den Höhepunkt erreicht, zieht er den Schwanz aus der Möse der Sklavin. Dann ergießt er seinen Saft auf deren Rücken.

Plötzlich ist es so weit: Heiß überkommt es das stets so selbstbeherrschte Fräulein S. Ein heiserer Aufschrei entflieht ihrer Kehle. Sie biegt den Rücken nach hinten, wirft den Kopf in den Nacken und stößt das Mädchen dabei von sich weg. Ihr Atem geht schwer. Sie verharrt einen Moment. Ein letzter tiefer Atemzug. Vorbei. Fräulein S. setzt sich gerade hin. Ein kurzer Moment verstreicht, dann steht sie auf und zieht Toni mit sich in die Höhe. Sie hat sich wieder vollkommen unter Kontrolle.

»Wie siehst du nur aus, Antonia?«, fragt sie mit einem süffisanten Lächeln. »Deine Haare sind ja vollkommen zerzaust.« Und Fräulein S. gibt ihrer Sklavin links und rechts eine feste Ohrfeige. Beim Verlassen des Raumes wirft sie über die Schulter zurück: »Wasch dich Toni, und zieh dir was Nettes an, die Gäste kommen gleich.« Seufzend begibt sich Antonia ins Bad. Manche Gewohnheiten der Herrin erscheinen ihr doch etwas irritierend.

Eine halbe Stunde später sind Tonis Haare ordentlich aufgesteckt. Ihr Gesicht ist sorgfältig geschminkt.

Sie ist so hübsch, denkt Fräulein S. *Eigentlich hätte sie gar kein Make-up nötig*. Antonia trägt einen schwarzen, knielangen Rock aus fließendem Stoff. Den Oberkörper umschließt ein schwarzglänzendes Korsett, das Tonis geringe Oberweite in ein reizvolles Dekolleté verwandelt und ihre schmale Taille betont. Kein Schmuck. Nur ein schwarzes Lederhalsband und Handfesseln aus demselben Material. Fräulein S. tritt hinter ihre Sklavin und legt die Hände auf deren bloße Schultern. »Wunderschön«, sagt sie und küsst das Mädchen in den Nacken.

Es klingelt. Fräulein S. durchquert den Flur und betätigt den Türöffner. Bald darauf ist ein Klopfen an der Wohnungstür zu vernehmen. Die Hausherrin öffnet. Es ist Philip. Er trägt einen dunklen Anzug und in der Hand einen Blumenstrauß. Sie haben einander lange nicht gesehen. Philips Gesichtszüge scheinen Fräulein S. eine Spur markanter geworden zu sein. Das macht seine äußere Erscheinung noch interessanter. Sie umarmt ihn als gleichberechtigten Freund. Heute soll er nicht ihr Lustdiener sein. Erstaunt folgt Philip seiner dominanten Freundin in die Küche. Was ihn wohl heute erwarten mag?

Während Fräulein S. sich selbst und dem ersten Gast einen Aperitif gönnt, darf Antonia den Tisch im Wohnzimmer dekorieren.

Solche Aufgaben liebt sie. Fräulein S. ist immer wieder erstaunt, wie geschickt Toni mit den Händen ist. Die Sklavin ordnet Rosen in einer Vase an. Versonnen hält sie eine Blume in den Händen. Ihre Finger spielen an den Dornen, die Phantasie schlägt Purzelbäume. Ihre Finger wandern zum Dekolleté. Vielleicht werden nachher dort Kratzer sein? So tiefrot wie die Rosen?

Fräulein S. nutzt die Zeit in der Küche, um gemeinsam mit Philip eine grobe Dramaturgie des Abends zu entwerfen. Philip ist über die Pläne der Herrin hocherfreut. Für Toni allerdings soll es eine Überraschung sein. Philip und das Mädchen sind einander in der Vergangenheit bereits mehrfach begegnet, die Sympathie ist auf beiden Seiten groß. Philip, der Anwalt, der so ganz im Wirtschaftsleben gefangen ist, vernimmt stets mit Interesse Tonis Schilderungen des Alltags als Doktorandin und Journalistin. Es sind für ihn Erzählungen aus einer anderen Welt, denen er mit nahezu ethnologischem Interesse folgt. Zudem fasziniert ihn Antonias Enthusiasmus für politische Zielsetzungen, die er längst für tot glaubt.

Antonia ihrerseits bewundert Philips gesellschaftlichen Status, seine Ruhe und Gelassenheit der Zukunft gegenüber. Sie fühlt sich durch seine Anteilnahme an ihrem Leben bestätigt und ernst genommen. Zudem ist mancher Fall, den Philip bearbeitet, für sie unter journalistischen Gesichtspunkten von Interesse, obschon der Anwalt hierüber immer nur andeutungsweise sprechen kann. Fräulein S. jedenfalls hat bereits seit Längerem registriert, wie oft ihre Sklavin nach Philips Befinden fragt. Und es ist ihr selbst ein Vergnügen, Antonia, der sie oft einiges zumutet, eine Freude bereiten zu können.

Es klirrt leise, als Fräulein S. mit Philip anstößt. »Auf diesen Abend.« In diesem Moment schrillt die Türglocke erneut. Fräulein S. hat sich den ganzen Nachmittag Gedanken gemacht, wie Fräulein Wiesengrund und der zurückhaltende Thomas am besten in das Geschehen einzubeziehen wären. Ein Anlass dieses Essens sollte schließlich die Neubelebung der Freundschaft zu Fräulein Wiesengrund sein.

Integration, dachte Fräulein S. ein paar Stunden zuvor, *das ist es*. Da Thomas ungern in der Öffentlichkeit spielte – selbst in einem derart geschützten Umfeld wie diesem –, gab es nur eine Möglichkeit.

Ich werde Toni zusätzlich an Fräulein Wiesengrund ausliefern und mich selbst vollkommen im Hintergrund halten, lautete der Beschluss, den sie gefasst hatte. So konnte sich Fräulein S. vollkommen um Thomas kümmern, der sich schließlich nicht langweilen sollte. Aber das würde er in keinem Fall: *Ich werde ihm eine opake Inszenierung bieten*, denkt sie und durchmisst den Flur ein weiteres Mal mit energischen Schritten. In einem knielangen, schmal geschnittenen Rock aus Glattleder, schlichten halbhohen Pumps und einem leichten Pullover mit tiefem V-Ausschnitt erscheint Antonias Herrin elegant, unnahbar und gerade deshalb begehrenswert bis zum Unerträglichen. Fräulein S. pflegt bei ihrer Kleidung allgemeine Monochromie: Toni hat sie nie anders gesehen als in Schwarz.

Ein weiteres Mal drückt sie die Messingklinke herunter. Erstaunt registriert Fräulein S. eine leichte Nervosität und schilt sich im gleichen Moment selbst dafür.

Es wird gut gehen, denkt sie. *Wir werden einen wunderbaren Abend verbringen.*

Vor der Tür stehen Fräulein Wiesengrund und Thomas, Letzterer wie immer einen Schritt hinter ihr. Die Begrüßung fällt betont herzlich aus. Philip tritt – ganz der Hausherr – aus der Küche. Er lächelt gewinnend, umarmt Fräulein Wiesengrund und klopft Thomas auf die Schulter. Fräulein S. hatte ihm beim Aperitif kurz den Stand der Dinge dargelegt. Er kennt das Paar schon lange und hatte sich selbst darüber gewundert, dass der

Kontakt seit einiger Zeit nicht mehr die alte Intensität zu besitzen schien. Plaudernd begibt man sich ins Wohnzimmer. Die Rituale sind bekannt, das Spiel eröffnet.

Philip schenkt den Wein ein. Antonia bringt den Salat und bedient die Gäste. Als Philip an der Reihe ist, legt er kurz seine Hand auf die der Sklavin. Antonia wird rot. Unter niedergeschlagenen Augenlidern blinzelt sie den jungen Anwalt an. Sie lächelt nervös, und ihr Teint wird noch eine Spur intensiver. *Nicht so voreilig, mein Lieber*, denkt Fräulein S. *Du kriegst sie noch früh genug.* Auch Antonia darf schließlich Platz nehmen. Zwar hätte Fräulein S. sie zunächst ganz gern komplett in die Küche verbannt, aber das wäre vielleicht doch etwas hart gewesen, außerdem möchte sie Antonias Gesellschaft bei Tisch nicht missen. Und das ist nicht alles. Auch unter strategischen Erwägungen wäre es unklug, das Mädchen auszuschließen. Im Zuge der Vorbereitungen dieser Einladung hatte sie immer mehr Enthusiasmus für den Gedanken entwickelt, Antonia einmal an Fräulein Wiesengrund abzugeben. Aus ihrer gemeinsamen Arbeitszeit kennt sie die überzeugende Dominanz der Gefährtin sowie deren technische Präzision. Auch wenn die frühere Kollegin in ihrer privaten Beziehung nur wenig Gelegenheit dazu haben sollte (Wie und warum nur erträgt sie das? Für Fräulein S. ein Buch mit sieben Siegeln), so wusste sie zumindest früher stets, ihren Sadismus in ästhetisch überaus ansprechender Form auszuagieren. Und Fräulein S. will hier schon einmal das geplante Arrangement anbahnen.

Es beginnt vielversprechend: Fräulein Wiesengrund hat ihr Konglomerat aus negativen Gefühlen erfolgreich niedergezwungen und sich ab dem Nachmittag sogar doch noch auf den Abend gefreut. Auch Thomas erscheint gelöst und lebhafter als sonst. Angeregt unterhält er sich mit Philip über Berufliches. Fräulein Wiesengrund hingegen erkundigt sich interessiert nach dem Gedeihen von Antonias Promotion. Nachdem Antonia das Geschirr des letzten Ganges abgetragen hat, kniet sie vor der Wand nieder, den Blick gesenkt. Sie hat zu warten. Seitdem Fräulein S. zum ersten Mal in diesem Rahmen eingeladen hat, besitzen diese Abende eine choreographische Grundstruktur, wobei im Laufe der Zeit die Rituale beständig ausdifferenziert wurden. Die Tischgesellschaft raucht, die Gespräche wenden sich von alltäglichen Fragen ab. »Ich hoffe, Antonias Dienste haben euch zugesagt«, beginnt Fräulein S. Philip spielt den Ball zurück: »Liebe Freundin«, sagt er, »ich würde die Dienste deiner Sklavin gerne einmal auf eine ganz andere Art und Weise in Anspruch nehmen.« Fräulein S. zieht ein letztes Mal tief an ihrer Zigarette, bevor sie sie im Aschenbecher ausdrückt. »Wir werden sehen«, antwortet sie. Ihr signalrot geschminkter Mund verzieht sich vielsagend. »Antonia scheint mir heute ein wenig unruhig«, erklärt Fräulein Wiesengrund. »Etwas Ablenkung wäre wohl das Richtige.«

Gelegenheit macht Diebe, denkt Fräulein S. Nicht nur für Fräulein S. eine rätselhafte Erscheinung, weshalb ihre Gefährtin, die sie doch aus früheren Zeiten als passionierte Domina kennt, weitgehend auf ihr erotisches Vergnügen verzichtet. Fräulein Wiesengrund selbst ist verbittert über die eigene Situation. Doch eine wirkliche Veränderung ginge wahrscheinlich mit dem Ende ihrer Beziehung einher. Und damit würde sie ihre materielle Existenzbasis verlieren, zumindest jedoch ihren Lebensstandard erheblich einschränken müssen. An diesem Abend bricht zum ersten Mal seit Langem wieder die Spielerin in ihr durch. Zwar war die letzte Zeit des Kontakts zu Fräulein S. von Spannungen geprägt, doch heute giert Fräulein Wiesengrund nach erotischer Entlastung.

Fräulein S. steht auf. Die Werkzeuge bittersüßer Qual liegen in einer Ecke auf einem kleinen Tisch bereit. Die Herrin greift zunächst nach einer schmalen Hundeleine aus festem Leder. Vor

Antonia begibt sie sich in die Hocke und befestigt die Leine an deren Halsband. Ein kurzer Ruck und ein fester Griff unter das Kinn: Fräulein S. zwingt Antonia, ihr in die Augen zu sehen. »Nun?«, fragt sie kühl. Während der kurzen Zeit, die Antonia wartend verbrachte, hatte sie Gelegenheit, sich auf das Kommende einzustellen: »Ich werde alles tun, was Sie, meine Herrin, von mir verlangen. Ich weiß, dass Ungehorsam schwere Folgen nach sich ziehen wird. Ich bin damit einverstanden, dass Sie in einem solchen Falle jedes beliebige Mittel anwenden. Und ich will Ihnen, was es auch sein mag, dankbar dafür sein, dass Sie sich meiner Erziehung annehmen.«

»Braves Mädchen«, sagt Fräulein Wiesengrund und tätschelt Antonias Wange. »Du hast die Kleine inzwischen ganz nett abgerichtet, das muss man dir lassen«, sekundiert Fräulein Wiesengrund. *Sie redet über mich wie über eine Hündin*, denkt Antonia. Zwischen den Beinen verspürt sie plötzlich Feuchtigkeit.

Fräulein S. hat sich inzwischen erhoben. Sie hält die kniende Sklavin an der kurzen Leine.

Antonias Vorstellungsvermögen projiziert den Anblick, den sie an der Seite ihrer Herrin den Gästen bieten muss, auf eine imaginäre Leinwand. Unwillkürlich strafft sich ihr Rücken und beugt sich ihr Nacken noch ein wenig tiefer. »Steh auf und zieh dich aus!«, befiehlt Fräulein S. Sie tritt einen Schritt von Antonia weg. So kann die Tischgesellschaft das Mädchen ungehindert betrachten. Antonia streift den Rock herunter und legt ihn beiseite. Ein bisschen ungeschickt schwankt sie auf ihren Pumps. Dann hakt sie das Korsett auf. Die Schuhe und die halterlosen schwarzen Strümpfe darf sie anbehalten. Antonia kreuzt die Hände im Rücken und wartet. Sie geniert sich ein wenig. Es ist ganz still im Raum. Dann wird die Ruhe von den Schritten ihrer Herrin durchbrochen. Fräulein S. beginnt, langsam um Antonia herumzuschreiten. Dabei zieht sie diese an der Leine mit sich.

»Komm, Toni, dreh dich, wir wollen dich von allen Seiten sehen.«

Gehorsam zeigt sich Antonia rundherum. Einerseits ist sie stolz, ihren Körper präsentieren zu dürfen, zum anderen vergeht sie vor Scham unter den Blicken, nach denen sie süchtig ist. Anerkennendes Raunen am Tisch.

»Nun«, sagt Fräulein Wiesengrund gedehnt und macht eine kurze Pause, »wäre es wohl möglich, sie sich etwas genauer anzuschauen?«

»Aber gern«, antwortet die Gefährtin und wendet sich Toni zu: »Na los, auf die Knie, und mach die Beine schön breit.« Antonia gehorcht.

»Noch breiter!« Fräulein S. tritt ihr leicht gegen die Innenflächen der Oberschenkel. Die Sklavin spreizt die Beine, soweit es irgend möglich ist. »Nicht so schüchtern, Toni! Na los, jetzt zeig uns schon dein Fötzchen.«

Antonia ist froh über die Regel, niemandem ins Gesicht schauen zu dürfen. Ihre Hände wandern zwischen die Beine und ziehen die Schamlippen auseinander. Dort unten ist es feucht und warm. Antonia spürt ein Pochen in ihrer Klitoris. »Zeig mir die Kleine mal von hinten.« Das war Fräulein Wiesengrund. Die Sklavin ahnt, was man von ihr verlangen wird. »Umdrehen«, sagt Fräulein S. knapp. Antonia dreht sich um. Sie zögert. »Antonia.« Der Tonfall ist Warnung. In den Ohren der Sklavin saust es. Es gibt nichts, was erniedrigender wäre als diese Position. Gleichzeitig der Wunsch zu gehorchen. Antonia steht auf einer Klippe; tief, tief unten das Meer.

Spring, so lautet ihr stummer Ruf an sich selbst. Und sie springt: neigt den Oberkörper vor und legt den Kopf seitlich auf den harten Dielenboden. Sie drückt das Kreuz durch, so stark sie kann. Ihre Lenden treten hervor. Sie zieht ihre Pobacken auseinander und präsentiert ihre Rosette. *Eine läufige Hündin*, denkt Toni, *ja, das bin ich*.

Fräulein S. weiß genau, welche Überwindung ihre Sklavin diese Position kostet. Es ist das erste Mal, dass sie Toni anderen in dieser Stellung vorführt. Sanft streicht sie ihr über den Rücken. »Brav«, sagt sie leise, »so ist es brav.« Diese Worte berühren Antonia in eigenartiger Weise. Es degradiert sie auf die Ebene eines kleinen Mädchens, das der Willkürherrschaft Erwachsener unterstellt ist. Gehorsam oder Strafe, dazwischen gibt es nichts. Antonia hat keine Wahl. Die Scham weicht von ihr. Schließlich befolgt sie nur die Befehle der Herrschaft. Das Pochen im Kitzler hat sich inzwischen zu einem gewaltigen Druck gesteigert.

Philip trinkt einen Schluck Wasser. Ihm ist heiß. Plötzlich greift Fräulein S. Antonia zwischen die Beine. Fast hätte sie gelacht. »So eine kleine Schlampe«, sagt sie. »Du markierst hier die Unschuld vom Lande, aber in Wahrheit würdest du alles darum geben, jetzt einmal kräftig durchgefickt zu werden, nicht wahr? Aber so leicht werden wir es dir nicht machen. Du bist zu unserem Vergnügen hier und nicht zu deinem, das weißt du ganz genau.« Würde man Antonia nach ihrem Fetisch fragen, so müsste sie sich zum Fetischismus des Wortes bekennen: Es gibt nichts, was sie so stark in die Erregung treibt wie bestimmte Formulierungen, Befehle, Frage-und-Antwort-Spiele.

»Sag mir, was du bist«, setzt ihre Herrin erneut an, »und wofür du hier bist.« Gleich darauf korrigiert sie sich. »Nein, ich weiß das ohnehin. Sag es unseren Gästen. Und schau sie dabei an. Sie sollen schon wissen, womit sie es zu tun haben. Denn heute Abend, kleine Toni, wirst du uns allen gehören.« Antonia hatte es bereits im Stillen vermutet. Nun war Gewissheit eingetreten. Vor Fräulein Wiesengrund hatte sie ein bisschen Angst, verursacht durch Fräulein S.' Erzählungen aus der gemeinsamen Vergangenheit. Antonia schluckt. Dann sieht sie die Gäste an. »Ich bin einc Schlampe«, sagt sie leise, aber hörbar. »Und ich bin hier, um Ihnen allen, die Sie sich hier im Raum versammelt haben, zu dienen. Ich stehe bedingungslos zu Ihrer Verfügung.«

»Steh auf, Antonia.«

Fräulein S. hält eine Augenbinde in der Hand, die sie dem Mädchen anlegt. Sie führt die Sklavin in die Mitte des Raumes, direkt unter den Flaschenzug. An einem der Haken ist ein metallenes Triangel befestigt, das sie nun bequem durch Karabinerhaken mit Antonias Handfesseln verbinden kann. Antonia positioniert sich mit geöffneten Beinen, ohne erst dazu aufgefordert werden zu müssen. »Welch ein Anblick«, sagt Philip zu Thomas gewandt. »Ja, ja, in der Tat«, gibt dieser ein wenig fahrig zurück. Philip hatte ihn aus seinen Gedanken aufgescheucht. Thomas beneidet Antonia um die Fähigkeit, ihre Phantasien so konsequent in die Realität umzusetzen. Er selbst würde es nie wagen, sich derartig zu exponieren – obgleich er oft davon träumt. Er fühlt sich in letzter Zeit zunehmend in einem Netz aus den widersprüchlichsten Sehnsüchten und Ängsten, Träumen und Hemmungen gefangen. Ihm fehlt die Fähigkeit, über diese Probleme zu sprechen. Fräulein Wiesengrund verfügt ihrerseits nicht über die Empathie, seine vorsichtigen Signale zu deuten. *Wie muss sich meine Frau mit mir langweilen*, denkt er traurig. Und damit hat er schließlich auch recht.

Unauffällig sieht er seine Gattin von der Seite an. Wie könnte ihm die Intensität entgehen, mit der ihre Augen an dem Mädchen saugen? Ihr Sehvermögen hat sich als Tentakel verselbstständigt. Ihre Hände zucken begehrend. »So tretet doch näher«, lädt Fräulein S. in diesem Augenblick die Gäste ein. Thomas zögert zunächst, erhebt sich dann aber mit den anderen. Zwar bevorzugt er die Zuschauerrolle, möchte aber dennoch dem Geschehen nahe sein.

Die Schritte kommen näher. Antonia fühlt sich wie ein Tier in der Falle der Jäger. In solchen Momenten ist sie nur noch Körper.

Eine Hand greift zwischen ihre Beine und zwingt sich ihr anschließend in den Mund. »Kleine Sau, schön ablecken.« Das war Fräulein Wiesengrund. Antonia leckt – ein wenig zurückhaltend – die fremde Hand. »Geht das auch richtig?« Fräulein Wiesengrund gibt ihr eine leichte Ohrfeige. Das war nur eine vorsichtige Andeutung dessen, was passieren könnte, wenn Antonia jetzt unvorsichtig wäre. Also nimmt sie die Hand an und leckt, als ginge es um ihr Leben. Philip holt inzwischen die Klammern: zwei Klammern – für jede Brustwarze eine –, die durch Ketten mit einer Klammer für die Klitoris verbunden sind. Er bringt das Instrument zum Klirren. »Weißt du, was das ist?« Antonia ahnt, befürchtet und erhofft es. Ihre Brustwarzen stehen steil. Sie scheinen schier nach den Klammern zu schreien. Kunstfertig setzt Philip die Nippelklemmen an und verbindet schließlich die Brüste mit dem Kitzler. Als er Antonia dort berührt, geht sie leicht in die Knie.

Die Ketten sind ein bisschen zu kurz. *Das war doch beim letzten Mal nicht so*, denkt das Mädchen. Tatsächlich hat Fräulein Wiesengrund eben ein paar der locker ineinandergehakten Glieder entfernt. »Stell dich gerade hin, Toni, wie sieht das denn aus.« Antonia richtet sich auf. Es tut weh. Aber das braucht sie jetzt. Sie nimmt die Schultern zurück. »Na komm, Kleine, nicht so vorsichtig.« Fräulein Wiesengrund hält sie von hinten an den Schultern gepackt. »Sonst geht das auch anders«, zischt sie ihr ins Ohr. Sie tritt vor Antonia hin und spielt an den Ketten. Das Mädchen hat ihr das blinde Gesicht zugewandt. Fräulein Wiesengrund zieht energisch an den Metallsträngen. Der Druck auf die Brustwarzen nimmt zu. Er nimmt ab, scheint erträglich zu werden und ist mit einem Ruck wieder so stark, dass Antonia hörbar aufstöhnt. Ihr Mund verzieht sich gepeinigt. »Lächeln, Antonia«, sagt Fräulein Wiesengrund, »komm, lächle mich an.« Antonia bemüht sich. Krampfhaft zieht sie die Mundwinkel nach oben. Da streichelt plötzlich eine Hand über ihren Rücken. Ist es Philips? Der Schmerz in den Brustwarzen lässt nach, und Antonias Gesichtszüge entspannen sich. Ihre Grimasse weicht einem wirklichen Lächeln. Sie liebt es, im Mittelpunkt des Geschehens zu stehen. Doch mit einem Mal schreit sie erschrocken auf. Fräulein Wiesengrund hat ganz unvermittelt an den Ketten gerissen. Sie lacht boshaft. »Habe ich dir erlaubt, deine Miene zu verändern?«

»Nein, aber ich ...«

»Für dich, mein Kleines, gibt es kein ›aber‹, merk dir das!« Sie unterstreicht ihre Ausführungen mit zwei Ohrfeigen. Antonia hasst Ohrfeigen. Antonia liebt Ohrfeigen. Sie demonstrieren ihr auf so überaus demütigende Weise ihren Status und lassen sie so in die bodenlosen Abgründe des Jenseits der Vernunft fallen. *Ich gehöre Ihnen, Herrin*, ist das Einzige, was in solchen Momenten noch durch Antonias vernebelte Hirnregionen ziehen kann.

Das Mädchen atmet schwer. Erneut spürt sie die Hand auf ihrem Rücken. Oder sind es mehrere? »Soll ich die Klammern abnehmen?«, fragt Fräulein Wiesengrund. Ihre Stimme klingt süßlich. Natürlich, denn sie hat allen Grund, sich auf das Kommende zu freuen: Antonia kennt den brutalen Schmerz, der sich einstellt, wenn das Blut wieder zurück in die abgeklemmten Regionen schießt. Aber irgendwann müssen die Klammern entfernt werden, keine Frage. Antonia nickt. »Ja«, sagt sie. Fräulein Wiesengrund zupft an der Kette. Antonia hat keine Wahl: »Bitte, Herrin, nehmen sie mir die Klammern ab.«

»Auf dieser Basis können wir zumindest mal verhandeln, meine Kleine.«

Fräulein S. hat gemeinsam mit Thomas auf dem Sofa Platz genommen. Beide genießen die Darbietung. Sie sind, jeder auf seine Weise, vollkommen in der Betrachtung verloren. Fräulein S. vollzieht im Geiste jede Bewegung Fräulein Wiesengrunds mit.

Thomas fühlt mit Antonia. Er zollt ihr seine Bewunderung – und ebenso sein Mitleid.

»Ich könnte die Klammern entfernen, aber dann wäre es nur fair, wenn du mir eine andere Möglichkeit bieten würdest, mich an deinem Körper zu verlustieren. Du bist zu schön, um dich nicht zu quälen.« Den letzten Satz flüstert Fräulein Wiesengrund. Ihr Tonfall ist betörend. »Was werden Sie ...«, setzt Antonia an. »Erst deine Entscheidung, Toni.«

»Ich bin einverstanden. Ich werde nach dem Entfernen der Klammern jede Maßnahme akzeptieren.«

»Sehr schön«, gibt Fräulein Wiesengrund zurück. Ihr Gesicht ist dicht an Tonis. Ihre Lippen streifen die Wange der Sklavin. Sie lässt die Klammern aufschnappen. Nur mühsam unterdrückt Antonia einen Schrei. Philip umarmt sie währenddessen von hinten. Antonia lässt sich noch tiefer fallen: in die zärtliche Berührung und in den Schmerz. Sie will alles spüren. Fräulein Wiesengrund streichelt die malträtierten Körperregionen. Der Druck ist aus Antonias Klitoris gewichen, wenn auch nicht derart, wie sie es ersehnte.

Dem Mädchen wird ein Moment der Entspannung gegönnt. »Ich werde dich nun für jede gelöste Klammer zehnmal schlagen«, sagt Fräulein Wiesengrund. »Es wird dir wehtun. Philip soll dich vorher mit der Hand ein wenig aufwärmen.« Der packt Antonia mit dem linken Arm um die Taille. Die Sklavin traut sich nicht, ihren Kitzler, der schon wieder pulsiert, an seinem Bein zu reiben. Sie ist gerade in einer misslichen Lage, so viel ist klar. Mit jedem Vergehen würden zu den dreißig Schlägen mehr hinzukommen, so lehrten es Antonia ähnliche Situationen in der Vergangenheit. Sie steht still und verhält sich ganz ruhig. Das ist am klügsten. Anfangs tätschelt Philip sie nur. Doch bald schlägt er fester und fester. Antonia versucht, die einzelnen Schläge mit jeder Faser ihres Körpers zu empfinden. Und nun gleitet sie langsam in ein Stadium, in dem sie unersättlich ist. Ach, hätte Philip doch mehr Kraft! Irgendwann setzen dessen Hiebe aus. Stille. Jemand räuspert sich. Füße scharren auf dem Holzboden. Mit einem Mal hat Antonia dann doch Angst. Fräulein Wiesengrund wird sich nicht mit ihrer zierlichen Hand an ihr abmühen, so viel ist klar. Antonia fürchtet sich oft davor, wonach sie sich sehnt, und sehnt sich nach dem, wovor sie sich fürchtet. Dieser Widerspruch hatte sie bereits früher oft in selbsthermeneutische Exzesse getrieben. Doch das ist längst Vergangenheit. *Es macht mir Spaß. Ich brauche es nicht zu verstehen* – damit hatte sie ihre Überlegungen ein für allemal beendet.

Die Sklavin hört neben sich ein Pfeifen in der Luft. *Bitte nicht, nicht den Rohrstock*, denkt sie. Es ist das Schlaginstrument, das ihr die intensivsten Schmerzen zufügt und die wenigste Lust gewährt. Aber dennoch: Ist die Züchtigung erst einmal vorbei, wirkt es noch lange, lange nach. Und das fühlt sich einfach wunderbar an.

Fräulein Wiesengrund drückt Antonia die Faust ins Kreuz, die daraufhin ihre Lenden gehorsam anbietet. Sie fährt mit einem Finger über die Rundung. Toni zittert leicht. »Deine Angst steht dir gut, meine Kleine. Und du hast auch allen Grund dazu.« Antonia erinnert sich an die Worte von Fräulein S.: »Fräulein Wiesengrund kann die Angst ihrer Opfer riechen. Und das erregt sie über alle Maßen.« Tatsächlich sind gerade diese Momente vor der eigentlichen Aktion die intensivsten für die Gefährtin von Fräulein S. Sie umrundet Antonia noch einmal in großem Bogen, den Blick fest auf ihr Opfer gerichtet, das nur ihre Schritte hören kann: High-Heels auf Parkett. Fräulein Wiesengrund weidet sich am straffen, weißen Fleisch der jungen Frau. Gleich wird deren Haut nicht mehr so unversehrt sein. Endlich nimmt sie eine günstige Position hinter Antonia ein. Fräulein S. verfolgt das Geschehen mit zunehmender Intensität. Nie hätte sie gedacht, dass bloßes

Zuschauen so gewinnbringend sein könnte. Vorsichtig wendet sie sich Thomas zu. Der betrachtet nachdenklich seine Frau.

»Du wirst jetzt schön mitzählen, Toni«, fordert Fräulein Wiesengrund. Antonia soll die Qualen nicht nur passiv über sich ergehen lassen, nein, das wäre zu billig. Der Spaß fängt für die passionierte Sadistin erst wirklich an, wenn sie das Opfer zwingen kann, sich aktiv an seiner Erniedrigung oder Abstrafung zu beteiligen. Fräulein Wiesengrund zerschneidet noch einmal zischend die Luft, damit Antonia ganz sicher sein kann, was sie nun erwartet. Die Sklavin, die bereits mit dem ersten Hieb gerechnet hatte, fährt erstaunt zusammen. Das wird sofort durch einen festen Schlag mit der Hand zwischen die Beine geahndet. »Halt still, kleines Biest, sonst stehst du morgen noch hier!« Und Antonia hält still.

Der Rohrstock trifft sie schon beim ersten Mal überaus hart. Aber Antonia schreit nicht, Antonia zählt: »Eins.« Nach dem dritten Hieb ziehen sich drei der charakteristischen Doppelstriemen tiefrot über Antonias blasses Fleisch. Der vierte Schlag trifft die wesentlich empfindlichere Haut der Oberschenkel. Antonia schreit auf. Es kostet sie alle nur verfügbare Kraft, ihren Körper weiter folgsam anzubieten, sich nicht zu winden oder zu drehen. Die nächsten beiden Schläge sind nicht ganz so schlimm. Antonia zählt ruhig und beherrscht: »Fünf, sechs.« Der siebte Schlag trifft sie mit unvermuteter Härte. Der achte geht erneut auf die Schenkel und lässt sie verzweifeln. *Wie soll ich das nur durchhalten?*, so tobt es in ihrem Inneren. Doch sie verharrt still. Nur ihr schwerer Atem zeugt vom Schmerz und der Anstrengung, die ihr sein Ertragen abnötigt.

Fräulein Wiesengrund scheint in eher gnädiger Stimmung zu sein. Sie schlägt Antonia wieder auf ihre weniger empfindlichen Partien – zwar fester als zuvor, doch es lässt sich aushalten. »Neun, zehn«, zählt Antonia. Sie wappnet sich für den nächsten

Hieb. Doch nichts passiert. Fräulein Wiesengrund hat sich etwas Neues überlegt: Antonia müsste sich rücklings auf den Boden legen. Ihre Fußknöchel sollen dann mit der Stange an dem Flaschenzug verbunden und in die Höhe gezogen werden. So würde die Sklavin gezwungen sein, die Innenseiten ihrer Schenkel und ihr Geschlecht auf vollkommene Art und Weise den Qualen und Blicken darzubieten. »Ich will dich dort peitschen, wo es dir am meisten wehtut, Kleine.« Doch nicht mit dem Rohrstock, das wäre zu viel. Fräulein Wiesengrund wählt eine mittelharte Riemenpeitsche und schwingt sie durch die Luft. Einen Augenblick ist die Sklavin erleichtert. Zumindest hat ihre Zuchtmeisterin den Rohrstock weggelegt. Aber nur einen Augenblick später ist Tonis Mund ein einziger Schrei. Ihr Körper verschmilzt mit dem Schmerz, er wird selbst zum Schmerz. Fräulein Wiesengrund gibt ihr nach jedem Hieb Gelegenheit, sich zu sammeln und die jeweilige Zahl zu nennen. Toni weiß, dass sie die Züchtigung nur durchhalten kann, wenn sie nicht versucht, sich von der Qual abzulenken. Sie muss sie zulassen, muss sie umarmen und in sich aufnehmen, dann wird es Antonia sein, die letztendlich gewinnt. Und wirklich – es geht. Es ist auszuhalten! Antonia presst die Wirbelsäule auf den Boden und atmet tief. »Neunundzwanzig.« Doch Fräulein Wiesengrund würde ihrem Ruf keine Ehre machen, hätte sie sich nicht noch eine kleine Gemeinheit vorbehalten. Den letzten Schlag platziert sie direkt zwischen Tonis Oberschenkel, auf die Stelle aller Stellen, die empfindlichste Region der Körperlandschaft. Dem Mädchen schießen Tränen in die Augen. Aber es ist vorbei. Es ist wirklich vorbei.

Die Beine der Sklavin werden losgebunden und vorsichtig auf den Boden gelegt. Man löst ihre Augenbinde. Philip hebt Antonia auf und trägt sie zum Sofa. Ihren Kopf bettet er auf Fräulein S.' Schoß. Die küsst ihr Eigentum auf die Stirn. Fräulein Wiesengrund streichelt ihre Schenkel und Brüste. Alle versichern ihr, wie brav und tapfer sie war. Selbst Thomas streicht ihr durch das zerzauste Haar. Antonia fühlt sich geborgen und glücklich. Sie presst ihre Wange an Fräulein S.' Bauch.

»Du hast dir eine Belohnung verdient, kleine Toni«, sagt ihre Herrin. »Das Sofa soll nun Philip und dir gehören, was ihr hier macht, interessiert mich nicht. Habt es schön miteinander.« Sie steht auf und bedeutet Fräulein Wiesengrund, ihr mit Thomas zu folgen. Alle drei nehmen wieder am Tisch Platz und versuchen, das Geschehen auf der Couch nicht allzu penetrant zu verfolgen.

Philip ist unsicher, ob Antonia jetzt überhaupt noch Lust haben kann, sich ihm hinzugeben. Ihr Verhalten allerdings lässt ganz darauf schließen. Das Mädchen rückt näher an ihn heran und legt den Kopf an seine Schulter. Sie wirft ihm einen Blick zu, der alles bedeuten könnte. Eine Aufforderung? Philip legt seine Hand versuchsweise auf Antonias Brust. Die hält ganz still. Sie lässt es geschehen, dass die Hand den Bauch hinabwandert – *was für ein süßer Bauchnabel*, denkt Philip – und schließlich tastend zwischen ihren Beinen zum Ziel gelangt. Ja, Antonia öffnet die Schenkel sogar bereitwillig. Ein leichter Film von Feuchtigkeit benetzt die dortige Region. Schüchtern lächelt sie ihn an. Die eigene Wollust scheint ihr ein wenig unangenehm zu sein. Tatsächlich würde sie jetzt gern von Philip genommen werden und weiß nicht, wie sie ihm das am geschicktesten vermitteln soll. Schließlich ist sie eine Sklavin und hat als solche nichts zu fordern. Sie fühlt im Rücken die Blicke ihrer Herrin – und die Fräulein Wiesengrunds dazu. Jetzt bloß nichts falsch machen! Philip erlöst sie schließlich von ihren Qualen: »Wer so lüstern ist wie du, der muss einfach gefickt werden. Tut mir leid, Toni!«

Antonia versucht, nicht allzu auffällig zu strahlen. »Steh auf!« Sie gehorcht, ohne auch nur einen Moment zu zögern. Er greift das Mädchen am Nacken und führt sie um das Sofa herum. Toni legt ihren Oberkörper von selbst über die Rückenlehne und positioniert sich mit leicht gespreizten Beinen. »So eine kleine Sau«, kommentiert Fräulein Wiesengrund am Tisch. Doch ihr Tonfall klingt eher belustigt als abfällig.

Fräulein S.' Imaginationen des Nachmittags scheinen Realität zu werden. Tatsächlich hat Philip Mühe, Besitz von der schmalen Antonia zu ergreifen. Doch schließlich gelingt es ihm. Gern würde er sich, noch ganz im Bann der Bilder der letzten Stunde, schnell Erleichterung verschaffen und sich in das Mädchen ergießen. Doch der aktive Part erfordert Selbstbeherrschung.

Wer einen anderen Menschen führen will, der muss gelernt haben, sich selbst zu leiten, denkt Philip. Und so reguliert er seine Bewegungen. Auch Toni soll Lust empfinden – obwohl sie, wie Fräulein S. einmal erwähnte, ausschließlich klitoral zum Höhepunkt gelangen kann. Konzentriert vollführt er leichte Gleitbewegungen, die sich schließlich in Stöße verwandeln. Zunächst langsam und dann schneller. Und immer härter. Antonia entweichen kurzatmige kleine Seufzer. Ihr Gesichtsausdruck wirkt leicht entrückt. Es bereitet ihr Genuss, das ist offensichtlich. Philip begibt sich schließlich auf die Zielgerade. Geräuschvoll klatscht sein Becken auf das Fleisch ihrer Lenden. Er atmet zunehmend intensiver. Schließlich keucht er. Schweiß steht auf seiner Stirn. Ein Schrei. Und Stille. Erleichterung. Auflösung. Katharsis. Philip zieht sich zurück. Ein unglaublicher Druck ist von ihm gewichen.

Ein leises Lachen. Das war Antonia. Die Nöte des männlichen Geschlechts erheitern sie immer wieder aufs Neue.

»Ich finde, Antonia soll ebenfalls Erlösung erfahren. Das wäre nur gerecht«, bemerkt Philip. Und wirklich zeigt sich deren Klitoris nach wie vor angeschwollen.

»Lieber Freund, seit wann sind wir gerecht?«, gibt Fräulein S. zurück. Doch sie spricht weiter: »Tatsächlich soll die Not der Sklavin beendet werden, aber wir wollen alle unsere Freude daran haben. Na los, Antonia, zeig uns, wie du es dir machst!« Antonia wünscht sich nichts mehr – und vergeht gleichzeitig vor Scham. Doch sie weiß sich gut aufgehoben im Kreise von Menschen, denen sie mit ihrem Exhibitionismus die erlesensten Vergnügungen bereiten kann. Unaufgefordert platziert sich Antonia auf dem Sofa so, dass die Tischgesellschaft ihren Blick ungehindert auf diejenige Partie ihres Körpers richten kann, in der auch keine tieferen Wahrheiten verborgen liegen. Die Sklavin befeuchtet ihre Finger zusätzlich mit Speichel. Sie konzentriert sich und lenkt alle Aufmerksamkeit und Empfindungen auf ihr Lustzentrum. Die Welt um sie herum versinkt. Vergessen sind die Menschen im Raum. Antonia wird selbst zum Raum. Antonia wird zur Welt. Sie lässt ihren Film ablaufen – als Regisseurin, Kamerafrau und Darstellerin zugleich. Und zum ersten Mal seit Langem ist die Akteurin an ihrer Seite nicht Fräulein S. Stattdessen erhebt sie in ihrer imaginären Lichtbildnerei Fräulein Wiesengrund zur Herrin; sie sieht sich als deren Opfer, als deren Objekt, als deren Lustdienerin.

Gleich ist es so weit. Sie fühlt es. Gleich wird es kommen. Gleich. Das Gleich wird zum Jetzt. Es kommt. Es kommt über Antonia. Antonia kommt. Muskelkontraktionen. Zucken. Ein letzter Seufzer. Stille. Bewegungslos liegt sie da. Ihr Atmen ist das einzige Geräusch im Raum. Auch die Zuschauer entspannen sich. Sie sind den kleinen Tod des Mädchens mitgestorben. Gerührt steht Fräulein S. auf. Sie möchte Antonia küssen und ihre Wertschätzung bezeugen. Heute Nacht wird die Sklavin des Fräulein S. neben ihrer Herrin schlafen dürfen. Ganz sicher.

4. Kapitel

Stillstand und Bewegung

Sommer 1979: Fräulein S. schreitet über den roten Teppich, der sich endlos vor ihr ausbreitet. Es ist ein dreckiger, abgetretener Flor, der die Schritte der Studenten in den Korridoren der Freien Universität dämmen soll. Während der Vorlesungszeit bevölkern Ströme von Studenten das Gebäude, doch nun ist Fräulein S. allein. Natürlich – während der Semesterferien hält sich der Eifer der Kommilitonen in Grenzen. Warum die Institutsbibliothek aufsuchen, wenn man doch auch im Park oder im Café lesen kann?

Und das war nun alles?, denkt Fräulein S. Sieben Jahre, sieben lange Jahre hat sie hier studiert, agitiert und gekämpft. Doch nun durchquert sie vielleicht zum letzten Mal diesen Flur. Soeben hat sie die letzte Teilprüfung des Magisterexamens abgelegt. Philosophie, mündlich. Wo bleibt der Triumphmarsch? Wo die Fanfaren? Und wo der Regen von Rosenblättern? Aber das einzige Geräusch wird durch das Wortgefecht verursacht, das sich eine Putzfrau mit dem Pförtner liefert.

Fräulein S. fühlt plötzlich eine leichte Übelkeit aufsteigen. Aufgeregt war sie schließlich doch, auch wenn sie sämtlichen Freunden und Freundinnen gegenüber das Gegenteil behauptet hatte. Sie kann es noch kaum glauben, dass mit dem heutigen Tag einfach alles vorbei sein soll. Zum einen wirft sie einen wehmütigen Blick zurück, zum anderen schaut sie voller Spannung auf das Kommende. Sechs Wochen Ferien liegen vor ihr. Danach wird sie ein Volontariat in einem kleinen Verlag antreten. Fräulein S. hatte sich bereits früh um den Platz bemüht, und so wird es für sie zügig weitergehen.

Viele Jahre später wird sie wehmütig an diese Zeit zurückdenken. Denn um wie viel einfacher war es damals, einen Einstieg ins Berufsleben zu finden!

Fräulein S. ist froh, die universitäre Arbeitssituation – viele Stunden in Einsamkeit am Schreibtisch – gegen ein lebendigeres Umfeld tauschen zu können. Eine Promotion kam für sie nie in Frage. Vielleicht würde man sie nach der einjährigen Ausbildung im Verlag übernehmen, vielleicht auch nicht. Dann müsste eben etwas anderes kommen. Langfristige Zukunftspläne hat Fräulein S. noch nie entworfen. Die Studienzeit jedenfalls ist mit dem heutigen Tag unwiderruflich beendet. Und um diese Tatsache zu unterstreichen, will Fräulein S. nun auch den Arbeitsplatz kündigen, der ihr während der letzten Jahre – neben den vielen intensiven Erfahrungen – zu einer guten ökonomischen Basis verholfen hat.

An einem der nächsten Tage sucht Fräulein S. Charlottes Etablissement auf. Es ist ein Tag Ende Juni. Der Himmel zeigt sich bedeckt. Trotzdem ist es warm. Eine drückende Schwüle, die sich hoffentlich am Abend in einem Gewitter entladen würde. Fräulein S. steigt die Stufen zur Haustür hinauf. Vielleicht auch das zum letzten Mal. Ein leiser Anflug von Wehmut. Vielleicht wäre ihr hier noch eine große Karriere beschieden gewesen? Charlotte hatte Fräulein S. jedenfalls im Laufe der letzten zwölf Monate immer mehr zu ihrer Vertrauten erhoben und ihr sogar eigene Schlüssel anfertigen lassen, die sie der jungen Mitarbeiterin in einem stillen Moment überreichte. Fräulein S. hatte diesen Besitz vor Fräulein Wiesengrund stets verborgen. Zwar verstanden sie sich gut, teilten manche Interessen und arbeiteten überdies ausgesprochen harmonisch zusammen, doch nie hatte die jetzige Akademikerin das Gefühl verloren, dass irgendetwas zwischen ihnen stand: eine Dissonanz oder vielleicht auch nur ein Ton in Moll, der diese Freundschaft zum Strategiespiel werden ließ.

Doch jetzt ist Fräulein S. unbeobachtet, und so dreht sie ihren Schlüssel im Schloss. Sie betritt den dunkelrot gestrichenen Flur, in dem stets einige Kerzen und Räucherstäbchen brennen. Sie zögert einen Moment. Leise Musik flutet aus dem oberen Stockwerk. Soll sie wirklich kündigen? Sie könnte sicher auch zukünftig noch abends oder am Wochenende den einen oder anderen Gast betreuen. Aber darum geht es nicht. Diese Arbeit hatte ihr Studium als Nebentätigkeit begleitet. Nun will sie sich den Erfahrungen der Zukunft vollkommen öffnen und nichts von ihrem alten Leben mit hinübernehmen. Alles soll neu und anders werden. Vielleicht würde sie sogar die Wohnung wechseln? Zudem fühlt Fräulein S. in letzter Zeit immer öfter, dass ihr etwas fehlt: der Partner an ihrer Seite. Und sie befürchtet, dass eine Berufstätigkeit der Art, wie sie sie bis jetzt ausgeübt hat, beim Aufbau einer Beziehung hinderlich sein könnte. So steuert Fräulein S. schließlich zielstrebig auf Charlottes Büro zu.

Charlotte telefoniert und gibt ihrer Angestellten ein Zeichen, Platz zu nehmen und zu warten. Als Fräulein S. ihr Anliegen vorgetragen hat, schweigt Charlotte zunächst. Dann ergreift sie das Wort: »Ich habe es befürchtet, doch ich wollte es nicht wahrhaben. Und das, obwohl ich mehrfach darauf hingewiesen wurde, dass sich deine Lebensumstände diesen Sommer ändern würden. Von wem? Du kannst es dir wohl denken. Meine Liebe, zwar geht es mich nichts an – und es sei hier auch nur am Rande bemerkt –, aber ich habe manchmal so ein Gefühl, als ob irgendetwas mit eurer Freundschaft nicht ganz im Reinen wäre. Nun, jedenfalls wirst du uns verlassen und vielleicht eine glänzende Karriere im bürgerlichen Leben verwirklichen. Deine Stammgäste werden untröstlich sein. Die Welt steht dir offen. Ich wünsche dir jedenfalls viel Glück und würde mich freuen, wenn du uns hin und wieder besuchen möchtest. Und falls du es dir noch einmal anders überlegen solltest: Jederzeit bist du mir wieder willkommen. Aber jetzt geh und hol deine Sachen. Ich habe keine Zeit mehr.« Charlotte dreht sich um und greift erneut zum Telefon. Fräulein S. verlässt das Büro. Charlotte hat alles gesagt. Sie selbst hat dem nichts hinzuzufügen.

Die Treppenstufen knarren vertraut. Im oberen Stockwerk geht Fräulein S. langsam den Flur zum Aufenthaltsraum entlang. Fotografien links und rechts an den Wänden. Wie oft hat sie die Bilder in all den Jahren betrachtet? Vor der letzten Tür bleibt Fräulein S. stehen. Sie drückt die Klinke nieder und öffnet sie.

Eine Frau sitzt am Tisch, den Blick gesenkt. Sie sieht abgespannt aus und zieht nervös an einer Haarsträhne. Vor ihr steht eine Tasse. Der Henkel ist abgeschlagen, der Rand dunkel verfärbt. Fräulein S. bleibt so lange im Türrahmen stehen, bis Fräulein Wiesengrund langsam den Blick hebt. Sie sehen einander direkt in die Augen. »Herzlichen Glückwunsch«, sagt Fräulein Wiesengrund. »Man hört ja Großes von dir.« Fräulein S. schweigt und wartet ab. Die Worte der Freundin klangen eine Spur zu ironisch. »Auch ich habe Grund, dir zu gratulieren«, erwidert sie ruhig. Und es stimmt: Vor einigen Wochen erfuhr sie von einer Kollegin, dass Fräulein Wiesengrund sich entschlossen hatte, dem Heiratsantrag eines Stammgastes, Thomas, zu entsprechen.

Warum hat sie es mir nicht selbst erzählt?, so hatte Fräulein S. unwillkürlich gedacht. Doch inzwischen war ihr der Einfall gekommen, dass die Gefährtin ihre Hochzeitspläne parallel zu Fräulein S.' Examen als das geringere Gut empfinden mochte. Sie hatte nicht nachgefragt. Fräulein Wiesengrund musste selbst entscheiden. Eine Freundschaft geht nicht mit der Verpflichtung einher, einander alles zu erzählen.

Fräulein S. war erstaunt, obwohl sie vor einigen Monaten eine derartige Möglichkeit bereits selbst kurz in Erwägung gezogen hatte. Eines Tages war sie zur Universität hinaus gefahren: ein

Bibliotheksbesuch, ein Termin in der Sprechstunde. Herrliches Wetter – einer der ersten Frühlingstage im Jahr. Und so hatte Fräulein S. sich auf dem Rückweg entschlossen, zu Fuß nach Dahlem-Dorf zu schlendern, um von dort aus die U-Bahn nach Hause zu nehmen. Als sie gerade die Straße überqueren wollte, sah sie Fräulein Wiesengrund aus einem Verwaltungsgebäude eilen. Eine Überraschung, denn nur selten waren sie einander während der gemeinsamen Studienzeit auf dem Universitätsgelände begegnet. Fräulein S. hatte den Studieneifer ihrer Kollegin nie als auffallend hoch eingeschätzt. Doch im Grunde hatte sie sich darüber nie Gedanken gemacht. Man begann ein Studium, und irgendwann beendete man es auch. Nun aber wurde sie eines Besseren belehrt.

Als Fräulein Wiesengrund ebenfalls auf der gegenüberliegenden Straßenseite angelangt war, begrüßten die Frauen einander. »Was treibt dich denn hierher?«, fragte Fräulein S. Anstatt eine Antwort zu geben zückte Fräulein Wiesengrund ihre Geldbörse und nahm den Studierendenausweis heraus. Sie zerriss ihn. Die Fetzen warf sie in die Luft. Es ging alles ganz schnell.

»Um Himmels willen – was tust du da?«, entfuhr es der erschrockenen Freundin. »Ich habe mich soeben exmatrikuliert.« Ein leichter Triumph lag in Fräulein Wiesengrunds Stimme. Fräulein S. konnte es nicht fassen. »Was? Warum denn? Wie soll es jetzt weitergehen? Was werden deine Eltern sagen? Und überhaupt ...«

»Und überhaupt sagen meine Eltern gar nichts dazu«, unterbrach sie die Freundin scharf. »Es wird sich schon alles fügen. Und nach dem, was ich deinen Andeutungen entnehmen konnte, werden einige unserer Gäste bald keine Herrin mehr haben. Ich brauche mir keine Sorgen zu machen.« Doch ihr Tonfall klang erregt.

Mit einem Mal beruhigte sie sich wieder. »Im Übrigen, mein Schatz, finde ich, dass du überarbeitet aussiehst.« Sie hakte sich bei Fräulein S. unter. »Wenn du im Sommer alles hinter dir hast, dann müssen wir unbedingt zusammen nach Usedom fahren. Eigentlich brauchst du jetzt schon Ruhe. Also: Tu mir den Gefallen und gib zumindest deine Tätigkeit beim MSB Spartakus auf. Du hast genug getan. Du opferst dich auf. Und wofür?«

Ja, dachte Fräulein S., *wofür*? Und in diesem Augenblick wusste sie es selbst nicht mehr. Sie fühlte plötzlich die Anstrengungen der letzten Zeit. Die Prüfungsvorbereitungen, die Hochschulpolitik, die Arbeit – all das zehrte an ihren Kräften und laugte sie aus. Vielleicht würde bald nur noch eine leere Hülle von ihr übrig bleiben.

Fräulein S. hatte über der eigenen Müdigkeit und Erschöpfung die Exmatrikulation der Gefährtin bald vergessen. Der Frühling kam und wurde zum Sommer. Das Ende der Prüfungsphase rückte näher. Fräulein S. versuchte, viel zu schlafen und sich ausgewogen zu ernähren. Sie verzichtete auf Alkohol und Nikotin. Und so verschwanden ihre Gefühle der Auszehrung zusehends. Ihr Blick richtete sich auf die Zukunft. Optimistisch konzentrierte sie sich auf das kommende Ende und den anschließenden Neubeginn.

Und nun steht sie Fräulein Wiesengrund im Aufenthaltsraum gegenüber wie bereits Jahre zuvor. Fräulein S.' Gratulation zaubert einen Hauch von Überraschung auf die gleichgültige Miene der ehemaligen Kollegin: »Wie hast du davon erfahren?«

»Auf demselben Weg, auf dem Charlotte in Kenntnis von meinen Kündigungsplänen gesetzt wurde.« Der Tonfall frei von Vorwürfen. Dennoch reagiert Fräulein Wiesengrund vehement: »Also, wenn du meinst, ich hätte ihr das gesagt, dann täuschst du dich, dann täuschst du dich gewaltig! Ich habe nur erwähnt, dass du gerade im Begriff bist, dein Studium abzuschließen. Mehr nicht.« Fräulein S. nickt. Sie denkt: *Das mag wohl sein, aber Charlotte ist eine kluge und sensible Frau. Wenn man sie auf einen Umstand fünfmal eindringlich hinweist, dann wird ihr schließlich klar, dass etwas anderes dahinterstehen muss.* Doch sie antwortet: »Meine Liebe, ich habe einzig und allein darauf hinweisen wollen, dass Charlotte von einer dritten Person darauf gebracht wurde. Nicht mehr und nicht weniger. Weder habe ich Mutmaßungen über die Identität dieser Person angestellt, noch kann ich behaupten, dass mich Letztere in irgendeiner Weise interessieren würde. Zudem war Charlotte bereits selbst der Gedanke gekommen.«

Fräulein Wiesengrund seufzt. Sie weiß, dass sie falsch reagiert hat. Sie lächelt versöhnend: »Du hast recht. Es tut mir leid, verzeih mir. Ich werde dich vermissen. Wir haben phantastisch zusammengearbeitet.« Fräulein S. nimmt diese Bitte um Entschuldigung an. »Das haben wir«, bestätigt sie, und ihre Stimme klingt herzlich. »Lass uns einander nicht aus den Augen verlieren. Du wirst nun heiraten. Vielleicht finde ich auch bald einen Freund« – *oder eine Freundin*, ergänzt sie im Geiste –, »dann könnten wir zusammen wunderbare Sachen unternehmen. Stell dir das mal vor: Wir würden gemeinsam verreisen, in die Toskana vielleicht, und die Männer wären nur dazu da, uns zu verwöhnen. Ach, ich bin überzeugt: Vor uns liegen herrliche Zeiten.«

Fräulein Wiesengrund denkt: *Du hast den Freund noch gar nicht, und vor dir liegt erst einmal nur Arbeit. Ich hingegen stehe kurz vor der Hochzeit, und in die Toskana fahre ich mit Thomas ganz sicher bald. Doch du sprühst Funken und strahlst vor Glück. Und ich?*

Bis vor Kurzem hatte Fräulein Wiesengrund in der Überzeugung gelebt, ihre Verhältnisse auf das Beste geordnet zu haben. Sie hatte jüngst ihr Zimmer in einer Wohngemeinschaft aufgegeben und war zu Thomas gezogen. Dessen komfortable Wohnung bot auch für zwei Personen mehr Platz als genug. Zudem: Mit Thomas ließ es sich unkompliziert zusammenleben. Fräulein

Wiesengrund war zufrieden und bestätigte sich die Richtigkeit ihrer Entscheidung. Schade war allerdings, dass ihr künftiger Ehemann privat die sadomasochistische Ausrichtung ihrer beider Sexualität nicht mehr so ausleben wollte wie vormals in Charlottes Etablissement. Doch Fräulein Wiesengrund blieb zuversichtlich. Natürlich stand nun erst einmal anderes im Vordergrund. Wenn die Hochzeitsfeier vorüber wäre und sich der Alltag eingespielt hätte, dann würde Thomas sicher auch wieder Lust verspüren, ihr als Sklave zur Verfügung zu stehen.

So sagte es ihr die Vernunft, und so bekräftigte sie es sich selbst immer wieder aufs Neue. Woher dann die schlechten Gefühle? Dumpfe Ahnungen – weshalb konnten solche sie quälen? Begonnen hatte es in der Nacht. Ihre Träume brachten das Verdrängte an die Oberfläche des Bewusstseins. Denn schließlich gab es manches, worüber sie mit niemandem gesprochen hatte. Ihre Exmatrikulation war keine freiwillige Entscheidung gewesen. Sie hatte es auch nicht getan, weil sie sich gedanklich bereits in einer Zukunft als Ehefrau und Mutter eingerichtet hatte. Vielmehr war ihre Einwilligung in den Antrag Thomas' ein Schachzug im Hinblick auf das, was sie bald für sich kommen sah.

Schon mit der Perspektive eines baldigen Abschlusses wäre ihre Semesterzahl keineswegs niedrig gewesen. Fräulein Wiesengrund aber hatte noch nicht einmal ihre Zwischenprüfungen absolviert. Schon längst hatte sie eingesehen, dass ein geisteswissenschaftliches Studium ihr nicht lag. Doch sie sah sich außer Stande, nach Alternativen zu suchen und tatsächlich umzusetzen. So hatte sie in der Falle ausgeharrt – jahrelang. Wenn sie daran nicht rührte, nicht allzu oft an diese Misere dachte, dann war ihre Situation doch sehr erträglich: die Arbeit bei Charlotte, die gesellschaftliche Distinktion als Philosophin, Freiheit, Partys und interessante Menschen, die sie umgaben. Doch irgendwann begann das Fangeisen an ihrem Bein zu drücken: die Fragen der

Eltern – »Wann machst du deinen Abschluss?« – und in anderer Form – »Wann darf man gratulieren?« – auch die der Freunde. Das Gefühl der Sinnlosigkeit und schließlich sogar die Drohung des Vaters, seine monatlichen Zahlungen drastisch zu kürzen. Da kam ihr das Ansinnen von Thomas gerade recht. Und so stellte ihre Verlobung vor allem die Flucht vor den sich ankündigenden existentiellen Fragen dar. Fortan trug Fräulein Wiesengrund ein peinliches Geheimnis im Herzen. Niemand durfte je davon erfahren. Und am wenigsten Thomas, denn damit würde der Schleier der Illusion, der er sich über ihre Liebe hingab, brutal von den wahren, rauen und kalten Verhältnissen gerissen werden.

Der Hochzeitstermin wird für den Spätsommer anberaumt. Schon bald ist es so weit. Und Fräulein Wiesengrund freut sich durchaus: auf die Feier, die Hochzeitsreise und all die Bequemlichkeiten, die ihrer warten. Aber auch auf ein Leben mit Thomas? Doch nun ist es zu spät, und ihr bleibt nur das eine: *Amor fati.* Sie nickt zu den Worten der Freundin, die sich inzwischen ihr gegenüber am Tisch niedergelassen hat, und lächelt fein: »Ja, es wird alles wunderbar werden.«

Fräulein Wiesengrunds Prognose zum Sommer erweist sich als zutreffend. Fräulein S. arbeitet, und sie selbst fährt derweil mit Thomas in die Toskana. Ein paar Wochen später soll der sogenannte *Bund fürs Leben* geschlossen werden. Am Tage nach Fräulein Wiesengrunds Rückkehr treffen sich die Freundinnen in einem Kreuzberger Gartencafé, direkt am Kanal. Es ist bereits dunkel, aber immer noch warm, eine drückende Schwüle. 1979 erlebt Berlin einen Jahrhundertsommer.

Bunte Glühbirnen zieren den mit Efeuranken umwucherten Eingangsbogen. Die ehemaligen Kolleginnen sitzen einander auf Klappstühlen gegenüber. Fräulein S. kühlt ihre Beine an den Metallstreben, während sie redet: so viele Neuigkeiten aus dem gerade begonnenen Berufsleben. Temperamentvoll schwingt sie ihr Weinglas. Nach einer halben Stunde verstummt kurz ihr Redefluss. Sie holt tief Luft, um erneut anzusetzen. Doch unwillkürlich bricht sie ab und stellt das Glas auf den Tisch. Sie schluckt.

»Jetzt habe ich so lange geredet, und du bist kaum zu Wort gekommen. Erzähle doch! Wie ist es euch beiden in Italien ergangen? Was musst du alles erlebt haben! Wie geht es Thomas? Und wie gefällt dir die Toskana? Ich würde so gern auch einmal dorthin reisen!«

Ja, denkt Fräulein Wiesengrund bei sich, *was habe ich erlebt? Vor allen Dingen wurde mir klar, dass Thomas seine beruflichen Projekte wichtiger sind als der Urlaub mit mir. Pausenlos hat er seine Aktenberge gewälzt.*

Sie antwortet: »Das Haus war wunderschön. Ein Schwimmbecken gehörte dazu. Ich bin jeden Tag geschwommen. Florenz ist eine großartige Stadt, und der Besuch der Uffizien war ein phantastisches Erlebnis.« In der Tat hatte Fräulein Wiesengrund viel Kunst gesehen. Allein. Denn Thomas war schließlich anderweitig beschäftigt gewesen. Sie schweigt und unterstreicht ihre Worte mit einem Nicken. Fräulein S. lächelt.

»Wie schön«, sagt sie. Sie nötigt Fräulein Wiesengrund nicht zum Erzählen. Denn worüber man nicht reden kann, darüber muss man eben schweigen. Seit wann interessiert sich die Freundin eigentlich für die Malerei der Renaissance?

Fräulein S. wird bald müde, und so treten beide Frauen den Heimweg an. Auf dem Bürgersteig vor dem Café umarmen sie einander. »Gute Nacht«, wünscht Fräulein S. »Wir hören voneinander«, entgegnet die Freundin. Dann trennen sie sich. Fräulein S. schlendert zu ihrer Kreuzberger Wohnung. Es geht ein paar Mal um die Ecke, dann steht sie vor dem verwitterten Gründerzeitbau. Fräulein Wiesengrund fährt mit der U-Bahn zum Kurfürstendamm. Thomas' Wohnung befindet sich in einer ruhigen Nebenstraße. Gepflegte Altbauten, hohe Bäume. Eine gediegene

Atmosphäre. Sie dreht den Schlüssel im Schloss und stößt die Tür auf. Dunkelheit. Irritiert betätigt sie den Lichtschalter, dann fällt es ihr ein: ein Arbeitsessen mit Kollegen. Thomas berichtete gestern davon. Ein Martini noch, dann sinkt sie schwer auf der Matratze nieder.

Die Hochzeit verläuft unspektakulär. Die jeweiligen Familien, ein paar Freunde, Fräulein S. als Trauzeugin. Viel Zeit zur Vorbereitung hat sich das Paar nicht genommen. Beide Gatten hatten ihre Gründe, die Ehe schnell zu schließen. Fräulein S. fürchtete Tag und Nacht, Thomas könnte es sich noch einmal anders überlegen. Und dann wäre sie nur noch eine gescheiterte Studentin. In einem solchen Fall hielte sie nichts in den Händen – nicht einmal mehr die Fetzen ihres zerrissenen Ausweises. Thomas hingegen wollte seiner konservativen Familie endlich eine Ehefrau präsentieren. Die Erleichterung war groß, denn hin und wieder hatte man schon befürchtet, der sonst so erfolgreiche Sohn könnte ein Geheimnis haben, das für seine Eltern in den Bereich der Undenkbarkeit fiel.

Nach und nach kehrte der Alltag ein. Thomas signalisiert seiner Gattin schon bald, dass ihre Tätigkeit bei Charlotte ihrem neuen Status nicht angemessen sei. Fräulein Wiesengrund hatte es befürchtet. Die Arbeit bereitete ihr Freude, und die Bestätigung, die sie von vielen Gästen erhielt, hatte immer zu ihrer Zufriedenheit beigetragen. Zudem hätte sie manche ihrer Phantasien verwirklichen können, gegen die Thomas, dessen Spektrum recht eng war, sich verwehrte. Doch was soll sie tun? Unstimmigkeiten würden der Festigung der Partnerschaft nicht förderlich sein. Und so sitzt sie schon bald Charlotte in deren Büro gegenüber – wie einige Monate zuvor bereits Fräulein S.

Ihre berufstätige Freundin sieht Fräulein Wiesengrund immer seltener. In der Woche arbeitet Fräulein S. im Verlag, abends ist sie oft müde oder unternimmt etwas mit ihren neuen Kollegen.

Und wenn sie einmal Zeit hat, dann begleitet Fräulein Wiesengrund Thomas zu einem seiner Geschäftsessen. Auch an den Wochenenden findet die Freundin neuerdings nicht mehr die Muße zu einer Verabredung. Der Verlag, in dem sie ihr Volontariat absolviert, verlegt vor allem wissenschaftliche Texte. Nun hat der Chef Fräulein S. als junger Soziologin angeboten, an einem Sammelband zu feministischer Theoriebildung mitzuwirken: *Frauenforschung als Kritik des androzentrischen Universalismus*. Begeistert berichtet Fräulein S. am Telefon von dieser Chance. So verbringt sie derzeit die Samstage in der Bibliothek, die Sonntage zu Hause, allein am Schreibtisch.

Fräulein Wiesengrund weiß nichts mit ihrer Zeit anzufangen. Doch wenn es nach Thomas ginge, dann würde sich das bald ändern. Seine Idee findet durchaus Anklang bei der jungen Gattin. Sie hatte sich Kinder gewünscht, solange sie denken konnte. Gleichzeitig könnte ein Kind die Beziehung festigen und ihr gegebenenfalls später das Anrecht auf Unterhalt garantieren – ein unschöner Gedanke, den sie jedoch nicht vollständig unterdrücken kann.

Obwohl die Entfernung der Welten, in denen die Freundinnen leben, größer nicht sein könnte, bleibt der Kontakt bestehen. Beim nächsten Zusammentreffen – ein Sonntagsspaziergang im Park, die Blätter färben sich bereits herbstlich – zieht Fräulein S. ein Päckchen mit Schleife aus ihrer Schultertasche. Sie drückt es der überraschten Freundin in die Hand. »Verzeih mir die Eitelkeit«, sagt sie. »Ich hoffe, du interessierst dich auch jetzt noch für die Frauenbewegung.« Fräulein Wiesengrund weiß nur zu gut, was unter dem violetten, fröhlich gemusterten Papier zum Vorschein kommen wird. Und natürlich – es konnte nicht anders sein: In ihren Händen hält sie einen Band der *Kritik des androzentrischen Universalismus*. Herausgeber: Prof. Dr. Helmuth Aurich. Auch das noch: Bei Aurich absolvierte Fräulein

Wiesengrund eine Pflichtberatung, als ihre Position an der Universität bereits zusehends prekärer wurde. »Hab vielen Dank«, sagt sie. »Ich bin überzeugt, dass dieser Band der Bewegung wegweisendes Material an die Hand geben wird.« Sie denkt an den Schwangerschaftstest, den sie heute Morgen in den Mülleimer geworfen hat. Negativ. Schon wieder.

5. Kapitel

Die Bitte

Schön war es gestern Abend. Mit Wehmut denkt Fräulein Wiesengrund an die Einladung zurück, als sie am Sonntagnachmittag zu einem Spaziergang das Haus verlässt. Die Sonne scheint, die Kastanien stehen in voller Blüte. Thomas ist auf den Golfplatz gefahren. Ihr Kopf schmerzt leicht, da würde ihr frische Luft guttun. Der Gin-Tonic, den sie sich gestern Nacht noch zu Hause vor dem Zubettgehen gegönnt hatte, hätte nicht sein müssen. Aber dafür war sie anschließend auch sofort eingeschlafen, ohne noch einmal darüber zu räsonieren, weshalb sie bereits Jahrzehnte neben dieser mediokren Existenz verbringt, die ihr Mann ist.

Antonia. Wie harmonisch doch das Spiel mit ihr war. Verwunderlich, denn bisher hatte Fräulein Wiesengrund das Mädchen weitgehend ignoriert. Und wenn es einmal zu einem Gespräch gekommen war, so lediglich zum Austausch von Höflichkeiten. Doch in ihrer Hingabe hatte Antonia gestern so unverstellt und ehrlich gewirkt, dass sie tiefen Eindruck bei der Freundin ihrer Herrin hinterlassen hatte. War Fräulein Wiesengrund vorher ausschließlich eifersüchtig auf die junge Frau gewesen, da sie die komplette Freizeit der Freundin absorbierte (und vielleicht auch deswegen, weil sie der Gefährtin die Freude schenkte, die ihrem eigenen Leben fehlte), so begann sie nun, Fräulein S. zu verstehen. Von Antonias Demut ging in der Tat eine Faszination aus, der man sich nur schwer entziehen konnte. Vielleicht sollte Fräulein Wiesengrund selbst ein derartiges Geschöpf heranziehen – an Zeit mangelt es ihr schließlich nicht. Doch gleichzeitig scheute sie die Verantwortung. Sie erinnerte sich daran, dass Fräulein S. gerade in der Anfangsphase mit Toni häufig über Probleme und Konflikte in der Beziehung zwischen Herrin und Sklavin gesprochen hatte. Fräulein Wiesengrund hatte damals kaum zugehört. Doch wenn sie sich nun darauf besinnt, so wird ihr klar, dass es viel Arbeit, Anstrengung und Überzeugungskraft gekostet hat, Antonias nahezu bedingungsloses Vertrauen zu erringen. Ohne Kompromisse undenkbar: Fräulein S. hatte ihre Vorstellungen immer wieder überprüfen, ja manche Idee über Bord werfen müssen. Harte Selbstkontrolle war notwendig, um Antonia nicht zu schaden und der Beziehung in ihrer Spezifik gerecht zu werden. Phantasie und Realität sind nun einmal verschiedene Welten.

Fräulein Wiesengrunds gesamter Lebensweg hingegen zeugte davon, dass sie Mühen und Auseinandersetzungen stets aus dem Wege ging, wofür sie mit dem Verzicht auf Autonomie bezahlte. Sie verfolgte niemals Pläne, sondern wartete ab. Und wenn das Wasser immer höher stieg, der Handlungsdruck immer mehr zunahm, dann tat sie irgendetwas – auf Aktion hat sie in ihrem Leben zugunsten der Reaktion verzichtet. Und so waren ihre Tage heute von einer bleiernen Schwere umfangen, die sie betäubte und so den Fortgang des Kreislaufs gewährleistete.

Antonia. Fräulein Wiesengrund hatte sich bisher nie mit ihr beschäftigt – außer um sich über sie zu ärgern. Und zwar ohne vernünftigen Grund – ja, sie wusste es selbst. Doch nun, während sie durch die Straßen flaniert, wandern ihre Gedanken zu der jungen Frau. Was sie heute wohl tut? Wahrscheinlich hat sie mit ihrer Herrin gefrühstückt, und beide haben die Reste der gestrigen Zusammenkunft beseitigt, das Geschirr gespült, die Tischtücher gewaschen, die Aschenbecher geleert und die Küche gefegt. Viellcicht musste Toni auch alles allein machen? Ohnehin hat Fräulein Wiesengrund den Eindruck, dass Fräulein S. oft recht hart zu ihrer Sklavin ist. Aber vielleicht gefällt Antonia das gerade? Sie weiß es nicht. Mit einem Mal bemächtigt sich ihrer die Vorstellung, das Mädchen würde zu ihr fliehen, um es dann – natürlich – viel besser zu haben. Doch Fräulein Wiesengrund weiß auch, dass der Wunsch eines devoten Menschen, einem anderen zur Verfügung zu stehen, sehr verführerisch ist: Irgendwann entsteht die Idee, diesen Menschen an seine Grenzen zu treiben. Man probiert dies und das. Und wenn kein Protest kommt, dann geht man weiter. Man irrt in der Seele, auf der Körperlandschaft des anderen umher, und je fragiler der Boden wird, umso aufregender. In Gedanken versunken hat sie nicht gemerkt, dass die Straße zu Ende ist. Plötzlich steht sie mitten auf dem Kurfürstendamm. Autolärm. Menschen. Hupen.

Antonia bleibt bei Fräulein S. und mein Leben, wie es ist, denkt Fräulein Wiesengrund.

Endlich ist es Mittwoch. Wie vereinbart wird sie die Freundin um 19 Uhr vom Verlag abholen. Sie werden miteinander essen gehen, und vielleicht wird es Fräulein Wiesengrund gelingen, über ihre Situation zu sprechen, über die Eifersucht auf Antonia, die letztendlich vor allem daraus resultiert, dass Fräulein Wiesengrund selbst nicht im Stande ist, ihr Leben in adäquate Bahnen zu bringen. Über die Angst, an der Seite eines Mannes zu altern, an den sie vor allem Gewohnheit bindet, und über die Enttäuschung, kinderlos geblieben zu sein. Fräulein Wiesengrund spricht so gut wie nie über ihre Sorgen. Wirklichkeit wird auch durch Sprache geschaffen, und was nicht ausgesprochen ist, das ist auch nie ganz in der Realität anwesend. Natürlich ist das Schimäre: Denn im Geiste Fräulein Wiesengrunds sind die Sorgen so wirklich, dass es brutal ist. Doch mit genügend Zähigkeit und Härte wiederum lassen sich die Sehnsüchte und Ängste niederzwingen – für eine Weile jedenfalls.

Schon am frühen Nachmittag fixieren sich Fräulein Wiesengrunds Gedanken vollkommen auf den bevorstehenden Termin. Nervosität bemächtigt sich ihrer, fast Angst. Fräulein S. wird sich nicht so einfach abspeisen lassen. Sie wird plausible Antworten und Erklärungen fordern. Weshalb hat die Freundin neulich so abrupt die Wohnung verlassen? Sie wusste doch, dass Antonia dort sein würde, und hatte eingewilligt zu kommen, um Zuschauerin zu sein. Alles an diesem Nachmittag lief den Absprachen gemäß. Was also hatte Fräulein Wiesengrund derartig verärgert? Hier würde die kluge Freundin gewiss in sie dringen. Und möglicherweise wäre es erleichternd, alles einmal auszusprechen. Andrerseits kennt sie sich und weiß nur zu gut um die Gefahr, dass falscher Stolz das Angebot zum Gespräch zurückweisen würde.

Fräulein Wiesengrund steht vor dem großen Spiegel im Schlafzimmer. Nackt. Sie betrachtet jeden einzelnen Teil ihres Körpers, und sie betrachtet ihren Körper in seiner Gesamtheit. Sie ist immer noch eine schöne Frau. Auf der Straße drehen sich Passanten nach ihr um. Männer. Und manchmal auch Frauen. Doch sie hat sich nie über die Aufmerksamkeit gefreut. Sie blieb ihr gegenüber stets gleichgültig. Vielleicht hat sie sie nicht einmal bemerkt. Sie steht vor dem Spiegel und versucht, sich in ihrem Körper zu Hause zu fühlen. Doch sie betrachtet ihr Bild, als stünde sie einer Fremden gegenüber. Ihr Körper – funktionierende Materie, all die ganzen Jahre. Sie zieht sich an, nimmt ihre Tasche und geht hinaus. Viel zu früh. Sie verlässt die U-Bahn zwei Stationen vor dem Zielbahnhof. Fräulein Wiesengrund hat Zeit.

Es wäre klug gewesen, flache Schuhe anzuziehen. Eine Frau, die den Bürgersteig entlangbalanciert. Endlich steht sie vor dem Verlagsgebäude. Es ist Viertel vor sieben. Ein paar Schritte nach rechts die Straße hoch und wieder zurück. Ein paar Schritte nach links und wieder zurück. Ein Blick auf die Uhr. Zehn Minuten vor sieben. Eine Zigarette. Uhr? Sieben. Fräulein Wiesengrund klingelt und drückt die Tür auf. Zweiter Stock. Sie nickt der Sekretärin am Empfang freundlich zu. Die kennt sie, denn früher hat sie Fräulein S. häufiger abgeholt. Die Tür zum Büro der

Freundin steht offen. Fräulein S. verstaut gerade einige Schnellhefter in ihrer Tasche. Sie sieht auf, noch bevor die Freundin sich bemerkbar gemacht hat. »Schön, dass du da bist, ich bin sofort fertig.« Sie greift nach ihrem Sommermantel, dann umarmt sie Fräulein Wiesengrund.

»Wohin wollen wir gehen?«, fragt sie.

»Ach«, antwortet die Freundin, »lass uns doch ins ›Café am Kanal‹ gehen.«

Wie früher – so fügt sie in Gedanken hinzu. Seit einiger Zeit erscheint ihr jenes Früher als das ganz Andere, ein positiver Gegensatz zum Jetzt. Doch war es früher tatsächlich besser? Eine Frage, die sich Fräulein Wiesengrund lieber nicht stellt.

»Ausgezeichnete Idee«, erwidert die Freundin. »Auch wenn sich dort seitdem so vieles verändert hat, fühle ich mich doch bei jedem Besuch in unsere Studienzeit zurückversetzt.« Pause. »Und du? Denkst du noch manchmal an damals – und an die Arbeit bei Charlotte?«, fragt sie, und ihre Stimme klingt fast verträumt.

Ja«, antwortet Fräulein Wiesengrund, »ich denke noch daran, sogar oft. Es war gut, damals. Eine wirklich gute Zeit.«

Meine beste, denkt sie.

Lächelnd berührt Fräulein S. ihre Freundin an der Schulter. Sie ahnt, dass das Wichtigste an diesem letzten Satz sein verschwiegenes Pendant ist: Denn wenn man eine bestimmte Zeit als besonders gut herausstellt, dann bringt das mit sich, dass man sie von anderen – weniger guten – Ereignisse abheben kann.

Bald darauf sitzen die beiden Frauen im Freien einander gegenüber, ein wenig abseits von den übrigen Gästen, deren Zahl ohnehin klein ist. Zwanzig nach sieben ist eindeutig zu früh für den sommerlichen Berliner Abendbetrieb. Fräulein S. legt ihren Mantel und die Schultertasche neben sich auf die Bank. Fräulein Wiesengrund schlüpft unauffällig aus den Schuhen. Ein Kellner bringt die Karten. Nachdem die Bestellung aufgegeben ist, schweigen sie einen Moment. »Und, wie läuft es beruflich? So, wie ich dich kenne, bestens, nicht wahr?« Fräulein Wiesengrund klingt leicht angespannt. Sie lacht. Ein nervöses Kichern. Fräulein S. war gerade dabei, sich eine Zigarette anzuzünden. Sie hält inne und legt das goldene Dupont auf den Tisch.

»Mein Schatz«, sagt sie – und ihre Stimme klingt ernst –, »zum einen glaube ich nicht, dass dich das wirklich interessiert, zum anderen haben wir uns auch nicht getroffen, um Smalltalk zu halten. Drum lass uns gar nicht erst damit anfangen. Also, in medias res: Es ist wahr, in letzter Zeit habe ich mich viel mit Antonia beschäftigt. Das Verhältnis, das wir aufgebaut haben, bedeutet die Verwirklichung eines lang gehegten Traumes für mich. Und es funktioniert tatsächlich. Vor allen Dingen aber deshalb, weil Antonia genügend Freiräume hat, in die sie sich immer wieder zurückziehen kann und muss. Ihre Dissertation, ihre Berufstätigkeit, ihre Politik. Hinzu kommen die Freundschaften, die sie zu Gleichaltrigen pflegt. Antonia steht fest im Leben und bewältigt Tag für Tag Aufgaben, die sie mit einem Gefühl von Sinn und Freude erfüllen. Nur darum kann sie sich mir derart unterordnen. Antonia braucht Inseln, die von meiner Herrschaft nicht tangiert werden. Und ich brauche Lebensbereiche, in denen Antonia nichts zu suchen hat. Auch ich habe nicht die Kraft, immer die führende Position einzunehmen.

Ich möchte damit Folgendes sagen: Die Beziehung zu Antonia ist von ganz anderer Qualität als die Beziehung zu dir oder zu anderen Freundinnen und Freunden. Antonia kann dir keine wirkliche Konkurrentin sein, denn ich habe Bedürfnisse, die sie nicht erfüllen kann – besser gesagt: nicht erfüllen soll oder darf, denn dann wäre sie nicht meine Sklavin in dem Sinne, wie ich es mir immer vorgestellt habe. Natürlich habe ich mich ihr in der jüngeren Vergangenheit sehr intensiv zugewandt, aber vielleicht ist das auch ein Resultat der ambivalenten Stimmung, die, wie ich meine, schon länger zwischen uns herrscht. Länger zumindest, als ich Antonia kenne.«

Und plötzlich vergisst Fräulein S. alle Vorsicht. »Bist du glücklich?«, fragt sie die Freundin.

Mit einem solchen Übergriff hatte Fräulein Wiesengrund nicht gerechnet.

»Ach«, sagt sie, »Glück, was ist das schon?«

»Weich mir nicht aus, du weißt, was ich meine. Ich stelle dir die Frage nach dem guten Leben. Wie definierst du es für dich? Und wenn du diese Bestimmung mit deiner Situation vergleichst, weicht das Modell signifikant von der Realität ab?«

»Das tut es«, antwortet die Freundin scharf. »Und das weißt du auch ganz genau. Jeder ist seines Glückes Schmied – willst du mir jetzt damit kommen? Früher hättest du gesagt, das sei liberale Ideologie.«

»Das sage ich auch noch heute. Aber damit habe ich niemals gemeint, dass der Einzelne deshalb komplett von der Verantwortung für sein Tun befreit wäre. Doch nun lass uns nicht streiten. Ich mache mir Sorgen um dich. Du hast – wie ich denke – lange Zeit dein Leben vollkommen auf eine Mutterschaft eingestellt. Doch die ist ausgeblieben. Und nachdem auch dein Alter schließlich die letzten Hoffnungen zunichte machen musste, hast du dich diesem Faktum nicht angepasst. Du hast dir keine neuen Ziele gesetzt, bist keine neuen Wege gegangen. Du stehst seit Jahren am Ende einer Sackgasse, das wirst du kaum abstreiten können. Warum kehrst du nicht um? Materiell bist du abgesichert.

Und was deine Beziehung zu Thomas angeht: Wenn du einmal mit ihm über deine sexuelle Enttäuschung sprechen würdest, wer weiß, vielleicht stößt du auf offene Türen? Und selbst wenn nicht: Muss ein Mensch jedem Bedürfnis des anderen gerecht werden? Du kannst mit Thomas zusammenleben – das ist viel wert! Mit Antonia würde ich verrückt werden. Ihr Ordnungswahn geht mir unendlich auf die Nerven. Dieses Mädchen sortiert das Besteck mit einer Stringenz, die der korrekteste Syllogismus nicht aufweist! Vielleicht wäre es auch für Thomas eine Erleichterung, wenn du dir einen Sklaven oder eine Sklavin suchen würdest. Privat natürlich – nicht so wie früher.

Lange Rede, kurzer Sinn: Ich glaube, du beurteilst deine Situation zu negativ. Du hast dich so eingerichtet – und bequem ist es bestimmt. Du kennst nur zwei Möglichkeiten: Entweder ändert sich gar nichts, oder alles zerfällt; so betrachtest du dein Leben. Eine zu einseitige Perspektive. Und ich denke, dass hierzu keine zwingende Notwendigkeit besteht. Du hast mehr Handlungsfreiheit, als du denkst. Es gibt Alternativen. Du musst nur danach suchen.«

»Mit der Suche allein ist es nicht getan. Ich muss sie finden, die Alternativen.« Bereits dieser Satz bedeutet Kapitulation. Die Freundin hat recht – Fräulein Wiesengrund weiß es. Und sie ist müde. So müde des Abstreitens, des Verharmlosens, des Verdrängens.

»Ja«, bestätigt Fräulein S., als hätte sie den Pessimismus dieser letzten Worte nicht gehört, »finden musst du sie. Da solltest du dich in der Tat mit der Suche nicht allzu lang aufhalten. Es genügt nicht, dass du nachdenkst, du musst endlich etwas tun.«

»Vielleicht«, setzt Fräulein Wiesengrund zögernd an, »kann ich demnächst einmal mit Thomas über unsere Ehe sprechen. Dieser Punkt kommt mir einfacher vor als das Übrige.«

Aber Fräulein S. kennt die Freundin. Bis sie Gelegenheit zu einem eingehenden Gespräch mit dem Ehemann findet, haben sich ihre Pläne bereits im millionenfachen Wenn und Aber der eingefahrenen Denkschablonen und zementierten Verhaltensmuster aufgelöst.

»Wie wäre es«, beginnt Fräulein S. – und ihre Augen blitzen dabei –, »wenn du vorher überhaupt nicht lang reden, sondern Thomas einfach mit Handlungen konfrontieren würdest? Das wird er gleich viel ernster nehmen. Und ich hätte auch eine Idee, wie du beginnen könntest. Sie kam mir heute Nachmittag, und ich sage dir gleich: Ein gewisser Eigennutz ist dabei. Falls dir bei der Sache nicht wohl sein sollte, dann scheu dich nicht, es mir zu sagen.«

Fräulein S. hält inne und wartet zunächst auf eine Reaktion. Sie zieht an ihrer Zigarette und wendet den Blick zum Zaun. Die Freundin soll ruhig einen Moment der Besinnung erhalten. Sie ist heute Abend viel aufgeschlossener, weicher und weniger streitlustig als erwartet.

Fräulein Wiesengrund atmet tief ein und stößt die Luft hörbar aus. »Gut«, sagt sie. »Sprich. Ich höre dir zu.« Fräulein S. streift die Zigarette am Aschenbecher ab. Die Finger ihrer linken Hand fahren nachdenklich das Schlüsselbein entlang. »Wie du weißt, habe ich einen Lehrauftrag an der Universität. Heute Nachmittag rief mich ein Kollege an und bat mich, auf einem Kongress einen Vortrag zu halten. Es handelt sich um eine interdisziplinäre Tagung, die sich mit Geschlechterverhältnissen befasst – mein Thema eben. Und man schlug mir vor, über Judith Butlers Kritik an Foucault zu sprechen. Das reizt mich sehr. Der Kongress findet nächste Woche von Mittwoch bis Sonntag in München statt. Vermutlich werde ich bereits Dienstag anreisen und erst am Montagabend wieder zurückkehren. Das ist eine relativ lange Zeit. So kam mir der Gedanke, ob du derweil nicht Antonia bei dir aufnehmen könntest. Zum einen wäre es für Toni eine neue und sicher aufregende Erfahrung, für einen so langen Zeitraum unter Kontrolle gestellt zu werden. Zum anderen dürfte es ihrer Erziehung förderlich sein. Und zum Dritten gefällt mir selbst der Gedanke, sie einmal jemand anderem auszuliefern. Doch – ich denke, es würde mir in München äußerstes Vergnügen bereiten, Toni in deiner Obhut zu wissen. Und Thomas und dir könnte ein wenig frischer Wind im Haus nur guttun. Aber nun sag mir: Was meinst du dazu?«

Mit einem solchen Ansinnen hat Fräulein Wiesengrund nicht gerechnet. Für einen Moment ist sie geneigt, den Plan der Freundin als Geste des Mitleids zu deuten. Doch dafür hat Fräulein S. zu deutlich ihr eigenes Interesse am Zustandekommen dieses Arrangements herausgestellt. Almosen hätte Fräulein Wiesengrund abgelehnt. Doch hier geht es vor allem um die Belange der Freundin sowie Antonias; dass die Sache auch ihr selbst – und vielleicht Thomas – von Nutzen sein kann, ist eher ein Nebeneffekt. So erscheint Fräulein Wiesengrund der Gedanke überaus reizvoll, Toni fast eine volle Woche um sich zu haben, insbesondere, da Thomas während dieser Zeit beruflich im Ausland beschäftigt sein würde. Dennoch zögert sie mit der Antwort. Denn schließlich geht es nicht ums Blumengießen oder Vögelfüttern. »Nun«, sagt sie schließlich, »da musst du mich aber noch sehr genau instruieren, was ich mit ihr machen darf und was nicht. Ich kenne Antonia doch fast gar nicht. Wie verläuft eigentlich ihr Alltag? Hat sie viele Termine? Und überhaupt, sage mir doch ...«

»Hör mir zu«, unterbricht Fräulein S. ihre mit einem Mal sehr aufgeregte Freundin, »ich sage dir jetzt eines – und das wird auch alles sein. Ich kenne dich aus unserer Zusammenarbeit bei Charlotte. Ich habe dich am Samstag mit Toni beobachtet. Du hast mein Vertrauen. Ich übertrage dir hiermit das vollkommene Verfügungsrecht. Ich lege meine Macht in deine Hände. Toni wird tun, was du anordnest. Sie wird das Haus nur verlassen, wenn du es ihr gestattest. Mehr habe ich dazu nicht zu sagen.«

Fräulein Wiesengrund schweigt. Was soll sie auf diese Worte auch antworten? Welche sprachliche Wendung könnte ihre Bewegung ausdrücken? Sie verstummt angesichts der vorbehaltlosen Preisgabe dieses unermesslichen Wertes im Leben der Freundin. Sie greift nach Fräulein S.' Hand. Dann schaut sie ihr in die Augen.

»Ich werde dich nicht enttäuschen«, sagt sie. Und denkt im Stillen: *hoffentlich*.

6. Kapitel

Eine Welt des Irrtums

Am nächsten Tag teilt Fräulein S. der Sklavin ihre Pläne mit. Antonia reagiert erfreut und verängstigt zugleich. Einerseits bedeutet das Unternehmen für sie die Verwirklichung einer lang gehegten Phantasie. Antonia sehnte sich in der Vergangenheit oft nach Steigerung des jetzigen Zustandes: Sie wollte nicht immer wieder bereits nach ein paar Stunden, einer Nacht oder höchstens einem Wochenende in den Alltag zurückgeworfen werden. Doch nun steht ihr der Einzug ins Feld totaler Kontrolle für über eine Woche bevor. Die Übergabe würde einen Tag vor Fräulein S.' Abreise erfolgen, die Rückgabe einen Tag nach ihrer Wiederkehr.

Während der letzten Zeit hatte Toni mehrfach an Fräulein Wiesengrund gedacht. Aufregend war das Spiel mit der beinahe Fremden gewesen. Distanz und kühle Sachlichkeit statt Vertrautheit und Nähe. So anders.

Doch gleichzeitig fürchtet Antonia ein Versagen angesichts der Herausforderung. Wird sie es schaffen, den Anforderungen Fräulein Wiesengrunds gerecht zu werden? Für die Freundin ihrer Herrin würde sie nichts sein, nichts als eine fremde Sklavin, nicht Antonia – Toni, wenn Fräulein S. zärtlich wurde –, sondern nur ein zu beaufsichtigendes Objekt. Hier würde ausschließlich ihr Gehorsam zählen. Und durch Fräulein Wiesengrund, das hatte Fräulein S. ihrem Besitztum eingeschärft, würde sie selbst, ihre eigentliche Herrin, zu Antonia sprechen. Jede Unaufmerksamkeit gegenüber ihrer Freundin wäre gleichbedeutend mit einem Fehlverhalten gegenüber Fräulein S. Antonia solle sich keiner Illusion hingeben: Falls Fräulein Wiesengrund über sie klagen sollte, so würde Fräulein S. die Sanktionen der Gefährtin noch durch eigene Strafmaßnahmen ergänzen. Antonias Sorgen sind also nicht unbegründet. Doch gerade die Ambivalenz verleiht dem Kommenden seinen Reiz.

Das Wochenende verbringt Antonia in gespannter Erwartung. Der Montag zieht sich endlos hin. Am Abend soll sie in ihr neues Zuhause überführt werden. Den Vormittag verbringt Antonia vor dem Computer, doch sie kann sich nicht konzentrieren. Sie ärgert sich. »Ich will nicht, dass meine Leidenschaft andere, sehr wichtige Dinge in meinem Leben beeinträchtigt«, so ihr Gedanke. In einem plötzlichen Anflug von Trotz beschließt sie, ihr Notebook und einige Bücher mit zu Fräulein Wiesengrund zu nehmen. Es sollte wohl möglich sein, dort hin und wieder ein wenig zu arbeiten.

Antonia hatte in ihrem Leben stets eindeutige Prioritäten gesetzt. Doch in letzter Zeit fürchtet sie sich immer wieder davor, dass sich Letztere unwillkürlich verschieben könnten, dass die Sehnsucht nach Unterwerfung alles andere langsam – aber unaufhaltsam – aufsaugen würde. Und so verspürt sie jetzt den Drang, sich an ein Stück Alltag zu klammern: ein Schutzmantel für ihre Persönlichkeit gegenüber dem Kommenden.

Antonia holt die Reisetasche hervor und packt sie: Oberbekleidung – ausschließlich Röcke und Kleider, gemäß der Anweisung von Fräulein S. –, Wäsche (schwarz und aufreizend), ihr Halsband, die Hand- und Fußfesseln aus Leder. Sie legt Portemonnaie und Handy hinzu. Antonia weiß bereits, dass sie für die kommende Woche all ihre Papiere, Bargeld sowie das Telefon an Fräulein Wiesengrund abzugeben hat. Der Gedanke gefällt ihr.

Es ist Mittag. Essen, warten, lesen. Zeit totschlagen. Schließlich beerdigt Antonia die tote Zeit, rafft sich auf und legt sich in die Badewanne. Sie rasiert ihren gesamten Körper sorgfältig. Ihre Körperlotion duftet nach Vanille. Antonia spitzt den beigefarbenen Kajalstift an. Ein zartes Make-up steht ihr besser als intensive Farben. Dann geht sie hinüber ins Schlafzimmer. Unentschlossen steht sie vor ihrem Schrank. Schließlich entscheidet sie sich für die Kleidung, die sie meist in Gegenwart ihrer Herrin trägt: ein schwarzes Wickelkleid, schwarze Strümpfe, schlichte schwarze Pumps. Um den Hals einen Stahlreifen, ebenso ums rechte Handgelenk. Antonia sieht in den Spiegel. Heute gefällt sie sich gut. Sie lächelt sich zu. An manchen Tagen ist sie schön. An manchen Tagen ist sie hässlich. Sehen andere das auch? Heute jedenfalls ist sie sehr schön. Und sehr aufgeregt dazu.

Es klingelt. Das muss Fräulein S. sein, gekommen, um ihre Sklavin zu holen, sie einem ungewissen Geschehen zu überantworten, sie auszuliefern. Antonia öffnet die Tür. Als Fräulein S. im Flur der Wohnung darauf wartet, bis ihre Sklavin zum Aufbruch bereit ist, krampft sich der Magen des Mädchens zusammen. Wo endet das Spiel? Und wo beginnt das Leben? Antonia hat schon oft gedacht, dass beides überhaupt nicht zu trennen ist, höchstens für die harmlosen Gemüter, für die SM eine bereichernde Variante beim Sex darstellt, eine harmlos-prickelnde Einlage am Freitagabend im Schlafzimmer, vergessen bereits am nächsten Morgen.

Eine Situation mag inszeniert sein – trotzdem ist sie so real wie alles andere. Der Blick in die Augen der Herrin lässt Antonia ahnen: Das hier ist tiefer Ernst. Es ist eine Probe für ihre Eignung als Sklavin, eine Probe für die Beziehung. Antonia darf nicht versagen.

Die Frau, die gekommen ist, um sie zu holen, ist nicht die vertraute Person, der Antonia – wenngleich in sehr spezieller Weise – auch freundschaftlich verbunden ist. Kein Gruß, kein Lächeln, keine Berührung. Diese Frau ist Herrin und Besitzerin in Ausschließlichkeit. Die Spannung erscheint Antonia unerträglich. Die Luft brennt. Sie weiß nicht, wohin mit ihren Händen. Nach Momenten, die eine Ewigkeit sind, erlöst Fräulein S. ihre Sklavin: »Nimm deine Sachen und komm.«

Antonia schlüpft in ihren Mantel, greift nach der Tasche und folgt Fräulein S. ins Nirgendwo.

Fast hätte die Sklavin vergessen, ihre Wohnung abzuschließen. Gerade noch rechtzeitig besinnt sie sich. Als sie den Schlüsselbund in die Manteltasche gleiten lassen will, streckt Fräulein S. die Hand vor.

»Die Schlüssel kannst du mir geben. Du bekommst sie wieder, wenn du hierher zurückgebracht wirst.« Überrascht händigt Antonia das Geforderte aus. Widerworte liegen ihr auf der Zunge, doch sie ist sensibel genug, um zu wissen, dass sich in einer Situation wie dieser jede Gegenrede verbietet.

Antonia folgt Fräulein S. durchs Treppenhaus. Deren Auto steht direkt vor der Tür. Die Herrin weist ihre Sklavin an, auf der Rückbank Platz zu nehmen. Während der Fahrt fällt kein Wort. Fräulein S. fährt nicht die gewohnte Strecke Richtung Westen.

»Ich habe wenig Zeit«, erklärt sie. »Deshalb kommt uns Fräulein Wiesengrund entgegen. Sie wartet vor dem Berliner Ensemble. Von dort aus werdet ihr die Fahrt mit ihrem Wagen fortsetzen.«

Fräulein S. parkt am Fuße der Weidendammer Brücke. Antonia steigt aus und öffnet der Herrin die Tür. Auf dem Bürgersteig stehen sie einander gegenüber. Fräulein S. überragt ihre Sklavin sicher um zehn Zentimeter. Sie fasst das Mädchen an den Oberarmen.

»Sieh mich an, Antonia.« Ihre Stimme ist ruhig und klingt nach verborgener Bedeutsamkeit. »Wir werden uns jetzt trennen. Du überquerst die Brücke und wendest dich dann nach links zum Brecht-Platz. Dort wartet Fräulein Wiesengrund. Du hast zu schweigen, bis du zu anderem aufgefordert wirst. Und noch etwas: Du wirst dich auf deinem Weg nicht nach mir umdrehen. Ich werde hier stehen bleiben, bis du am anderen Ufer angelangt bist. Diese wenigen Momente sollen dir allein gehören und sollst du dir allein gehören, bevor es für dich zunächst nur noch eins geben wird: Unterwerfung.«

Antonia muss schlucken. »Und jetzt geh.«

Keine Umarmung, keine Berührung. Einzig der Befehl: *geh*.

Antonia holt tief Luft und setzt einen Fuß vor den anderen. Schon ist sie auf der Brücke. Der Himmel zeigt sich bedeckt. Es ist windig. Das trübe Wasser klatscht an moosige Mauern. Die Vögel fliegen tief. Der Reichsadler im eisernen Brückengeländer scheint von Unheil zu künden. Antonia wendet den Blick ab. Vorwärts, nur vorwärts. Autos donnern an dem Mädchen vorüber. Für die vielen Passanten ist die Brücke kurz. Rasch haben sie sie hinter sich gelassen. Doch für Antonia ist die Brücke lang.

Wende dich nicht um – so hämmert es in ihrem Kopf. Wie gern hätte sie noch einen Blick zurückgeworfen. Die Vorstellung, dass Fräulein S. am Flussufer steht und ihr nachsieht – vielleicht nachdenklich, vielleicht sogar sehnsuchtsvoll –, gefällt ihr über alle Maßen. Doch Antonia weiß: Eine Verfehlung würde alles zerstören. Sie würde ihre Herrin tief enttäuschen. Sie muss widerstehen! Sie muss einfach!

Das Gewicht der Tasche zieht ihre Schulter in die Tiefe. Endlich: die andere Seite der Spree. Links hoch den Schiffbauerdamm bis zum Brecht-Platz. Antonia kann ihn bereits sehen, den Platz. Ein paar Jugendliche auf einer Bank, ein paar rauchende Männer vor dem Theater. Und Touristen. Außerdem eine Gestalt im Trenchcoat, blondes Haar, mit dem Rücken zu Antonia gewandt. Für die Vorübereilenden: eine Wartende? Eine Denkende? Eine unter vielen jedenfalls. Für Antonia: ihr Schicksal der kommenden Tage.

Fräulein Wiesengrund dreht sich um. Vor ihr steht die Sklavin ihrer Freundin, den Blick gesenkt, abwartend. Einen Moment lang betrachtet sie das Mädchen.

»Nun«, sagt sie – und klingt dabei nicht unfreundlich –, »wir wollen sehen, wie wir miteinander zurechtkommen werden.«

Antonia traut sich nicht, den Blick zu heben. Fräulein Wiesengrund dreht sich um und geht. Die Sklavin folgt ihr. Das Auto wartet am Schiffbauerdamm, schwarz und groß. *Wie ein Leichenwagen*, denkt Antonia. Die Fahrt geht weiter.

Einmal ist Antonia bisher bei Fräulein Wiesengrund gewesen. Nur kurz, um Fräulein S. abzuholen. So bemerkt sie erst jetzt, wie groß die Wohnung wirklich ist. Die Einrichtung: aufwendiger als bei Fräulein S. Es gibt einen Fernseher, dafür weniger Bücher. Fräulein Wiesengrund zeigt Antonia das Zimmer, das für die Zeit des Aufenthalts ihr gehören soll. Es ist klein, aber hell; das Bett viel komfortabler als die karge Schlafstelle, die sie meist in der Wohnung ihrer Herrin zugewiesen bekommt. Gleich nebenan das Bad.

»Bist du hungrig?« Antonia nickt. Darf sie antworten? »Ja«, sagt sie probeweise, schließlich war es eine direkte Frage. Sie scheint sich richtig verhalten zu haben. Anstatt zu schimpfen, nimmt Fräulein Wiesengrund einen Teller aus dem Schrank.

Die Küche liegt am anderen Ende der Wohnung. Wie ungewohnt für die Sklavin, eine Mahlzeit serviert zu bekommen, nichts selbst tun zu müssen! Antonia fühlt sich nicht wohl dabei. Eigentlich wäre es ihre Aufgabe, Fräulein Wiesengrund zu bedienen. Sie beobachtet genau und merkt sich, wo die Dinge in der Küche zu finden sind.

»Morgen schon kann ich das alles tun«, sagt sie, mutiger geworden. Fräulein Wiesengrund nickt geistesabwesend. Sie hat die Worte des Mädchens nicht wirklich vernommen. Geräusch ohne Inhalt. Zu froh ist sie, Antonia bei sich zu haben. Sie ist bereits seit fünf Tagen allein, Thomas auf Dienstreise im Ausland, der Termin der Rückkehr ungewiss.

Antonia hat wirklich Hunger. Amüsiert beobachtet Fräulein Wiesengrund, wie sie eine Scheibe Brot nach der anderen verschlingt, ihre Begeisterung für den Käse, den sie als deliziös bezeichnet. Die neue Herrin animiert Antonia zum Gespräch, verhält sich aufgeschlossen und freundlich. Das Mädchen ist irritiert, sie hat anderes erwartet: einen sofortigen Frontalangriff auf den Kern ihrer Persönlichkeit, Einsperrung, Demütigung.

Das war nur meine Angst, die mich halluzinieren ließ, beruhigt sich Antonia in Gedanken. *Es wird nicht so hart wie befürchtet.* Doch gleichzeitig: leise Enttäuschung.

Fünf Tage ohne Gesellschaft, ohne nennenswertes Gespräch haben Fräulein Wiesengrund zugesetzt. Und schließlich: Sie ist es, die entscheidet. Warum sollte sie dann nicht auch ihr Bedürfnis nach Unterhaltung und Gesellschaft wichtiger nehmen als den Anspruch, der Sklavin gegenüber sofort Macht und Autorität zu demonstrieren? Schließlich ist sie nicht dazu da, um Antonias Erwartungen zu entsprechen. Ganz im Gegenteil! Diese Gedanken hatte Fräulein Wiesengrund, kurz bevor sie Antonia abholte. Das Mädchen ist Strapazen gewöhnt, das weiß sie aus den Erzählungen der Freundin sowie aus eigener Anschauung. Vielleicht tut es Antonia ganz gut, sich einmal ein wenig erholen zu dürfen.

Der nächste Tag kommt, und der übernächste folgt. Antonia verhält sich lieb, anschmiegsam und unterwürfig. Wie sollte es auch anders sein? Durch Fräulein Wiesengrund spricht Fräulein S. zu ihr. Beim abendlichen Fernsehen (Fernsehen! Innerlich rümpft Antonia die Nase) sitzt Antonia ihrer neuen Herrin zu Füßen. Wenn sie ihr Gesicht an deren Beine presst und mit den Armen deren Schenkel umschlingt, dann gelten diese Zärtlichkeiten Fräulein S. Zwar hat Antonia im Vergangenen über Fräulein Wiesengrund phantasiert, doch ging es hierbei nur um den Zugriff der Unbekannten auf ihren Körper, um Fremdheit und Härte.

Doch so entschieden Fräulein Wiesengrund im Spiel sein kann, so wenig beansprucht sie nun die Führung im Alltag. Sie lässt Antonia vorwärtstappen, ja stolpern, und meint, damit ihre Zuneigung und ihr Vertrauen gewinnen zu können. Denn ist sie nicht viel freundlicher zu der Sklavin als deren eigentliche Besitzerin?

Antonia verbringt ihre Zeit ohne nennenswerte Einschränkungen, ohne Verbote, ohne zeitaufwändige Verpflichtungen. Fräulein Wiesengrund war nicht verärgert darüber, dass Antonia den Laptop und die Bücher mitgebracht hat. Stattdessen hat sie ihr im Wohnzimmer einen Arbeitsplatz geschaffen und genießt die Gegenwart des Mädchens, ihr Tippen, ihr Umblättern, ihr Auf-und-ab-Gehen. Kleine Aufgaben zwischendurch – Hausarbeit etwa oder einen Einkauf – erledigt Antonia mit Eifrigkeit, ergriffen von dem Wunsch, Fräulein Wiesengrund zu gefallen. Das denkt zumindest Letztere. Doch während Antonia im Wohnzimmer Ordnung schafft, sieht sie Fräulein S. vor sich. Sie will ihr beweisen, dass sie auf entsprechendes Geheiß auch jeder anderen Person gehorcht.

Fräulein Wiesengrund weiß nun aus eigener Erfahrung: Antonias Lasagne ist vorzüglich. Und der Wein harmoniert perfekt mit dem Gericht. *Ach*, denkt Fräulein Wiesengrund, *könnte es doch immer so sein*. Sie hatte mit Toni – wie sie das Mädchen nun auch schon nennt – auswärts essen wollen. Aber Antonia hatte darauf bestanden zu kochen. *Sie kocht für mich*, denkt Fräulein Wiesengrund, *für mich allein*.

Antonia kocht gern. Antonia geht nicht gern essen. »Es ist immer entweder zu viel oder zu wenig, das Gemüse kommt nicht aus dem Bio-Laden, die Eier nicht aus der Freilandhaltung und das Fleisch – wer weiß, was sie einem da vorsetzen«, so Antonias Standpunkt zur Gastronomie.

Nachdem die Mahlzeit beendet ist, soll die Sklavin ein Bad nehmen. Fräulein Wiesengrund will dabei zuschauen. Fräulein S. hatte in den letzten Tagen vor ihrer Abreise keine Zeit mehr, sich noch einmal eingehender mit Antonias Körper zu befassen, und so leuchtet deren Haut in ungewohntem Weiß, ohne Striemen, blaue Flecken und ähnliche Blessuren. Nur das Halsband, das Antonia während ihres Aufenthalts ständig zu tragen hat, demonstriert sichtbar den Status des Mädchens.

Vielleicht wird sie mich lieben, wenn ich sie schone, denkt Fräulein Wiesengrund. Doch sie weiß um den illusionären Charakter dieses Gedankens: zu viel der Erfahrung mit masochistischen Menschen. »Vielleicht wird sie mich lieben, wenn ich sie quäle«, räsoniert sie und verwirft auch diesen Gedanken. *Ich muss alles richtig machen*, denkt sie. Die Möglichkeit, dass Toni sie nie lieben würde, zieht sie nicht in Betracht. *Sie muss bei mir bleiben* – nachdem dieser Gedanke ihr einmal gekommen ist, lässt er sie nicht mehr los.

Als Antonia im Wasser sitzt, greift sie nach Fräulein Wiesengrunds Hand, die auf dem Rand der Wanne ruht. Sie haucht einen Kuss darauf. Die Hand gehört in diesem Moment Fräulein S. *Sie ist in mich verliebt*, denkt Fräulein Wiesengrund. »Toni«, sagt sie, »du darfst heute bei mir schlafen.« Antonia lächelt pflichtschuldig und küsst die Hand erneut. Im Schlafzimmer ist es warm. Ungestüme Zärtlichkeiten. Die Finger und der Mund von Fräulein Wiesengrund sind gierig nach langer, erzwungener Enthaltsamkeit. Später dreht sie sich unruhig auf der Matratze und gibt unverständliche Geräusche von sich. Diese Nacht findet Antonia keinen Schlaf. Sie ist froh, als sie durch den Spalt der Vorhänge den Morgen heraufziehen sieht.

Schwer sind die Gliedmaßen nach dieser unruhigen Nacht. Antonia erhebt sich ein wenig mühsam. Fräulein Wiesengrund schläft fest. Für einen Moment betrachtet das Mädchen die ruhende Gestalt. Ein leichtes Kopfschütteln, fast unmerklich. Es ist noch sehr früh. Antonia setzt sich mit einem Becher Kaffee im Wohnzimmer an den Schreibtisch. Sie klappt ihr Notebook auf. Später würde sie das Frühstück bereiten.

Wann hat mir das letzte Mal jemand Frühstück gemacht?, überlegt Fräulein Wiesengrund wehmütig. Antonia hat Eier gekocht und Obst aufgeschnitten. Sie hat frische Brötchen geholt und die verwelkten Blumen auf dem Tisch durch frische ersetzt.

Die Sklavin ist nun seit vier Tagen im Haus. Fräulein Wiesengrund scheint es bereits viel länger zu sein. Wie leicht ist es, sich an Antonias Gesellschaft zu gewöhnen. Das Mädchen lächelt sie an. Fräulein Wiesengrund lächelt zurück.

Sie muss etwas für mich empfinden, denkt sie, *ich bin mir sicher. Vielleicht weiß sie nicht, wie sie es mir sagen soll. Ach, Antonia, du könntest hier einziehen, für immer, Thomas ist kaum da. Du hättest hier alles, was du brauchst ...*

»Darf ich Ihnen noch Kaffee eingießen?« Die Worte reißen Fräulein Wiesengrund aus ihren Tagträumen. Sie nickt nur geistesabwesend. Antonia lächelt noch immer.

Im Laufe des Vormittags klingelt das Telefon. Es ist Philip, der sich seit dem letzten Zusammentreffen bei Fräulein S. vorgenommen hat, den Kontakt zu Fräulein Wiesengrund und Thomas seinerseits neu zu beleben. Doch darüber hinaus hat sein Anruf einen konkreten Grund.

»Übrigens«, sagt der Anwalt, »ich bekam gerade einen Anruf von Carl, du kennst ihn doch auch schon lange. Er ist derzeit in Berlin, geschäftlich. Meret und Daniel sind ebenfalls hier. Vielleicht könnte man heute Abend zusammenkommen? Denn Carl muss bereits morgen weiter nach Köln. Es wäre doch schön, die Hamburger Freunde einmal wiederzusehen.« Fräulein Wiesengrund ist überrascht und erfreut. »Ja«, antwortet sie, »das passt doch wunderbar. Wir lassen uns von Antonia mit einem leckeren Menü verwöhnen und plaudern von den alten Zeiten. Du lieber Himmel! Ich habe Meret seit zwei Jahren nicht gesehen. Und bei Daniel ist es noch länger her.«

Weshalb eigentlich?, denkt sie. *Weshalb eigentlich habe ich diese Kontakte so vernachlässigt?*

»Und weißt du«, überlegt Philip, »man könnte noch Lorenz dazubitten. Mir kommt gerade eine Idee. Vor einiger Zeit hat Antonia mir eine ihrer Phantasien geschildert. Mit etwas Vorbereitung wäre sie durchaus realisierbar. Da Antonia so brav ist, könnte man ihr als Belohnung ...«

Und Philip erzählt. Fräulein Wiesengrund hört zu, und was sie da hört, das gefällt ihr ganz ausgezeichnet. Sie antwortet ohne Zögern: »Meine kleine Sklavin« – so bezeichnet Fräulein Wiesengrund das Mädchen schon – »wäre sicher hocherfreut. Ja, ich denke, wir sollten es versuchen. Heute Abend, ganz recht. Lade die Hamburger doch bitte zu acht Uhr ein. Und Lorenz ebenso. Teile ihnen alles Notwendige mit. Meinerseits werde ich Antonia vorbereiten – aber keine Sorge: Ich habe nicht vor, sie um die Überraschung zu bringen.«

Fräulein Wiesengrund wartet noch auf Philips erneuten Anruf, bevor sie mit der Sklavin spricht. Schon bald klingelt das Telefon. »Es klappt«, erklärt Philip knapp. »Carl, Lorenz, Meret und Daniel sind entzückt von unserem Vorhaben. Zwar kennen sie Antonia noch nicht, aber das gibt der Sache schließlich einen ganz besonderen Reiz. Sie werden gegen 20 Uhr bei dir eintreffen.«

»Und du selbst?«

»Mich musst du schon ab halb sieben ertragen. Ich werde Toni beim Kochen helfen und dir bei den restlichen Vorbereitungen.« Philip legt auf.

Ein bisschen besorgt ist Fräulein Wiesengrund doch. Hoffentlich ist es wirklich in Antonias Sinn, wenn ihre Phantasie zur Realität wird. Im Zweifelsfalle müsste man abbrechen, was allerdings schade wäre – sehr schade sogar. Doch wenn sie über Antonia nachdenkt, dann kann sie sich – so wie sie das Mädchen bisher kennengelernt hat – beim besten Willen nicht vorstellen, dass es dazu kommen würde.

Der Tag geht vorüber ohne nennenswerte Ereignisse. Nach Ankündigung des abendlichen Besuches – sowie verheißungsvollen Andeutungen, die Antonias Erwartungen schüren – schickt Fräulein Wiesengrund die Sklavin zum Einkaufen. Als sie Antonia das erste Mal während ihres Aufenthalts alleine hinausschickte, da fühlte sie noch eine leichte Angst, das Mädchen könnte ihr fortlaufen. Doch das ist nun vorbei.

Sie hat es so gut bei mir, sie wird zurückkommen – und vielleicht, vielleicht wird sie sogar bleiben wollen, überlegt sie, als Antonia jetzt die Wohnung verlässt.

Schließlich ist es so weit: Philip kommt. Er schneidet mit Antonia Gemüse und hilft der Gastgeberin, das Wohnzimmer umzuräumen. Für Antonia gilt nun das Verbot, diesen Raum zu betreten. Während des Essens jedoch soll sie, gemäß Fräulein Wiesengrunds Anweisungen, die Veränderungen vor Augen haben. Schon während des Essens hätte sie so unwillkürlich über das nachzudenken, was sie erwarten würde. Sie sollte sich vollständig auf das Kommende fixieren. Fräulein Wiesengrund genießt für einen Moment den Gedanken an eine schweigsame Antonia, die nervös auf ihrem Teller herumstochert. Dieses Bild bereitet ihr durchaus Vergnügen.

Lorenz ist der nächste Gast. Er wohnt in der Nachbarschaft. Fräulein Wiesengrund begegnete ihm zunächst regelmäßig im Supermarkt und dann im *Café Schlagseite*, einem Treffpunkt der Berliner SM-Szene. Lorenz schien es zu Anfang ein wenig unangenehm zu sein, dort wiedererkannt zu werden. Doch schnell war das Eis gebrochen. Heute Abend trägt er ein leichtes Jackett mit einem ganz dünnen T-Shirt darunter, das seine ausgeprägte Brustmuskulatur erahnen lässt. *Sexy*, denkt Fräulein Wiesengrund und führt ihn in die Küche. Antonia gibt sich zunächst schüchtern gegenüber dem Unbekannten. Doch schon nach kurzer Zeit unterhalten beide sich angeregt. Lorenz arbeitet als selbstständiger Hörspielautor, und interessiert befragt ihn Antonia nach seinem jetzigen Projekt sowie der Auftragslage im Allgemeinen.

Nach kurzer Zeit ertönt die Klingel aufs Neue. Carl, Daniel und Meret erscheinen gemeinsam. Im Flur feiern Fräulein Wiesengrund und Philip enthusiastisch das Wiedersehen. In der Küche wird Antonia vorgestellt. Lorenz macht sich selbst mit den neu Eingetroffenen bekannt. Antonia zieht sich still in einen Winkel der Küche zurück und verrichtet ihre Arbeit.

In Anbetracht des Geplanten hatte Fräulein Wiesengrund dann doch kein so aufwendiges Menü gefordert. So ist die Mahlzeit rasch beendet. Antonia kann abräumen. Die Gäste sitzen am Tisch, schweigend, rauchend, wartend. Vereinzelte Worte, nervöses Lachen. Nicht nur die Sklavin ist aufgeregt. Sie ahnt, weiß aber nicht sicher, was ihr bevorsteht. Fräulein Wiesengrund hat mit Philip den Raum weitgehend in freie Fläche verwandelt. Sie haben die Chaiselongue Richtung Fenster verschoben. Die Sessel und der niedrige Tisch stehen nun dicht vor dem Regal an der Wand. Der Fernseher wurde auf seinem Rollwagen in die Ecke geschoben.

Eine Arena, denkt Antonia, *ein Kampfplatz der Lüste*. Ihr Magen krampft sich zusammen. Doch gleichzeitig fühlt sie, wie ihre Brustwarzen unter dem beinahe transparenten Kleid in den Zustand äußerster Härte übergehen.

Hin und wieder warf man ihr während des Mahles am Tisch Blicke zu, prüfend, abschätzend. Wird sie es aushalten? Will sie es wirklich? Meret ist die Einzige, die noch eine Zigarette zwischen den Fingern hält. Ihre grell lackierten Nägel. *Wie lang sie sind*, denkt Antonia. Inzwischen ist es ganz still. Energisch fügt Meret den Kippen im Aschenbecher eine weitere hinzu und setzt damit den Schlusspunkt für den kulinarischen Teil des Abends. Die Luft scheint elektrisch aufgeladen. Einen kleinen Moment der Spannung mutet Fräulein Wiesengrund ihren Gästen noch zu. Schließlich ergreift sie das Wort:

»Nun, liebe Antonia, ich denke, es ist Zeit, dass du dich auf dein Zimmer begibst. Entkleide dich vollständig, dein Halsband behältst du selbstverständlich um. Auf deinem Bett liegt eine lederne Augenmaske, die legst du an. Dann kniest du nieder und wartest, bis dich jemand holt.

Bevor Antonia die Maske überstreift, schnallt sie die mit Ringen versehenen Ledermanschetten, die ebenfalls auf ihrem Bett liegen, um Hand- und Fußgelenke. Sie liebt es, diese Fesseln zu tragen. Ein Schmuck, der sie mit Stolz erfüllt. Erst dann fühlt sie sich wirklich als Sklavin. Schon allein der Anblick zaubert Feuchtigkeit zwischen ihren Beinen hervor, lässt ihr Herz schneller schlagen. Der Akt des Anlegens bedeutet Initiation und Transzendenz zugleich. Der Alltag ist damit verlassen.

Antonia wartet – von Dunkelheit umgeben – nun schon eine ganze Weile. Oder erscheint ihr die Zeit nur so lang, weil sie dem Ungewissen entgegenharrt? Des Augenlichts beraubt, hört sie umso besser. Geräusche von draußen: Im Hof spielen Kinder, ihr Lachen, ihr Schreien, die Deckel der Mülltonnen klappern. Dann Schritte auf dem Flur, das Knarren der Dielen – wird es lauter? Die Schritte kommen näher. Es ist so weit.

Nein, denkt Antonia, *nein, bitte, noch nicht* ... – *Ja*, schreit alles in ihr, *nehmt mich und tut mit mir, was immer ihr wollt.*

Die Tür öffnet sich. Antonia strafft automatisch den Rücken: »Halt dich gerade!« – wie oft hat sie diese Worte zu hören bekommen! Wieder Schritte, diesmal ganz nah. Jemand steht neben ihr. Atmen. Im Hof quietschen die Schaukeln.

»Steh auf.« Ein kurzer Befehl, mehr nicht. Wessen Stimme? Antonia ist unsicher. Vielleicht Carls? Sie richtet sich auf. Ein fester Griff am Oberarm. Sie wird aus dem Zimmer geführt.

»Vorsicht, die Schwelle.« Antonia hebt ihre bloßen Füße. Kurz darauf ist das Wohnzimmer erreicht. Der Oberarm der Sklavin wird losgelassen, dafür legt der Führer ihr beide Hände von hinten auf die Schultern und schiebt sie in den Raum hinein, aller Augen preisgegeben. Dann bleibt er stehen. Im Hintergrund leise klassische Musik.

»Na los, auf alle viere«, zischt ihr die Stimme ist Ohr. *Ja*, denkt Antonia, *es ist Carl.* Vorsichtig lässt das nackte Mädchen sich nieder.

»Beweg dich, geradeaus! Mach schon!« Der Boden ist hart. Behutsam tastet Antonia sich vorwärts. Die Dielen knarren. Und plötzlich der Befehl: »Halt!« Antonia erschrickt. Sie hatte nur auf sich, ihren Körper, ihre Empfindungen geachtet. Sie unterbricht den Bewegungsfluss, verharrt reglos, traut sich kaum zu atmen. Es ist heiß im Raum. Und wieder: Schritte, die näher kommen. Eine Hand an ihrem Hinterkopf; man nimmt ihr die Binde ab.

Der Raum ist abgedunkelt. Doch Kerzen spenden genügend Licht, um Antonia begreifen zu lassen, was hier geschehen soll. Offensichtlich hat Philip die Phantasie, die sie ihm kürzlich ausmalte, preisgegeben. Für einen Moment ist sie erstaunt. Doch gut, sie hatte ihn schließlich nicht um Stillschweigen gebeten. Und die Szene, die sie bereits vor längerer Zeit in ihrem Kopf auf die Bühne gebracht hatte, war offensichtlich auch dazu geeignet, den Beifall anderer zu erringen. Nun weiß Antonia, was kommen wird. Sie schwitzt. Gleichzeitig ist ihr kalt. Heute wird man sie an ihre Grenzen treiben.

Die Sklavin sieht sich um. Sie zittert leicht: vor Aufregung und vor Lust. Antonia ist gefangen in einem Kreise maskierter Menschen; umringt von sechs schwarz gekleideten Gestalten mit dünnen, eng anliegenden Latexmasken, die die Gesichter, bis auf ein paar schmale Schlitze an Augen, Nase und Mund, komplett verhüllen. Kaum noch menschliche Erscheinungen. Surreale Androiden, die ein nacktes und ungeschütztes Wesen in ihrer Gewalt haben.

Eine Gestalt – es ist Philip, doch Antonia hat bereits ihre detaillierte Wahrnehmung der Umwelt abgeschaltet, um in die dunkelste ihrer Phantasiewelten einzutreten – bückt sich, packt die Sklavin und reißt sie mit sich in die Höhe. Er zieht sie hinter sich her an seinen Platz im Kreis. Er fährt ihr mit der Hand durchs Gesicht. Erst jetzt bemerkt Antonia die dünnen Latexhandschuhe, schwarz, wie alles an ihrem Gegenüber. Philip packt die Haare der Sklavin und reißt ihren Kopf in Position. Er leckt ihr über den Mund, ohne sie zu küssen, und zwingt seine Hand tief in ihren Rachen. Das Mädchen versucht, sich ganz in die Rolle des Lustobjekts fallen zu lassen. Einfach loslassen, nicht mehr denken, sondern nur noch fühlen. Jenseits der sichtbaren Oberfläche wird Antonia nicht als Sklavin ausgeliefert: Sie kommt solchen Versuchen zuvor, indem sie sich selbst mit Haut und Haaren der Herrschaft übereignet. Jedes Mal neu und jedes Mal ein bisschen anders.

In ihrem Kitzler klopft es wild. Antonia ist nicht mehr feucht, sie ist nass. Willig nimmt sie die Hand an, die sich ihrer bemächtigt hat. Sanft umschließt sie die Finger mit den Lippen. Sie saugt an ihnen und lässt ihre Zunge spielen. Die Sklavin leckt, als gäbe es kein Morgen mehr. Schließlich wird die Hand aus ihrem Mund gezogen, um gleich darauf an ihrer Brust erneut zum Einsatz zu kommen. Finger sind wirkungsvoller und feiner dosierbar als alle Klammern. Philip zieht Antonias Brustwarzen grausam in die Länge, zuerst nach vorn, dann nach oben und nach unten. Doch das Objekt seiner Pein ist nun in einem Zustand der Unersättlichkeit. Und so verlagert die Sklavin selbst ihr Gewicht nach hinten, um die lustvolle Marter noch intensiver zu spüren.

Völlig unvermittelt lässt die Gestalt von Antonia ab und versetzt ihr einen Stoß. Fast wäre die Sklavin gestrauchelt, doch schon fühlt sie den Griff des Nachbarn – diesmal eine Frau, Meret –, der sie vor dem Fallen bewahrt. Eine Hand gleitet zwischen ihre Schenkel. Die Musik wird lauter. In Antonias Ohren saust es. Scharfe Fingernägel berühren ihre Klitoris. Sie fahren darüber hin, um sich mit einem Male festzukrallen. Der Biss eines wilden Tieres in Antonias empfindlichste Körperstelle. Das Mädchen wimmert leise. Eine feuchte Hand erobert Antonias

Mund. Willig leckt die Sklavin sie sauber. Es gibt keine Außenwelt mehr, kein Gestern und kein Morgen, nur noch die radikale Hingabe an die Welt der Unvernunft, der Imagination, des Traumes.

Und wieder wird sie weggestoßen. Antonia taumelt in die Arme der nächsten Gestalt, die sie zunächst einladend an den Körper zieht, um sie dann vor sich auf die Knie zu drücken. Eine Männerhand fasst ihr Kinn und hält es fest wie ein Schraubstock. Antonia ahnt, womit sie zu rechnen hat, die Vorbereitungen sind doch immer die gleichen. Ohrfeigen, immer abwechselnd rechts und links, nicht zu schnell, dafür fest. Es ist schrecklich, und es ist schön. Antonia geht so in ihrer Rolle der benutzten und misshandelten Sklavin auf, dass das Erniedrigende und Schmerzhafte überwältigende Erregung bei ihr auslöst. Als die dunkle Gestalt sie mit festem Druck auf die Schultern auf alle viere zwingt und sie mit einem Schlag auf die Lenden zum Nebenmann weiterschickt, fühlt sich Antonia gedemütigt wie schon lange nicht mehr. Und für den Bruchteil einer Sekunde kommt die Empfindung vollkommenen Glücks hinzu.

Ein fester Griff an ihrem Halsband. Sie wird emporgezwungen, und, kaum dass sie steht, weitergestoßen. Die Nebengestalt fängt sie auf in ihrem Schwung, um sie sofort zum Nachbarn taumeln zu lassen, der wiederum dasselbe tut. So stolpert Antonia von einem zum andern, immer schneller, immer fester die Stöße und Püffe. Sie braucht all ihre Geschicklichkeit, all ihr Gefühl für Balance, um nicht zu fallen. Doch Antonias Hingabe schützt sie: Sie wehrt sich nicht gegen das grobe Verfahren. Sie lässt ihren Körper darin aufgehen und ahnt den Rhythmus der Stöße im Voraus. Sie genießt die Erniedrigung, die Ohnmacht, die Überzahl der Häscher. Sie hat sich deren Willkür übereignet. Und während ihr Körper unter der Kraft der äußeren Einwirkungen schwankt, ruht ihr Inneres durch den Bruch mit aller Rationalität.

Plötzlich wird Antonia in die Mitte des Kreises der Gesichtslosen gedrängt. Nicht Personen stehen Antonia gegenüber, sondern ein Konglomerat von Gestalten, denen das unmittelbarste Identitätsmerkmal fehlt: das Antlitz – und damit auch der sichtbare Ausdruck von Stimmungen und Gefühlen. Antonia fühlt sich den Maskierten gegenüber so hilflos ausgeliefert, dass ihr der Atem stockt, der Herzschlag für einen Moment aussetzt. Sie dreht sich einmal um sich selbst. Doch es gibt keinen Ausweg. Die Wesen halten einander an den Händen und bilden so eine lückenlose Kette. Doch selbst wenn die Mauer der Leiber an einer Stelle durchlässig gewesen wäre, hätte die Sklavin fliehen wollen? Hätte sie fliehen wollen – angesichts ihrer Erregung sowie der übergroßen Spannung auf das Kommende, die mit jedem Augenblick stärker wird?

Die Front ohne Identität nähert sich dem Körper der Gefangenen. Sie nähert sich so langsam, dass Antonia es zunächst nicht bemerkt. Als die Sklavin eine Berührung an ihrer Schulter fühlt, schreit sie unwillkürlich auf. Als sei dieser Schrei ein Signal, greifen plötzlich von allen Seiten Hände nach ihr. Schwarze, glatte, glänzende Hände. Sie erscheinen Antonia wie bloße Werkzeuge, Greifmechanismen, abgelöst von Körper und Willen eines Individuums. Zunächst schlagen die Hände leicht nach ihr, nach ihren Brüsten oder Schenkeln, unterbrochen von Zwicken und Kneifen. Doch dann, wie auf ein geheimes Kommando, vereinen sich die erhobenen Arme zum Dach eines Käfigs über Antonias Haupt. Das Dach wird niedriger und niedriger. Es zwingt die Sklavin in die Tiefe. Kurz lässt man sie auf Knien verharren, ehe die vereinten Arme sie zu Boden drücken. Das Tier sitzt in der Falle. Antonia schließt die Augen. Sie wartet. Wie würde man nun mit ihr verfahren?

Zunächst geschieht überhaupt nichts. Sie bemüht sich, ganz stillzuhalten. Die Klitoris pulsiert, als wollte sie gleich explodieren. Es ist nicht die leibliche Übermacht der anderen, die die

Sklavin zwingt: Auch wenn die Häscher zurücktreten würden, wäre Antonia nichts anderes eingefallen, als ihren Körper zu Boden zu pressen und abzuwarten – gezwungen nur von dem Sog dieses Spiels, das sie liebt.

Arme schlingen sich um die Taille der Ausgelieferten. Man hebt sie in die Höhe und trägt sie zur Chaiselongue. Man stellt sie auf die Beine, um ihren Oberkörper sofort über die breite, gepolsterte Lehne hinunterzudrücken. Schöner und einladender könnten Antonias Lenden nicht präsentiert werden. Eine Hand tastet sich zwischen den Beinen des Mädchens voran. Der Latex der Handschuhe gleitet durch die feuchte Landschaft. Antonias Unterleib wird auseinandergezogen. Finger bewegen sich in ihr. Wem mögen sie gehören? Doch diese Frage kann Antonia sich schon längst nicht mehr stellen. Wieder einmal erlaubt man ihr, nur noch Körper zu sein, den Geist ruhen zu lassen. Und so öffnet Antonia sich willig dem Glied, das jetzt in sie eindringt, nimmt es auf, beseelt von dem Willen zu gehorchen und zu gehören: demjenigen, der gerade von ihr Besitz ergriffen hat, wer immer es auch sein mag.

Die Stöße werden rasch schneller und härter. Eine Hand krallt sich an ihrer Schulter fest, eine andere packt ihr Haar und zieht ihren Kopf daran nach hinten.

»Kleine Schlampe«, zischt es hinter ihr. Antonia reibt ihre Klitoris am Polster der Sofalehne. Eine Handfläche klatscht auf das Fleisch ihrer Lenden. Antonia stöhnt auf. Sie schreit fast. Der Höhepunkt nähert sich unaufhaltsam. Gleich wird die Lawine sie überrollen, gleich. Doch ganz plötzlich zieht sich das Glied aus ihr zurück. Vor Überraschung und Enttäuschung entringt sich ein Laut der Kehle des Mädchens, der sofort mit mehreren festen Hieben geahndet wird.

»Du bist hier nicht zu deinem Vergnügen, sondern zu unserem!«, faucht die Stimme, deren Besitzer den Schrei offensichtlich richtig interpretiert hat. Antonias körperliche Not ist nur allzu deutlich. Es dauert noch einen Augenblick, dann ergießt es sich warm auf den Rücken der Sklavin: »Siehst du, so macht man es mit Huren wie dir.«

Und wieder Hände: unzählige Hände auf Antonias Rücken, auf Antonias Lenden, in Antonias Gesicht und in ihrem Körper. Hände überall. Vorne, hinten, zwischen den Beinen und im Haar. Hände, die sie verwüsten und sie zum Schreien bringen. Und schließlich Glieder, veritable Phalli, die sich in ihren Körper schieben, die sie ausfüllen, die sie stoßen, bis ihr schwindelig wird. Jetzt steht Fräulein Wiesengrund hinter dem Mädchen. Sie hat sich Antonias Leib mit einem Gummiphallus von immenser Größe angeeignet. Deren überreizte Sinne jedoch bemerken den Unterschied nicht. Gleichzeitig bedient sich Lorenz des Mundes der Sklavin. Die vielen Hände unterbrechen ihr Spiel währenddessen nicht. Antonias Körperlandschaft wird gepflügt, wird umgegraben, wird verwandelt in Brocken aufgerissenen Bodens. Ihr Körper ist nass von Schweiß und Sperma. Das Mädchen treibt inzwischen auf die vollkommene Erschöpfung zu. Zu einem Orgasmus wäre Antonia jetzt nicht mehr fähig. Doch was ist ein kurzer Höhepunkt gegenüber der Glückseligkeit, die ihr das Gefühl schenkt, alles, aber auch wirklich alles gegeben zu haben?

Heute Abend hat Antonia ihren Körper in seiner Totalität an die Herrschaft veräußert. Gegenüber stand ihr diesmal nicht die personale Macht des Fräulein S., überzeugend durch Charisma und Zuneigung. Stattdessen beugte sie sich der Macht in Reinform, die nicht an die Individualität einer geliebten Person gebunden war.

Es ist zu Ende. Die Macht ließ schließlich Gnade walten: Schwer atmend liegt die Sklavin auf der Chaiselongue. Fürsorglich hat man eine Decke über sie gebreitet. Antonia ist allein. Die Kerzen sind heruntergebrannt. Vollkommene Dunkelheit umgibt sie. Sie hört das Schlagen ihres Herzens und ein Rauschen im Kopf. Auf der Seite liegend schlingt Antonia bei angezogenen Knien die Arme um die Schenkel. Auf ihrem Gesicht liegt ein Lächeln.

7. Kapitel

Vom Niedergang

Zu müde, um ins Bett zu gehen, war Antonia auf der Chaiselongue eingeschlafen. Am andern Morgen erwacht sie mit einem Ziehen in der Schulter. Die Decke ist halb zu Boden gerutscht. Antonia streckt sich. Schließlich steht sie auf. Überall im Wohnzimmer verteilt stehen volle Aschenbecher und Gläser. Der Tisch gleicht einem Schlachtfeld: Eine Fülle von benutztem Geschirr, Essensresten und Abfällen ergibt ein eindringliches Vanitas-Stillleben. Seufzend beginnt die Sklavin mit den Aufräumarbeiten. Fräulein Wiesengrund schläft noch. Sie hat dem Wein gestern Abend eindeutig mehr zugesprochen als ihre asketische Schutzbefohlene.

Als Antonia die Dusche rauschen hört, setzt sie Kaffee auf und bereitet das Frühstück vor. Auf einmal verspürt sie ein intensives Hungergefühl. Kein Wunder nach den Anstrengungen der vergangenen Nacht.

Bald erscheint Fräulein Wiesengrund in der Küche und quittiert die Bemühungen der Sklavin mit einem kurzen Nicken. Es ist leicht, sich daran zu gewöhnen, bedient zu werden. Nach dem Frühstück beseitigt Antonia die Spuren des gestrigen Abends und saugt unaufgefordert die komplette Wohnung. Sie verspürt heute keine rechte Lust, sich mit ihrer Doktorarbeit zu beschäftigen.

Ja, denkt Fräulein Wiesengrund, *ich muss ihr nicht einmal Anweisungen geben. Sie liest mir meine Wünsche von den Augen ab. Meine liebe Freundin sagte, der Ordnungswahn ihrer Sklavin brächte sie um den Verstand. Das waren doch ihre Worte! Sie will nicht mit Antonia zusammenleben – das hat sie eindeutig zu verstehen gegeben. Aber ich, ich will es. Und Antonia will es auch. Das fühle ich.*

Antonia zwingt sich schließlich doch noch an den Schreibtisch; Fräulein Wiesengrund verlässt das Haus, um einige Besorgungen zu machen und zum Friseur zu gehen. Mehr als für sich selbst möchte sie in diesen Tagen für Antonia attraktiv sein, Antonia, die so viel jünger ist als sie selbst. Während der Wartezeit, in der die Haarfarbe einwirkt, denkt Fräulein Wiesengrund an Antonias schönen Körper, der nur einen Nachteil aufweist: die sehr schmale Gestaltung seiner Öffnungen. Doch während der üblicherweise genutzte Zugang wenigstens jederzeit benutzbar ist, so ist der andere, zwischen den Lenden verborgene noch weit davon entfernt. Doch das ist ein Mangel, der sich beheben lässt. Fräulein Wiesengrund denkt daran, dass sie noch ein Set aus mehreren Zapfen in ansteigender Größe besitzt, einzig dazu gedacht, jene zweite Öffnung begehbar zu machen und so den Körper erst in den Zustand universaler Benutzbarkeit zu versetzen.

Antonia hatte wahrlich genug Freizeit!, denkt Fräulein Wiesengrund. »Sobald ich zu Hause bin, werde ich beginnen, mit ihr zu trainieren. Ihr Körper ist jung und geschmeidig. Sicher werden sich schnell Ergebnisse einstellen.« Schon allein der Gedanke daran, diese noch fast jungfräuliche Körperöffnung in Besitz zu nehmen und nach eigenem Gutdünken zu formen, den Körper der Sklavin zu perfektionieren, beschert ihr ein feuchtes Gefühl zwischen den Schenkeln. Am liebsten wäre sie augenblicklich heimwärts gehastet, um sich Antonia vorzunehmen. Ungeduldig tastet sie nach den Folien auf ihrem Kopf. Warum muss diese Prozedur nur so lange dauern? Doch als die Haare trocken sind, ist Fräulein Wiesengrund froh, durchgehalten zu haben. Ihr Blond leuchtet wie vor zwanzig Jahren. Beschwingt macht sie sich auf den Heimweg. Ein kurzer Druck auf den Klingelknopf, anstatt lange in der Handtasche nach den Schlüsseln zu kramen. Ein Augenblick verstreicht, dann drückt Antonia auf den Türöffner. Wie schön ist es doch, eine Sklavin zu haben!

»Sei in einer halben Stunde im Wohnzimmer. Keine Unterwäsche, keine Strümpfe, verstanden?«

»Ja, Herrin.« Ein wenig verwundert sucht Antonia ihr Zimmer auf. Sie ist nach Fräulein Wiesengrunds Zurückhaltung während der letzten Tage nicht darauf gefasst gewesen, so plötzlich in Anspruch genommen zu werden. Es gefällt ihr – keine Frage. Und außerdem hat sie so einen zwingenden Grund, die Arbeit am Schreibtisch vorerst niederzulegen.

Im Wohnzimmer ordnet Fräulein Wiesengrund voller Vorfreude die Zapfen an. Den kleinsten legt sie weg. Zu leicht will sie Antonia das Erfolgserlebnis nicht machen. Als sie aufsieht, bemerkt sie die Sklavin, die im Türrahmen steht und ihr zusieht. Fräulein Wiesengrund zuckt leicht zusammen. Sie wähnte sich unbeobachtet. *Hoffentlich hat Antonia meinen Schreck nicht bemerkt*, denkt sie.

»Komm nur herein, Antonia, und sieh dir an, was ich für dich vorbereitet habe.« Das Mädchen nähert sich. Ihr Blick fällt auf das Sortiment, das Fräulein Wiesengrund auf dem Tisch vor der Chaiselongue arrangiert hat. Antonia schluckt. Die letzten beiden der sechs Zapfen erscheinen ihr riesig. Belustigt mustert die Herrin das so offensichtlich eingeschüchterte Mädchen. Doch schließlich nickt Antonia. »Ja«, sagt sie langsam, »ich weiß es selbst. Ich kann nicht allen Bedürfnissen immer sofort und ohne Schwierigkeiten entsprechen. Mir ist klar, dass es notwendig und zu meinem Besten ist.«

»Sehr einsichtig«, antwortet Fräulein Wiesengrund nicht ohne ironischen Unterton. »Das wirst du mir noch einmal sagen, während ich dir den dicksten Zapfen einführe. Und nun komm her.«

Gehorsam nähert sich Antonia. Auf Anweisung kniet sie auf einer eigens für sie ausgebreiteten Decke nieder und senkt ihren Oberkörper zu Boden. Fräulein Wiesengrund tritt hinter die Sklavin und schlägt ihr den Rock hoch. »Öffne die Schenkel«, befiehlt sie. Unwillkürlich wird Antonia dunkelrot. Sie nimmt die Knie auseinander. Ihr Körper und ihr Geschlecht sind nun dargeboten, wie es direkter nicht mehr geht.

Es ist ein Befehl, denkt Antonia mit einem Anflug von Verzweiflung. *Ich muss es tun*. Und wenn sie ganz fest daran denkt, dass sie doch eigentlich gern gehorcht, dann weicht die Scham langsam von ihr.

Fräulein Wiesengrund befeuchtet Antonias hintere Region mit Gleitgel. Sie fährt öfter mit der Hand durch die Kerbe zwischen den Lenden als notwendig. Unwillkürlich presst ihr das Mädchen den Unterleib entgegen. Lüsternheit ergreift Besitz von Antonia. Mit Mühe unterdrückt sie deren akustische Manifestationen. Schließlich geht es hier nicht um ihre Sinnenfreude, sondern darum, die Mängel ihres Körpers zu beheben. Sie hat sich glücklich zu schätzen, dass Fräulein Wiesengrund sich hierfür die Zeit nimmt, das weiß Antonia nur zu gut. Konzentration und ernsthaftes Bemühen sind nun gefragt. Denn schließlich könnte die Herrin sie auch ohne solche Vorbereitungen einem Mann übergeben.

Antonia versucht, sich zu entspannen. Sie hat schon einige Male – unter großen Schwierigkeiten – ein männliches Geschlecht in ihrer hinteren Körperöffnung aufgenommen. Es war schmerzhaft und anstrengend. Das kleinste Dehnungsinstrument ist schmaler als ein durchschnittliches Glied. Nachdem es Fräulein Wiesengrund problemlos in Antonias hinterer Körperöffnung versenkt hat, stellt sich bei der Sklavin ein Gefühl leichter Euphorie ein. Doch das hält nicht lange vor: Fräulein Wiesengrund entfernt die Figur – die, in ihre geometrischen Bestandteile zerlegt, zwei an der Grundfläche verbundenen quadratischen Pyramiden entspricht –, um gleich darauf die nächstgrößere einzuführen. Erste Probleme. Abwehrend spannt Antonia die Muskeln an. Aber Fräulein Wiesengrund hat Geduld. Die Erfahrung hat sie gelehrt, dass Strafe hier nicht weiterhilft. Sanft streicht ihre Hand über Antonias durchgebogenen Rücken. »Entspann dich«, flüstert sie. Erneut befeuchtet sie die Finger mit Gleitcreme. Ganz plötzlich dringt sie mit zwei Fingern tief zwischen die Lenden der Sklavin. Antonia hatte gar keine Zeit, sich zu verkrampfen. Es ging viel zu schnell. Fräulein Wiesengrund bewegt die Finger und zieht sie auseinander. Anschließend ist Antonia bereit, den zweiten Zapfen aufzunehmen.

Doch anstatt den Fremdkörper wieder zu entfernen, fordert die Herrin das Mädchen auf, sich auf einen Stuhl zu setzen. Vorsichtig kommt Antonia dem Befehl nach. Ein eigenartiges Gefühl, aber nicht unangenehm. Die Feuchtigkeit zwischen ihren Schenkeln rührt keineswegs nur von Fräulein Wiesengrunds Hilfsmittel her. Große Einvernehmlichkeit verbindet Herrin und Sklavin in diesem Moment. Antonia lässt sich fallen. Sie gibt ihren mentalen Widerstand gegen das Kunstobjekt in ihrem Leib auf. Sie nimmt es an, auch mit dem Geist. Und so ist es schließlich ein Leichtes, den dritten Zapfen in Antonias Leib zu drücken. Stolz und aufrecht sitzt die Sklavin vor Fräulein Wiesengrund auf dem Stuhl. Sie presst die Muskeln zusammen. Der Zapfen scheint noch tiefer in ihrem Körper zu versinken. Die Klitoris brennt vor Lust. Was gäbe sie darum, sich jetzt berühren zu dürfen.

Fräulein Wiesengrunds Stimme reißt Antonia aus der Versenkung: »Du darfst mich darum bitten, dir heute noch das nächste Element einzuführen. Du musst es nicht tun, aber du solltest dir schon vor Augen halten, dass all das nur für dich geschieht.« Als Antonia sich schließlich dazu durchringt, um die nächste Größe, den vierten Zapfen, zu bitten, tut sie es nicht allein, um die Bemühungen Fräulein Wiesengrunds angemessen zu unterstützen. Sie möchte zu gern noch einmal die Hand fühlen, die sie so sanft zwischen den Schenkeln berührt hat. Noch einmal möchte sie sich den Fingern entgegenpressen und noch einmal möchte sie das belohnende Streicheln fühlen, das kommen wird, wenn sie den Zapfen aufgenommen hat. Aber mehr noch ist es der Gedanke an Fräulein S., der sie treibt. Heute ist Samstag. Am Montagabend wird sie wieder unter die Obhut ihrer eigentlichen Herrin gestellt werden. Wie schön wäre es, zu dieser Gelegenheit eine eindeutige Verbesserung ihrer körperlichen Fähigkeiten präsentieren zu können!

Dieses Glück jedoch gilt es teuer zu erkaufen. Der vierte Zapfen stellt eine Herausforderung dar. Aber Antonia will es unbedingt: »Bitte führen Sie ihn ein, ganz gleich ob ich schreie oder mich wehre. Bitte wenden Sie Gewalt an.«

»Nun gut«, entgegnet Fräulein Wiesengrund, »du hast es nicht anders gewollt.« Antonia streckt ihr die Lenden entgegen, besessen von dem Wunsch, ihren Körper zuzurichten. Für sich selbst. Für Fräulein Wiesengrund. Und vor allem natürlich: für Fräulein S. Da – ein Schmerz, als würde Antonia auseinandergerissen. Ihr langer, klagender Schrei durchbricht die Stille. Und währenddessen – als riesenhafte Projektion in ihrem Kopf – Fräulein S., geliebtes Über-Ich ihrer Sklavin.

Feucht von Schweiß streckt sich Antonia auf der Decke nieder. Der Zapfen steckt in ihrem Leib. Fräulein Wiesengrund streicht dem erschöpften Mädchen über die Stirn. Antonia lächelt sie an. »Wie wird Fräulein S. sich freuen«, sagt sie. »Meinen Sie nicht auch?« Fräulein Wiesengrunds Herzschlag setzt für einen Moment aus. Sie zuckt zusammen und reißt ihre Hand zurück, als sei diese mit einer heißen Herdplatte in Berührung gekommen. Verwundert sieht Antonia sie an. »Ja«, presst Fräulein Wiesengrund hervor, »du hast recht. Fräulein S. wird sich ganz sicher sehr erfreut über deine Fortschritte zeigen.« Dann steht sie auf und verlässt den Raum.

Im Badezimmer lässt Fräulein Wiesengrund kaltes Wasser über Gesicht und Hände laufen. Ein Blick in den Spiegel. Aus ihrem

Gesicht ist alle Farbe gewichen. Sie fährt sich mit der Hand über die Augen. Es dauert Minuten, bis sie sich wieder gefangen hat.

Irritiert bleibt Antonia zurück. Sie ist unsicher, wie sie Fräulein Wiesengrunds Verhalten deuten soll. Nie hat sie daran gedacht, dass sich die Freundin ihrer Herrin in sie verliebt haben könnte. Doch nach ein paar Minuten kehrt Fräulein Wiesengrund mit mühsam erzwungener Ruhe zu Antonia ins Wohnzimmer zurück. Sie nimmt auf der Chaiselongue Platz. Antonia kniet vor ihr. »Mir ist eben etwas sehr Wichtiges eingefallen. Das musste ich mir kurz notieren«, erklärt Fräulein Wiesengrund. Doch die Verwunderung der Sklavin kann sie damit nicht ausräumen. Sie zieht Antonias Oberkörper auf ihren Schoß und fährt mit zwei Fingern deren Wirbelsäule hinunter. Antonia äußert Wohlbehagen. »Du darfst heute Nacht an meiner Seite schlafen«, flüstert Fräulein Wiesengrund verheißungsvoll. Antonia seufzt unhörbar. Wie gern hätte sie sich wieder einmal wirklich ausgeruht!

Mitten in der Nacht erwacht die Sklavin schlagartig. Neben ihr sitzt jemand auf dem Bett. In der Dunkelheit kann Antonia den Körper nur schemenhaft erkennen. Keuchend fährt sie zusammen. Die Gestalt springt auf und weicht zurück. Doch dann begreift das Mädchen: Es ist Thomas, der von seiner Dienstreise zurückgekehrt ist. Die Schlafzimmertür steht halb offen. Im Flur brennt Licht. Dort steht ein kleiner Koffer.

»Thomas«, sagt Antonia, »du bist es! Wie hast du mich verängstigt!« Thomas kommt näher. »Antonia? Was tust du denn hier?«

Inzwischen ist auch Fräulein Wiesengrund erwacht. Sie hat nicht damit gerechnet, dass ihr Mann schon so früh zurückkommen würde. Immerhin hatte seine Firma ihn nach Thailand geschickt. Ein langer Flug. Sie hatte es wieder und wieder verschoben, mit Thomas über Antonias Besuch zu sprechen, und dann war plötzlich keine Gelegenheit mehr dazu gewesen.

Fräulein Wiesengrund hatte befürchtet, dass ihr Gatte sich durch die Ankündigung von Antonias Anwesenheit allzu plötzlich auf seine erotischen Unzulänglichkeiten gestoßen fühlen könnte. Eifersucht wäre eine mögliche Folge gewesen. Thomas hatte seine Frau an jenem Abend bei Fräulein S. mit Antonia beobachtet. Ihr Vergnügen an dem Mädchen war auch für ihn unverkennbar gewesen. Und das hatte ihn über sich selbst sowie über die Beziehung zu seiner Frau nachdenken lassen. Völlig unbegründet sind Fräulein Wiesengrunds Bedenken also nicht.

»Oh, Thomas, du bist schon zurück? Wie schön.« Die Worte klingen nach dem krampfhaften Bemühen um Freundlichkeit. Sie deuten aufdringlich auf das, was sie verbergen sollen: eine verheimlichte Tat; in Thomas' Augen: den Ehebruch. Ein anderer Mann oder eine junge Frau, das macht für ihn keinen Unterschied. Es geht ihm vor allem um das Hadern mit seinem Unvermögen, seiner Frau das geben zu können, wonach sie sich sehnt und immer sehnen wird.

»Gelangweilt hast du dich aber offensichtlich nicht während meiner Abwesenheit.« Seine Stimme klingt scharf. Er nimmt eine weitere Decke aus dem Schrank und geht zur Tür. »Aber Thomas, wo willst du denn hin? Antonia räumt selbstverständlich dein Bett und schläft im Gästezimmer.« Die Sklavin erhebt sich sofort. »Nein«, sagt Thomas, »ich schlafe selbst im Gästezimmer.« Ohne ein weiteres Wort verlässt er den Raum.

Fräulein Wiesengrund seufzt. »Antonia, es tut mir so leid. Ich habe es verpasst, mit meinem Mann über die Vereinbarung zwischen Fräulein S. und mir zu sprechen. Ich hatte auch nicht damit gerechnet, dass er vor Mitte nächster Woche nach Berlin zurückkehren würde.« Was soll Antonia darauf antworten? Bisher hatte sie kaum Gelegenheit gehabt, Thomas kennenzulernen. Er war ihr stets ein wenig langweilig und nichtssagend erschienen. Trotzdem empfindet sie das Verhalten Fräulein Wiesengrunds als eine Brüskierung des Ehepartners. Wäre Antonia an Thomas' Stelle gewesen, sie hätte sich ebenfalls hintergangen gefühlt. Was ist das nur für eine Partnerschaft? Innerlich schüttelt sie den Kopf. Dann doch lieber alleine leben! Und zufrieden denkt sie an ihre hübsche Wohnung, in der nur sie allein entscheidet, wer kommt, wer geht und wer bleibt. An Nachtruhe ist nicht mehr zu denken. Antonia fällt in einen unruhigen, traumdurchwirkten Schlaf, aus dem sie immer wieder erwacht. Fräulein Wiesengrund wird von Gedanken gequält und von der Furcht vor dem Zorn ihres Mannes. *Es war so schön*, denkt sie, *warum dieses Ende?* Zwar würde Thomas Antonia nicht hinauswerfen, dennoch würde die Zeit bis Montagabend voller Verstimmungen sein.

Am frühen Morgen hört Fräulein Wiesengrund Thomas' Geräusche in der Küche. Sie muss die Situation nutzen und mit ihm sprechen, bevor Antonia hinzukommt. Doch die Sklavin ist längst wach und hört Thomas' Schritte, den Wasserhahn und die Kaffeemaschine. Als Fräulein Wiesengrund aufsteht, bleibt sie ruhig liegen. Die Küchentür steht offen. Zwar sind die leise gesprochenen Worte nicht zu verstehen, sobald aber die Stimmen lauter werden, kann Antonia die Auseinandersetzung mitverfolgen: »Sag, was du willst – ich nenne dein Verhalten Betrug!« Thomas' Stimme klingt wütend und verletzt.

»Aber ich habe doch nur auf sie aufgepasst.«

»Aufgepasst? Das nennst du aufpassen? Soweit ich weiß, ist es nicht einmal für Fräulein S. selbstverständlich, das Mädchen bei sich schlafen zu lassen. Warum musst du das tun? Aber wie auch immer, du hast mir die gesamte Verabredung verschwiegen. Das ist ein Vertrauensbruch!«

»Vertrauensbruch? Ach, Thomas, du bist so viel unterwegs. Ich fühle mich manchmal sehr allein, und ich …«

»Darum geht es? Dann hättest du mir doch von Antonias geplantem Besuch erzählen können. So aber muss ich davon ausgehen, dass du einen Grund hattest, ihn mir zu verschweigen. Außerdem: Meine Reise war anstrengend und nicht angenehm. Da will ich ohne Komplikationen in mein Bett fallen können, ohne dieses Mädchen darin zu finden. Ich arbeite hart. Aber dafür lebst du im Luxus. Sei ehrlich, das würde dir sehr fehlen! Und da ist es wohl ein kleiner Preis, zu akzeptieren, dass ich hin und wieder verreisen muss.«

Hin und wieder, denkt Fräulein Wiesengrund und schüttelt traurig den Kopf. *Andauernd bist du weg. Und nie willst du hören, was ich dabei fühle.* Antonia hört Schritte auf dem Flur. Fräulein Wiesengrund ruft: »Thomas, wo willst du hin?«

»Ins Büro!« Die Wohnungstür öffnet sich und fällt anschließend geräuschvoll ins Schloss. »Aber heute ist doch Samstag«, flüstert seine Frau leise vor sich hin. Tränen treten ihr in die Augen. Ihr erster Gedanke: *So darf Toni mich nicht sehen.* Rasch huscht sie über den Flur ins Bad und schiebt den Riegel vor.

Lange betrachtet Fräulein Wiesengrund ihr Bild im Spiegel. Sie kann nicht einmal richtig weinen. Sie fühlt eine große Leere, sonst nichts. Ihre Hände suchen Halt am Waschbecken. Da stehen drei Zahnbürsten in den Bechern: ihre eigene, die von Thomas und Antonias. Und wenn sie nicht bald etwas unternimmt, dann werden ab Montagabend nur noch zwei dort sein. Aber – und das ist Fräulein Wiesengrund nun in aller Schärfe klar geworden – selbst wenn Antonia Lust verspüren sollte, bei ihr einzuziehen, würde Thomas eine derartige Wohngemeinschaft nicht dulden. Doch vielleicht könnte sie noch einmal mit ihm sprechen? Ihm ihre Einsamkeit vor Augen führen und darauf hinweisen, dass auch Antonia viel allein ist.

Ja, denkt Fräulein Wiesengrund, *sie muss doch furchtbar unglücklich sein in ihrer Wohnung. Und selbst wenn sie weiterhin mit Fräulein S. befreundet sein möchte, so könnte es ihr doch trotzdem gefallen, hier einzuziehen. Wer weiß, wie sie lebt!*

Fräulein Wiesengrund stellt sich eine düstere Einzimmerwohnung vor, Ofenheizung, kein warmes Wasser und Toilette auf dem Flur, eine halbe Treppe tiefer. So etwas gibt es in Berlin nach wie vor. Und Antonias Einkünfte sind unregelmäßig. Sie wird sich nichts anderes leisten können, da ist sich Fräulein Wiesengrund plötzlich ganz sicher. Mit einem Mal ist sie ganz aufgeregt. Mit kaltem Wasser spült sie die Tränen ab.

Natürlich wäre es besser, erst mit Thomas zu sprechen, plant sie in Gedanken bereits die einzelnen Schritte, *aber der ist gerade nicht da. Und zudem: Vielleicht wäre es auch wirkungsvoll, wenn Antonia ihn selbst bitten würde, einziehen zu dürfen, ihm von ihrer Situation erzählen würde. Thomas hat mir doch erzählt, dass er früher selbst in einer Wohngemeinschaft gelebt hat. Und wie gut es ihm gefallen hat! Oh, er muss einfach Verständnis für Antonia aufbringen – und für mich natürlich auch. Er ist doch kein Unmensch. Ich werde …*

Ein vorsichtiges Klopfen an der Badezimmertür. »Moment, Antonia, ich bin gleich so weit.« Fräulein Wiesengrund fährt noch einmal mit einem feuchten Lappen über das Gesicht. Ein letzter Blick in den Spiegel, dann öffnet sie die Tür.

Antonia fragt nicht nach Thomas' Verbleib.

Das steht mir nicht zu, denkt sie, *wenn Fräulein Wiesengrund nicht von sich aus darüber spricht, dann muss ich es so hinnehmen.*

Die Leichtigkeit der letzten Tage ist dahin. Antonia spürt es sofort während des gemeinsamen Frühstücks. Plätscherte die Unterhaltung – jedenfalls ab dem zweiten Tag – zwanglos vor sich hin, so wirkt Fräulein Wiesengrund nun verkrampft und bemüht. Ein seltsamer neuer Tonfall hat sich eingeschlichen. Antonia fühlt sich unwohl und ist froh, dass sie sich nach dem Abwasch an ihren Arbeitsplatz zurückziehen darf.

Immer wieder wandert ihr Blick hinaus zum Fenster. Die Sonne hat sich hinter den Wolken versteckt. Gegen Mittag setzt

Regen ein. Antonia fällt es schwer, sich zu konzentrieren. Sie steht auf. Das Wohnzimmer ist groß. *Bestimmt vierzig Quadratmeter*, denkt sie. Mit einem Mal sehnt sie sich nach ihrer eigenen Wohnung, nach ihrem eigenen Bett und vor allem danach, wieder allein zu sein. Zwar überlässt Fräulein Wiesengrund sie häufig sich selbst, dennoch ist Gemeinsamkeit über mehrere Tage ungewohnt für Antonia. Aber hat sie es nicht selbst so gewollt? Hat sie nicht davon geträumt, einmal für einen längeren Zeitraum der unmittelbaren Präsenz der Macht gegenüberzustehen?

Ja, denkt Antonia, *ich habe es gewollt. Und ich will es noch immer. Aber vielleicht bin ich dafür einfach nicht geeignet?* Sie folgt einmal mit ihren Schritten dem Umfang des Raumes. Sie setzt sich erneut und heftet den Blick wieder auf den Bildschirm. Ihre Augen brennen. *Es hat keinen Sinn*, denkt Antonia, *ich bin einfach müde*. Sie schaltet ihr Notebook aus und geht in die Küche, um sich einen Kaffee aufzugießen.

Dort sitzt Fräulein Wiesengrund und rührt in einer Tasse. Als die Sklavin den Raum betritt, zuckt sie leicht zusammen. Vollständig in Gedanken versunken, hatte sie das Mädchen nicht kommen hören. Auch Fräulein Wiesengrund hat die Zeit seit dem Frühstück in Unruhe verbracht. Das Gespräch mit Fräulein S. ging ihr nicht aus dem Kopf.

Für dich ist es einfach, liebe Freundin, dachte sie, *du musst nicht mit Thomas' Widerständen kämpfen*. Es ist schön, dass Antonia gekommen ist und sie aus ihrer Trübsal reißt. Eigentlich könnte man den anbrechenden Nachmittag und Thomas' Abwesenheit für angenehmere Dinge nutzen. Außerdem muss sie endlich mit Antonia über die Zukunft sprechen.

Heute Nachmittag sollen sich die Dinge entscheiden, so lautet der Pakt, den sie in diesem Moment mit sich selbst schließt.

Fräulein Wiesengrund steht auf und nähert sich der Sklavin. Sie berührt ihre Haare, ihr Gesicht und tastet nach ihrer Brust unter dem dünnen Oberteil. Angefasst zu werden wie ein willenloses Stück Fleisch – Antonias Brustwarzen richten sich sofort auf. Sie schiebt entschlossen die Gedanken an die Dissertation fort und den Körper Fräulein Wiesengrund entgegen. Sie spürt die Lust zwischen den Schenkeln. Sie versammelt sich in ihrer Klitoris und bringt sie zum Brennen. Noch vor einer halben Stunde dachte Antonia daran, sich zur Mittagsruhe niederzulegen, doch jetzt steht ihr Körper unter Strom. Die Herrin packt das Mädchen von hinten um die Taille und schiebt ihr eine Hand zwischen die Beine.

»Schon wieder so lüstern, meine Kleine? Dann wird es dir doch sicher nichts ausmachen, wenn ich dir gleich den fünften Zapfen einführe, nicht wahr?« Antonia wird starr vor Schreck, als sie daran denkt, welche Beschwerden ihr bereits der vierte Zapfen verursacht hat. Aber Fräulein Wiesengrund scheint ihr Ansinnen nicht vollkommen ernst gemeint zu haben. Sie lacht. »Entspann dich, meine Kleine. Wir wollen es nicht übertreiben, aber den, den du gestern getragen hast, den sollst du auch heute in dir spüren. Du wirst ihn den Rest des heutigen Tages tragen. Schließlich muss dein Körper sich daran gewöhnen, und du sollst ständig fühlen, was deine eigentliche Bestimmung ist.«

Antonia liebt es, solche Worte zu hören. Und in dem Moment, in dem sie ausgesprochen werden, glaubt sie sogar daran.

Fräulein Wiesengrund führt Antonia ins Wohnzimmer. Es gestaltet sich nicht weniger mühsam als gestern, das Gummielement an die dafür vorgesehene Stelle zu platzieren. Nach erfolgreichen Bemühungen darf Antonia sich auf die Chaiselongue legen. Die Anstrengung lässt sie schwitzen, aber sie ist stolz. Fräulein Wiesengrund wirft einen Blick auf den hingestreckten Körper. Der Rock ist hochgeschlagen, das stumpfe Ende des Zapfens spreizt die Kerbe zwischen den Lenden auseinander. Die Haut ist stark gespannt. Das sieht nicht ganz ungefährlich aus. Vielleicht müsste man sich damit abfinden, dass Antonias Physiognomie für diese Art der Nutzung einfach nicht geschaffen ist. Fräulein Wiesengrund setzt sich neben das Mädchen. Ihre Hand streicht über die sanfte Kurve des Unterleibs und fährt unter der Kleidung den Rücken entlang. »Zieh dich aus, Antonia.« Sie will den Leib in seiner ganzen Anmut und Jugendlichkeit vor sich sehen. Augenblicke später liegt die Sklavin nackt auf der Chaiselongue.

Ihr weißer Rücken. Makellose Haut. So unwiderstehlich. Fräulein Wiesengrund zieht ihre Fingernägel von Schulter zu Schulter. Fünf Linien in hellem Rot quer über Antonias Rücken. Die Farbe ist viel heller, als die Verursacherin es gern sehen würde. Sie kratzt fester, doch die Veränderung ist minimal. Da fällt Fräulein Wiesengrund etwas ein. Sie steht auf.

»Rühr dich nicht. Ich bin gleich wieder da.« Bevor sie den Raum verlässt, wirft sie noch einen Blick auf den schönen Körper.

Auch wenn Thomas sich im Verlauf der Ehe in erotischer Hinsicht immer unwilliger zeigte, so hat Fräulein Wiesengrund doch all das Spielzeug, all diese Instrumente zur süßen Qual aufbewahrt. Und so kommt sie mit einem Kästchen zurück, gefüllt mit Utensilien, die – ihren ursprünglichen Anwendungszwecken entfremdet – dazu genutzt werden können, Spuren auf der Haut zu hinterlassen. Spuren in jedem gewünschten Intensitätsgrad. Wie lange hat Fräulein Wiesengrund dieses Kästchen nicht mehr in den Händen gehalten? Sie klappt es auf. Alles ist noch da: die Messer, die Packung mit Einmalhandschuhen, eingeschweißte Kanülen und ebenso antiseptisch verpackte Skalpelle. Sogar ein Fläschchen mit Desinfizierspray.

Behutsam streicht Fräulein Wiesengrund über die Klingen der Messer. Der Stahl glänzt und blinkt, als sei er neu. Sie wiegt ein Messer in der Hand. Es ist schwer, nahezu ein Dolch. Die Klinge könnte kaum schärfer sein. Der Griff liegt gut in der Hand. Ihre Finger schließen sich fester darum. Wie lange hat sie auf dieses

Gefühl verzichten müssen? Mit einer scharfen Waffe in der Hand einem demütigen Opfer gegenüber. Plötzlich wendet Antonia den Kopf. Fräulein Wiesengrund atmet heftiger. Sie würde sich gern zwischen den Schenkeln berühren. Ihr Geschlecht steht in Flammen. Antonias Blick auf das Messer in ihrer Hand. Das Gesicht der Sklavin zeigt einen Ausdruck von Ruhe und Ernst. Erkennt sie die nahezu sakralen Gefühle, mit denen Fräulein Wiesengrund den Dolch hält? Antonia hat keine Angst. Warum auch? Es ist ein Spiel, und Spiele haben Regeln. So ist es doch. Oder? Sie legt sich wieder auf der Chaiselongue nieder und drückt ihre Wange an ein Kissen.

»Dir wird nichts geschehen, Antonia.« Die Stimme der Herrin ist heiser vor Erregung. »Ich werde dir nichts tun.« Antonia wartet ab. Was soll ihr schon geschehen? Auch sie erregt der Anblick scharfer Klingen. Jeden Moment könnte die andere Person zustoßen. Das Spiel mit dem Feuer. Es geht um absolutes Vertrauen, um absolute Hingabe. Antonias Körper ist nun im Zustand höchster Spannung und Sensibilität. Jede Berührung – und sei sie noch so verhalten – löst einen Schauer aus, der ihr ganzes Nervensystem affiziert. Plötzlich: der kalte Stahl auf ihrer Haut. Fast hätte Antonia vor Erregung ihren Körper aufgebäumt. Doch sie zwingt sich, zu verharren und die Berührung in ihrer ganzen Intensität auszuhalten.

Fräulein Wiesengrund fährt mit der stumpfen Seite des Messers Antonias Rücken entlang. Sie vollführt Schleifen und Volten. Dann bricht sie die Bewegung ab. Sie wartet einen Moment, dann dreht sie das Messer um. Bemerkt die Sklavin den Unterschied? Nun gilt es, die Hand absolut ruhig zu führen. Fräulein Wiesengrund hält die Klinge leicht schräg. Antonias Haut darf nicht zerschnitten werden. Konzentriert fährt sie weiter über deren Rücken. Es verbleibt eine dünne Linie, die jedoch wesentlich dunkler gefärbt ist als die vorigen. Dennoch seufzt Antonia wohlig.

Sie scheint gerade vollkommen entspannt und zufrieden in sich zu ruhen und in ihren Empfindungen aufzugehen. Jetzt, Fräulein Wiesengrund ist sich plötzlich vollkommen gewiss, jetzt ist der Moment gekommen, in dem sie Antonia fragen muss.

»Antonia«, setzt sie an. Ihre Hand hält inne. »Antonia, ich finde es sehr schön, dich bei mir zu haben, und ich habe den Eindruck, dass es dir hier auch gefällt.« Erwartungsvolles Schweigen.

»Ja«, antwortet die Angesprochene, »mir hat die Zeit hier Spaß gemacht, und ich hoffe, dass meine Anwesenheit Ihnen nicht zu viel Umstände gemacht hat.« Es klingt höflich und distanziert. Doch Fräulein Wiesengrund fehlt in diesem Moment der Sinn für die Feinheiten des Tons. Sie hört nur das, was sie hören will.

»Antonia«, nimmt sie den Faden erneut auf, und ihre Stimme wird eindringlich, »so könnte es doch immer sein. Du bleibst ganz einfach hier! Sicher fühlst du dich in deiner Wohnung oft einsam? Stell dir vor, du müsstest nie wieder dorthin zurück. Ist das kein angenehmer Gedanke? Du kannst auf der Stelle kündigen! Deine Möbel, deine Haushaltsgegenstände werden verkauft oder hier, in unserem Keller, untergestellt. Meinst du nicht auch, dass diese Lösung das Beste für dich wäre? Denk nur, wie schön wir es haben könnten!«

Fräulein Wiesengrund stößt ihre Worte in Windeseile hervor. Ihre Stimme überschlägt sich beinahe. Endlich setzt sie ab. Gleich, gleich würde es so weit sein: Gleich würde Antonia ihre Einwilligung aussprechen! Alles Weitere sollte sich dann von selbst fügen.

Antonia dreht ihren Kopf und sieht Fräulein Wiesengrund an. Ansonsten bewegt sie sich nicht. »Das ist sehr liebenswürdig, dass Sie sich über meine Situation Gedanken machen, aber ich mag meine Wohnung sehr. Ja, mehr noch: Sie ist mir der liebste Platz auf der Welt. Ich möchte nicht umziehen.«

Nein, denkt Fräulein Wiesengrund, *das hat sie nicht gesagt, das bilde ich mir nur ein, das kann sie, das darf sie nicht gesagt haben.*

»Antonia«, beginnt sie erneut, »du weißt nicht, was du da redest, das ist eine einmalige Chance für dich.« Freundlich, aber kühl klingt die Antwort: »Wie gesagt: Ich weiß Ihr Angebot zu schätzen. Doch leider muss ich es ausschlagen.«

Antonias höfliche Formulierungen – Fräulein Wiesengrund würde die Sklavin am liebsten an den Schultern packen und schütteln. Sie möchte ihr befehlen, endlich einmal ›du‹ zu ihr zu sagen. Und am allerliebsten möchte sie ihr befehlen, sie zu lieben – heiß und innig, ein Leben lang. Antonia will nicht? Das ist unmöglich. Antonia muss! Noch immer hält Fräulein Wiesengrund das Messer in der Hand. Enttäuschung, Wut und Wahn führen nun ihre Bewegungen. Die zarte Haut. Der kühle Stahl. Nur einen Augenblick später hat Fräulein Wiesengrund die Klinge tief in Antonias Fleisch gedrückt. Blut sickert hervor. Wie scharf das Messer ist! Antonia schreit auf. Der Anblick des blutigen Rückens übt eine nahezu betäubende Wirkung auf die Täterin aus. Ihre Hand bewegt sich von allein. Anstatt den Körper aufzubäumen – und sich so selbst aufzuspießen – drückt Antonia sich flach auf die Liegefläche. Doch schon ist Fräulein Wiesengrund wieder bei vollem Bewusstsein und reißt entsetzt die Hand mit dem Messer zur Seite. Die Waffe wird auf den Teppich geschleudert. Später würde sie sich an diese furchtbaren Sekunden nicht mehr erinnern können. Aber das macht es nicht ungeschehen: Groß und blutig prangt ein W auf dem linken Schulterblatt der Sklavin. Fräulein Wiesengrund hat dem Mädchen gewaltsam ihr Zeichen eingeschnitten.

Langsam richtet Antonia sich auf. Keuchend geht ihr Atem. Die Täterin sitzt neben ihr und fixiert einen Punkt am anderen Ende des Raumes. Sie scheint nahezu in Trance versunken. Plötzlich erwacht sie aus ihrer Erstarrung und packt Antonia, die sich gerade von der Chaiselongue erheben will, mit beiden Händen am Arm. »Antonia«, kreischt sie, »Antonia, bitte verzeih mir, ich weiß nicht, was ich tat, ich stand vollkommen neben mir. Bitte bleib hier, ich rufe sofort einen Arzt.« Ihre Stimme nähert sich den Tonlagen der Hysterie. Antonia befreit sich energisch aus dem Schraubstock, mit dem Fräulein Wiesengrunds Hände sie zurückhalten wollen. Plötzlich verfügt das Mädchen über ungeahnte Kräfte. So schnell sie kann, eilt sie ins Bad. Unter Zuhilfenahme eines Handspiegels kann sie ihren Rücken sehen. Ein ohrenbetäubender Knall auf den Fliesen. Hunderte kleiner Scherben.

Das werde ich nie wieder los, hämmert es in Antonias Kopf. *Das bleibt mir ewig als Narbe erhalten.* Vorsichtig, um sich nicht noch an den Scherben zu verletzen, verlässt sie das Bad. Ungehindert erreicht Antonia ihr Zimmer. Eilig und unter Schmerzen entledigt sie sich des Zapfens, der immer noch in ihrem Körper steckt, packt die wichtigsten Sachen ein und verlässt hastig die Wohnung.

8. Kapitel

Das Zeichen

Im Nieselregen eilt Antonia zur U-Bahn. Den Mantel hat sie fest um sich gewickelt. Ob die Wunde noch blutet? Wahrscheinlich schon. Antonia glaubt, Feuchtigkeit an ihrer Schulter zu spüren. Die anderen Fahrgäste weichen vor der blassen jungen Frau zurück.

»Setzen Sie sich doch.« Ein Mann zieht seine Tasche vom Sitz. Dankbar sinkt Antonia nieder. Ihr ist schwindelig. Doch in diesem Moment fällt ihr etwas ein: Die Schlüssel! Ihre Wohnungsschlüssel – die hat sie an Fräulein S. abgegeben. Zwar gibt es Zweitschlüssel, doch die befinden sich schon lange in den Händen ihrer Herrin.

Oh bitte, denkt Antonia, *warum kann das nicht alles ein böser Traum sein, aus dem ich gleich erwache?* Aber es ist kein Traum. Antonia muss all ihre Kräfte sammeln, um einen vernünftigen Gedanken zu fassen. Heute ist Samstag. Vielleicht ist Philip zu Hause? Sie kann ihn nicht anrufen, denn ihr Handy liegt bei Fräulein Wiesengrund. Wo er wohnt, das weiß sie. Vor einiger Zeit hat Fräulein S. ihre Sklavin zu ihm geschickt, eine Einladungskarte zu überbringen. Das Haus würde sie leicht wiedererkennen. Die Bahn hält an der Möckernbrücke. Antonia steigt aus.

Ganz gegen ihre Gewohnheit fährt sie mit der Rolltreppe hinunter zur Linie 7. Sie fürchtet, beim Treppensteigen zu stolpern. Die Bahn kommt sofort. Nur wenige Haltestellen, dann ist sie am Ziel. Antonia steht auf der Straße und sieht sich um. Nach kurzer Orientierung ist sie sich sicher. Sie packt ihre Tasche fester und eilt die Straße hinab. Dann geht es nach rechts, einmal über den Fahrdamm und wieder geradeaus. Schon steht sie vor dem großen, weißen Altbau. Antonia drückt auf die Klingel und wartet. Nichts passiert.

Oh nein, denkt sie, *bitte, lieber Philip, bitte sei da!* Verzweifelt drückt sie erneut auf den Knopf. Diesmal länger. Ein Wunder: Der Türöffner wird betätigt. Antonia stößt die Haustür auf und betritt den Flur, für dessen Schönheit sie heute keinen Sinn hat. Sie hastet die Treppen hinauf und fällt beinahe über die eigenen Füße. Erster Stock. Zweiter Stock. Und endlich, endlich: der dritte Stock.

Philip steht im Türrahmen der rechten Wohnung. Zunächst zeigt er sich überrascht, Antonia zu sehen, doch als er sie einen Augenblick betrachtet hat, erschrickt er zutiefst: »Um Himmels willen, Antonia, was ist passiert? Komm rein! Du bist ja vollkommen durchnässt, gib mir deinen Mantel.« Die Sklavin hat noch kein Wort gesprochen. Mühsam schält sie sich aus dem Kleidungsstück. Plötzlich sticht es in ihrer Schulter. Sie stöhnt auf.

»So sag doch endlich, was los ist.« Philips Stimme klingt aufgeregt. »Bitte«, antwortet Antonia, »ich muss mich erst einmal setzen. Und ein Glas Wasser wäre gut.«

»Natürlich.« Philip will ihr den Arm um die Schulter legen und sie in die Küche führen. Doch entsetzt reißt er die Hand zurück: »Mein Gott, wo kommt all das Blut her?« Seine Stimme überschlägt sich beinahe. Antonia wendet den Kopf und versucht, einen Blick auf ihre linke Schulter zu erhaschen. Und tatsächlich: Ihr weißes Oberteil aus dünnem Jersey ist rotbraun verfärbt. Ihre Finger suchen Halt an der Tischkante. Philip rückt ihr einen Stuhl zurecht. Antonia setzt sich erschöpft. Sie ringt nach Luft und nach den richtigen Worten.

»Philip, es ist eine Katastrophe passiert. Ich will es dir berichten: Ich lag auf der Chaiselongue, und Fräulein Wiesengrund war bei mir. Es fing ganz harmlos an. Es war schön, ja, ich habe es genossen. Und dann hat sie …« Antonia stockt und setzt erneut an: »Sie hat mich gefragt, ob ich ... ob ich bei ihr einziehen will, also ganz richtig, mit all meinen Sachen. Ich war sehr erstaunt über diese Frage. Damit hatte ich nicht gerechnet. Doch ich blieb ganz ruhig und sagte nur, dass ich mit meiner Wohnsituation sehr zufrieden bin. Und dann ... ich weiß auch nicht, sie muss vollkommen die Fassung verloren haben. Hier, sieh es dir an!« Und mit einer raschen Bewegung zieht Antonia ihr Shirt über den Kopf und zeigt Philip die verletzte Schulter.

»Mein Gott!« Philip ist starr vor Schreck. Er registriert eine leichte Übelkeit, mit der er jedes Mal beim Anblick von Blut zu kämpfen hat. Fräulein Wiesengrund – das hätte er ihr nicht zugetraut. Zwar wurde er von Antonia über den Hergang des Unfalles – oder der Tat? – nur in groben Zügen informiert, doch Fräulein S. hatte mit ihm in jüngster Zeit über die Situation ihrer Freundin gesprochen. Und das reicht ihm, um sich zumindest ein ungefähres Bild machen zu können. Natürlich: Jetzt geht es zuallererst um Antonia, aber gleichzeitig fragt sich Philip, was Fräulein Wiesengrund wohl gerade macht und wie es um ihr Befinden steht. Nicht, dass noch eine zweite Katastrophe passiert.

Philips Sorgen sind berechtigt. Während Antonia ihre Sachen packte, blieb Fräulein Wiesengrund lethargisch im Wohnzimmer sitzen. Sie stand vollkommen unter Schock. Was sie getan hat, übersteigt ihr Fassungsvermögen. Während Antonia bei Philip sitzt, erwacht sie langsam aus der Erstarrung. Antonia ist fort, so viel hat sie mitbekommen. Und wie schon so oft in Momenten der Verzweiflung: der Gang zur Hausbar. Ein Whiskey und noch einer. Weitere folgen. Irgendwann schmeißt sie das Glas zu Boden. Doch der dicke Teppich verhindert die gewollte Explosion, von der sie sich Erleichterung verspricht. Es ist zu ruhig hier. Die Stille kriecht ihr in den Kopf und zerreißt dort beinahe das Trommelfell. In der Küche greift sie erneut nach einem Glas. Sie schleudert es nieder, mit aller Kraft. Der ersehnte Knall, das war er schon. Die Erleichterung währt gerade einen Augenblick. Ein neues Glas. Ein neuer Knall. Danach nichts mehr. Keine Katharsis, nicht einmal die Ahnung davon. Der Küchenboden ist voller Splitter.

Fräulein Wiesengrund wankt ins Bad. Auch hier Scherben. *Da liegt mein Leben*, denkt Fräulein Wiesengrund, bevor sie die Beruhigungstabletten aus dem Schränkchen zieht. Immer griffbereit für den Notfall. Und der Notfall hat sich bei Fräulein Wiesengrund in den letzten Jahren ziemlich oft eingestellt. Sie drückt eine Tablette heraus und füllt den Zahnputzbecher mit Wasser. *Hoffentlich*, so zieht es ihr noch durch das Gehirn, *gibt das jetzt kein Unglück mit all dem Whiskey*. Im Schlafzimmer legt sie sich auf das Bett. Der Schlaf überwältigt sie beinahe sofort.

»Komm, Antonia, wir fahren in die Notaufnahme.« Philip hat seinen Brechreiz bezwungen. Die Handlungsfähigkeit kehrt zurück.

»Ach«, gibt Antonia zurück, »was sollen die schon tun, die können mir auch nicht mehr helfen. Geimpft bin ich gegen alles Mögliche. Da kann nichts passieren. Außerdem habe ich keine Lust, irgendetwas zu erklären. Ich werde am Montag meine Hausärztin aufsuchen, die weiß über alles Bescheid.« Philip ist unzufrieden, aber er will Antonia auch nicht zwingen.

Sie hat für heute genug durchgemacht, denkt er. Erneut wendet er sich ihr zu: »Aber ich muss Fräulein S. benachrichtigen. Sie würde es mir nie verzeihen, wenn ich sie jetzt nicht anrufen würde.« Zwar möchte Antonia das nicht – der Kongress war ihrer Herrin doch so wichtig –, doch ihr ist klar, dass Philip recht hat. Ihre Abwehr hat aber noch andere Gründe. Sie möchte der Auseinandersetzung mit den Geschehnissen vorerst aus dem Weg gehen, möchte nicht reden, sondern vergessen. Antonia fragt sich, ob auch sie selbst Schuld trägt. Hat sie sich Fräulein Wiesengrund gegenüber falsch verhalten? Hat sie ihr falsche Hoffnungen gemacht?

Über Fräulein Wiesengrund, ihre Situation, ihre Gefühle, habe ich nie nachgedacht, überlegt Antonia. *Ich war immer nur darauf fixiert, Fräulein S. alles recht zu machen.* Und Fräulein S.? Wirft Antonia ihrer Herrin vor, die Freundin falsch eingeschätzt zu haben? Schließlich kennt sie sie bereits ihr halbes Leben. Ja, auch dieser Gedanke kommt ihr in den Sinn, doch sie verwirft ihn. *Nein*, denkt Antonia, *und überhaupt: Welchen Sinn hat es eigentlich, nach Schuld zu fragen? Das ist doch fruchtlos. Passiert ist passiert. Von Schuldzuweisungen bekomme ich meine unversehrte Haut und meinen Seelenfrieden auch nicht zurück. Eine Narbe werde ich sicher zurückbehalten. Natürlich bin ich wütend, doch gleichzeitig tut Fräulein Wiesengrund mir leid.*

Philip kommt aus dem Nebenzimmer. Er hat gerade mit Fräulein S. gesprochen. »Sie ist voller Sorge«, berichtet er, »und macht sich schwere Vorwürfe. Deine Herrin wird das nächste Flugzeug nach Berlin nehmen, irgendwann heute Nacht wird sie hier eintreffen.«

Philip ist sehr erleichtert. Ansonsten hätte er Antonia bis Montag beherbergen müssen. Nicht, dass er sie nicht gerne bei sich gehabt hätte, aber die ganze Sache ist ihm unheimlich. Er will sich nicht dazu äußern und Partei ergreifen müssen. Schon immer war ihm die Intensität, mit der Antonia und Fräulein S. ihre Beziehung leben, fremd. Es ist kein Zufall, dass sein eigenes Verhältnis zu Antonias Herrin, die er schon wesentlich länger kennt, als das Mädchen sich ihre Sklavin nennen darf, nie zu einer wirklichen Partnerschaft wurde.

Philip hat Antonias Schulter notdürftig verbunden. Nach einem kleinen Imbiss legt sie sich mit einer Wolldecke aufs Sofa. Es ist fast neunzehn Uhr. Erschöpft von den Aufregungen des Tages, schläft Antonia schließlich ein.

Mitten in der Nacht schreckt sie hoch. Zwei Gestalten stehen vor ihrem Lager. Beinahe hätte sie aufgeschrien. Doch da hört sie schon Philips Stimme, da schlagen ihr schon blitzartig die Erinnerungen an den vergangenen Tag ins Gehirn ein.

»Antonia«, hört sie ihn sagen, »Antonia, deine Herrin ist aus München zurückgekommen.« Die Person neben ihm kniet vor dem Sofa nieder. »Antonia, meine Kleine!« Fräulein S.' Stimme klingt nach Rauch und Tränen. »Wie konnte das nur geschehen? Mein Gott, was habe ich getan! Wie geht es dir? Was hat sie mit dir gemacht? Ich kann das alles nicht glauben!« Philip zieht sich zurück. Hier ist er überflüssig. Er spürt, dass Fräulein S. jetzt mit ihrer Sklavin allein sein möchte.

Antonias Herrin hat qualvolle Stunden hinter sich. Schon während des Telefongesprächs mit Philip hatte sie begonnen, ihre Sachen zu packen. Sie war außer sich vor Entsetzen und machte sich selbst die schlimmsten Vorwürfe. Philips Versuche, sie zu beruhigen und von der Schuldfrage abzubringen, verhallten wirkungslos. Sie bestieg den nächsten Flieger nach Berlin. Während der hektischen Vorbereitungen und der Reise selbst überrollte sie eine Flut von Gedanken. Manche dieser Überlegungen waren ihr auch in der Vergangenheit hin und wieder durch den Sinn gezogen, doch immer hatte sie diese Impulse fortgeschoben, zurechtmodelliert, verdrängt:

Geht es nicht insgesamt schon ein bisschen weit, was ich mit Antonia mache? Das Mädchen ist meine Sklavin, mehr, als ihr selbst klar ist. Zwar sind wir auch oft getrennt, aber selbst in dieser Zeit tut Antonia, was ich ihr auftrage, führt meine Befehle aus, kleidet sich nach meinen Vorstellungen und verzichtet darauf, sich sexuell zu berühren. Sie besucht mich, wann immer ich sie zu mir zitiere. Objektiv betrachtet richtet sie ihr Leben zu einem großen Teil nach meinen Maßgaben aus. Darf ich so etwas tun? Zwar findet Antonia Gefallen daran – doch ist das das Einzige, was zählt? Treibe ich das Mädchen nicht wissentlich ins Verderben?

All die vagen Ahnungen der Vergangenheit brechen nun geballt über sie herein: Zweifel, Bedenken und Fragen, bisher immer wieder fortgespült von den Wogen der Lust.

Es muss ein Ende haben, denkt Fräulein S. Doch im nächsten Moment ist ihr bereits klar, dass eine Trennung von Antonia gleichbedeutend wäre mit Flucht: Flucht vor der Verantwortung, Flucht vor den eigenen schwärzesten Seiten und Flucht vor schwierigen Fragen, die aber – und dies ist ein neues Gedankenexperiment – vielleicht gar keiner Antwort bedürfen, sondern einfach als offene Fragen immer wieder an Vernunft und Sicherheit gemahnen und die Beziehung so gerade aufrechterhalten können.

Was auch geschieht, beschließt Fräulein S. jetzt, *ich werde Antonia nicht verlassen. Zum einen würde ich nun einen gebrochenen Menschen – den ich so überhaupt erst produziert habe – hinterlassen. Doch das ist es noch lange nicht: Ich brauche Antonia. Die Verbindung mit meiner Sklavin hat mir nie geahnte Glücksmomente verschafft, ich kann und will darauf nie mehr verzichten. Und außerdem: Ich liebe Antonia.*

Dieser Gedanke kommt Fräulein S. in solch einfacher und glasklarer Transparenz zum ersten Mal, als sie Philips Haustür aufstößt.

Ich liebe Antonia, denkt sie. *Das ist alles. Und das ist für mich die ganze Welt.*

Als sie nun auf dem Sofa sitzend die Schulter ihrer Sklavin entblößt, da treten Fräulein S. die Tränen in die Augen. Antonia soll nichts merken, und so benetzt die Feuchtigkeit lautlos das Gesicht der Herrin. Eine kleine Tischlampe bildet die einzige Lichtquelle im Raum. Fräulein S. kann nicht fassen, was sie da sieht. Das soll ihre Freundin gewesen sein? Oh, warum? Warum nur? Gleichmäßig streichelt sie Antonias Rücken. Fräulein S. will es nicht wahrhaben, aber die Fakten sind klar.

Ich habe die Lebenssituation meiner Freundin vollkommen falsch eingeschätzt. Ich habe verharmlost und beschwichtigt. Ich habe immer wieder leichtfertig über ihren Alkoholkonsum hinweggesehen. Und statt ihre Probleme ernst zu nehmen, schüre ich ihren Neid auf mich noch, indem ich ihr durch die zeitweilige Gesellschaft Antonias mehr als nur eine Ahnung davon gebe, wie befriedigende Beziehungen aussehen können – um ihr kurz danach alles wieder zu entreißen! Wie dumm bin ich nur, wie leichtfertig und grausam.

Doch die innere Selbstgeißelung, die Fräulein S. stumm an Antonias Nachtlager vollzieht, wird von einem anderen Gefühl begleitet. Wie kann man es nennen? Eifersucht vielleicht? Oder Neid?

Sie hat gezeichnet, was mir gehört. Manchmal hat sie sich selbst Szenen ausgedacht, die darum kreisten, ihre Sklavin dauerhaft zu kennzeichnen. Aber das hatte sie stets in eine ferne Zukunft verschoben, und vielleicht wäre es auch besser – so sagte sie sich immer wieder –, diese Idee im Reich der Phantasien zu belassen. Doch gerade jetzt kommt Fräulein S. eine ganz unerhörte Idee.

Zunächst ist es wenig mehr als ein verschwommenes Bild, das sich ihrer Vorstellungswelt bemächtigt. Dann werden die Konturen schärfer. Das W, das auf Antonias Schulter prangt, ergänzt Fräulein S. in Gedanken zu der Form zweier verschlungener Herzen. Sie versucht, sich zu konzentrieren. Ihre Augen nehmen Maß. Ja, es ist noch genügend Platz nach oben hin vorhanden. Sie starrt wie gebannt auf Antonias Rücken. Zuerst ritzt ihr Blick die Form, dann versucht sie es mit dem Finger zu zeichnen. Es ginge, kein Zweifel. Ein beinahe feierliches Gefühl ergreift von Antonias Herrin Besitz. Und vielleicht steht jetzt auch tatsächlich ein bedeutender Moment bevor.

Fräulein S. legt von hinten die Arme um ihre Sklavin. Jetzt ist ein schneller Entschluss gefragt. Wäre die Wunde erst einmal verheilt, so ließe sich der Schnitt sicher nicht mehr nahtlos fortsetzen. Noch zögert sie.

Kann ich, vielmehr darf ich das tun? Antonia wird dann für alle Zeiten mein Zeichen tragen. Was ist, wenn sie mich irgendwann verlassen will? Vielleicht verliebt sie sich schon bald in einen Mann. Aber dann werde ich mich ihrem Körper sichtbar und für immer eingeschrieben haben.

Doch trotz aller Bedenken spürt sie stärker als je zuvor den Wunsch, ihr Eigentum dauerhaft zu markieren; ein Zeichen in der Beziehung zu setzen und sie so auf eine andere – höhere? – Ebene zu tragen. Fast sakral wird ihr zumute, wenn sie solche Gedanken hegt.

Fräulein S. fährt dem Mädchen streichelnd über die Wange. Immer wieder. Ihre Bewegungen werden hektisch, ihr Atem geht schnell und flach. Dann holt sie einmal tief Luft. Ihre Entscheidung ist gefallen.

»Antonia«, sagt sie, »dreh dich um und sieh mich an.« Die Decke raschelt. Antonias fragender Blick spiegelt sich in den Augen ihrer Herrin. Fräulein S. beginnt zu sprechen: »Wir müssen den Tatsachen ins Auge sehen: Du hast Bitteres erlebt und wahrscheinlich – höchstwahrscheinlich sogar, ich habe schließlich früher selbst oft geschnitten – wird dir eine Narbe erhalten bleiben. Und jetzt möchte ich dich etwas fragen. Antworte mir ehrlich, denn mein Wunsch ist weitreichend: für mich, für dich und für unsere Beziehung. Und falls du meinem Ansinnen zustimmen solltest, so wäre es nicht gut, wenn du nur einwilligst, weil es dir als das kleinere Übel, als erträglicher Ausweg erscheint.«

Antonia scheint etwas sagen zu wollen, doch energisch schneidet Fräulein S. diesen Ansatz ab: »Nein, lass mich aussprechen. Du erfährst gleich, worum es mir geht. – Ein Zeichen, Antonia, ist nicht einfach nur ein Motiv. Es bezeichnet etwas, steht symbolhaft für etwas anderes. Zum Beispiel für Eigentümerschaft.

Und du gehörst mir. Zumindest glaube ich, dass ich damit weder aus deiner noch aus meiner Sicht etwas Falsches behaupte. Wenn ich dich nun frage, ob du statt der im Affekt entstandenen Kennzeichnung – oder nennen wir es einfach Wunde – mein Zeichen tragen willst, dann ist das auch mit Konsequenzen für dich und für dein Verhältnis zu mir verbunden. Umgekehrt gilt das Gleiche. Nur um einige Möglichkeiten zu nennen, wie sich die Folgeerscheinungen für dich gestalten könnten: Im Sommer wird man dich, wenn du nur ein Trägerhemd trägst, auf das Zeichen ansprechen. Vielleicht wird man nach seiner Bedeutung, nach seinem Zustandekommen, fragen. Hier geht es zunächst nur um die mit der Sichtbarkeit verbundenen Reaktionen von außen, um die Oberfläche, wenn du so willst. Aber ich denke auch, dass es mit der Zeit dein Bewusstsein verändern wird, als gezeichnetes Besitzgut durch die Welt zu gehen. Ich werde mich deinem Körper irreversibel eingeschrieben haben. Du wirst mir gehören wie nie zuvor. Willst du das, Antonia? – Antworte nicht sofort, denke ein paar Minuten nach und teile mir dann deine Entscheidung mit.«

»Was ... was würden Sie denn tun?«, fragt Antonia mit leiser, belegter Stimme.

»Ich werde das Zeichen auf deinem Rücken so verändern, dass es zu meinem wird. Zu meinem Symbol für unsere Beziehung. Mehr werde ich nicht sagen. Ich will ein ›Ja‹ oder ein ›Nein‹ von dir hören. Ich fordere eine bedingungslose Entscheidung. Wenn du dich negativ entscheidest, bleibt alles beim Alten, und mit uns beiden geht es weiter wie zuvor. Ich will dich nicht drängen. Ich will dich nicht zwingen. Wenn du dich aber dafür entscheidest, so musst du es wünschen. Du musst es dir wünschen, mehr als alles auf der Welt.«

Fräulein S. steht auf und verlässt den Raum. Sie setzt sich zu Philip in die Küche.

»Wie geht es ihr?«, fragt Philip. »Schläft sie?«

»Nein«, entgegnet Fräulein S. Sie wundert sich plötzlich darüber, dass sie selbst keinerlei Müdigkeit verspürt. Ganz im Gegenteil – sie spürt das Adrenalin durch ihren Körper fluten. Sie ist so wach wie noch nie in ihrem ganzen Leben. Und mit einem Mal ist sie sich ganz sicher, wie Antonias Entscheidung ausfallen wird.

Schritte. Antonia steht in der Küchentür.

»Ich habe mich entschieden«, sagt sie. Ihr Gesicht ist ernst. »Wofür?«, wirft Philip ein, doch seine Frage bleibt unbeantwortet.

Fräulein S. steht auf. Sie folgt Antonia ins Wohnzimmer. Mitten im Raum kniet die Sklavin nieder. Sie zieht sich das Hemd über den Kopf. »Bitte«, setzt sie an, »bitte zeichnen Sie mich, wie immer es Ihnen beliebt. Ich werde mit allem einverstanden sein.« Fräulein S. nickt bedächtig. Wie gut, dass sie bei Philip einige der notwendigen Utensilien deponiert hat. Doch der Anwalt hat diese stets mit Abscheu betrachtet. *Oh, Antonia*, denkt Fräulein S., *wie anders du doch bist als er.*

Desinfizierspray, ein Skalpell und Tätowierstift sind schnell herbeigeschafft. Philip zieht sich in sein Schlafzimmer zurück. Er will kein Zeuge sein. Und außerdem: Es ist mitten in der Nacht. Antonia jedoch ist hellwach. Im Wohnzimmer brennen alle verfügbaren Lampen. Fräulein S. braucht Licht, Konzentration und eine ruhige Hand. Antonia kniet noch immer, nun den Rücken leicht vorgebeugt. Fräulein S. desinfiziert die Haut und zeichnet die Linien mit Tätowierstift an. Einen Millimeter daneben wird sie schneiden, so dass die Farbe das Zeichen nicht verunzieren kann. Die Zeichnung gelingt auf Anhieb. Der Platz reicht aus, die Proportionen erscheinen ausgeglichen. Zwei Herzen, ineinander verschlungen: nicht nur Zeichen der Besitzerrechte, sondern zuallererst ein Bekenntnis gegenüber ihrer Sklavin.

Das Skalpell ist antiseptisch verschweißt. Fräulein S. reißt die Folie ab. Antonia hört das Geräusch. Jetzt wird es ernst. Sie versucht, den Rücken nicht zu versteifen. Ihre Herrin setzt das

Messer an. Um eine dauerhafte Markierung zu hinterlassen, darf der Schnitt nicht oberflächlich sein. Es tut weh. Antonia beißt die Zähne zusammen. Die Tränen laufen ihr über das Gesicht. Sie zwingt sich mit aller Macht, stillzuhalten. Dann ist es vorbei. Der schwindelerregende Schmerz setzt aus und weicht einem intensiven Brennen, das aber nicht ausschließlich unangenehm ist. Fräulein S. tupft das Blut ab. In ihrer Benommenheit dauert es einen Moment, ehe Antonia die kausale Verbindung herstellen kann: Die Schmerzintensität hat abgenommen, es ist vorbei. Sie hat es wirklich überstanden. Noch immer verharrt sie in ihrer Position, vollkommen reglos, bis die Herrin ihr anderes befehlen wird. Fräulein S. schüttelt die Sklavin leicht an der Schulter:

»Aufwachen, meine Kleine.« Erst jetzt kommt Antonia wieder vollkommen auf dieser Welt an. »Du darfst es dir anschauen.«

Fräulein S. greift nach ihrer Hand und führt sie vor den großen Spiegel im Flur. Antonias Herrin erlebt diese Sekunden, die sie brauchen, um vom Wohnzimmer in die Diele zu gelangen, so intensiv wie selten etwas in ihrem Leben: ein Hochgefühl, derart, dass sie davon nie zu träumen gewagt hätte, ein Machtrausch, der mentale Orgasmus schlechthin.

Beide Frauen stehen vor dem Spiegel. Antonia nackt, Fräulein S. im schwarzen Kostüm. Beide genießen für einen Moment das eigene Bild, das so vieles über die Art ihrer Beziehung aussagt. Antonia atmet hörbar. Die Deckenbeleuchtung scheint eine Spur zu grell. Die Sklavin schließt die Augen. Sie dreht sich mit dem Rücken zum Spiegel. Sie öffnet die Augen und verharrt einen Moment. Schließlich wendet Antonia den Kopf. Es dauert einen Moment, bis sie erkannt hat, welches Symbol sie zeichnet. Es ist ganz still. Fräulein S. beobachtet jede ihrer Regungen. Der Druck weicht aus Antonias Kopf. Ihre Gesichtszüge entspannen sich, und die Zustimmung kommt aus ihrem tiefsten Inneren. Verschlungene Herzen. Antonia ist glücklich.

9. Kapitel

Schlussakkord

Vier Wochen sind seit jener denkwürdigen Samstagnacht vergangen. Antonia ist in ihren Alltag zurückgekehrt. Augenscheinlich ist alles wie vorher. Jenseits der bloßen Phänomene ist alles anders. Antonia arbeitet, Antonia schreibt an ihrer Dissertation, Antonia besucht Fräulein S. Mehr denn je fühlt sie sich als Eigentum, mehr denn je empfindet sie Stolz bei dem Gedanken an ihren Status. Doch seltsam: Obwohl es – genau wie zuvor – ihre vornehmste Pflicht ist, den Wünschen der Herrin zu entsprechen, ihren Befehlen Folge zu leisten, hat die Beziehung einen neuen Aspekt hinzugewonnen. Antonia fühlt sich nicht mehr nur als Sklavin, sondern auch als Partnerin. Fräulein S. versucht ihrerseits, sich umzustellen und die junge Frau an ihrer Seite ebenfalls als Freundin zu behandeln. Sie kann sich bis jetzt des Gefühles nicht erwehren, dass die Erziehung Antonias zum nahezu blinden Gehorsam Mitschuld am Geschehen trägt.

Während der letzten Wochen hat Fräulein S. ganz neue Seiten an Antonia entdeckt. Sie verbringen nun mehr Zeit miteinander als früher, aber die Zusammenkünfte sind nicht mehr vollständig jenen Spielen gewidmet, die beide einst zusammenbrachten. Überhaupt dieser Ausdruck! Spiel! Es war schon lange kein Spiel mehr und jetzt noch weniger. Es ist eine Art zu leben und zu lieben. Manche Attitüde übertriebener Förmlichkeit hat Antonia mit dem Einverständnis ihrer Herrin beiseite gelegt. Dennoch zeigt sich im Zusammensein ein Machtgefälle, weniger inszeniert als früher, stattdessen mit selbstverständlicher Leichtigkeit gelebt.

Gerade weil Fräulein S. so sicher ist, dass ihre Position nie von Antonia in Frage gestellt wird, kann sie ihr mehr Freiheiten zugestehen. »Tut mir leid, am Samstagabend habe ich keine Zeit. Eine Freundin aus Hannover übernachtet bei mir.« Wie ungewohnt ein solcher Satz aus Antonias Mund klingt! Doch Antonia hat ein Leben, sie hat nicht nur berufliche Verpflichtungen, sondern auch private. So aufregend es auch ist, die fast vollkommene Verfügungsgewalt über einen anderen Menschen zu beanspruchen, so wenig alltagstauglich ist diese Beziehungsform. Und jetzt? Fräulein S. und Antonia lernen einander wirklich kennen. Auch das kann aufregend sein.

Doch heute, diesen Samstagabend, hat Antonia Zeit. Beschwingt nimmt sie die Treppenstufen, immer zwei auf einmal, so steht sie schon bald vor der Wohnungstür ihrer Herrin. Antonia ist gekleidet wie immer, wenn sie Fräulein S. aufsucht: schwarzes Kleid, Stahlreifen um den Hals oder auch das Lederband. Viele Regeln sind die alten geblieben, doch müssen sie – als geliebte Rituale – nicht mehr ständig in Antonias Kopf gehämmert werden.

Die Herrin führt ihre Sklavin ins Wohnzimmer. Der Tisch ist für drei Personen gedeckt.

»Kommt Philip noch dazu?«, fragt Antonia.

»Nein«, antwortet Fräulein S., »bitte setz dich doch, es dauert noch einen Moment, ich muss mal nach der Suppe schauen.« Mit diesen Worten verschwindet sie in der Küche. Antonia nippt unsicher an einem Aperitif. Was wird der heutige Abend bringen? Sie hatte sich eher auf ein Beisammensein unter vier Augen eingestellt, gemeinsam einschlafen, Sonntagsfrühstück.

Fräulein S. kehrt mit einem Topf zurück. »Wir fangen schon einmal an, die dritte Person kommt später.«

»Wer ist es?« Ein paar Wochen zuvor hätte die Sklavin sich nicht getraut zu fragen. »Sei still und iss.« Vieles ist anders, aber nicht alles. Antonia lächelt. Wie vertraut ist ihr doch dieser Tonfall! Es gefällt ihr, dass ihre Herrin trotz aller Veränderungen ihre altbekannte Schärfe nicht verloren hat.

Als der erste Gang beendet ist, hört Antonia die Klingel. Sie wirft Fräulein S. einen fragenden Blick zu. Soll sie öffnen? »Bleib sitzen«, weist Letztere die Sklavin an, »ich mache das schon.« Im Flur der Wohnung wartet Fräulein S. darauf, dass der Gast das Treppenhaus bewältigt haben wird. Antonia wundert sich. Ja, mehr noch: Sie registriert eine leichte Anspannung. Und als sie sich nach dem Grund fragt, da tritt ihr eine leise, unterschwellige Ahnung ins Bewusstsein. Konnte es sein? Kurz bevor die Person die Wohnung betritt, ist sich Antonia sicher: In wenigen Sekunden wird Fräulein Wiesengrund ihr gegenüberstehen. Keine Zeit mehr zum Denken. Antonias Rücken wird starr, die Finger krallen sich in die Seitenlehnen des Stuhles. Leise Stimmen im Korridor:

»Hast du sie ...?«

»Nein, ich dachte, es sei besser, wenn ...«

Zwar ist es nicht viel, was Antonia da hört, doch ihr reicht es allemal. Am liebsten würde sie fortlaufen. Gleich, gleich werden sie kommen.

»Antonia«, ruft Fräulein S., »es dauert einen Moment. Wir haben noch etwas zu besprechen. Warte bitte im Wohnzimmer.«

Schritte Richtung Küche. Die Tür wird geschlossen. Antonia wartet. Die Unterredung dauert offensichtlich länger. Antonia wartet und wartet. Und während sie dort sitzt und versucht, ihre Nervosität zu bezwingen, da mischt sich in ihre Anspannung noch ein anderes Gefühl. Es dauert ein wenig, bis sie ihm einen Namen geben kann: Es ist Neugierde. Neugierde darauf, wie Fräulein Wiesengrund sich verhalten wird, was sie zu allem zu sagen hat. Denn in irgendeiner Weise wird sie sich doch äußern müssen! In den letzten vier Wochen hat sich so vieles gewandelt. Zudem hatte Antonia neue Ideen, die sie äußerst produktiv in ihrer Dissertation verarbeiten konnte. Erfolgserlebnisse. So hat sie selbst in der kurzen Zeit Abstand zu dem schrecklichen Ereignis gewonnen, das jedoch auch all das Neue in ihrer Beziehung zu Fräulein S. verursacht hat.

Nur ein Moment noch ist Antonia vergönnt, ein Moment, sich zu sammeln und Mut zuzusprechen. Dann betreten die beiden Frauen den Raum. Beruhigt verlässt Antonia ihren Platz und geht auf Fräulein Wiesengrund zu. Sie gibt ihr die Hand. Vielleicht lächelt sie sogar dabei.

Eine Reise für Marie

Prolog

Düsseldorf, 12.09.2002

Liebe Marie,

ich habe mich entschieden, Dir zu diesem Thema, über das ich so gerne mit Dir sprechen möchte, zunächst einen Brief zu schreiben. Zum einen gibt es mir die Möglichkeit, meine Gedanken zu ordnen, meine vielleicht wirren Wünsche und Vorstellungen in (hoffentlich) nachvollziehbare Form zu bringen. Zum anderen kannst Du Dich dann damit auseinandersetzen, ohne diesen starken Druck fühlen zu müssen, wie er vielleicht in einer unmittelbaren Gesprächssituation entstehen würde.

Zunächst sei vorangestellt: Du bist meine Partnerin – ohne irgendwelche Bedingungen. Ich liebe und begehre Dich von ganzem Herzen und mit jeder Faser meines Körpers. Ich genieße es sehr, mit Dir zu schlafen, Dich zu fühlen und in meinen Armen zu halten. Es gibt aber Momente, da ist meine Zuneigung so groß, und da empfinde ich solche Leidenschaft für Dich, dass ich Dich wirklich ganz besitzen möchte. Es geht mir dabei um erotische Phantasien und Sehnsüchte. Mir macht der Gedanke Lust, Dich sowohl zu beschützen als auch zu beherrschen. Würdest Du mir erlauben, ein paar meiner Gefühle zum Ausdruck zu bringen? Wie würde es Dir gefallen, wenn wir irgendwann einmal so täten, als gehörtest Du mir?

Wir könnten ein Spiel daraus machen – ein erotisches Rollenspiel, bei dem Du Dich ganz hingeben und genießen dürftest.

Den Alltag würden wir einfach aussperren. Es wäre mir die größte Freude, mit Dir gemeinsam Szenarien zu entwerfen, in denen Du Dich wohlfühlen könntest. Ich würde Dich so gern in diese Welt hineinführen und Dir ihre Reichtümer zeigen. Kann ich hiermit Deine Neugierde wecken? Könnte Dir so etwas gefallen?

Ich bin mir darüber im Klaren, dass eine Einwilligung Deinerseits einen unglaublichen Vertrauensbeweis darstellen würde. Ich verspreche Dir für diesen Fall, dass ich Dein Vertrauen und Deinen Mut, Dich auf etwas Neues einzulassen, nicht enttäuschen werde. Wenn Du Dich in einer entsprechenden Situation unwohl fühlen solltest, würden wir das Spiel sofort abbrechen. Zwischen uns wäre danach alles genau wie vorher – denn nur wenn auch Du Spaß daran hast, könnte ich Freude und Befriedigung empfinden.

Wir müssten auch gar nicht sofort damit beginnen. Für mich wäre schon sehr viel gewonnen, wenn wir einmal darüber sprechen könnten. Bitte fühle Dich nicht gedrängt, mir sofort zu antworten. Lass Dir Zeit mit einer Reaktion. Denn davon haben wir – so wie es bis jetzt um unsere Beziehung steht – genug.

Ich küsse Dich,

Dein Paul

1. Kapitel

Hitze

Ein letzter Schlag mit dem Hammer. Marie hängt das Bild an die Wand und wischt sich den Schweiß von der Stirn. Zufrieden steigt sie von der Leiter. Eine Stadtansicht von Havanna als Schwarzweißfotografie ziert nun den Flur. Der Rahmen hängt gerade, die Nägel scheinen das Gewicht zu tragen. Ums Bohren – und den entsprechenden Krach und Dreck – ist Marie damit herumgekommen. Zwar sind sie und ihr Freund Paul bereits vor einem Jahr hier eingezogen, doch viele Dinge mussten zunächst liegen bleiben. Paul war mitten im zweiten Staatsexamen, und Marie besuchte die letzten Seminare, bevor sie sich endlich zur Magisterarbeit anmelden konnte. Während ihr Freund inzwischen eine Stelle als Hauptschullehrer bekommen hat, lernt Marie zu Hause für ihre mündlichen Prüfungen in Soziologie, Ethnologie und Geschichte. Da sorgen kleine Erledigungen im Haushalt für willkommene Abwechslung.

Für Anfang Juni ist es ungewöhnlich heiß. Marie müsste jetzt eigentlich wieder an den Schreibtisch. Der Vormittag – Paul in der Schule und sie allein in der Wohnung – ist ihre effektivste Arbeitszeit. Unentschlossen steht sie im Flur. In der Küche drückt Marie Eiswürfel aus einer Plastikschale und gießt kalten Tee darüber. Es geht auf elf Uhr zu.

Sicher sind es draußen schon dreißig Grad, denkt sie. *Soll ich nicht doch schwimmen gehen?*

Ein kurzes Ringen mit der Arbeitsmoral, dann packt sie ihren Bikini und ein Handtuch ein. Noch ein letzter Blick zum Schreibtisch; ein Anflug schlechten Gewissens wird spürbar – darum schnell die Wohnung verlassen. Das Treppenhaus ist angenehm kühl. Umso stärker der Kontrast zur Außentemperatur, die Marie im ersten Moment fast den Atem nimmt.

Die Radfahrt zum Freibad – von Düsseldorf-Bilk bis Düsseldorf-Benrath – dauert vierzig Minuten, das hatte sie verdrängt. Einen großen Teil der Strecke aber kann Marie im Schatten radeln. Und wie herrlich würde nachher der Sprung ins kühle Wasser sein! Endlich biegt Marie in die Straße ein, an deren Ende sie am Ziel sein würde. Ein freier Fahrradständer ist schnell gefunden, schließlich sind noch keine Schulferien. Keine Schlange am Eingang. Auf der anderen Seite des Tores streift Marie die Sandalen ab. Sie spürt das Gras unter ihren Füßen. Wenn es nicht bald einmal regnen würde, wäre davon schnell nur noch braunes Gestrüpp übrig. Unter dem Schatten eines Baumes breitet sie ihr Handtuch aus. Sie zieht das Top mit den Spaghettiträgern über den Kopf und greift zu ihrem Bikinioberteil. Als Marie die dazu passende Hose anziehen will, zögert sie einen Moment. Wenn sie ihre Beine einwärts dreht, dann kann sie, mit einem Blick halb über die Schulter, noch feine Spuren auf ihren Oberschenkeln wahrnehmen, so blass jedoch, dass sie einem Fremden wohl kaum aufgefallen wären. Und wenn Marie an den gestrigen Abend denkt, dann wird die Farbe auf ihrem ohnehin schon sonnengeröteten Gesicht noch eine Spur intensiver. Sie setzt sich auf das Handtuch und legt den Kopf auf die angezogenen Knie. Wie schön es doch gestern war! Vergessen der Plan, sich sofort ins Wasser zu stürzen. Während die Welt um sie herum versinkt, lässt sie noch einmal den letzten Abend Revue passieren:

In den vergangenen Wochen hatten Paul und Marie beide viel gearbeitet. Marie musste ihrem Dozenten endlich das Thesenpapier für die Geschichtsprüfung einreichen, und Paul hatte Berge von Klassenarbeiten zur Korrektur mit nach Hause gebracht. Zudem ließ er es als junger, engagierter und endlos idealistischer Lehrer beinahe uneingeschränkt zu, dass besorgte Eltern ihn zu Hause anriefen. Dieses Entgegenkommen nutzten Letztere nur zu gern – und zwar zu jeder Tages- und Nachtzeit. Marie hatte sich langsam wirklich geärgert. Vor ein paar Tagen wäre es fast zum Streit gekommen. Gerade als sie zu einer heftigen Tirade ansetzen wollte, klingelte wieder einmal das Telefon. Es war Frau Söderbaum, die sich in reinstem Sächsisch noch einmal versichern wollte, dass ihr Markus wirklich – aber auch ganz wirklich und ehrlich – nicht sitzen bleiben würde. Marie, die den Anruf mitgehört hatte, konnte danach nicht anders: Sie schüttete sich vor Lachen aus. Ihre Heiterkeit wurde durch Pauls Versuche, ihr die Nöte der deutsch-deutschen Migrantenfamilie begreiflich zu machen, nur noch gesteigert. Schließlich gab er auf und wechselte das Thema. Er fände es wunderbar, sich bald wieder einmal einen Abend zu zweit zu gönnen. »Mit allem Drum und Dran«, setzte er mit einem vielsagenden Zwinkern hinzu. Sie hatten sich auf den gestrigen Abend geeinigt, um das Vorhaben in die Tat umzusetzen. »Und den Telefonstecker«, sagte Paul zum Schluss, »den ziehen wir dann einfach raus.«

›Ein Abend zu zweit‹ ist eine feststehende Formel in ihrer Beziehung, eine Chiffre, die die eigentliche Bedeutung dieser Worte unauffällig verschleiert. Schon seit Längerem haben diese Abende einen festen Platz im Leben des Paares gefunden, haben sich als Ritual etabliert. Der Ablauf ist jedes Mal ähnlich: Am frühen Abend verlässt Paul ohne Erklärung die Wohnung. Wenn er sich von Marie verabschiedet, nimmt er sie in die Arme. »Du weißt, was du zu tun hast«, haucht er ihr dann ins Ohr. Nicht immer kann Marie sich durchringen, mit »Ja, Herr« zu antworten, wie ihr Freund es sich wünscht. Aber Paul weiß, dass er sich trotzdem auf ihre Bereitschaft verlassen kann. Schließlich liebt sie dieses Spiel genauso wie er.

Ist Marie allein, beginnt sie, das Abendessen vorzubereiten. Gibt es sonst meist nur belegte Brote und Salat, so denkt sie sich zu diesen Gelegenheiten bereits am Vortag etwas Besonderes aus, womit sie ihren Freund überraschen kann. Gestern Abend hat Marie eine Pizza zubereitet. Eine besondere Pizza, mit einem üppigen Belag aus Artischocken, Sardellen und Schinken, so, wie sie es beide liebten. Dazu stellte sie einen leichten, frischen Weißwein in den Kühlschrank und schnitt Obst für einen Salat aus tropischen Früchten. Anschließend ging Marie ins Bad. Sie erfrischte sich kurz unter der Dusche – erst lauwarm, dann eiskalt –, um ihren Körper anschließend mit der duftenden Lotion einzucremen, die Paul ihr kürzlich für genau diese Anlässe geschenkt hatte. Während Marie über ihre Haut strich, konzentrierte sie sich ganz auf ihren Körper. Sie fuhr über die Rundung der Hüften und ließ eine Hand zwischen die Beine gleiten. War sie vor einigen Jahren noch manchmal ein wenig betrübt darüber gewesen, dass ihr kurviger Leib so gar nicht ins spartanisch-androgyne Idealbild der aktuellen Vorstellungen von Schönheit passen wollte, so hat sie sich inzwischen so angenommen, wie sie nun einmal war. Und das nicht nur, weil Paul ihr immer wieder versichert hat, dass sie für ihn wunderschön und unglaublich sexy ist.

Marie bewegte ihre Hand sanft durch die Furchen ihres Geschlechtes. Nein, die Feuchtigkeit hatte nichts mit dem Duschwasser zu tun. Sie lächelte. Doch dann schüttelte sie den Kopf und griff zum Rasierer. Ihr Schamhaar war schon wieder ganz lang geworden. Sie kann sich einfach nicht dazu entschließen, sich ständig zu rasieren. Sie ist schließlich eine erwachsene Frau und will nicht aussehen wie ein Kind. Wie stolz war sie doch damals, als die Schambehaarung anfing zu sprießen! Warum soll sie sie dann jetzt entfernen? Gestern jedoch tat Marie es gern. Es gehört inzwischen zum Spiel dazu; sie will es nicht mehr missen. Zum Schluss schminkte sie sich dezent und stäubte einen Hauch von Parfüm über ihre Schultern. Das schlichte schwarze Kleid aus weichem Stoff lag schon auf dem Bett bereit. Keine Unterwäsche. Marie versuchte, ihre dunkelblonde Naturkrause mit einem Kamm wenigstens ein bisschen zu bändigen. Vergebens. Eigentlich liebt sie das wilde Durcheinander ihrer Haare – und Paul ebenfalls. Doch was ansonsten wunderbar ist, kann manchmal unpassend sein. Und so entschloss sie sich zu einem braven Zopf im Nacken, aus dem sie einige Strähnchen zupfte, um der Frisur die Strenge zu nehmen.

Marie lächelte ihrem Spiegelbild zufrieden zu. Inzwischen zeigte die Uhr halb acht. Paul würde bald kommen. Manchmal jedoch ließ er sie absichtlich warten. Er wusste genau, wie unruhig sie dann wurde. Diese Vorstellung amüsierte und erregte ihn. Er genoss dann seine Macht und die Tatsache, dass er nicht einmal anwesend sein musste, um sie auszuüben.

Der Tisch im Wohnzimmer war schnell gedeckt. Marie suchte zueinander passende Teller heraus und kramte nach identischen Messern, Gabeln und Löffeln. Die Weingläser spülte sie noch einmal ab und rieb sie blank. Danach setzte sie sich auf die Couch. Sie zog an ihren Fingern und ließ die Gelenke knacken. Mit dieser Angewohnheit kann sie Paul wahnsinnig machen. Manchmal tut sie es absichtlich und sieht ihren Freund demonstrativ dabei an. Der guckt dann jedes Mal gequält: »Bitte Marie, lass das doch. Du wirst dir wehtun.« Marie hört dann auch auf. Ein bisschen enttäuscht. *Ich wünschte, du würdest mir einmal zur Strafe dafür wehtun*, denkt sie dann. Aber sie traut sich nicht, es zu sagen.

Und auch gestern Abend malträtierte sie ihre Gelenke nicht lange. Ein paar Dinge gab es schließlich noch zu tun. Marie zündete die Kerzen an und schnitt auf dem Balkon ein paar Blumen als Tischdekoration. Sie strich die indische Decke glatt, die das alte, fleckige Sofa verbarg, und schüttelte die Kissen auf. Sie überlegte noch einmal, aber dann fiel ihr nichts mehr ein. Doch um sich hinzusetzen und etwas zu lesen, dazu fehlte ihr jetzt die Ruhe. Als sie vielleicht zweimal das kleine Wohnzimmer mit ihren Schritten durchmessen hatte, klingelte es an der Tür. Marie stürzte in den Flur und betätigte den Türöffner. Sie wartete. Nach kurzer Zeit klingelte es erneut, diesmal an der Wohnungstür. Marie atmete noch einmal tief durch, dann drückte sie die Klinke nieder. Vor ihr stand Paul. Er trug ein weißes Hemd, kein Jackett – bei der Hitze verzeihlich, fand Marie – und eine dunkle Hose.

Wo zieht er sich eigentlich immer um?, dachte sie. *Und wo lässt er die Kleidungsstücke, in denen er das Haus verlassen hat?* Diese Fragen wollte Marie ihm nie stellen, denn dann wäre ein Teil des Zaubers dahin. Wie gut er aussah! Schon damals, vor sechs Jahren, war er ihr sofort aufgefallen. Und auch noch berührte es sie immer wieder aufs Neue, wenn sie ihn betrachtete.

Da stand er nun, die eine Augenbraue leicht hochgezogen, was seinem Gesicht einen ironischen Ausdruck verlieh.

»Nun«, sagte er, »willst du mich nicht hereinbitten?« Marie schluckte.

»Bitte, komm doch rein«, sagte sie. »Es ist schön, dass du da bist.«

Im Flur küsste er sie lange. Fordernd stieß er seine Zunge in ihren Mund und nahm ihr damit fast den Atem. Ein Schauer jagte Maries Wirbelsäule hinunter. Zwischen ihren Schenkeln begann es zu brennen. Aber sie würde sich noch eine ganze Weile gedulden müssen. Wie sollte sie das bloß aushalten?

Marie legte die Arme um die Schultern ihres Freundes. Sie wusste ganz genau, was sie nun zu tun hatte. Doch sie zögerte. Es kam immer wieder einmal vor, dass sie sich für die Art ihrer Leidenschaften schämte und sich nicht wirklich fallen lassen konnte. Paul wusste das. Und er hatte Geduld. Ein wenig sanfte Gewalt tat ein Übriges. So drückte er zart auf Maries Schultern, die daraufhin auf die Knie ging. Ihre Hände griffen noch für einen Augenblick Halt suchend nach seinen Schenkeln, bevor sie sie auf dem Rücken kreuzte, wie er es sie gelehrt hatte. Den

Blick hielt sie gesenkt. Zum einen, weil es sich für eine demütige Dienerin der Liebe so gehört, zum anderen weil sie es jetzt auch gar nicht fertigbringen würde, ihrem Freund aus dieser Position ins Gesicht zu sehen.

Paul überlegte, ob er von ihr verlangen sollte, ihm die Schuhe auszuziehen, und entschied sich schließlich dagegen. Er betrachtete für einen Moment die schöne junge Frau, die vor ihm kniete und die seine Freundin war, die er doch so liebte. Schließlich berührte er sanft ihr Haar. Das war das Zeichen: Marie durfte aufstehen. Sie griff nach seiner Hand.

»Bitte«, sagte sie und lächelte dabei, »setz dich doch schon an den Tisch. Vielleicht möchtest du einen Aperitif? Ich muss noch schnell einiges in der Küche richten.«

»Gern«, antwortete Paul. Er entzog ihr seine Hand und ging ins Wohnzimmer. Kurz darauf erschien Marie mit kaltem Fruchtsaft und Eiswürfeln. Sie schenkte ihm ein, und er bedankte sich in einem Ton, der erkennen ließ, dass die Dienstbarkeit seiner Freundin eine Selbstverständlichkeit darstellte. Als sie schließlich auf seinen Wunsch noch Eis hinzufügte, nahm er unvermittelt ihr Handgelenk und hielt es fest. Als Marie den Druck spürte, schlug diese Berührung augenblicklich in ein intensives Lustgefühl um. Für einen Moment sehnte sie sich unbeschreiblich danach, bereits hier und jetzt leidenschaftlich genommen zu werden. Doch nie hätte sie darum gebeten. Spiele haben nun einmal Regeln.

Paul nahm einen Eiswürfel und ließ ihn über das Dekolleté seiner Freundin gleiten. Unerwartet steckte er ihr den feuchten Kristall tief in den Ausschnitt. Eine körpernahe Naht am unteren Brustumfang des Kleides hielt den Eindringling, wo er war. »Das bleibt jetzt an Ort und Stelle«, sagte Paul in einem Tonfall, der von leichter Süffisanz sowie höchstem Genuss zeugte. Marie wurde rot und ihre Nippel hart. Sie fühlte den Stoff des Kleides auf der empfindlichen Hautpartie.

»Na, nun geh mal in die Küche.« Pauls Worte ließen sie irritiert zusammenzucken, mit solcher Ausschließlichkeit hatte sie sich auf ihre körperlichen Regungen konzentriert.

Fast lautlos bewegte sich Marie in ihren weichen Schläppchen durch die Wohnung. Wie nachdrücklich hatten da eben noch Pauls Schritte auf dem Parkett geklungen. Marie nahm die Pizza aus dem Ofen, schnitt sie in Stücke und richtete sie appetitlich auf einer Platte an. Sie öffnete den Wein und trug beides vorsichtig auf einem Tablett zum Esstisch. Nachdem sie Paul das größte und schönste Stück serviert, ihm Wein eingegossen und einen guten Appetit gewünscht hatte, bediente Marie sich selbst. Er wartete, bis sie damit fertig war, dann erhob er sein Glas.

»Auf dich«, sagte er. »Auf deinen baldigen Studienabschluss. Und auf diesen Abend.« Sie sahen einander tief in die Augen und prosteten sich zu.

Am Anfang war es Marie immer schwergefallen, bei diesen steifen Förmlichkeiten nicht zu lachen. Ihr sonst so unkomplizierter Freund kam ihr dabei immer ein wenig fremd vor. Nach einiger Zeit jedoch begriff sie, dass es genau das war, was die Spannung dieser Abende ausmachte: Gerade dieser Schuss Fremdheit und der Abstand vom Alltag sorgten für jene ganz besondere Atmosphäre, das Knistern, die Erotik. Wenn sie dann – meist spät in der Nacht – eng umschlungen einschliefen, hatte sich Paul bereits vom harten Liebhaber in ihren liebevollen Freund zurückverwandelt. Am Morgen danach war alles vorbei. Oft sprachen sie nicht einmal mehr über die Erlebnisse des vergangenen Tages.

Manchmal empfand Marie eine Spur Unzufriedenheit. Und nachdem sie diesem Gefühl immer wieder nachgegangen war, war ihr auch klar geworden, was sie störte: die Vorhersehbarkeit, das Geplante, Organisierte – und nicht zuletzt das Verabredete. Wie würde es sein, wenn Paul einfach sagte:

»Heute Abend will ich, dass ...«? Oder noch interessanter: er überhaupt nichts ankündigen, sondern sich einfach ohne Vorbereitungen nehmen würde, was Marie ihm nur zu gerne geben wollte. Wenn es eigentlich immer so weit sein könnte – wäre das nicht noch viel spannender?

Dann saßen sie also einander gegenüber am sorgfältig gedeckten Tisch. Es gelang Paul nur schlecht, seinen Heißhunger zu verbergen. Energisch stach er mit der Gabel in den Teig, fast so, als würde er ein Tier erlegen. Seine Bewegungen ließen Marie an das später Folgende denken. Sie unterdrückte ein Lächeln.

»Wirklich vorzüglich«, lobte Paul das Ergebnis ihrer kulinarischen Bemühungen.

»Danke«, antwortete Marie mit gesenktem Blick. Paul fixierte ihr Dekolleté. An der Stelle des Kleides, die vom Eiswürfel feucht geworden war, zeichnete sich deutlich eine Brustwarze ab. Marie bemühte sich, ihre Erregung zu unterdrücken und ein Gespräch zu beginnen. Das war gar nicht so leicht, denn an einem Abend wie diesem – das hatten sie vor langer Zeit beschlossen – wollten sie nicht über kontroverse oder belastende Themen sprechen. So kamen weder Maries Prüfungsverfahren noch der bevorstehende Urlaub in Frage. Sie hatten sich noch nicht auf ein Reiseziel einigen können, und insgeheim hatte Marie schon manchmal gedacht, dass sie ohnehin lieber zu Hause bleiben würde.

»Ich hoffe, du hattest einen schönen Nachmittag«, sagte Marie. Ihre Stimme klang belegt.

»Oh ja«, antwortete Paul, »den hatte ich. Und ich hoffe, meiner süßen Lustsklavin erging es ebenso.« Marie zuckte zusammen. Dieses Wort! Lustsklavin. Zwar konnte sie viele Dinge tun, doch wenn es plötzlich in Sprache ausgedrückt wurde, eine Bezeichnung dafür gab, dann schreckte sie oft davor zurück. Handeln und darüber sprechen lagen für sie auf unterschiedlichen Ebenen. Worte verliehen Dingen und Tätigkeiten eine unmittelbare Realität, vor der sie manchmal gern zurückwich. Das Wort ›Sadomasochismus‹ kam ihr nur schwer über die Lippen. Es ging weniger darum, dass sie sich für ihre Neigungen geschämt hätte. Eher hatte sie Angst vor den Abgründen, die sich noch in ihrer Seele auftun könnten, vor Wünschen, die sie unfähig wäre, in die Realität umzusetzen, und die sie dann unruhig und unbefriedigt zurücklassen könnten. Aber gleichzeitig regten bestimmte Worte ihre Phantasie an, ihre Lust und die Feuchtigkeit zwischen ihren Schenkeln. ›Sklavin‹ gehörte ganz sicher dazu. Sie spürte gerade wieder einmal überdeutlich ihre größer werdende Geilheit.

Nachdem die Mahlzeit beendet war, befahl Paul Marie, sie solle in die Küche gehen, den Abwasch erledigen und anschließend ins Schlafzimmer kommen. Er würde dort auf sie warten. Schnell spülte Marie das Geschirr. Im Stehen spürte sie die Erregung deutlicher. Am liebsten hätte sie mit der Hand ihre Klitoris gerieben, wäre mit den Fingern über ihr feuchtes Geschlecht gefahren, hätte Erleichterung gesucht und – so wie sie sich kannte – auch schnell gefunden. Doch sie wollte, sie musste sich beherrschen; musste ihre Erregung aufheben für später, für die gemeinsame Entladung.

Draußen war es bereits dunkel. Marie öffnete das Küchenfenster. Ein leichter Wind. Sie atmete tief durch. Wie gut wäre es, wenn es bald regnen würde. Nachdem sie sich die Hände abgetrocknet und das Handtuch weggehängt hatte, ging sie ins Schlafzimmer. Die Tür stand halb offen. Ein sanfter Lichtschein fiel in den Flur. Bereits heute Nachmittag hatte Marie ein rotes Tuch über die Nachttischlampe gebreitet. Sie zögerte einen Augenblick, dann legte sie die Hand auf die Klinke und trat ein. Ganz unwillkürlich senkte sie den Blick. Das Bild, das sich ihr bot, war einfach zu schön:

Ihr Freund lag, noch in Kleidung, seitlich ausgestreckt auf dem breiten Bett. Auf der Kommode stand eine Schale mit Wasser und Schwimmkerzen. Paul hatte sie angezündet. Das weiche, schummerige Licht, in das der Raum getaucht war, assoziierte Marie immer mit Szenen aus einem Bordell Anfang des vorigen Jahrhunderts. Vielleicht gefiel es ihr gerade deswegen so gut?

Paul hielt sein Kinn auf die Hand gestützt. Eine Strähne dichten dunklen Haares fiel ihm in die Stirn. Er sah Marie an, registrierte jede ihrer Bewegungen beim Eintreten, ja betrachtete sie so intensiv, dass sie seine Blicke auf der Haut spüren konnte. Marie lehnte die Schlafzimmertür nur an, ging zum Bett und kniete davor. Paul strich ihr erst über die Haare, dann hielt er seine Hand an ihre Lippen. Sanft küsste Marie die dargebotenen Finger, umspielte mit der Zunge jedes einzelne Gelenk. Behutsam strich Paul über ihre Stirn und Wangen, fuhr mit einem Finger über ihre Nase und zog die Form der Augenbrauen nach.

»Zieh mich aus«, flüsterte er. Kniend öffnete Marie sein Hemd. Schließlich wies er sie an, zu ihm auf das Bett zu kommen. Marie setzte sich auf die Matratze und zog ihm das Kleidungsstück vom Körper. Wie gern hätte sie ihre Wange an seine Brust gelegt, aber das würde später kommen. Sie wusste, was Paul von seiner Lustsklavin erwartete.

Marie öffnete seinen Gürtel – ein schwerer Ledergürtel, der überhaupt nicht zu der feinen Stoffhose passte. Es fiel Marie leicht, den Grund für diesen Stilbruch zu erraten. Nachdem sie Hose und Slip von den Beinen ihres Freundes gestreift hatte, drehte er sich auf den Bauch.

»Massier mich«, wies er sie an. Marie stand auf und ging zur Kommode. In der obersten Schublade lag das Massageöl. Es duftete nach Moschus, Sandelholz und Patschuli. Marie kniete neben Paul auf der Matratze nieder. Sie öffnete die Flasche und verrieb ein wenig Öl zwischen ihren Händen. Sofort entfaltete sich ein intensiver Geruch. Sie entnahm noch ein wenig mehr und begann mit der Massage.

Zuerst knetete sie Pauls kräftigen und muskulösen Schulterbereich. Seine Haut war leicht gebräunt. Ihre Hände glitten über die ebenmäßige Haut und arbeiteten sich langsam zur Wirbelsäule und dem Nackenbereich vor. Paul stöhnte vor Wohlbehagen. Marie wusste genau, wie er es besonders gern mochte. Immer wieder fuhr sie mit festem Druck seine Wirbelsäule bis zu den Lenden hinunter. Anschließend begann sie, die Schulterpartie erneut zu bearbeiten. Obwohl Marie ihn nicht am Geschlecht berührte, wurde Pauls Schwanz während der Massage steif und hart. Ein Phallus von veritabler Größe.

»Es reicht.« Mit diesen Worten beendete Paul die Bemühungen seiner Freundin. Er setzte sich aufrecht im Lotus-Sitz auf die Matratze. »Zieh dich aus.«

Ein warmer Unterton nahm dem Befehl die Härte. Marie stand auf. Sie entfernte sich einige Schritte vom Bettgestell und schlüpfte aus den Pantöffelchen. Ihr Kleid konnte sie mit einer einzigen Bewegung über den Kopf ziehen. Sie warf es nachlässig über das Bettgestell. »Mach das ordentlich«, sagte Paul. Seine Stimme klang eine Spur kühler. Marie errötete. Sie griff nach dem Kleid, strich es glatt und legte es sorgfältig auf den kleinen Sessel neben dem Fenster. Sie hatte das Bett dafür einmal umrunden müssen. Sie warf einen schnellen Blick in den Spiegel. Früher hatte es sie große Überwindung gekostet, sich nackt zu präsentieren. Das Gefühl der Scham war stärker gewesen als das der Erregung. Inzwischen hatte sich das geändert, ein Rest Unsicherheit jedoch war geblieben. Marie trat wieder vor ihren Freund hin.

»Du bist so schön«, sagte er. »Es kostet mich viel Beherrschung, hier zu liegen und dich nur zu betrachten. Umso stärker sollst du später spüren, dass du mir gehörst.«

Es gab nichts, was sie in diesem Moment lieber gehört hätte. »Dreh dich, Marie. Dreh dich einmal um. Ich möchte dich von allen Seiten sehen.«

Marie tat, wie ihr geheißen. Langsam drehte sie sich um sich selbst. Unaufgefordert hob sie die Arme, um einen ungehinderten Blick auf ihre Brust zu gewähren.

»Da fehlt noch was«, sagte Paul. »Öffne die untere Schublade der Kommode und bring mir, was du dort findest.« Was jetzt kommen würde, war für Marie beinahe das Schönste an einem solchen Ausflug in die Welt ihrer beider Phantasien und Träume. In der unteren Schublade lagen die Hand- und Fußfesseln aus Leder, außerdem das Halsband. Der Akt des Anlegens vervollständigte und untermalte ihre Verwandlung von der Studentin zur gehorsamen Dienerin. Auf Knien bot sie Paul den gebeugten Nacken dar, der ihr daraufhin das Halsband und anschließend auch alle übrigen Manschetten umschnallte.

Kurz darauf lag sie an Pauls Stelle auf dem Bett: Auf dem Bauch, alle Glieder weit von sich gestreckt, wehrlos an die Pfosten gefesselt. Ihr Gesicht hatte sie seitlich auf eine Wange gebettet. Sie sah zu Paul in die Höhe. Er hielt die Hände hinter dem Rücken und lächelte sein ganz besonderes, eigenes Paul-Lächeln, spöttisch und ironisch, doch zugleich gewinnend, wie Marie es bei keinem anderen Menschen je beobachtet hatte. Er verbarg etwas hinter seinem Rücken. Da war sie sich plötzlich ganz sicher. Paul kam näher. Er schob seinen Körper auf die Matratze. Nun sah Marie, was er in der Hand hielt. Ein schwarzes Tuch. Bisher hatte er ihr nie die Augen verbunden. Er hatte es schon einmal versucht – vor etwa einem Jahr –, doch Marie hatte es nicht zulassen wollen. Sie war damals noch nicht so weit. Doch jetzt registrierte sie erstaunt, dass ihre Abwehr verschwunden war. Tatsächlich fühlte sie jetzt Neugierde und prickelnde Spannung angesichts der Herausforderung. »Ich möchte dir dieses Tuch umlegen, Marie. Ich möchte dir helfen, dich ganz und gar fallen zu lassen. Bitte vertrau mir.« Paul flüsterte die Worte fast. Marie antwortete: »Tu es. Ich wünsche es mir jetzt auch.« Und als Paul die Binde über ihre Augen legte, da war diese Geste der Ausdruck für etwas ganz anderes, ein intensives Gefühl der Nähe und Verbundenheit, der gemeinsamen Entwicklung und des Wachsens an- und mit- und füreinander.

Marie spürte ihren Körper sofort auf bisher unbekannte Weise. Jede Berührung – zum Beispiel Pauls Hand, die jetzt auf ihrer Schulter lag – potenzierte sich in ihrer Intensität um ein neuartiges und unerwartetes Vielfaches.

»Warte einen Moment, meine Süße, ich komme sofort wieder.«

Paul stand auf und verließ den Raum. Jede Andeutung eines Geräuschs erschien Marie bei verbundenen Augen unfassbar laut zu sein. Sie hörte sich atmen und fühlte den Schlag ihres Herzens. Wie lange würde Paul sie warten lassen?

Doch nach wenigen Augenblicken war er bereits wieder da. Das Geräusch eines Reißverschlusses zerriss die Stille. Marie zuckte zusammen. Hatte Paul eine Tasche geöffnet? Plötzlich spürte sie eine sanfte Berührung am Rückgrat. Ein Streicheln, so sanft, dass es von einer Hand nicht kommen konnte.

»Na, was meinst du?«, wisperte Paul eindringlich. »Was ist das?«

»Ich ... Ich weiß es nicht.«

»Du weißt es nicht? Na komm, rate. Gib dir Mühe. Jede falsche Antwort gibt einen Punkt. Und was das zu bedeuten hat, das kannst du dir sicher denken.«

Ja, das konnte Marie in der Tat. Augenblicklich schwoll ihre Klitoris an. Sie begann, ihr Becken an der Matratze zu reiben. Paul kniff sie in den Hintern. »Na, was soll das denn? Das kommt später. Und wenn du dir keine Mühe gibst, dann kann das auch sehr viel später werden.«

Marie überlegte. Was konnte das sein? Federleicht strich dieses Ding über ihre Haut. Federleicht? Natürlich! Fast hätte Marie gelacht. Eine Feder! Doch sie zögerte einen Moment. Sie wollte es nachher nicht zu leicht haben.

»Vielleicht ...«, sie zog das Wort in die Länge. »Vielleicht Watte? Ein Wattebausch.«

»Falsch, meine Süße. Aber das macht nichts, je länger du im Dunkeln tappst, umso mehr habe ich später meinen Spaß.«

Und ich erst!, dachte Marie.

Nachdem sie noch auf Fell, Seide, Papier und einen Pinsel getippt hatte – Pauls ›Nein‹ hatte jedes Mal eine Spur amüsierter geklungen –, sprach sie es endlich aus: »Eine Feder. Ich bin sicher, es ist eine Feder.« – »Bravo, mein Schatz. Wenn du jedes Mal so lange brauchst, dann wirst du nachher einiges auszuhalten haben. Er tätschelte vielsagend ihren Hintern. Marie konnte sein Grinsen fast hören.

Nachdem sie die Kälte von Steinen, das Kratzen einer Gabel und noch verschiedene andere Reize auf ihrem Rücken, dem Po, den Schenkeln – und ebenso dazwischen – identifiziert hatte, legte Paul die Gegenstände beiseite. Maries Körper war durch die vielen Sensationen sehr wach geworden. Ihre Erregung hatte stetig zugenommen. Zwischen ihren Beinen schien es zu triefen. Sie spürte einen pulsierenden Druck in der Klitoris. Was hätte sie dafür gegeben, jetzt ihre Hände zu Hilfe nehmen zu können!

Paul betrachtete schweigend den ihm ausgelieferten Körper. Nahezu jedes Mal im Verlauf ihrer Spiele gab es einen Augenblick, in dem er sein Glück kaum fassen konnte: Er hatte eine wunderbare, intelligente und attraktive Freundin, die darüber hinaus seine erotischen Leidenschaften teilte. Was für ein unfassbares Geschenk! In den kurzlebigen Verbindungen, die er vor der Beziehung zu Marie eingegangen war, hatte er seine wahren erotischen Bedürfnisse – stets mit schlechtem Gewissen – außerhalb der Partnerschaften befriedigt. Doch da hatten wiederum Liebe und Nähe gefehlt. Manchmal hatte Paul geglaubt, bis in alle

Ewigkeit zu solch einem Doppelleben verdammt zu sein. Nachdem er Marie kennengelernt hatte, sah er, dass es nur einen Weg gab: Er musste sich zu seinen Leidenschaften bekennen. Denn Marie war ihm zu wichtig, als dass er sich mit dem bequemen Arrangement der Vorzeit hätte begnügen wollen.

Während dieser kleinen Pause war Marie sichtlich nervös geworden. Immer heftiger pochte es im Kitzler. Paul streichelte sanft über ihren Po.

»Da ist so manches zusammengekommen, meine Kleine. Und du hast noch alles vor dir. Ich könnte dich sofort erlösen, dir für jede falsche Antwort einen Hieb überziehen, und in paar Minuten wäre alles vorbei. Und dann würde ich endlich meinen Schwanz in deine kleine geile Möse stecken. Aber so leicht sollst du es heute nicht haben. Ich werde dich schlagen, aber nicht sofort. Ich will dich warten lassen. Und währenddessen wirst du ganz sicher an nichts anderes denken als an das Bevorstehende.« Zur Erinnerung legte er seinen Gürtel über Maries Lenden.

Das Leder wog bleischwer für Marie, deren ganzer Körper nur noch dem Kommenden entgegenfieberte. Zum einen fürchtete sie den Schmerz. Zum anderen sehnte sie ihn herbei, sehnte ihn herbei als Erlösung für ihren inzwischen vor Geilheit vibrierenden Körper. Sie wollte schreien, sie wollte sich winden, ihre Anspannung lösen und ihre Lust herausschreien dürfen. Sie sehnte sich nach Pauls nacktem Körper, der sich an ihrem rieb, nach Fleisch, das in gemeinsamer Ekstase auf ihr Fleisch klatschte und nach einem dicken, langen Schwanz in ihrer begierigen Möse.

Paul saß auf dem Bett. Die Federn der Matratze gaben hin und wieder ein Geräusch von sich. Er hörte Maries leicht unregelmäßige Atemzüge und sah ihr zitterndes Fleisch. Sollte er sie erlösen? Nein, jetzt noch nicht, entschied er. Zu reizvoll das Bewusstsein der Macht, der Willkür, der Entscheidungsgewalt. Maries Arme waren schon gebräunt von der Sonne dieses frühen

Sommers. Ebenso ihre Schultern, der obere Bereich ihres Rückens. Ihr Po und ihre Schenkel waren noch blass. Ohnehin war Marie ein heller Teint zu eigen, verbunden mit einer Neigung zu Sommersprossen. So ließ sich ihr Körper leicht mit Spuren versehen, die auch meist noch lange vorhielten.

Paul stand auf. Er ging in die Küche und trank noch einen Schluck Wein. Seine Erektion wurde langsam unerträglich. »Wer ist hier eigentlich der Gequälte?«, dachte er. Die Fenster im Haus gegenüber waren dunkel. Erst jetzt wurde Paul bewusst, dass er splitternackt am Fenster stand. Vorhänge hatten sie nicht.

Aus dem Schlafzimmer drang kein Laut. Marie schien die Augenbinde zu akzeptieren. Als Paul wieder bei ihr war, setzte er sich neben seine Gespielin und begann, sie zu streicheln.

»Stell dir vor«, sagte er, »wie weh ich dir gleich mit dem Gürtel tun werde. Stell dir vor, wie es dich zeichnen wird. Ich werde fest zuschlagen. Man wir es sehen. Auch morgen noch.« Marie stellte sich den Schmerz vor – das schon lang bekannte heftige Brennen – und die breiten roten Streifen. Wie viel Zeit mochte inzwischen vergangen sein? Minuten? Eine Viertelstunde? Eine halbe Stunde? Marie wusste es nicht. Auf einmal nahm Paul den Gürtel von ihrem Po. Maries Körper spannte sich sichtbar. Ihr Freund legte den Lederriemen wieder zurück.

»Sei nicht so gierig«, sagte er. »Du bekommst schon noch, wonach du offensichtlich verlangst. Und zwar genau ...« Er brach ab. Und setzte erneut an: »... genau jetzt.« Er schlug mit dem Gürtel scharf durch die Luft und ließ ihn knapp neben seiner Freundin auf die Matratze niedersausen. Marie fuhr zusammen. Sie gab einen Laut des Schreckens von sich.

Paul tätschelte beruhigend ihren Hintern. Doch dann änderte er seine Position und presste mit der linken Hand Maries Rückgrat auf die Matratze. Ihr war klar, dass es jetzt ernst wurde. Paul legte den Gürtel doppelt. So würde er fester schlagen und zudem punktgenau treffen können. Er hatte vorhin zweiundzwanzig falsche Antworten gezählt. Für jede einzelne würde er den Gürtel einmal über Maries Fleisch ziehen. Zweiundzwanzig feste Hiebe. Er schlug zu. Ruhig und wohldosiert, aber fest. Einmal, zweimal, zehnmal, zweiundzwanzigmal. Bei manchen besonders harten Schlägen wimmerte sie leise, schrie jedoch nicht. Sie bat auch nicht um Gnade. Im Gegenteil. Paul hatte den Eindruck, dass sie ihm ihr wohlgeformtes Hinterteil noch extra entgegenstreckte. In die letzten drei Schläge legte er all seine Kraft. Marie zog die Luft scharf zwischen den Zähnen ein. Doch sie rührte sich nicht, versuchte nicht, sich zu winden und zu drehen. Eisern präsentierte sie ihre Rundungen bis zum letzten Hieb. Dann fiel die Spannung ihres Körpers in sich zusammen. Sie atmete hörbar. Ihr Freund hatte ihr doch einiges abverlangt. Paul legte den Gürtel zur Seite. Er schloss Marie von hinten in die Arme, so gut, wie die Fesseln es eben zuließen. Er küsste sie in den Nacken, in ihren Haarschopf. Er küsste ihren gesamten Körper.

»Meine Tapfere«, sagte er, »meine großartige tapfere Freundin und Sklavin. Ich bin sehr stolz auf dich.«

Er löste die Fesseln. Marie drehte sich auf den Rücken. Paul kniete über ihr. Sie schlang die Arme um seinen Hals und zog seinen Oberkörper zu sich herunter. Sie presste ihn an sich und hielt ihn ganz fest.

»Fick mich«, flüsterte sie ihm heiser ins Ohr. »Bitte fick mich.« Paul drang mit seinem harten Schwanz in ihre feuchte Möse. Endlich, endlich, endlich! Er packte ihre Arme und hielt sie mit seinen Händen auf dem Bett fest. Er stieß hart zu. Die ausgedehnten Rituale, das lange Warten, die Hitze hatten auch bei ihm zu einer Ballung der Wollust geführt, die sich jetzt explosionsartig entlud. Beide stöhnten, ächzten, schrien im synchronen Höhepunkt.

Paul zog sein Glied nicht sofort heraus. Erschöpft lag er auf seiner Freundin. Schließlich küsste er sie zärtlich und lange auf den Mund, bevor er von ihr rollte und die beiseite geräumte Decke holte. Wieder küsste er Marie und schloss sie in die Arme. Sie roch nach feuchtem Gras, nach Erde und ein bisschen nach Meer. »Ich liebe dich«, sagte er. »Und ich liebe dich«, antwortete sie. Müde und zufrieden schliefen sie bald darauf ein.

Die Sonne ist gewandert. Heiß brennt es Marie auf den Scheitel. Wie lange hat sie hier gesessen und geträumt? Wenn sie sich jetzt nicht endlich ins Wasser stürzt, dann wird das heute nichts mehr mit der Erfrischung. Langsam steht sie auf und dreht sich verstohlen nach ihrer lädierten Hinterseite um. Natürlich hat sich seit der letzten Begutachtung nichts geändert. Marie schlingt das Handtuch um ihre Hüften und geht zum Becken. Auf einer der Bänke daneben legt sie den Sichtschutz ab, nimmt Anlauf und springt mit einem gekonnten Kopfsprung ins Wasser.

Ein paar Bahnen Brustschwimmen, dann beginnt sie zu kraulen. Das war bereits in der Schule ihre Stärke. Mit beachtlicher Schnelligkeit absolviert sie eine Fünfzigmeterbahn nach der anderen. Irgendwann ist es genug. Schließlich muss sie auch noch ein ganzes Stück mit dem Rad fahren. Marie schwimmt zu der Stelle, an der ihr Handtuch wartet. Kraftvoll zieht sie sich aus dem Becken. Auch auf dem Rückweg zu ihrem Lager schützt sie der Frotteestoff vor fragenden Blicken. Oder vor Blicken, die Marie nur als fragend interpretieren würde?

Nachdem sie sich abgetrocknet, angezogen und das nasse Haar im Handtuch ausgedrückt hat, verlässt sie das Bad und geht zu ihrem Fahrrad. Sie verstaut die Tasche im Körbchen und schwingt sich in den Sattel. Die körperliche Anstrengung des Schwimmens hat ihr gutgetan. Nun fühlt sie sich bereit, den Rest des Nachmittags am Schreibtisch zu verbringen. Von Bilk bis Benrath. Von Benrath bis Bilk. Als sie beinahe zu Hause ist, fällt ihr der notwendige Einkauf ein. Sie hält vor dem kleinen arabischen Supermarkt. Hakima sitzt an der Kasse. Der Laden ist nicht voll. Aber Zeit, um ein paar Worte mit Marie zu wechseln, hat Hakima selbst samstagvormittags, wenn sich die Schlange an der Kasse durch den ganzen Laden zieht. Mit Tüten links und rechts an der Lenkstange biegt Marie endlich in die Brunnenstraße ein. Als sie den Schlüssel im Türschloss dreht, springt die Tür sofort auf. Offensichtlich ist Paul schon vor ihr nach Hause gekommen.

2. Kapitel

Wunsch und Wirklichkeit

Als Paul gegen halb drei nach Hause kommt, ist Marie nicht da. Hungrig öffnet er den Kühlschrank. Es gibt noch Pizza. Paul zögert. Vielleicht möchte Marie auch noch etwas davon essen? Schließlich macht er sich einen Salat und nimmt Brot aus dem Kasten. Im Kühlschrank steht auch noch Fruchtjoghurt. Alleine essen geht schnell. Paul spült flüchtig seinen Teller und das Besteck. Er muss noch eine Unterrichtseinheit für morgen vorbereiten. Später. Das Sofa ist bequem, doch leider zu kurz für Pauls lange Beine. Nachdenklich betrachtet er seine in die Luft gestreckten Füße.

Wie schön war es doch gestern Abend, denkt er. *Wir sollten viel öfter spielen. Wie selten ist es in der letzten Zeit dazu gekommen! Aber das ist ja auch immer mit ziemlich viel Aufwand verbunden.*

Seit Jahren hat sich bei ihren SM-Abenden (obwohl Paul das vor Marie natürlich nie so nennen würde) ein fester Ablauf etabliert. *Festgefahren*, denkt Paul jetzt. Könnte man die Grundsituation nicht auch einmal variieren? Es gibt doch so viele Möglichkeiten, so viele Gerätschaften und Spielzeuge, die sie noch nicht ausprobiert haben! Neulich hat Paul in einer kleinen Seitenstraße der Altstadt ein Geschäft für SM-Zubehör entdeckt. Da gab es alle möglichen Dinge, die ihn zum Ausprobieren gereizt hätten: Klammern, Knebel und Seile für die verschiedensten Fesselungen. Und in einem Fotoband hatte er ganz herrliche Aufnahmen gesehen: Das Modell war mit derben Hanfseilen gefesselt, ihr ganzer Oberkörper von einem Sturzbach aus Wachs bedeckt. Und erst ihr Blick dabei – so ruhig, natürlich und heiter: *Seht her, so bin ich!*

Es müsste, überlegt Paul auf dem Sofa, *es müsste eigentlich auch gar nicht immer so viel Drumherum veranstaltet werden. Klar, das hat schon was, aber wir könnten doch auch mal einfach nur spielen. Ganz spontan.*

Damals hatte es ihn sehr erstaunt, wie Marie auf seinen Brief reagiert hatte. Er hatte mit Ablehnung gerechnet, mit Argumenten, motiviert von einer sehr einseitigen Form des Feminismus, die er in mühsamer Überzeugungsarbeit würde aufweichen müssen, um vielleicht irgendwann in ferner Zukunft ein bisschen Handlungsspielraum zu erreichen. Aber es war vollkommen anders gekommen. Marie hatte ihn direkt nach dem Lesen seiner Aufzeichnungen angerufen. Sie war weder verärgert noch abgestoßen. Zwar bemerkte er eine gewisse Verunsicherung, aber auch ein großes Interesse, die Neugierde einer noch unerfahrenen jungen Frau, die seinen Phantasien offen und ohne Vorurteile gegenüberstand – wie übrigens allem anderen im Leben auch. Er hatte Erleichterung und Dankbarkeit empfunden. Und schon die ersten Spiele waren phantastisch gewesen. Marie hatte ihm durch ihr Verhalten gezeigt, dass sie das alles nicht nur ihm zuliebe tat. Sie selbst fand Gefallen daran, auch wenn sie immer wieder einmal mit Hemmungen kämpfte. Zum ersten Mal fiel für Paul ein befriedigendes Sexleben mit Liebe zusammen. Und aus dieser Addition ergab sich ein Gefühl, das fast zu stark für ihn war, das ihn umklammerte, ihn niederstreckte. So hatte es lange gedauert, bis Paul Empfindungen und Gedanken zulassen konnte, wie sie ihm jetzt auf der Couch zum ersten Mal in aller Deutlichkeit durch den Kopf gingen.

Natürlich könnte er einfach mit Marie darüber sprechen. Aber er hat Angst davor, beinahe mehr als damals. Denn jetzt stand viel mehr auf dem Spiel. Er will Marie auf keinen Fall verlieren, will keine schlechten, verderblichen Zwischentöne in ihre Beziehung gelangen lassen. Schließlich weiß er, wie sensibel Marie manchmal reagiert. Sie könnte denken, dass sie ihm nicht ausreichen würde; sie könnte denken, dass er die Spiele mit ihr nicht mehr genießen würde; sie könnte beginnen, ihm zu misstrauen und zu fürchten, dass er sich jenes Neue und Fremde anderswo holen könnte.

Paul hat bis heute den Eindruck, dass Marie eine leichte Unsicherheit – vielleicht auch Scham – nie aufgegeben hat. Die ausufernden Vorbereitungen, die Abgrenzung vom Alltag, geben ihr Halt und Sicherheit. SM ist Auszeit vom Gewöhnlichen. Zwar gehören diese Pausen in ihr Leben, aber eben nicht wirklich dazu. So kommt sie nicht in Konflikt mit ihrem Selbstverständnis als emanzipierter Frau.

Aber was ist der Preis der political correctness?, denkt Paul. Er seufzt. Er seufzt noch einmal, diesmal etwas tiefer. Denn auch er ist nicht frei von Unsicherheit und Zweifeln. Er hat die dominante Seite nicht so weit in sein Selbstbild integriert, als dass er Marie ruhig und absolut selbstverständlich führen könnte. Auf einmal wird ihm klar: Solange ihm die Sicherheit und vollkommene Überzeugung seines Tuns fehlt, wird er beides auch Marie nicht vermitteln können. Bewegten sie sich in einer Sackgasse? Oder eher in einem Teufelskreis?

Plötzlich erscheint ein Bild vor Pauls Augen: Er öffnet die Wohnungstür. Sie ist nicht verschlossen, Marie also zu Hause. Als sie ihn im Flur hört, kommt sie sofort aus dem Arbeitszimmer herbei. Als Erstes kniet sie vor ihm nieder. Er streicht ihr durchs Haar. Durch ihre wilden Locken. Er muss ihr nicht befehlen, ihm die Schuhe auszuziehen. Sie tut es von selbst – und sie tut es gern und ohne Schuld- oder Schamgefühle. Anschließend steht sie auf, gibt ihm lächelnd einen Kuss und setzt sich wieder an den Schreibtisch. Tausend kleine Möglichkeiten, sich den Alltag schöner zu machen, ihn durch Phantasie und Geilheit zu bereichern. Ach ja …

Ein Geräusch an der Tür. Marie betritt die Wohnung.

»Hallo«, ruft sie. »Du bist schon da?«

»Im Wohnzimmer.«

Marie bringt die Einkaufstüten in die Küche, dann schaut sie um den Türrahmen zu Paul hinein.

»So spät ist es schon!«

Sie lacht. »Ich war im Schwimmbad. Hab komplett die Zeit vergessen. Aber ans Einkaufen habe ich noch gedacht. Obst, Saft, Eis – alles wieder da.«

»Eis? Phantastisch! Marie, mein Schatz, wie wäre es, wenn du mir jetzt ein großes Eis bringen und meine Füße massieren würdest? Das wäre doch zu schön, oder?«

Einen Moment lang zögert Marie. Doch dann schüttelt sie mit einem feinen Lächeln den Kopf.

»Tut mir leid, aber ich muss jetzt ganz dringend an den Schreibtisch. Essen wir heute Abend zusammen? Bist du zu Hause?«

»Ja, das bin ich. Und eigentlich ist Schreibtisch nicht falsch. Ich habe für morgen noch etwas zu tun.«

Zum Abendessen schmeckt die Pizza aufgewärmt fast noch besser als am Vortag.

»Tja, die verschiedenen Geschmacksnuancen haben sich jetzt eben noch intensiver verbunden«, überlegt Marie laut.

Paul entgegnet: »Möglicherweise liegt es aber auch einfach daran, dass wir uns jetzt mehr auf die Mahlzeit konzentrieren. Gestern hatten wir ja wohl beide anderes im Kopf, oder?«

Statt einer Antwort beißt Marie herzhaft in ihr Stück. Am vorigen Abend hatten sie mit Messer und Gabel gegessen.

»Es war so schön«, sagt Paul, »und du warst so tapfer. Wie war es für dich mit verbundenen Augen?«

Marie nickt. »Gut.« Sie errötet, holt Luft und setzt erneut an: »Ach …«

»Ja?«

»Hast du eigentlich gesehen, wie schön ich unser Bild im Flur aufgehängt habe?«

»Oh ja, das ist mir gleich beim Reinkommen aufgefallen. Die Stelle ist optimal. Da kommt die Fotografie sehr gut zur Geltung. Wir müssten ohnehin mal einige Dinge in dieser Richtung erledigen. Zum Beispiel in der Küche die Wandborde andübeln, die wir beim Einzug für die Gewürzsammlung gekauft haben. Na ja, all diese Sachen eben. Da steht noch einiges im Keller.«

Plötzlich grinst er: »Außerdem wäre im Schlafzimmer der eine oder andere Haken ganz nett. Dann könnte ich dich auch mal anderswo festbinden.«

Marie schiebt mit ihrem Messer die Krümel auf dem Teller zusammen. Sie lächelt, antwortet aber nicht.

»Weißt du was?«, beginnt sie nach einer längeren Pause. Paul sieht von seinem Teller auf. Marie spricht weiter: »Also, in letzter Zeit habe ich mir manchmal darüber Gedanken gemacht, dass wir ja wohl nicht die Einzigen auf der Welt sind, die solche ... na ja, eben solche Sachen machen. Und mich würde schon sehr interessieren, wie andere Paare es umsetzen und damit umgehen. Was die so für Techniken verwenden. Und wie deren Beziehungen aussehen. Beschäftigt dich das auch manchmal?«

»Hm, nein, eigentlich nicht. Also, wir haben Sex, und den schmücken wir eben etwas aus. Das hat doch eigentlich nur mit uns zu tun. Die anderen sind doch egal.«

Sowie Paul diese Sätze ausgesprochen hat, da weiß er auch schon, dass das absoluter Unsinn ist und er zudem Marie unfair behandelt hat: Er hat ihr Interesse als unberechtigt abgetan und ihr beinahe – da fehlte nicht mehr viel – aufdringliche Neugierde unterstellt. Marie fühlt sich durch seine Reaktion verletzt, das sieht er an ihrem Gesichtsausdruck. Hatte er sich eben allein auf dem Sofa nicht noch darüber mokiert, dass seine Partnerin nicht wandlungsfähig, experimentierfreudig genug sei? Nun äußert Marie spontan Interesse an neuen Eindrücken – und was tut er? Er würgt sie mit einem lapidaren Kommentar ab. Wie konnte er nur?

Vielleicht ist seine Freundin mutiger, als er dachte? Wer weiß, was sie über ihre gemeinsamen Spiele denkt? Möglicherweise wäre sie auch gern einmal Sklavin, ohne vorher stundenlang zu kochen? Ist in Wahrheit sie die Vorwärtsdrängende, und er hat Angst? Wartet sie nur auf ein Signal von ihm? Schließlich ist er der Herr! Wenn Paul sich selbst gegenüber aufrichtig ist, dann hätte er sich schon gern als der Wagemutige gefühlt und auf Marie die undankbare Eigenschaft der Verklemmtheit abgeschoben. Aber eventuell ist es genau umgekehrt, und das Problem liegt vor allem bei ihm? Paul wird plötzlich leicht schwindelig. Er fühlt Maries Blick auf sich ruhen.

»Was hast du?«, fragt Marie erstaunt. »Du bist auf einmal ganz weiß im Gesicht.«

»Ach, es ist nichts, es geht schon wieder.«

»Marie, ich wollte dir sagen …«, er bricht ab.

»Ja?«

»Also ich wollte dir sagen … na ja, in sechs Wochen beginnen die Schulferien, Mitte Juli. Und wir hatten doch geplant zu verreisen. Ich glaube, da müssten wir langsam mal etwas buchen, sonst wird das nichts mehr.« Marie schweigt und kratzt sich am Ohr. War ja klar, dass Paul wieder darauf zurückkommen würde. Beim letzten Mal hatte sie ihn auf später vertröstet. Wenn sie einmal ganz ehrlich ist, dann hat sie gar keine Lust zu verreisen. Aber sie kann auch nachvollziehen, dass Paul einmal raus will. Allein schon wegen Frau Söderbaum.

»Wie gefällt dir denn Formentera? Hast du es dir im Reisekatalog angesehen?«

Das hatte Marie nicht.

»Wir könnten dort zelten – das wäre dann auch ganz billig – und viel mit dem Rad fahren.«

»Rad fahren gern, zelten niemals!« So lautet Maries knappe Antwort.

»Na ja, wie wäre denn diese Sache mit der privaten Unterbringung auf Korfu? Da zelten wir nicht, und es ist genauso preiswert.«

»Ja, aber da lernen wir doch überhaupt keine Leute kennen. Da sitzen wir bei einer Familie, und zu essen gibt es nur Moussaka mit Retsina. Und wenn wir nach Hause kommen, sind wir krank.«

»Oh, Marie, du bist wirklich furchtbar! Dir passt aber auch gar nichts. Mach doch auch mal einen Vorschlag.«

»Wir fahren auf den Bauernhof meiner Oma.«

»Aber deine Oma hat doch gar keinen Bauernhof.«

»Na eben.«

Paul greift sich an den Kopf. Momentan ist da wohl wenig zu machen. Er atmet tief durch. Gegen das, was er täglich in der Schule erlebt, ist so was gar nichts. Wenn man Marie in Ruhe lässt, dann kommt sie immer wieder zur Vernunft, das weiß er aus Erfahrung.

»O.K.«, sagt er und will damit das anstrengende Thema beenden. »Dann zähl einfach deine Kriterien für einen möglichen Urlaubsort auf. Ich gucke in den nächsten Tagen noch mal im Internet, und dann können wir wieder drüber sprechen.«

Marie feuert ihre Antworten wie Schüsse in den Raum:

»Erstens: nicht zelten. Zweitens: im Meer baden. Drittens: Leute kennenlernen. Und viertens: Es soll nicht so heiß sein, damit man auch mal etwas unternehmen kann – das heißt, etwas anderes als immer nur Sonnenbaden.«

»Na«, sagt Paul, »da wird sich doch wohl eine Möglichkeit finden lassen.«

3. Kapitel

Heureka!

Wochenende, endlich! Während des ausgedehnten Samstagsfrühstücks schrillt das Telefon. Paul nimmt ab.

»Guten Morgen, Frau Söderbaum. Ja, ich habe ... nein ... also wirklich, ich garantiere Ihnen ...«

Entnervt verdreht Marie die Augen. Vielleicht wäre eine Reise doch nicht so schlecht.

Nachdem Paul die Mutter beschwichtigt und sich wieder an den Tisch gesetzt hat, erklärt Marie, sie wolle heute unbedingt ihren Großvater besuchen, es sei schon peinlich, wie lange sie das vor sich hergeschoben habe.

»O.K.«, antwortet Paul, »vielleicht werde ich in der Zeit eine Tour mit dem Rad machen.«

Sie räumen gemeinsam den Tisch ab. Abwaschen. Abtrocknen. Fertig. Bald darauf verlässt Marie das Haus. Paul hatte versprochen, dieses Wochenende die Wohnung zu saugen. Als er damit fertig ist, wirft er einen Blick aus dem Fenster. Der Himmel ist ganz dunkel geworden. Auf der Scheibe sieht man bereits die ersten Regentropfen. Es hat wenig Sinn, sich jetzt mit dem Fahrrad auf den Weg zu machen. Der Regen scheint eher stärker zu werden. Tatsächlich, nun geht es so richtig los! Für einen Moment ärgert sich Paul. Aber dann fällt ihm ein, dass er so in Ruhe noch einmal im Internet nach möglichen Urlaubszielen suchen könnte – und zwar ohne Maries Kommentare im Hintergrund.

Mit einem Becher Kaffee setzt er sich vor sein Notebook. Wenn nicht zelten, dann vielleicht ein Hostel? Da lernt man bestimmt sehr einfach Leute kennen. Und wenn nicht so heiß, dann vielleicht die Schweiz? Da könnte Marie dann gleich einmal nach den Bankkonten ihrer Familie ... Und der Lago Maggiore ist doch wirklich traumhaft, zwar nicht das Meer, aber immerhin ein riesengroßer See. Sogar Palmen gibt es dort. Er notiert die Kontaktdaten.

Aber gut – ein richtiger Strand ist natürlich noch etwas anderes. Nicht so heiß und Meer ... was kommt da eigentlich in Frage? Vielleicht Dänemark. Oder Bornholm? Rügen. Oder Holland? Paul sucht und schreibt auf. Nach einer Stunde hat er verschiedene Ziele notiert, die eigentlich alle verlockend klingen und zudem Maries Kriterien erfüllen.

Also, wenn da jetzt nichts dabei ist, überlegt er, *dann weiß ich auch nicht mehr weiter. Man könnte fast meinen, sie will überhaupt nicht wegfahren.*

Paul hat noch keine Lust, das Internet wieder zu verlassen. Er sieht sich verschiedene Tageszeitungen an. Er liest, doch ohne wirkliche Konzentration. Mit den Gedanken ist er bei dem letzten Gespräch, das er mit Marie zum Thema Urlaub geführt hat.

Vielleicht möchte sie tatsächlich nicht verreisen, überlegt er. *Dabei würde ihr ein bisschen Abstand vom Lernstress sicher guttun.*

Und dann geht ihm noch einmal durch den Kopf, was er seitdem erfolgreich verdrängt hat: die Äußerung seiner Freundin zu den anderen SMlern, deren Beziehungen und ihrem Interesse daran. Plötzlich kommt Paul eine Idee: Er gibt ›Sadomasochismus‹ als Stichwort in die Suchmaschine ein und erhält eine ungefähre Trefferquote von 291 000.

Paul reißt die Augen auf. Er kann es kaum glauben. Damit hätte er nie gerechnet: 291 000! Eine ganze Welt. Und er steht am Einlasstor. Soll er eintreten? Oder soll er es lieber bleiben lassen? Denn eigentlich ist es doch Zeitverschwendung. Ein kurzes Ringen mit sich selbst, dann klickt er auf die Homepage einer Community: love-and-submission.de – das klingt doch eigentlich gar nicht so schlecht. Das Portal öffnet sich. *Nur einmal kurz gucken*, denkt Paul.

Zwei Stunden später lehnt er sich erschöpft im Schreibtischsessel zurück. Seine Augen brennen vom Auf-den-Bildschirm-Starren. Nie hätte er gedacht, dass es so etwas gibt: Menschen, die im Internet über ihren Sex, ihre Partnerschaften, ihre Liebe so offen diskutieren, als wäre hiermit nicht das Private schlechthin berührt. Und Menschen, die ohne jegliche Anonymisierung nach anderen Menschen suchen, mit denen sie hemmungslos die seltsamsten Phantasien ausleben können. Diskussionen über Sex- und Körpertechniken, die alles sprengen, was Paul bisher für möglich gehalten hatte. Und Beziehungsformen jenseits der traditionellen Zweisamkeit, Polyamorie und immer wieder die Frage nach dem Verhältnis von SM und Alltag. Manche – ja viele sogar – schienen das gar nicht voneinander zu trennen. Oder zumindest nicht so eindeutig.

Paul hat viele Personenprofile gelesen, hat sich – falls angegeben – das Profil des Partners angesehen, außerdem eine Flut von Bildern und Unmengen an Statements. Nun fühlt er sich erschöpft, nahezu körperlich ausgelaugt, überrollt von den vielen Eindrücken und Informationen. Doch die Übersättigung lässt immer noch genug Raum, um eines klar zu registrieren: Erstaunen. Grenzenloses Erstaunen. Zum einen darüber, dass so viele Menschen hier ihr Innerstes nach außen kehren. Zum anderen jedoch – und das ist der wesentliche Punkt – darüber, dass diese Menschen in der Mehrheit weder kontaktgestört, noch primitiv, langweilig oder hässlich zu sein scheinen. Im Gegenteil. Die meisten wirken genauso normal wie er und seine Freundin.

Aber, denkt Paul, *was um Himmels willen ist schon normal?*

Bevor er endlich die Community-Seite verlassen will, klickt er noch auf den Button ›Links‹. Hier noch einmal schnell gucken, und dann aber wirklich raus aus dem Netz! Seine Augen fahren die Liste hinunter – und bleiben ganz plötzlich stehen. Was ist das? Paul navigiert auf die Homepage. Unwillkürlich lacht er auf. Das gibt es doch nicht! Eine Ferienkolonie für Sadomasochisten. Unglaublich!

Die Seite hat zunächst erst mal überhaupt nichts Sadomasochistisches an sich. Bilder von kleinen Bungalows, Bilder von größeren Bungalows, Bilder von einem Zeltplatz. Sie kann in fast allen europäischen Sprachen abgerufen werden; die Kolonie scheint in den Niederlanden zu sein. Ja, richtig, da steht's: Ein kleiner Ort am Meer. Paul klickt auf die Option »Wir über uns«. Hier findet man kurz gefasst die Philosophie der Betreiber:

»Ferien mit Gleichgesinnten verbringen. So sein, wie man wirklich ist. Sich wahrhaft entspannen, da nichts verborgen werden muss. Man selbst sein. Die Natur genießen. Ausflüge in die Umgebung. Gemeinsam an den Strand. Workshops. Neue Techniken lernen und Erfahrungen machen. Phantasien gemeinsam umsetzen. Partys feiern. Menschen kennenlernen, Freunde gewinnen, Mitspieler finden – und vielleicht sogar den Traumpartner oder die Traumpartnerin.«

Also erstens, denkt Paul, *meine Traumpartnerin, die hab ich schon, und Sex ist zu zweit am schönsten. Denn SM ist doch Sex! Und nichts anderes! Verbergen muss ich auch so nichts. Und ich bin genauso, wie ich wirklich bin. Wie denn sonst? Glauben die vielleicht, SM würde die Essenz meines Wesens, den eigentlichen Kern, ausmachen? Oder von anderen Menschen? Also, wenn das bei anderen so ist, dann tun die mir wirklich leid! Das sind dann einseitige Spinner, die ich gar nicht kennenlernen will.*

Doch gleichzeitig drängt die neue Erkenntnis in Pauls Bewusstsein. *Das waren auch alles Vorurteile*, überlegt er. *Und mal ehrlich: Wenn Marie mir jetzt wirklich ab und zu beim Heimkommen einfach so die Schuhe ausziehen und ein Eis servieren würde, dann wäre das geil – aber trotzdem kein Sex.*

Paul klickt die Fotogalerie an. Doch, dieses große massive Holzkreuz im Freien und daneben die martialische Folterbank aus dicken Balken – das hat schon was. Ein Abenteuerspielplatz für Erwachsene. Plötzlich sieht er in seiner Vorstellung Marie – nackt ans Holzkreuz gefesselt, mit nach oben gebundenen Armen den Körper bis zum Äußersten gestreckt. Die zarte Haut reibt sich an dem morschen Holz ... Er merkt, wie ihm heiß wird.

Viele Fotos wirken eher wie vom evangelischen Kirchentag. Menschen sitzen gemeinsam beim Essen auf Holzbänken unter freiem Himmel. Zwei lachende Frauen, die bunte Bälle jonglieren. Eine etwa zehnköpfige Gruppe, die sich an den Händen hält und gemeinsam ins Meer rennt. Die Sonne. Das spritzende Wasser. Aber dann – endlich: Menschen in Latexkleidung, ein kopfüber an einem Baum aufgehängter Mann und – Paul traut seinen Augen nicht – eine junge Frau, als Pony verkleidet und vor einen Sulky gespannt. Darin ihr Herr, in Leder und mit Peitsche. Bilder von fröhlich lachenden Menschen, die alles andere als unsympathisch aussehen.

Im virtuellen Gästebuch liest er die verschiedensten Einträge: »Ich knutsch euch alle, das waren die geilsten Ferien meines Lebens!!! Susanne aus Aachen«, »Es war ein rundum gelungener Aufenthalt, der Bungalow war gemütlich, die anderen Besucher klasse, der Ort schnuckelig, und bei den Workshops haben wir viel gelernt. Wir kommen wieder! Michael und Mathilda, Wien«, »Seit unserem Aufenthalt ist SM zum selbstverständlichen Bestandteil unseres Lebens geworden. Das Vorbild anderer Paare hat uns sehr geholfen, Schamgefühle und Außenseiterängste zu überwinden. Unsere Beziehung ist seitdem eine andere. Tim und Merle, Cottbus. P.S.: Wir grüßen Theresa, Annika und Peter. Ihr seid die Besten!«

Kein Zelt, Kontakte, Meer und nicht heiß – auf einmal kommt Paul eine Idee: In zehn Tagen ist Maries Geburtstag. Ein Geschenk hat er noch nicht. Wie wäre es, wenn er ihr eine Reise nach Ahrenshoop schenken würde? Zwar wird das nicht ganz billig, doch er bekommt jetzt schließlich ein festes Gehalt.

»Mich würde interessieren, wie andere Menschen es umsetzen und damit umgehen« – das waren doch Maries Worte. Und wenn diese anderen zum Teil ebenso verunsichert vor ihren Computern saßen wie Paul, dann konnte von dieser dubiosen Masse zumindest ein gewisser Prozentsatz so schlimm nicht sein.

Was soll's, denkt Paul, *Spinner gibt es immer und überall.*

Er erinnert sich an den Skiurlaub, den sie vor zwei Jahren gemacht haben. Und schlimmer konnte es einfach nicht mehr kommen! Kevin und Chantal aus dem Nebenzimmer ... Es schüttelt ihn, wenn er nur daran denkt.

Die Mailadresse des Camps ist schnell gefunden, und so stellt Paul die Anfrage, ob für die letzten beiden Juliwochen und die erste Augustwoche noch zwei Plätze frei wären. Im Bungalow wohlgemerkt.

4. Kapitel

Happy Birthday

Zwei Tage später – Marie ist gerade bei einer Freundin – kontrolliert Paul sein elektronisches Postfach. Tatsächlich, die Campleitung hat bereits geantwortet. Aufgeregt öffnet er die E-Mail. Wahnsinn! Eigentlich hatte er nicht geglaubt, dass es so kurzfristig noch klappen würde: Genau zu der Zeit, die er und Marie für eine Reise ins Auge gefasst hatten, sind noch zwei Plätze in einem Vier-Bett-Bungalow frei. Sie haben großes Glück gehabt: Ein anderes Paar ist abgesprungen. Sie würden voraussichtlich die ersten zwei Tage mit einem Hetero-Pärchen aus Frankfurt zusammenwohnen. Anschließend käme ein Ehepaar aus Berlin. Das Bad mit Dusche, kleine Küche mit Kochplatten ohne Ofen, dafür das Angebot, jeden Abend – und auch jeden Morgen – an einem gemeinsamen Essen teilzunehmen, was nur einen Bruchteil mehr kostet.

Das Schreiben klingt einladend und herzlich. Paul hat inzwischen richtig große Lust bekommen, seinen Urlaub in der Kolonie zu verbringen. Er klickt auf »Antworten« und will alles gleich festmachen. Doch dann zögert er. Er überlegt noch einmal. Würde Marie sich wirklich darüber freuen? Ist es in Ordnung, die Entscheidung so über ihren Kopf hinweg zu treffen? Doch gleichzeitig reizt ihn auch gerade das. Einmal den sexuellen Bereich überschreiten, einmal Dominanz im Alltag verwirklichen. Und nachdem Paul noch die angehängte pdf-Datei zu Zahlungs- und Rücktrittskonditionen genau gelesen hat, da ist er vollends überzeugt.

Aufgrund der großen Nachfrage ist ein kurzfristiger Reiserücktritt zu akzeptablen Konditionen möglich. Maries Geburtstag liegt in der zweiten Junihälfte. Da würde im Zweifelsfalle alles noch kündbar sein. Und so bucht Paul für die letzte Juliwoche und die ersten beiden Wochen des August. Vielleicht ist morgen schon die Bestätigung da? Und da er gerade schon am Computer sitzt: Zwei Bahnkarten nach Amsterdam und zurück nach Düsseldorf kommen noch dazu. Außerdem schreibt er ein paar Zeilen ans Camp wegen zweier Plätze in einem der Shuttle-Busse, die während der Hauptsaison zweimal täglich nach Ahrenshoop fahren. Das wird bestimmt der unterhaltsamste Teil der Fahrt. Paul stellt sich einen Bus voller Menschen vor, einige davon vielleicht seltsam, aber viele bestimmt interessant, sympathisch und in Ferienlaune. Am Abend des 24. Juli würden sie voraussichtlich in der Anlage eintreffen.

Im Camp des Wahnsinns, denkt Paul. Er grinst dabei. *Was uns wohl erwarten mag?*

Marie kommt erst sehr spät in der Nacht nach Hause. Paul liegt bereits im Bett. Kurz bevor er einschläft, legt sie sich zu ihm. Er fühlt, wie froh er ist, dass er sie vor dem Einschlafen noch einmal in die Arme schließen kann. Nichts ist wichtiger, als dass sie zusammen sind. Wenn Marie sich mit seiner Idee nicht anfreunden kann, dann würden sie eben nicht dorthin fahren.

Eigentlich sind auch Ferien am Unterbacher See nicht schlecht, überlegt Paul, *hier in Düsseldorf*.

Sie scheint wirklich sehr müde zu sein. Denn schon nach wenigen Minuten spürt Paul, dass sie eingeschlafen ist, hört ihre gleichmäßigen Atemzüge.

Du bist meine Freundin, denkt er, *meine Lebenspartnerin. Und das soll auch so bleiben*. Ihm geht die Zeile durch den Kopf, die er vor so vielen Jahren an Marie gerichtet hat:

»... denn nur wenn Du auch Spaß daran hast, könnte ich Freude und Befriedigung empfinden.«

Daran hat sich nichts geändert. Das ist sein letzter Gedanke dieses Tages.

Am anderen Morgen steht Marie mit ihm um halb sieben auf. Wenn es so heiß ist, tut sie das immer. So hat sie einen langen Vormittag zum Arbeiten, an dem die Temperaturen noch relativ erträglich sind.

»Sag mal, wolltest du nicht im Internet noch einmal nach Urlaubsmöglichkeiten gucken? Hast du schon etwas gefunden?«, fragt Marie.

»Wie, was?« Paul schreckt hoch. Er hatte bis eben kontemplativ in seinem Müsli gerührt. Seine Gedanken waren unter Maries Rock gekrochen und hatten es sich gerade zwischen ihren Beinen gemütlich gemacht.

»Äh, nein, also, das heißt, ich hatte bisher einfach noch keine Zeit, mich darum zu kümmern. Gerade jetzt, während der letzten Wochen vor den Ferien, habe ich noch unheimlich viel zu tun, stapelweise Arbeiten zu korrigieren, über mündliche Noten nachzudenken und außerdem …«

Marie unterbricht ihn: »Hey, ist ja gut. Das war doch jetzt gar nicht als Vorwurf gemeint, du brauchst dich nicht zu verteidigen. Ich wollte mich einfach nur mal erkundigen. Wir werden schon noch etwas finden, womit wir beide leben können, meinst du nicht auch?«

»Ja« sagt Paul. Er denkt: *Hoffentlich geht das gut. Hoffentlich liege ich nicht vollkommen daneben.*

»Ach, Marie, mir fällt da gerade noch etwas ein«, beginnt Paul kurz darauf.

»In der nächsten Woche ist doch am Donnerstag dein Geburtstag. Hast du schon Pläne? Wie möchtest du feiern?«

»Feiern? Ach, eigentlich habe ich gar keine richtige Lust zum Feiern. Ewig der Lernstress, irgendwie bin ich nicht so richtig in Stimmung. Das dauert zwar noch lange bis zum nächsten Prüfungstermin, aber da liegen so viele Bücher auf meinem Schreibtisch, ich habe einfach keine Lust. Außerdem: schon wieder ein

Jahr älter. Aber weißt du was? Ehrlich gesagt war ich bisher gar nicht so scharf aufs Verreisen, doch inzwischen glaube ich, dass wär eine ganz gute Idee. Mal raus aus der Stadt und nicht ewig nur an die Prüfung denken. Wenn wir bald buchen, dann klappt es bestimmt noch.«

Paul nickt. »Sicher. Ich geb mir Mühe. Aber jetzt muss ich dringend los. Bis später dann.«

Er küsst seine Freundin. Dann verlässt er die Wohnung.

In den nächsten Tagen versucht er immer wieder, Marie zu einer Geburtstagsfeier – wenigstens einer ganz kleinen – zu überreden. Es gefällt ihm nicht, dass Marie manchmal zu denken scheint, alles, was mit ihr zu tun hat, sei nicht so wichtig. Sie organisiert manchmal riesige Überraschungspartys für Freundinnen und feiert dann selbst nicht. Sie neigte dazu, sich beim Lernen zu überanstrengen, und erwartete stets das absolute Maximum von sich. Wenn sie eine gute Bewertung erhielt – für eine Prüfung oder eine Hausarbeit –, dann hatte sie Glück gehabt. Wenn es jedoch einmal nicht so gut gelaufen war, gab sie sich die volle Verantwortung für den Misserfolg: Sie hatte zu wenig gelernt, fand sich schlimmstenfalls unbegabt oder dumm. Kritik nahm sie sich sehr zu Herzen, jedes Lob hingegen verdächtigte sie der Schmeichelei. Doch in letzter Zeit dachte Paul manchmal, dass Marie selbstbewusster geworden war, den eigenen Bedürfnissen mehr Raum gab und sich nicht mehr ganz so für andere aufopferte. Das war gut. Er wollte sie auf diesem Weg bestärken. Und deshalb findet er es jetzt auch wichtig, dass sie daran denkt, sich selbst zu feiern. Er hatte sie zunächst nicht weiter bedrängt.

Es muss von ihr kommen, hatte er gedacht, *sie darf es nicht tun, weil ich es möchte.*

Außerdem: Wenn man Marie in Ruhe ließ, dann änderte sie ihre Meinung häufig von ganz allein. Und tatsächlich: Am folgenden Tag erklärt Marie, sie habe es sich noch einmal überlegt. Eigentlich sei eine kleine Party ganz nett. Am Samstag nach ihrem Geburtstag. Eine Cocktailparty mit ihren engeren und engsten Freundinnen und Freunden, ungefähr zehn Personen. Ein paar Getränke zum Mixen, ein paar Häppchen, und für den Fall, dass Lust dazu aufkommt, würde sie sich noch ein paar Spiele überlegen. Paul freut sich. Er bietet an, eine Einladung am Computer zu entwerfen und ein paar Kräcker zu backen. Er fiebert dem Geburtstag regelrecht entgegen und kann es kaum noch erwarten, Marie sein Geschenk zu präsentieren. Inzwischen hat er auch die Buchungsbestätigung bekommen sowie die genauen Zeiten für den Bustransfer. Alles läuft nach Plan. Nun zählt er die Tage.

Wenn er sich unbeobachtet fühlt, wälzt er Koch- und Backbücher nach geeigneten Tortenrezepten. Sechsundzwanzig rote Teelichter in Herzform hat er auch schon gekauft.

Hoffentlich lacht mich Marie nicht aus wegen dem Kitsch, denkt er. *Und Blumen? Was kommt da in Frage? Rosen? Zu gewöhnlich! Lilien? Die riechen nach Beerdigung! Nelken? Die wirken so billig.*

Aber er hat ja noch genug Zeit, um sich Gedanken zu machen. Es dauert schließlich noch so furchtbar lange.

Doch dann ist plötzlich Samstag. Das Wochenende vergeht ohnehin immer wie im Flug, und Montag, Dienstag, Mittwoch sind übervoll mit Schulstress und Geburtstagsvorbereitungen. Inzwischen gibt es allerdings ein Problem, das Paul nicht einkalkuliert hatte. Immer wieder fragt Marie nach seinen Internetrecherchen beziehungsweise nach deren Ergebnissen. Einmal wurde sie sogar fast böse.

Offensichtlich will sie jetzt unbedingt wegfahren, das ist natürlich schon mal gut, denkt Paul. Zuletzt behauptete er einfach, dass er Verschiedenes notiert hätte. Es wäre noch ganz viel frei – also keine Eile geboten. Am Freitag nach ihrem Geburtstag würde er ihr alles zeigen, dann hätte er genügend Zeit. Marie war damit zufrieden gewesen.

Paul hatte lange überlegt, in welcher Form er Marie sein Geschenk überreichen soll. Er hat dann eine Mappe gebastelt; eine Mappe mit schwarzem Umschlag und der Aufschrift *Für Marie.* Wenn Marie dann erstaunt das Deckblatt aufschlagen würde, dann käme da zunächst ein kleiner Brief mit Blumenranken drum herum. Zunächst das Übliche, Herzlichen Glückwunsch und so weiter, doch dann schließlich: *»(...) habe ich mich entschlossen, Dir eine Reise zu schenken. Eine ganz besondere Reise. Deine Worte neulich (weißt Du, welche ich meine?) haben mir mehr zu denken gegeben, als Du in diesem Moment ahnen konntest. Ich bin zu dieser Gelegenheit im Gespräch nicht auf Dich eingegangen, habe Dich vielleicht sogar ein wenig arrogant behandelt. Erinnerst Du Dich? Ich glaube, Du hast mich da einfach ein wenig überrumpelt. Mit solchen Bedürfnissen hatte ich bei Dir einfach nicht gerechnet. Doch mit diesem Geschenk erweitert sich sicher unser beider Horizont. Doch genug der Worte, sieh Dir einfach die Mappe an. Und falls Du daran keinen Gefallen finden solltest – ein Rücktritt ist kein Problem. Dieser eine Satz aus meinem Brief von 2002 – erinnerst Du Dich? – wird seine Geltung nie verlieren. Und nun viel Spaß beim Blättern. Dein Paul.«*

Es folgen Ausdrucke von Campbildern und Beschreibungen, die collageartig auf Blätter geklebt sind. So würde Marie einen ersten Eindruck bekommen.

Paul hatte vorgeschlagen, dass es Blumen, Geschenk, Kerzen und so weiter erst geben wird, wenn er am Donnerstag aus der Schule zurück ist. Morgens wäre es zu hastig. Das stimmte natürlich, doch der wahre Grund war ein anderer: Er wollte Marie, wenn sie das Geschenk erhalten hatte, nicht allein lassen. Wenn es Schwierigkeiten geben sollte, dann wäre es besser, da zu sein und sich der Diskussion zu stellen.

Mittwochabend spürt Paul Aufregung in sich hochsteigen. Er reagiert sich mit Kuchenbacken ab. Marie sieht im Wohnzimmer einen Film und darf nicht in die Küche.

Donnerstagmorgen gibt es zum Frühstück Geburtstagskuchen, viele Küsse und Glückwünsche. Dann fährt Paul zur Schule, und Marie setzt sich an den Schreibtisch. Paul bemerkt während des Unterrichts, wie wenig er bei der Sache ist. Zunächst ist er froh, zwischen zehn und zwölf Uhr Freistunden zu haben, doch dann stellt er fest, wie gerade jetzt seine Nervosität stärker wird. Er verlässt das Lehrerzimmer für einen Spaziergang.

Was soll schon schiefgehen?, versucht er sich zu beruhigen. Doch er bringt die angstvolle Stimme nicht zum Schweigen:

Sie könnte das als Kritik an unserem bisherigen Intimleben auffassen, als blöde Männerphantasie, als ... ach, was weiß denn ich.

Dann steht er wieder vor dem Schultor. Jetzt liegen noch zwei Stunden Sport vor ihm. Die werden auch noch vergehen. Und endlich ist es so weit: Der Unterricht ist beendet, Konferenzen stehen heute nicht an, er kann nach Hause fahren. Unterwegs kauft er Blumen. Er entscheidet sich für einen großen Strauß Pfingstrosen.

Marie hat gekocht. Als Paul die Wohnung betritt, duftet es würzig. Er tippt auf Pasta mit Ratatouille – Maries Spezialität – und liegt damit richtig. Seine Freundin hat den Tisch im Wohnzimmer gedeckt, fast so liebevoll wie neulich. Paul zerzaust ihre Haare und beißt sie in den Nacken, bis sie quietscht. Dann jagt er sie auf den Balkon. Er zieht die Vorhänge zu und verteilt die sechsundzwanzig herzförmigen Lichter auf dem Tisch. Nachdem er sie angezündet hat, holt er die Blumen. Er hatte sie eben absichtlich vor der Wohnungstür liegen lassen. Er legt eine CD auf: Klaviersonaten von Beethoven. Marie liebt klassische Musik.

Als alles fertig ist, holt er seine Freundin wieder herein. Gerührt betrachtet sie die Kerzen.

»Die Blumen sind wunderschön. Sie sehen aus wie die, die bei meinen Eltern im Garten wuchsen, als ich noch ein Kind war.«

Auf ihrem Teller liegt die hübsch eingewickelte Mappe, verziert mit einer dicken Schleife. Erstaunt blickt sie auf das flache Päckchen.

»Von außen ist es klein, doch was darin ist, ist groß«, sagt Paul. »Marie, ich habe lange überlegt. Hoffentlich habe ich damit keinen Fehler gemacht. Falls es dir nicht gefällt, ist das kein Problem. Dann kann ich es zurückgeben und dir ganz einfach ...«

Marie lässt ihn nicht aussprechen: »Weshalb bist du so nervös? Mir hat bisher jedes Geschenk von dir gefallen.«

Damit hat sie recht. Paul schweigt. Marie geht zu ihrem Platz und beginnt, das Geschenkband zu öffnen.

Nun ist es Paul, der an seinen Gelenken zerrt. Marie zieht die Mappe aus ihrer Umhüllung. Sie wiegt sie in ihren Händen. Sie wirft ihm einen Blick zu, lächelnd.

Nun sieh es dir endlich an, schreit es in Paul, *und sag mir, wie ekelhaft und pervers ich bin!*

Seine Freundin streicht über den glänzend-schwarzen Einband. Andächtig öffnet sie das dicke Heft. Sie liest.

Oh, mein Gott, denkt Paul, *was habe ich getan? Meine Freundin, meine liebe, süße Gefährtin, was ist nur in mich gefahren?*

»Marie«, flüstert er flehend, »Marie, ich ...«

»Sch«, macht sie. »Ich lese.«

Und sie liest. Sie liest und liest. Ihre Finger streichen über das Papier. Sie blättert. Und schaut. Und blättert und schaut. Dann sieht sie auf. Sie blickt Paul direkt in die Augen und strahlt. Ihr Gesicht strahlt wie die Sonne. Mit einem Sprung ist sie bei ihrem Freund und wirft sich in seine Arme.

»Das ist das schönste Geschenk, das ich in meinem ganzen Leben bekommen habe! Vielen, vielen Dank! Du ahnst gar nicht, wie sehr ich mich freue. Oh, wir werden es schön haben, so schön!«

Und sie dreht eine beschwingte Pirouette, die so gar nicht zu Beethovens getragenem Stück passen will.

»Nicht die Nudeln müssen auf die Gäste warten, sondern die Gäste auf die Nudeln«, sagte Maries Mutter früher oft.

Heute haben die Nudeln gewartet. Sie sind kalt, trocken und klebrig. Der Eintopf hat zu lange gekocht. Das Gemüse ist viel zu weich. Doch was macht das schon? Während des Essens redet und lacht Marie die ganze Zeit. Sie merkt gar nicht, was sie da isst. Und komisch: Eigentlich hätte sich bei Paul doch nun die große Erleichterung einstellen müssen. Ja, natürlich, irgendwie ist er schon erleichtert. Aber gleichzeitig haben sich seine Ahnungen mehr als bestätigt. Nicht Marie ist die spießige Spaßbremse – so viel ist schon mal sicher. Nachdenklich nimmt Paul einen tiefen Schluck aus seinem Weinglas. Sie hat seinen Ball souverän aufgefangen und elegant zurückgegeben. Nun muss er zeigen, was in ihm steckt.

5. Kapitel

Endlich, endlich!

Während all der Aufregung kam Marie an ihrem Geburtstag zunächst kaum zum Nachdenken. Sie hat ihre Freude auf die bevorstehenden Erlebnisse spontan geäußert. Später jedoch wurde ihr klar: Zwar freut sie sich unbändig über das Geschenk als solches und auf die Aussichten für die Urlaubszeit, doch da ist noch etwas anderes, viel Wichtigeres: Paul hat ihr genau zugehört, hat sich ihre Äußerung zu Herzen genommen und Konsequenzen daraus gezogen. Sie sieht sich in der Liebe zu ihrem so aufmerksamen und feinfühligen Freund bestätigt. Die kleine Party am Samstag wird ein voller Erfolg. Fast alle der Eingeladenen hatten kommen können. Die meisten kennen sich untereinander. Die wildesten Getränke werden gemixt, und die Stimmung könnte kaum besser sein. Schließlich kommt das Gespräch aufs Thema Urlaub.

»Sag mal, Marie«, beginnt Susann, »fahrt ihr dieses Jahr eigentlich weg? Hattet ihr doch vor, oder?«

»Klar fahren wir weg«, antwortet Marie, »und zwar nach Holland. Ende Juli geht's los.«

»Aha, Holland also. Wohin denn genau? Und was kann man da so machen?«

»Och«, mischt sich Paul ein, der gerade das Bild des am Baum aufgehängten Mannes vor Augen hat, »bisschen rumhängen vielleicht.«

Marie unterdrückt ein Lachen. Susann guckt verwundert.

»Na ja«, ergänzt Paul, »Rad fahren, Schwimmen, Lesen, spazieren gehen und so weiter.«

Und das ist nicht gelogen: Schließlich werden sie all das in Holland tun – unter anderem.

Die nächsten zwei Wochen ziehen sich wie Kaugummi. Ungeduldig fiebern beide ihrer Urlaubsfahrt entgegen. Aber etwas passiert, womit weder Paul noch Marie einige Wochen zuvor gerechnet hätten. Durch die vielen Gespräche über die Reise wird ihr ganzer Umgang mit dem Thema Sadomasochismus (ja, tatsächlich fällt jetzt öfters das frühere Tabuwort) lockerer, manchmal fast flapsig.

»Au, das tut weh«, schreit Marie, die sich an der heißen Herdplatte verbrannt hat. Und fügt mit schiefem Grinsen an: »Aber ganz ungeil.«

»Komm Paul, wir gehen joggen«, schlägt sie am Abend eines warmen Tages vor.

»Wer ist hier eigentlich sadistisch?«, kommt es vom Sofa zurück.

Und dann traut Paul sich wirklich etwas. Sie hatten den Abend gemeinsam auf dem Balkon verbracht. Die Flammen in den Windlichtern flackerten träge vor sich hin. Paul fuhr mit seinem nackten Fuß die Innenseite von Maries linkem Bein hinauf. Sie griff nach seiner Hand. Beide sahen einander tief in die Augen. Es war klar, dass sie gleich Sex haben würden. Im Schlafzimmer setzte Paul sich aufs Bett, in Jeans und mit freiem Oberkörper. Im Bad lief das Wasser. Sicher würde Marie gleich kommen. Dann stand sie plötzlich im Türrahmen. Bei ihrem Anblick richtete Pauls Schwanz sich sofort steif auf – soweit die Hose das zuließ. Sie trug ein ganz kurzes, schwarzes Nachthemd aus transparentem Stoff und nichts darunter. Plötzlich wusste er, was er gleich tun würde.

Marie bleibt vor ihm stehen. Sie will sich offensichtlich auf seinen Schoß setzen. Aber Paul kommt ihr zuvor. Er packt sie an den Handgelenken. Erstaunt sieht sie ihn an. Er lächelt und schüttelt langsam den Kopf.

»Nein«, sagt er, »wir machen das jetzt mal anders.«

Zwar spiegelt Maries Miene Ratlosigkeit, doch ihr Körper ist alles andere als unentschlossen: Feuchtigkeit benetzt die inneren Schamlippen. Pauls Griff wird fester, und sofort bemerkt Marie, wie sich ihre Lustknospe entfaltet, anwächst und voller Druck pocht und pulsiert. Paul versucht, sie an den Armen nach unten zu ziehen. Sie ahnt, was er will. Doch so leicht soll er es nicht haben. Es ist das erste Mal, dass eine Spielsituation ohne Vorbereitung entsteht. Marie will es, doch sie wünscht sich, ganz neu erobert oder, besser noch, unterworfen zu werden. Sie möchte sich zumindest einbilden können, keine Wahl zu haben, also auch keine Verantwortung für das Geschehen zu tragen.

Paul zieht, sie wehrt sich. Doch den eigentlichen Kampf fechten beide mit den Augen aus. Sein Blick ist entschlossen.

Na los, nun mach schon. Hast du es nicht eigentlich schon immer so gewollt?, scheint er zu sagen.

Ich möchte dir gehören, spricht es aus ihrem Gesicht, *doch du musst den Schlüssel zu meiner Seele finden.*

Plötzlich lässt Paul ihre Handgelenke los. Es darf nicht mit Körperkraft geschehen. Denn dann gälte es schon nicht mehr. Er sieht Marie streng an und deutet mit einem Finger zu Boden. Diese Geste reicht aus. Kraft kann mit Gegenkraft beantwortet werden, doch hier kann Marie nichts mehr entgegensetzen, ohne das Spiel zu zerstören. Und das ist das Letzte, was sie will.

Marie kniet vor ihrem Freund.

»Worauf wartest du noch?«, zischt Paul. »Du weißt ganz genau, was ich von dir will.«

Ja, Marie weiß es, sie weiß es nur zu gut. Sie öffnet seine Hose und zieht den Schwanz heraus. Zuerst knetet und massiert sie ihn sanft, dann nimmt sie ihn in den Mund. Paul steht auf. Marie folgt seiner Bewegung und erhebt kniend den Oberkörper. Fest stößt er seinen harten Schwanz in ihren Rachen. Marie unterdrückt einen Würgereiz. Sie könnte zubeißen, wenn sie wollte, doch daran denkt sie nicht. Sie will alles richtig machen, will ihrem Freund – und sich selbst – Freude und Befriedigung verschaffen. In solchen Momenten fühlt sie sich ganz als Sexsklavin. Unfassbar geil! Der Speichel rinnt ihr aus dem Mund das Kinn entlang und tropft über ihre Schenkel auf den Boden. Inzwischen tropft es auch nahezu aus ihrer Möse. Synchron mit Pauls Schwanz, der offensichtlich gerade dem Orgasmus entgegengeht, spannt sich ihre Klit immer mehr. Jetzt, jetzt ist es gleich so weit. Pauls Atem geht heftiger. Er stöhnt laut. Er schreit während der Entladung. Mit beiden Händen presst er Maries Gesicht gegen seine Schenkel. Sie fühlt, wie ihr Mund sich mit seinem Sperma füllt.

»Na komm«, sagt Paul warnend, »sei ein braves Mädchen.«

Und das ist sie: Sie schluckt und schluckt. Unglaublich, wie viel sich da angestaut hat! Danach reißt sie den Mund auf und schnappt nach Luft. Am liebsten würde Marie jetzt etwas trinken, was den Geschmack neutralisiert. So ganz wird sie sich nie für männliche Flüssigkeiten begeistern können. Aber trotzdem kann sie der Situation etwas abgewinnen. Sie sieht sich dabei von außen durch eine imaginäre Kamera. Lustobjekt und Freudenmädchen. Dieser Film gefällt ihr. Jedes Mal, wenn sie es dann geschafft hat, ist sie sehr stolz auf sich.

Mit der einen Hand hält Paul weiterhin ihre Haare gepackt, mit der anderen zieht er seinen feuchten Schwanz durch ihr Gesicht.

»So, und jetzt wirst du mich noch schön sauber lecken.«

Marie fährt gehorsam mit ihrer rauen Zunge das Glied entlang, das sich nun wieder auf Ursprungsgröße zurückgezogen hat. Gründlich saugend säubert sie die Eichel. Sie knabbert daran. Sofort verändert sich der Zustand des Schwanzes zu einem halbsteifen Zwischenstadium der Erektion.

»Hey«, lacht Paul, »hör lieber auf.« Er zieht ihr den Penis weg. »Sonst kommen wir die ganze Nacht nicht zur Ruhe.«

Marie grinst übers ganze Gesicht. »Tja, das ist die Macht der vermeintlich Machtlosen.«

Zeit vergeht. Und noch mehr Zeit. Dann sind es plötzlich nur noch drei Tage bis zur Abreise. Hilfe! Es muss noch allerhand erledigt werden, das hatten sie alles aufgeschoben, schließlich dauerte es immer noch sooo lange! In Windeseile werden Berge von Wäsche gewaschen, Pflanzen zu Freunden gebracht und der Schlüssel zu den Nachbarn. Paul trägt die Fahrräder in den Keller. Und dann: der letzte Abend! Nicht nur Marie ist aufgeregt, sondern Paul ebenso. Wieder einmal sitzen sie auf dem Balkon. Sie streicheln einander quer über den kleinen Tisch hinweg. Marie will sich kratzen und zieht eine Hand zu sich heran. Zumindest versucht sie es. Aber Paul ist schneller. Er hält ihr Handgelenk fest. Marie windet ihren Arm. Doch sie kommt nicht frei.

»Ich lass dich nicht los«, sagt Paul, »du musst mich schon darum bitten.« Doch das will Marie nicht. Sie wartet und tut gar nichts. Sie wartet einfach ab. Schließlich lässt Paul los.

»Eine Ausnahme«, sagt er, »weil du es bist.«

Gewonnen, denkt Marie.

Marie ist zwar fähig zur Hingabe, denkt Paul, *aber sie ist auch eine Katze. Zum Glück! Denn wie langweilig sind doch Hunde!*

Am Morgen des Reisetages schmieren sie Brote und packen hart gekochte Eier ein. Der Zug fährt um halb drei. Gegen Viertel vor fünf werden sie in Amsterdam ankommen. Dort haben sie eine Stunde Aufenthalt. Um halb sechs fährt der Bus vom Bahnhof nach Ahrenshoop. Gegen sieben werden sie dort eintreffen. Schließlich ist es Zeit, mit der S-Bahn zum Düsseldorfer Hauptbahnhof zu fahren. Endlich!

Die Zugfahrt verläuft entspannt. Marie schaut die ganze Zeit aus dem Fenster. Sie liebt es, die im Vorbeirasen verschwimmenden Formen der Bäume und Häuser zu betrachten. Wie ein

Videoclip. Dazu hört sie Musik mit Kopfhörern. Paul kennt ihre Vorliebe nur zu gut. Er hat sich darum ein Buch ins Handgepäck gesteckt. Denn es hat dann wirklich keinen Sinn, sich mit Marie unterhalten zu wollen.

Irgendwann wird der Zug langsamer. Sie fahren in ihre Zielstadt ein. Nun würde es nicht mehr lange dauern. Marie schaltet die Musik aus und nimmt die Kopfhörer ab. Nachdem sie wieder in der Gegenwart angekommen ist, ist es bereits Zeit, das Handgepäck zusammenzusuchen und die Koffer aus dem Netz zu heben. Die Zeit bis zur Abfahrt des Busses verbringen sie Kaffee trinkend.

»Eigentlich schade«, überlegt Paul laut, »Amsterdam ist eine tolle Stadt, vielleicht hätten wir schon gestern fahren und einmal übernachten sollen.«

»Beim nächsten Mal«, antwortet Marie.

Paul wirkt skeptisch.

»Ach nun komm schon, Paul, es wird ganz toll werden! Du wirst sehen.«

Sie sammeln ihre Gepäckstücke ein und brechen auf. Der in den Reiseunterlagen beschriebene Treffpunkt ist schnell gefunden. Dort warten bereits etwa zwanzig Menschen, manche davon schwarz gekleidet. Die meisten zwischen Mitte zwanzig und Anfang vierzig. Der Bus ist auch schon da. Paul und Marie stellen sich zu der Gruppe. Sofort werden sie von einer Frau begrüßt. In der Hand hält sie eine Teilnehmerliste.

»Hallo, ich bin Jolina«, sagt sie mit unverkennbar niederländischem Akzent und breitem Lächeln. »Und wer seid ihr?«

Nach der Vorstellung hakt sie die Namen ab.

»So, wir warten noch auf fünf Personen. Ah, ich glaub, da hinten kommen sie.«

Jolina winkt einer Gruppe von Personen zu, die daraufhin zielstrebig den Bus ansteuert.

Es sind nicht nur Paare, die ins Camp fahren. Neben Marie steht eine Gruppe von drei Mädchen. Und einige Personen sind offensichtlich auch allein gekommen. Viele scheinen sich bereits zu kennen. Alle sind aufgekratzt, reden und lachen.

»Hey«, sagt eines der Mädchen zu Marie, »fahrt ihr zum ersten Mal nach Ahrenshoop? Wir schon. Wir sind so was von aufgeregt, das glaubt ihr gar nicht.«

»Oh doch«, antwortet Marie grinsend. »Wir befinden uns seit Wochen im Ausnahmezustand. Und wir sind auch zum ersten Mal dabei. Ich heiße übrigens Marie, und das ist Paul.«

»Ich bin Tina. Und die beiden hier sind Xenia und Louisa.«

Die Mädchen nicken bestätigend.

»Es geht los«, sagt Xenia, »seht mal, die Ersten steigen ein.« Kurz darauf ist der kleine Reisebus voll besetzt. Paul und Marie sitzen hinter Tina und Louisa, die sich wiederum hinter Xenia platziert haben. Der Busfahrer legt *Sweet Dreams* von *Eurythmics* auf – und los geht die Fahrt. Schon bald ist die Stimmung auf dem absoluten Höhepunkt.

Auf der anderen Seite des Ganges sieht Marie, wie eine Frau von ihrem Partner bereits ihr Halsband umgelegt bekommt. Anschließend streift sie ihr schlichtes T-Shirt über den Kopf. Darunter kommt eine enge Lederkorsage zum Vorschein. Marie ist beeindruckt von dem Mut der Frau. Sie selbst möchte hier nicht so sitzen.

Aber gleichzeitig bemerkt sie auch, dass keiner der Mitreisenden die derart sexy Gekleidete anstarrt oder gar Bemerkungen macht. Kein Getuschel, kein Geflüster. Hier kann sie offensichtlich ganz unbehelligt tun, was ihr im Alltag verwehrt ist. Vielleicht war die Zeile *hier kannst du sein, wie du wirklich bist* doch nicht nur esoterischer Mist.

Dann sind sie auf der Autobahn. Der Busfahrer legt ordentlich Tempo zu. Louisa winkt übermütig einem Pkw-Fahrer zu.

»Oh Mann«, sagt Tina, die sich zu Marie und Paul umgewandt hat, »ich bin so froh! Drei Wochen im Camp! Ich komme aus einem Dorf bei Münster. Da gibt es in der näheren Umgebung nichts: keine Partys, keine SM-Stammtische oder sonstigen Treffpunkte. Und Münster selbst ist auch total verschnarcht. Oft bleibt nur das Internet. Dort hab ich auch die anderen Mädels kennengelernt. Was meint ihr, wie mir das fehlt? Reale Kontakte zu Gleichgesinnten, nicht immer nur dieses Cyber-Geplänkel im Chat-Room. Ihr habt vorhin gesagt, ihr seid aus Düsseldorf. Ist immerhin eine Großstadt. Da muss es doch eine SM-Szene geben. Erzählt doch mal, wo geht man bei euch so hin?«

»Äh, ja«, beginnt Marie und schluckt, »also, weißt du, wir gehen eigentlich gar nicht so richtig weg, also ich meine, wir sind mehr so zu Hause und so ...«

»Echt?«, wird sie unterbrochen, »hört sich ja süß und romantisch an. Aber fehlt euch da gar nichts? Ich meine, immerhin seid ihr jetzt hier.«

»Ja«, mischt sich Paul ins Gespräch, »wir springen gleich ins kalte Wasser.«

»Wow, echt mutig«, wirft Louisa ein. »Und lasst euch von Tina nicht irre machen. Die ist nun mal die Party-Queen unter uns. Ich glaub, ihr seid schon zu beneiden, dass ihr euch gefunden habt, zusammenlebt, euch liebt und SM einen Platz in eurer Beziehung hat.«

Paul zieht Marie an sich und gibt ihr einen Kuss.

Der Bus fährt inzwischen langsam durch die engen Straßen kleiner Ortschaften.

»O.K., bitte kurz herhören!«, ruft Jolina einige Minuten später.

»Wir fahren gerade durch Ahrenshoop und werden gleich in der Kolonie ankommen. Ihr bleibt nach dem Aussteigen erst mal alle bei mir. Ich zeige euch dann, wo ihr die Schlüssel für eure

Bungalows bekommt beziehungsweise wo man euch einen Platz für euer Zelt zuweist. Es ist jetzt halb sieben. In einer Stunde gibt es Abendessen. Anschließend werden die Neuankömmlinge begrüßt und mit dem Tagesablauf im Camp vertraut gemacht. Ihr könnt dann auch alle Fragen stellen, die euch noch so einfallen. Aber ich werde auch in der nächsten Zeit im Camp vor Ort sein. Bei Problemen aller Art helfe ich gern. Jetzt wünsche ich euch erst mal tolle Ferien – hier bei uns in Ahrenshoop.«

Alle klatschen. Der Bus hält auf einem weitläufigen Parkplatz. Nach dem Aussteigen streckt und dehnt sich Marie. Der Rücken tut ihr ein bisschen weh vom langen Sitzen, und ihre Schultern fühlen sich steif an. Die Abendsonne scheint warm. Sie sieht sich um. An dem Parkplatz führt ein schmaler Sandweg vorbei, direkt auf ein niedriges Haus zu. Daneben eine Abzweigung, die sich hinter dem Haus fortzusetzen scheint. Rundherum nur Wiesen und Weiden, grasende Kühe und Ponys. Von einer Bungalowanlage oder einem Zeltplatz ist nichts zu sehen.

»Okay«, ruft Jolina, »dann kommt mal mit.«

Sie folgen ihr im Gänsemarsch den Sandweg entlang. Es geht rechtsherum an dem kleinen Haus vorbei und noch ein Stück geradeaus. Dann stehen sie vor einem großen, grün gestrichenen Eisentor. Dahinter könnte man einen Bauernhof vermuten. Jolina öffnet das Tor. Paul und Marie stehen relativ weit hinten, und so hören sie zunächst nur das ›Oh‹ und ›Ah‹ der anderen, ehe sie selbst etwas sehen können. Doch dann endlich wird ihr Blick auf das Areal frei: eine riesige Grünfläche, auf der kleine Holzhäuser verteilt sind. Davor stehen Tische und Stühle, Menschen sitzen draußen und genießen die Abendsonne. Auf den ersten Blick: unspektakuläre Ferienidylle. Für einen zweiten Blick (Lackklamotten auf Wäscheleinen), der ihnen bereits eindeutig gezeigt hätte, wo sie gerade ankommen, sind Paul und Marie gerade zu sehr mit Gepäckschleppen beschäftigt.

Nach hinten wird die Anlage von einem Wäldchen begrenzt; an der Seite des Tores bieten endlose Hecken Sichtschutz; zur linken Seite Viehweiden, so weit das Auge reicht. Jolina steuert nach rechts und winkt der Gruppe, ihr zu folgen. Nachdem sie ein paar Minuten gegangen sind, kommen sie zu einem Haus, hinter dem schräg links ein See beginnt. Neben dem zweigeschossigen Haus flache Anbauten. Sie umrunden die Gebäude einmal und stehen anschließend auf einem großen gemauerten Platz mit langen Tischen und Bänken, in der Mitte ein riesiger Grill. Über die Sitzgelegenheiten sind Zeltplanen gespannt. Vielleicht hat es in den letzten Tagen geregnet. Diesen Ausschnitt der Anlage kennen Paul und Marie bereits von den Fotos aus dem Internet. Dahinter beginnt der Zeltplatz.

»So«, ergreift Jolina erneut das Wort, »setzt euch erst mal hin, ihr seid ja bestimmt alle ziemlich fertig. Ich rufe jetzt eure Namen auf, ihr geht in das Haus hinein und bekommt dort eure Schlüssel ausgehändigt beziehungsweise die Stelle für euer Zelt zugeteilt.«

Pauls und Maries Namen fallen, als bereits etwa die Hälfte der Gruppe verschwunden ist. Sie stehen auf und betreten das Haus. Der erste Raum auf der rechten Seite ist eine große Küche, in der bereits einige Männer und Frauen das Abendessen vorbereiten. Es folgen zwei oder drei geschlossene Türen. Die nächste jedoch steht weit offen.

»Immer herein«, tönt eine Männerstimme aus dem Raum.

»Marie und Paul aus Düsseldorf, richtig?«

Beide nicken bestätigend.

»Ich heiße Klaas. Bin hier für die Verwaltung zuständig. Ihr habt Bungalow Nummer neununddreißig. Hier sind die Schlüssel. Ihr könnt jetzt erst mal euer Gepäck wegbringen. Vielleicht wollt ihr auch duschen. Gegen halb acht treffen wir uns zum gemeinsamen Essen dort, wo ihr eben gewartet habt. Und danach werde ich euch und den anderen Neuen zusammen mit einigen Mitarbeitern des Camps erklären, was ihr noch für euren Aufenthalt hier wissen müsst. Also zum Beispiel, wo ihr einkaufen gehen könnt oder wie ihr euch zum Piercingworkshop anmeldet. Gut, das war es erst mal. Bis nachher.«

Paul nimmt die Schlüssel an sich. Piercingworkshop!? Ach du lieber Himmel! Aber vielleicht war das nur ein Witz? Langsam schlendern sie den etwas breiteren Hauptweg durch die Wiese mit den Häuschen entlang. Links und rechts zweigen in unregelmäßigen Abständen kleinere Pfade ab. Die Nummern sind gut sichtbar über den Türen angebracht. Manche Holzhäuser haben sogar eine Veranda.

»Guck mal«, ruft Marie, »lass uns mal hier hochgehen. Da fangen die Dreißigerzahlen an.«

Sie biegen nach rechts ab und passieren den Weg bis zu seinem Ende, das vom Waldesrand markiert wird. Dann stehen sie vor dem Häuschen mit der Nummer neununddreißig. Zu Maries Enttäuschung fehlt hier die Veranda, aber dafür hat jemand ein Zeltdach davor aufgebaut, darunter ein Klapptisch mit Stühlen. Hier würde man wunderbar Kaffee trinken oder lesen können.

Die Tür steht weit offen. Paul klopft an den Türrahmen.

»Hallo«, ruft er.

Keine Antwort. Sie treten ein. Durch einen kleinen Flur hindurch geht es direkt in den relativ großen Wohnraum mit integrierter Küchenzeile. Ja, so hatten sie es sich auch vorgestellt. Ein großer Tisch mit vier Stühlen, zwei Sofas und ein Sessel. Kein unnötiger Schnickschnack, aber gemütlich. Das heißt: im Moment eigentlich nicht. Hier sieht es nämlich aus, als hätte eine Bombe eingeschlagen! Überall liegen Klamotten herum. Auf dem Tisch stehen bestimmt zehn benutzte Teller, der Mülleimer quillt über. Auf der einen Couch kann man nicht mehr sitzen, so viel Kram stapelt sich darauf; die andere sieht nur wenig besser aus. Paul bemerkt Maries entsetzten Blick. Er ist selbst ein wenig irritiert.

»Keine Panik, übermorgen Abend fahren diese Chaoten ab, und die Berliner kommen. Vielleicht sind die anders. Aber dann wäre es auch nicht so schlimm, denn dann wären wir zuerst hier gewesen, und es wär leichter, bestimmte Standards durchzusetzen. Mach dir keine Sorgen, wir kriegen das schon hin.«

Zu einer Antwort kommt seine Freundin aber nicht mehr. Denn plötzlich lässt ein spitzer Schrei sie beide zusammenfahren! Am Ende des Wohnzimmers führt ein schmaler Flur zu den Schlafzimmern und zum Bad. Der Schrei muss von dort gekommen sein. Offensichtlich sind sie nicht allein. Paul und Marie sehen sich an.

Da, schon wieder! Hell gellt es in ihren Ohren. Und nun ein lautes, atemloses Stöhnen, das durch ein angestrengtes Ächzen einige Oktaven tiefer begleitet wird. Offensichtlich sind die Mitbewohner gerade beschäftigt.

»Lass uns einfach einen Moment warten«, flüstert Paul. Sie räumen zwei Stühle frei und setzen sich erst mal. Marie ist ein bisschen verärgert. Müde und verschwitzt von der Reise, hätte sie gern eine Dusche genommen. Das Stöhnen wird lauter und entfaltet sich in den verschiedensten Klangfarben. Sprungfedern quietschen – und zwar so, dass das ganze Häuschen zu vibrieren scheint.

»Das müssen mehr sein als nur zwei«, vermutet Paul.

Das fulminante Crescendo verrät, dass es jetzt auf den Höhepunkt zugeht. Zwar hatte Marie die Mitbewohner mit ihren Aktivitäten gerade eben noch auf den Mond gewünscht, doch jetzt führt sie einen harten Kampf mit sich, um nicht laut zu lachen. Amüsiert sieht Paul ihrem Ringen um Beherrschung zu. Zum einen ist er froh, dass sie es mit Humor nimmt, zum anderen wird er gerade selbst ein wenig skeptisch, was die Aussichten für die nächste Zeit angeht. Hoffentlich sind die Berliner etwas dezenter.

Wumms – mit einem Mal fliegt die Schlafzimmertür auf! Eine splitternackte Vierergruppe drängt johlend ins Wohnzimmer.

Ich wusste es!, denkt Paul. Eine Frau und drei Männer. Als ihr Blick auf die Neuankömmlinge fällt, sind sie nicht im Mindesten irritiert. Sie lachen nur noch lauter. Einer der Männer klatscht sich auf die Schenkel: »Na, da haben wir euch ja gleich eine schöne Willkommensdarbietung geliefert! Aber wir wollen mal nicht weiter stören. Bis später dann. Liebe Ingrid, lieber Bernd, es war mir ein Vergnügen!«

Er wirft einen Bademantel über. Ebenso der Mann, der offensichtlich nicht Bernd ist. Gemeinsam verlassen sie das Holzhaus.

Ingrid nimmt einen Arm voller Sachen vom komplett belegten Sofa und lagert sie schwungvoll auf das andere um, das nun unter der Last der Dinge fast zusammenzubrechen scheint. Sie setzt sich mit bestimmt noch feuchtem Geschlecht und wippenden Brüsten auf die frei gewordene Stelle. Paul beginnt, über die Anschaffung von Desinfektionsmittel nachzudenken. Neben ihr nimmt Bernd Platz. Die gewaltigen Locken zwischen seinen Schenkeln verdecken den Schwanz – der kaum mehr ist als ein Schwänzlein – nahezu vollständig. Er setzt eine runde Nickelbrille auf. Um den Hals trägt er eine karierte Fliege. Dieser Anblick nimmt Paul und Marie fast die Luft. Ingrid ist vielleicht Mitte vierzig, Bernd hat die Fünfzig deutlich überschritten.

Sozialkundelehrer, einige Jahre vor der Pensionierung, tippt Paul. Und Ingrid mit ihrer langen, glatten Hippiefrisur? Vielleicht Heilpraktikerin.

»Ja«, sagt Bernd, »guten Tag erst mal. Wie ihr schon gehört habt: Wir sind Ingrid und Bernd. Tut uns ja leid, dass es hier gerade so chaotisch ist, aber in den Ferien wollen wir uns entspannen. Tja, wir sind eher so vom undogmatischen Flügel, kommen mehr aus der Swinger-Szene. Da gehören wir hier zu einer Minderheit. Gefällt uns trotzdem gut hier. Allerdings wird es zunehmend ungemütlich, da die harte Fraktion immer stärker wird. Herr und Sklavin rund um die Uhr oder Herrin und Sklave – je nachdem.

Na, ich sollte wohl mal aufhören zu reden, wer weiß, wer ihr so seid.

»Och«, sagt Marie, »wir sind Paul und Marie aus Düsseldorf. Und ich würde jetzt wahnsinnig gern duschen. Kann ich mal ins Bad?«

»Kannst du«, sagt Bernd, »wir haben jetzt nämlich noch was vor.« Und er hebt Ingrid, die sich lachend wehrt, auf seine Arme und trägt sie ins Schlafzimmer zurück. Bald quietschen die Sprungfedern aufs Neue.

Während Marie duscht, trinkt Paul langsam ein Glas Wasser. Plötzlich merkt er, wie hungrig er ist. Marie kommt nach kurzer Zeit frisch geduscht zurück, und gemeinsam spazieren sie zum Abendessen. Das Wetter könnte kaum besser sein. Es ist immer noch angenehm warm. Irgendjemand hat inzwischen die Zeltplanen über den Tischen eingezogen. Etwa dreißig oder vierzig Personen sitzen schon auf den Bänken und haben Teller und Gläser vor sich. Eine lange Schlange steht vor einem seitlich aufgebauten Tisch an. Hier gibt es Reis, Salat, Brot, ein vegetarisches Gericht und eines mit Fleisch. Außerdem Saft und Wasser. Auch Marie hat jetzt Hunger. Sie laden sich ihre Teller voll und setzen sich auf die nächstgelegene Bank.

Tina, Xenia und Louisa sind nirgends zu sehen. Aber schon bald haben sie nette Gesellschaft bekommen. Neben Marie sitzt Famke, eine Holländerin Ende zwanzig, und neben Paul Thijs, ihr Freund. Beide sprechen gut deutsch. Marie und Paul erzählen von ihrer Ankunft in ihrer Behausung und der ersten Begegnung mit den weiteren Bewohnern. Zwar finden beide die Geschichte umwerfend komisch, doch Thijs sagt: »Nun ja, damit müsst ihr hier schon rechnen. Ingrid und Bernd waren das, sagt ihr? Ja, ich weiß, wen ihr meint, die haben wir mal kennengelernt. Famke und ich waren jetzt fünfmal hier. Bei unserem ersten Aufenthalt zählten Ingrid und Bernd bereits zu den Stammgästen. Aber das sind eben wirklich eher Swinger. Die wollen vor allem unkompliziert mit möglichst vielen Menschen Sex haben. Dass die mal an einem Workshop teilgenommen haben, habe ich noch nie gesehen. Oder höchstens an solchen, die mit SM wenig zu tun haben. Bodypainting zum Beispiel. Als SMler bezeichnen die sich allerdings trotzdem. Aber bei denen steht die Abkürzung nicht für ›Sadomasochismus‹ sondern für ›Sexmagie‹. Doch auch die gehören zu uns – finde ich jedenfalls. BDSM ist eben ein sehr weites Feld.«

»Ja«, sagt Paul, »ich glaube, wir haben noch viel zu lernen.«

»Aber«, schaltet sich Famke ein, »die fahren doch übermorgen ab. Wisst ihr, wer dann bei euch einzieht?«

»Also Klaas sagte vorhin etwas von einem Max und einer Anna aus Berlin.«

Thijs pfeift leise durch die Zähne.

»Max und Anna. Die waren auch schon sehr oft hier. Das sind zwei Nette, da habt ihr Glück. Aber auch ziemlich straight, gehören also schon zu dieser Spezies, die Bernd offensichtlich so suspekt ist. Obwohl die sich ihren Realitätssinn schon noch bewahrt haben.«

»Anna ist toll«, sagt Famke einfach, »von ihr kann man als devote Frau viel lernen.«

Nach dem Essen sammelt Klaas die Neuen um sich. Neben ihm stehen Jolina und noch zwei weitere Frauen.

»Ich sehe hier einige bekannte Gesichter«, beginnt er, »manche von euch waren schon mal hier, die wissen das jetzt natürlich alles schon. Dennoch bitte ich auch diesen Teil der Gruppe, jetzt dabeizubleiben. Denn manches ist anders geworden. Frühstück aber gibt es wie eh und je von acht bis zehn. Wenn ihr zu anderen Zeiten frühstücken wollt, dann müsstet ihr das selbst organisiert tun. Einkaufsmöglichkeiten sind auf der Ortskarte am Schwarzen Brett eingezeichnet. Ebenso der Weg zum Strand. Das Schwarze Brett befindet sich im ersten Nebengebäude des Haupthauses. Da sind auch die Räume, in denen bei schlechtem Wetter Workshops stattfinden oder Partys. Das Schwarze Brett ist hier überhaupt das Allerwichtigste für den Ablauf. Ich empfehle euch, jeden Tag nach dem Frühstück einen Blick darauf zu werfen. Hier werden Unternehmungen und Workshops angekündigt. Jeder, der Mitstreiter für irgendetwas – zum Beispiel eine Radtour – sucht, kann einen Zettel anheften. Ach ja, genau: Wenn ihr Fahrräder mieten wollt, dann kommt einfach zu mir ins Büro. Dann haben wir einen Meckerkasten eingeführt, der jeden Tag geleert wird …«

»War leider nötig«, unterbricht ihn eine der Mitarbeiterinnen. »Auch unter SMlern gibt es Leute, die nicht begreifen, dass ›Nein‹ einfach nur ›Nein‹ heißt. Und dass die allgemein im sozialen Leben gültigen Regeln hier nicht außer Kraft gesetzt sind. Aber natürlich ist der Meckerkasten nicht nur für solche Probleme da. Wenn zum Beispiel jemand veganes Essen wünscht oder Kakerlaken im Haus hat, dann kann er da genauso eine Nachricht hinterlegen.«

»Ja«, nimmt Klaas das Wort wieder auf, »das war es eigentlich auch schon. Gibt es noch Fragen?«

Er wartet einen Moment. »Offensichtlich nicht. Dann möchte ich euch im Namen unseres ganzen Teams sehr herzlich willkommen heißen. Ich wünsche mir – und euch natürlich erst recht – dass ihr hier tolle Ferien verbringt.«

Die Gruppe löst sich auf. Paul und Marie gehen zurück in den Bungalow und packen ihre Koffer und Rucksäcke aus. Ingrid und Bernd sind nicht da. Zumindest haben die beiden ihr Chaos nicht bis ins Schlafzimmer ihrer neuen Mitbewohner anwachsen lassen. Als sie alles verstaut haben, schlägt Marie vor, einen Spaziergang zu machen.

»Lass uns doch mal gucken, wo die Outdoor-Spielgeräte stehen«, sagt sie. »Das große Holzkreuz und die Folterbank, die wir auf den Bildern gesehen haben. Darauf bin ich besonders neugierig, du nicht?«

Paul ist vor allen Dingen eins: furchtbar müde. Doch um neun ins Bett gehen? Dazu hat er auch keine rechte Lust. Und so geht er mit Marie hinaus, den Waldesrand entlang zum See. Wenn er an die Fotos denkt, dann müssten sie dort irgendwo zum Ziel kommen.

Richtig: Für den Spielplatz wurde ein Stück Wald direkt am Ufer gerodet. Die Fläche ist weitläufig und doch sichtgeschützt. Es gibt außerdem noch einen Galgen, einen Marterpfahl und ein Sprossengerüst. Bevor Marie und Paul die Lichtung erreicht haben, hören sie bereits Geräusche, die verraten, dass schon andere vor ihnen darauf gekommen sind, den Platz aufzusuchen – und zwar nicht nur zum Gucken. Ein scharfes Zischen zerschneidet die Stille, ein Klatschen, ein Aufschrei. Und wieder. Und noch einmal.

»Da sind schon welche beschäftigt.«

Marie spricht unwillkürlich leiser.

»Lass uns lieber umkehren. Vielleicht mögen sie es nicht, wenn wir ihnen zusehen.«

»Vielleicht mögen sie es aber auch gerade«, entgegnet Paul.

»Ach komm, lass uns doch mal gucken. Wir sind auch ganz leise.«

Er greift nach Maries Hand, und so schleichen sie den schmalen Streifen zwischen Wald und See entlang. Bevor sie die Schneise betreten, schieben sie erst vorsichtig einige Zweige zur Seite und werfen aus sichtgeschützter Position einen Blick auf die Fläche.

Inzwischen ist die Sonne kurz vor ihrem Untergang. Goldene Flecken leuchten auf dem Gras.

»Da, sieh nur«, wispert Paul.

An den Pfahl des Kreuzes ist der schlanke Körper einer Frau gebunden. Breite Lederriemen fixieren sie unter den Achseln, in der

Taille, an den Oberschenkeln sowie kurz unter den Kniekehlen. Ihre Arme sind links und rechts – weitab vom Körper in die Luft gestreckt – durch Ketten mit dem Querbalken des Kreuzes verbunden. Über den Augen trägt sie eine Binde. Der ganze Leib ist gestreckt, ausgeliefert auf das Vollkommenste. Bei näherem Hinsehen erkennt Marie, dass die Frau auf Zehenspitzen steht, was ihrer Haltung trotz dem Zwang der Riemen beinahe tänzerische Anmut verleiht. Ergänzt und komplettiert wird das reizvolle Bild durch eine weitere Frau, die mit der neunschwänzigen Katze in der Hand hinter ihrem Opfer steht. Das lange Haar schimmert tiefrot gefärbt und ist im Nacken zu einem Pferdeschwanz gebunden. Sie trägt eine enge schwarze Hose und eben solch ein T-Shirt. Trotz der femininen Haartracht geht etwas Androgynes von ihr aus. Paul und Marie können hinter den Zweigen kurz einen Blick auf ihr Gesicht erhaschen, als sie seitlich an die so schmerzvoll Behandelte herantritt und ihr etwas ins Ohr zu flüstern scheint. Ihre Miene zeugt von vollkommener Konzentration auf ihr Tun, auf ihre Partnerin. Vermutlich könnten Paul und Marie auch aus dem Dickicht hervortreten, ohne beachtet zu werden. Dann begibt sie sich erneut in Position und holt weit mit der Peitsche aus. Eine Katze mit geflochtenen Gummischnüren.

Wie weh muss das tun, denkt Marie.

Und wieder ertönt die Musik des Martyriums: das grausame Zischen, das böse Klatschen und das Schreien des schönen Wesens, das wohl irgendwo auf einer Skala zwischen Qual und Lust zu verorten ist. Angespannt krallt Marie ihre Fingernägel in das Fleisch von Pauls Handballen.

Die Haut der geschundenen Frau ist inzwischen tiefrot gefärbt, einzelne violette Striemen zeichnen sich ab. Ihre Laute erinnern an das Brüllen eines verletzten Tieres, wild und kaum mehr menschlich. Es würde nicht mehr lange dauern, bis die Haut nicht mehr standhalten können und Blut unter den Schlägen hervorsickern würde. Einerseits möchte Paul so etwas nicht mit ansehen. Andererseits ist er fasziniert und beeindruckt von solcher Leidensfähigkeit und Hingabe. Zumal es aus der Entfernung so wirkt, als würde die Gemarterte versuchen, ihren Kitzler am Holz des Kreuzes zu reiben, also durchaus noch Empfindungen sexueller Ekstase mit im Spiel sein konnten.

Was wir nicht verstehen, das dürfen wir nicht verurteilen, denkt er.

Er wirft einen Seitenblick auf seine Freundin. Marie wirkt völlig entrückt. Atemlos und mit leicht geöffnetem Mund beobachtet sie die Darbietung. Sie bemerkt nicht, dass Pauls Augen auf ihr ruhen. Er ist erstaunt: Marie, die sonst bei weit weniger grausamen Fernsehszenen nur noch durch die Finger auf den Bildschirm blinzelt, wird hier zur offensichtlich beeindruckten Zeugin eines ganz realen Schauspiels schmerzintensiver Lustbarkeiten. Doch vielleicht ist es gerade das Bewusstsein – oder zumindest die Vermutung – einer immer mitschwingenden Geilheit, was das hier so anders macht? Inzwischen hat die rothaarige Sadistin ihre Hände auf den brennenden Po ihres Opfers gelegt. Sie küsst die Wehrlose auf die Schulter und streicht sanft den gezeichneten Rücken entlang. Sollte die Züchtigung nun beendet sein? Tatsächlich hebt die Frau mit den Feuerhaaren das Folterwerkzeug nicht mehr. Stattdessen suchen ihre Lippen den Mund des Wesens am Kreuz. Ein langer Kuss. Doch dann dreht sich die Herrin um – und geht. Sie geht ganz einfach. Sie schreitet quer über die Wiese auf den gegenüberliegenden Waldrand zu – und das ohne sich auch nur noch einmal umzudrehen. Paul und Marie sehen sich an und können es beide nicht fassen.

»Sie kann ihre Sklavin doch nicht einfach allein lassen«, ereifert sich Paul.

»Warte«, entgegnet Marie, »vielleicht kommt sie gleich wieder.«

Zwei Minuten verstreichen. Nichts passiert.

»Falls sie nicht wiederkommt, was sollen wir tun?«, fragt Paul.

»Ach, die ist sicher bald wieder da.«

Und Marie hat recht. Nach etwa einer weiteren Minute ist es so weit. Die schwarz gekleidete Gestalt tritt aus dem Wald am anderen Ende der Wiese heraus, doch sie ist nicht allein. Sie hat eine Gruppe von vielleicht sieben oder acht Männern bei sich, die vermutlich zwischen den Bäumen gewartet haben.

Lederhosen und schwarze, enge Shirts. Lederhosen und schwarze Hemden. Lederhosen und nackte Oberkörper. Auch das Unkonventionelle präsentiert sich gern uniformiert. Die Sonne ist inzwischen hinter dem See versunken. Das Dämmerlicht verleiht der Szene etwas Gespenstisches. Die Männergruppe nähert sich dem Kreuz unter dem stummen Kommando ihrer Anführerin. Mit Handzeichen gruppiert die Löwin ihre Truppe rund um den Pfahl herum.

»Was werden sie tun?« Maries Stimme klingt gepresst.

»Die wollen doch jetzt nicht alle nacheinander mit der Frau am Kreuz ...«

»Ich weiß es nicht«, wispert ihr Freund zurück, »immerhin: Zwar ist sie gefesselt, aber nicht geknebelt. Sie könnte jederzeit ›Stopp‹ sagen, im Zweifelsfalle auch um Hilfe rufen. Aber das tut sie nicht.«

Nein, das tut sie nicht. Und es kommt auch nicht zu dem, was Marie zunächst angenommen hatte. Auf einen Wink der Gebieterin ziehen alle Männer auf einmal ihre Hosen herunter und holen ihre Schwänze hervor.

Langsam und synchron nähern sie sich dem Kreuz. Kleiner und kleiner wird ihr Kreis. Dann bleiben sie stehen. Alle sehen fragend zu der Gebieterin hin. Die streckt plötzlich ihren Arm aus. Wie eine Waffe schnellt er nach vorn und zeigt auf einen der Männer.

»Du fängst an«, ruft sie.

Der Auserwählte tritt ein Stück weiter auf das Kreuz zu, seinen Schwanz hält er in der rechten Hand. Mit einem Mal spritzt ein gelber Strahl daraus hervor, den sein Verursacher sofort auf den gefesselten Frauenleib richtet. Einer nach dem anderen aus dem Kreis uriniert so die Ohnmächtige an. Die Männer lachen und begrüßen jeden, der nach getaner Arbeit wieder in den Kreis zurücktritt, mit Schulterhieben und leutseligen Kommentaren. Nachdem auch der Letzte in der Runde sich derart erleichtert hat, schickt die Regisseurin der Inszenierung die komplette Gruppe mit einer einzigen herrischen Kinnbewegung zurück in den Wald.

Sie selbst küsst, streichelt und liebkost ihre duldsame Sklavin, flüstert ihr Worte ins Ohr, die – unhörbar für Marie und Paul – von Stolz und Zufriedenheit künden. Anschließend löst sie die Riemen sowie die Augenbinde. Sie reicht ihrer Freundin die Hand und führt sie zum See hinunter. Der besudelte Leib stürzt sich in die fast nachtschwarze Flut. Reinigung. Läuterung. Katharsis.

Bemüht, jedes Geräusch zu vermeiden, drehen sich Paul und Marie um und folgen dem Weg zurück zum Haus.

6. Kapitel

Eine neue Welt

Am nächsten Morgen erwacht Paul von der Sonne, die durch das Fenster des kleinen Schlafzimmers scheint. Es ist bereits halb neun. Er hat fast zehn Stunden geschlafen. Paul dreht sich noch einmal um und zieht die Decke an sich. Marie atmet gleichmäßig. Sie scheint noch nicht wach zu sein. Paul schiebt eine Hand unter ihre Decke und ertastet vorsichtig ihre weiche Brust. Sein Glied richtet sich sofort auf. Er betrachtet Maries Gesicht. Sie sieht so schön aus, wenn sie schläft. Ihre fein geschwungenen Lippen sind leicht geöffnet.

Wach auf, denkt Paul.

Sie zu wecken traut er sich dann doch nicht so recht.

Gerade als er beginnen will, seiner geschlechtlichen Not selbst abzuhelfen, schmiegt sich seine Freundin an ihn. »Guten Morgen«, flüstert sie.

Statt einer Antwort küsst er sie auf den Mund, seine fordernde Zunge als Ankündigung. Obwohl Marie gerade erst aufgewacht ist, fühlt sie sofort Begehren in sich aufsteigen. Vielleicht ist es die unbewusste Präsenz der Bilder des gestrigen Abends, die sie unwillkürlich ihre Beine spreizen lässt. Sie will Pauls Schwanz – und zwar jetzt, sofort.

»Bitte fick mich«, sagt sie.

»Unglaublich«, sagt Paul und sieht Marie mit hochgezogenen Augenbrauen und gespielter Strenge an.

»Bereits so geil am frühen Morgen!?«

»Ja!«

Paul packt seine Freundin an den Oberarmen und drückt sie auf die Matratze.

»Süße, kleine Schlampe«, zischt er. »Du hast Glück, dass ich auch gerade Lust habe. Sonst würde ich dir mit Freuden zusehen, wie du dich in deiner Geilheit windest, und dir verbieten, dich auch nur einmal dort unten zu berühren.«

Bisher hat Paul nur so gesprochen, wenn sie sich vorher verabredet haben. Marie öffnet die Beine, so weit sie kann, und Pauls Körper gleitet über ihren. Er führt seinen Schwanz in ihr feuchtes, tiefes Loch. Seine Stöße sind hart, vom ersten Augenblick an. Nach einem kurzen Laut des Schmerzes stöhnt Marie lustvoll. Die intensive Stimulation treibt sie schnell in einen Bereich, in dem der Höhepunkt nah ist. Auch Paul hat Lust, sich schnell zu ergießen. Als er die erste Welle eines gewaltigen Orgasmus auf sich zurasen fühlt, löst er seine Hände von Maries Armen und kneift fest mit den Fingernägeln in ihre steil aufgerichteten Brustwarzen. In diesem Moment fällt Marie tief in den Abgrund der Lust. Und dort finden sie sich schließlich beide gemeinsam wieder, erst schwer atmend, dann ruhig und restlos glücklich – jedenfalls für diesen einen Moment.

Nun liegen sie auf der Matratze, die Decken beiseite geschlagen. Sie streicheln einander und genießen die sanfte Berührung nach der heftigen zuvor. Doch schließlich erwacht auch die Unternehmungslust. Die Sonne scheint, und Sex macht hungrig. Also duschen und auf zum Frühstück! Die Mitbewohner scheinen noch zu schlafen. Vermutlich haben sie sich in der Nacht außer Haus verausgabt.

Es ist bereits kurz vor zehn, als Marie und Paul zum Frühstück erscheinen. Trotzdem gibt es noch eine ansprechende Auswahl an leckeren Dingen, die auch die gesundheitsbewusste Marie zufriedenstellt. Sie wirft einen verzweifelten Seitenblick auf Paul, der die typisch holländischen Frühstücksperversionen durchaus nicht absurd findet: Weißbrot mit Butter und Zucker, Weißbrot mit Butter und bunten Streuseln, Weißbrot mit Butter und Schokoladenstreuseln. Innerlich seufzt Marie. Sie versucht seit Jahren, ihren Freund von den Genüssen vollwertiger Kost zu überzeugen – mit mäßigem Erfolg.

Als sie fertig sind, schlägt Marie vor, einen Blick aufs Schwarze Brett zu werfen: »Mal gucken, was sich heute so tut.«

Im Flur des Nebengebäudes treffen sie Tina, Xenia und Louisa, die sich mit einigen anderen vor dem Aushang drängeln.

»Na«, sagt Marie, »habt ihr heute schon etwas vor?«

»Also«, antwortet Tina, »bevor wir hier so richtig durchstarten, werden wir wohl erst mal ein paar Lebensmittel einkaufen, Snacks für tagsüber, Getränke, Kaffee, Tee und solche Sachen. Heute Nachmittag wollen wir an einem Workshop teilnehmen. Abends wird gegrillt. Da – siehst du? Der Klaas hat's mit einem Zettel angekündigt. Dann dauert das Abendessen länger. Danach gibt es eine Performance. Vielleicht gucken wir zu? Mal sehen …«

»Oh«, sagt Paul, »das ist ja richtiger Freizeitstress, da seid ihr ja für heute schon total ausgebucht. Vielleicht schließen wir uns eurer Shoppingtour an? Was meinst du, Marie? Das eine oder andere könnten wir doch auch gebrauchen.«

»Ja«, antwortet Marie, »finde ich gut. Außerdem habe ich Lust, den Ort kennenzulernen.«

Zu fünft gehen sie los. Zu Fuß dauert es schon etwa eine Viertelstunde, bis der Ortsrand erreicht ist. Und noch einmal fünf Minuten bis zum Kern. Ein paar Cafés, ein paar kleine Geschäfte – darunter viele Blumenläden – und ein großer Supermarkt. Allzu viele Touristen scheint es in dieser Gegend nicht zu geben. Nachdem sie ihre Einkäufe erledigt haben, beschließen sie, noch einen Kaffee zu trinken. Schließlich haben sie alle Zeit der Welt, keine Verpflichtungen, kein Ach-ich-muss-endlich-mal. Herrlich!

»Heute Nachmittag werde ich beim Workshop Modell sein«, sagt Louisa. »An mir werden die Techniken gezeigt. Habe mich gestern Abend noch bei Elin, der Veranstalterin, gemeldet. Hatte am Schwarzen Brett gesehen, dass sie noch jemanden sucht.«

»Ach ja, die Louisa«, sagt Xenia, »unsere Hardcore-Masochistin ... nee, jetzt mal ernsthaft, die Louisa, die ist wirklich hart im Nehmen. Das muss man ihr lassen.«

»Hm«, setzt Marie an, »also ein bisschen neugierig werde ich gerade schon. Das ist wirklich witzig: Vor ein paar Wochen bin ich noch bei jedem Gespräch über solche Sachen knallrot geworden – ja, obwohl wir es selbst seit Jahren machen – und jetzt kann ich auf einmal ganz locker drüber reden.«

Louisa lacht. »Das Camp vollbringt wahre Wunder!«

»Es scheint so.«

Marie nickt nachdenklich, Paul ebenfalls.

»Sagt mal«, fährt sie fort, »kann man bei so einem Workshop auch einfach nur zugucken? Ich weiß ja gar nicht, was von den Teilnehmern erwartet wird, und mir ist vieles schon noch peinlich, zum Beispiel auch, mich vor anderen auszuziehen. Aber bestimmt wollen die, die mitmachen, auch keine Spanner dabeihaben.«

»Ihr könnt ja einfach mal fragen«, meint Xenia. »Aber ich könnte mir schon gut vorstellen, dass dafür jeder Verständnis hat.«

Marie schaut Paul fragend an: »Was meinst du? Sollen wir uns dorthin trauen?«

»Ich denke schon«, lautet dessen Antwort.

Gegen 15 Uhr sammeln sich die Teilnehmer auf dem Platz mit den Outdoor-Spielgeräten – für Marie und Paul bereits bekanntes Gelände. Zwar haben sich inzwischen Wolken vor die Sonne geschoben, aber es ist warm, und von Regen hat niemand etwas gehört. Elin zieht einen ganzen Packen Isoliermatten hinter sich her, die sie im Kreis auslegt. Sie wird von einem jungen Mann begleitet, der einen Korb voller Peitschen und Lederriemen trägt, in der anderen Hand Reitgerten, Rohrstöcke und Ochsenziemer. Als sich alle Teilnehmer gesetzt haben, ergreift zunächst Paul das Wort:

»Für Marie und mich ist es eine völlig neue Erfahrung, mit Menschen zusammenzukommen, die unsere Lust teilen. Wir sind noch sehr schüchtern.«

Er grinst, einige lachen freundlich.

»Deshalb wollten wir fragen, ob wir hier zunächst mal hospitieren dürfen, ohne uns zu beteiligen. Ist das möglich?«

»Also von mir aus sehr gerne«, sagt Elin. »Und ich kann mir nicht vorstellen, dass irgendjemand hier etwas dagegen hat.«

Und das hat auch niemand. Im Gegenteil. Pauls Nachbar erklärt, dass er und seine damalige Freundin vor Jahren dieselbe Frage gestellt haben.

»Aber pass auf«, fügt er dann noch hinzu, »das ändert sich schneller, als ihr euch auch nur träumen lasst. Am Ende eurer Ferien seid ihr Profis und mit allen Wassern gewaschen.« Paul antwortet nicht. Tatsächlich ist in den letzten Wochen so manches in Bewegung gekommen, womit er nicht gerechnet hätte.

Louisa sitzt neben Elin und Jan, dem jungen Mann, der hier als Elins Assistent fungiert.

»Okay«, beginnt Elin, »fangen wir an. Ich will hier gar nicht lange über die Geschichte der Flagellation sprechen, das wäre Stoff für ein komplettes Seminar. Nur so viel: Im achtzehnten Jahrhundert bezeichnete die Kirchenkritik der Aufklärung die Auspeitschung als ›raffinierte Unzucht‹ und machte damit klar, dass es manch einem geilen Priester oder lüsterner Nonne um anderes ging als um die Bekämpfung böser Leidenschaften. Bei de Sade wurde die Flagellation schließlich zum Gipfel sinnlicher Erfahrung. Und hier möchte ich ansetzen. Erotische Flagellation kann sich in den verschiedensten Kontexten abspielen. Sie kann einfach Sinnesreizung sein und vorsichtige Stimulation, sie kann eine Herausforderung darstellen, Strafe, Belohnung oder das Streben, über sich hinauszugehen, Transzendenz und Transformation, esoterische Selbst- oder Körperpraxis. Was immer es für euch sein mag und bei aller Verschiedenheit eurer Vorlieben und Schmerzgrenzen – ein paar technische Dinge gibt es immer zu beachten. Ich sage es jetzt einmal und dann nie wieder, den meisten von euch kommt es sicher bereits zu den Ohren raus: Nicht auf die Nieren schlagen!«

Gelächter in der Runde. Von dieser Weisheit hat offenbar jeder Teilnehmer – und sei er noch so unerfahren – bereits gehört. Elin wartet, bis die Heiterkeit verebbt ist, dann nimmt sie das Wort erneut auf.

»So, und nun zum spannenden Teil!«

Sie macht eine kurze Pause. Alle sehen sie neugierig an. Als Elin sicher ist, das absolute Maximum an Aufmerksamkeit zu haben, fährt sie fort:

»Man sollte sich, wenn nicht absolut klar ist, dass der Empfangende es anders will und mag, Zeit nehmen. Viel Zeit. Die Wenigsten können eine Tracht Prügel zwischen Tür und Angel genießen – und das gilt auch für den gebenden Part. Wer hat schon Lust, direkt wieder aufzuhören, wenn er den süßen Arsch eines willigen Opfers vor sich hat? Man fange also sanft an – vielleicht mit der Hand, einem Lederpaddel oder einem Gürtel – und steigere langsam die Intensität der Schläge sowie die Schärfe der Schlaggeräte. Ochsenziemer, Rohrstock oder besonders harte Peitschen sind etwas für den krönenden Abschluss. Aber genug geredet. Würdest du dich bitte ausziehen, mein Schatz?«

Der letzte Satz gilt Louisa. Jetzt würde es spannend werden. Manche Männer gucken schon jetzt verlegen zu Boden. Louisa steht auf. Sie ist mittelgroß, weder dick noch klapperdürr, ein ausgeglichener Körperbau jenseits der Extreme. Ihr Gesicht, umrahmt von kinnlangem, dunkelbraunem Haar, wirkt ruhig und freundlich. Sie trägt einen kurzen Rock aus fester, khakifarbener Baumwolle, ein zartviolettes T-Shirt, um den Hals eine dünne Goldkette mit Anhänger. Kein Mensch, der sie auf der Straße träfe, würde je erraten, wofür Louisas Herz schlägt.

Energisch streift sie das Oberteil über den Kopf, legt den Rock und die Wäsche ab. Anschließend steht sie splitternackt vor einer Runde von etwa dreißig bekleideten Menschen. Ihre Scham ist glatt rasiert. Den Blick hält sie ruhig und fest auf ihr Publikum gerichtet.

Seht mich an, seht mich alle an, denkt sie. *Warum schauen manche weg? Ich will für euch leiden und durch euch. Ich will euch allen gehören.*

Doch Louisas Erregung hat ihren Platz nicht zwischen den Beinen. Sie sitzt stattdessen im Hirn und frisst sich dort durch die kleinsten Windungen. Jetzt erhebt sich auch Elin. Sie nimmt ihr Modell bei der Hand und führt es zur Sprossenwand. Die Augenpaare der Teilnehmer folgen ihnen.

»Ich werde Louisa nicht fesseln«, erklärt sie, »denn ich möchte ihren wunderschönen Körper von allen Seiten gebrauchen. Ihr sollt sehen, dass sich Züchtigung nicht auf Arschversohlen beschränken muss. Aber damit werde ich beginnen.«

Sie stellt sich neben Louisa, jedoch mit dem Blick in entgegengesetzter Richtung. Die linke Hand legt sie auf den Rücken ihres Demonstrationsobjektes. Mit der rechten Hand tätschelt sie sanft den ihr dargebotenen weißen Hintern. Dann kommen die ersten Schläge. Zunächst leicht, dann fester und fester.

»Je nachdem, wie viel Kraft ihr habt und wie eure Hand beschaffen ist, könnt ihr dem Empfangenden so schon ganz schön wehtun«, erklärt Elin und klatscht auf Louisas Hinterteil, so fest sie nur kann.

»Männer sind dabei als Austeilende aber klar im Vorteil. Denn ich habe langsam das Gefühl, dass mir die Hand mehr wehtut als Louisa ihre Hinterseite. Es ist Zeit, ein Werkzeug zu Hilfe zu nehmen. Jan, würdest du mir bitte das Paddel reichen?«

Jan bringt das Gewünschte.

»Ja«, fährt Elin fort, »damit kann man schon ganz hübsch blaue Flecken zaubern.«

Sie schlägt versuchsweise ein paar Mal relativ fest zu. Doch für Louisa scheinen ihre Bemühungen ein Flohstich zu sein.

»Und zwischendurch«, so nimmt Elin den Faden wieder auf, »sind Pausen wichtig. Streichelt euer Opfer, sagt ihm, wie stolz ihr auf seine Leidensfähigkeit seid, wie sehr ihr seine Hingabe schätzt und wie schön es im Schmerz aussieht.«

Elin streicht über das bereits stark gerötete Fleisch ihrer Partnerin.

»Ihr könnt euch jetzt zu zweit oder zu mehreren zusammentun und das, was ich hier vorführe, gleich praktisch umsetzen.«

Daraufhin stehen einige Teilnehmer auf und suchen sich geeignete Plätze.

»Und wenn jemand Lust hat, dann kann er sich auch an meiner bezaubernden Assistentin vergreifen.«

Ein Mann gesellt sich zu Louisa und Elin.

»Wunderbar«, sagt Elin zu ihm. »Ich sehe, du trägst den perfekten Gürtel zum Schlagen. Wärest du so lieb, ihn mir zu borgen?«

»Mit Vergnügen.«

Der Mann zieht den schweren Riemen durch die Schlaufen seiner Hose.

»Mit einem Gürtel zu schlagen ist gar nicht so einfach«, setzt Elin ihre Ausführungen fort. »Aber ein bisschen Übung wirkt Wunder. Am besten, ihr legt den Riemen zu einer Schlinge.«

Das hat Paul die Erfahrung bereits gelehrt. Elin reicht den Gürtel seinem Besitzer.

»Möchtest du es mal versuchen?«

Der Mann schlägt zu, aber ziemlich zaghaft. Louisa hat sich inzwischen an der Sprossenwand in Position gebracht. Hatte sie anfangs noch direkt an den Hölzern gestanden, so ist sie nun einen großen Schritt nach hinten getreten, hat sich vorgebeugt und hält sich bei herausgestrecktem Hintern an den Querstreben fest. Ihr Gesicht hat sie seitlich auf den linken Arm gebettet. Ihr Gesichtsausdruck wirkt verträumt, leicht entrückt und gerade jetzt, während der Versuche des Teilnehmers, ein bisschen gelangweilt. Der junge Mann scheint sich nicht so richtig zu trauen.

»Im Prinzip machst du es richtig«, sagt Elin, »aber ich glaube, unser Modell kann viel mehr vertragen.«

Der Mann schlägt fester. Wenigstens verzieht Louisa jetzt ein wenig das Gesicht. Elin lässt sich den Gürtel noch einmal geben. Sie holt weit aus und schlägt mehrmals hintereinander mit voller Kraft zu. Louisa atmet jetzt schwerer. Sie konzentriert sich darauf, ihre Zunge nicht zwischen den Zähnen zu haben, um nicht unwillkürlich darauf zu beißen. Leider gucken jetzt nicht mehr so viele zu, da die meisten mit ihren jeweiligen Partnern oder Partnerinnen beschäftigt sind. Jan hat Gürtel und Paddel verteilt, und man hört ein vielstimmiges Klatschen und Stöhnen. Ganz unerwartet schlägt Elin auf Louisas Oberschenkel, die daraufhin erschrocken aufschreit.

»Überrascht euer Opfer«, sagt Elin, »nehmt die Macht, die euch gegeben wurde, auch an. Nutzt sie aus.«

Während Louisa weiterhin brav ihre Lenden präsentiert, geht Elin zu den Paaren oder Grüppchen, korrigiert und erteilt Ratschläge. Paul und Marie sind beeindruckt. Es ist nicht peinlich, keiner guckt aufdringlich auf die entblößten Körper, keiner macht sich über andere lustig. Im Gegenteil: Man berät und unterstützt einander. Elin werden viele Fragen gestellt. Sie hilft und zeigt – immer und immer wieder. Man merkt, dass auch sie ihren Spaß hat.

Schließlich kehrt sie zu ihrem geduldigen Modell zurück.

»So, jetzt wird es ernst. Alles, was eine Fläche hat – die Hand, das Paddel, der Gürtel, ein Frühstücksbrettchen oder eine Bürste –, kann zwar recht schmerzhaft sein, ist aber nicht mit einem Rohrstock oder einem Ochsenziemer zu vergleichen. Hiermit könnt ihr lang anhaltende Striemen produzieren, und es ist wichtig, vorher zu klären, ob euer Partner, eure Partnerin, das will.«

Louisa wird unruhig. Hierauf hat sie gewartet. Alles andere war nur Vorspiel. Jetzt geht es richtig los.

»Wenn es dir zu viel wird, dann sag Bescheid«, hört sie Elin sagen.

Fang endlich an, denkt Louisa.

Jan reicht Elin einen Rohrstock. Elin beginnt mit leichten Schlägen aus dem Handgelenk. Jetzt schaut wieder die komplette Gruppe zu.

So mach schon, schreit es im Inneren ihres Opfers. Und jetzt nimmt Elin die Kraft des Armes dazu. Sie holt aus und schlägt scharf zu. Einige in der Gruppe zucken zusammen. Louisa stöhnt verhalten und geht für einen Moment leicht in die Knie. Sie beginnt zu schwitzen. *Bitte*, schreit sie stumm, *mach weiter*. Und das tut Elin. Sie peitscht Louisas Hintern und ihre Schenkel. Hier ist die Haut empfindlicher, und die Striemen treten noch deutlicher in tiefem Rot hervor. Anschließend dreht Elin ihr Modell um und zeigt, wie man auch die Brüste mit dem dünnen, geschmeidigen Stock schlagen kann. Morgen würden diese empfindsamen Stellen sicher grün und blau sein. Louisa lächelt bei dem Gedanken.

Leider gibt es dann eine Pause, da Elin wieder mit den Teilnehmern arbeitet. Tina und Xenia üben miteinander, und Tina hat sich gerade die enorm große Brust der Freundin vorgenommen, die wie geschaffen für den Rohrstock oder eine Reitpeitsche ist.

Ach ja, denkt Louisa, *ihr beiden steht euch auch viel näher. Oft denke ich, ich komme niemals wirklich an euch heran. Ich fühle mich manchmal als drittes Rad am Wagen. Ich mag keine Partys, und Fetischoutfits interessieren mich nicht. Ich will nicht spielen – jedes Wochenende mit jemand anderem –, sondern leiden und dienen – und zwar einer einzigen Person. Was mag Marie wohl für ein Leben führen?*

Doch bevor sie sich in ihren Überlegungen verlieren kann, ist Elin bereits wieder bei ihr. Nun geht es mit den Peitschen weiter. Jan zeigt die verschiedensten Modelle. Da gibt es Effektpeitschen mit Schnüren aus Samt, solche mit weichen Riemen aus Wildleder, Peitschen mit Gummischnüren – laut Elin besonders schmerzhaft – und Modelle mit schweren Ledersträngen, die heftige Male auf der Haut erzeugen können. Louisa muss sie alle ertragen; auf dem Po, dem Rücken, den Schenkeln, den Brüsten. Und für die Handflächen und die Fußsohlen greift Elin noch einmal zum Rohrstock. Und dann erneut zur Peitsche. Zuletzt vergisst Elin ihre Schüler und Louisa ihr Publikum. Als die so hingabefähige Freiwillige die ersten wirklich dramatisch klingenden Schreie ausstößt, lässt die Meisterin ihr Züchtigungsinstrument sinken. Sie weiß, dass sie sich beherrschen muss. Die Teilnehmer untereinander haben schon längst aufgehört zu üben. Sie sitzen im Gras und betrachten nachdenklich die Lehrerin und ihr Modell. Einige, denen es zu viel wurde, sind bereits gegangen.

»Ich denke«, sagt Elin – und diese Worte kosten sie echte Überwindung –, »wir brechen an dieser Stelle ab. Es wäre schön, wenn wir uns in einigen Tagen wieder treffen könnten und ihr über eure Erfahrungen und Fortschritte berichten würdet.«

Anschließend tritt sie nahe an Louisa heran und zischt ihr ins Ohr: »Es wäre noch viel schöner, wenn wir das hier bei Gelegenheit fortsetzen könnten – dann aber zu zweit.«

Paul und Marie sind bis zum Schluss geblieben. Auch wenn es gegen Ende schon ganz schön zur Sache ging, hatten sie dennoch eine faszinierende Darbietung erlebt. Das Zusammenspiel von

Elin und Louisa hatte so harmonisch gewirkt, dass ein eigenartiger Bann beide nicht einen Augenblick ans Gehen hatte denken lassen. Doch nicht nur das! Der komplette Workshop war ein Erlebnis: So viele Menschen, die gemeinsam und mit solcher Ruhe und Selbstverständlichkeit ihren in der Normalwelt doch oft noch diskreditierten oder ins Lächerliche gezogenen Neigungen nachgingen. Unglaublich!

»Weißt du was?« Marie wendet sich zu Paul um. »Beim nächsten Mal machen wir mit.« Und ihr Freund hatte bereits dasselbe gedacht.

Der Nachmittag ist wie im Flug vergangen. Schon bald wird es Zeit zum abendlichen Grillen sein. Marie erklärt sich spontan bereit, bei den Vorbereitungen zu helfen, Gemüse für Salate zu schneiden und Fleisch aus Verpackungen zu nehmen. Paul setzt sich währenddessen mit einem Buch unter das Zeltdach vor dem Haus. Er hat gerade keine Lust, Menschen um sich zu haben.

»Wie lange haben wir schon nicht mehr gegrillt?«, überlegen sie, als sie später Fleisch, Schafskäse, Tofu und Gemüse auf den Rost legen.

Später, es dämmert bereits, wandern viele Bewohner der Ferienkolonie hinüber zum Spielplatz am See. Hier soll die von Tina erwähnte Performance stattfinden. Neugierig geworden schließen Marie und Paul sich an. Am Ort des Geschehens sind die Vorbereitungen bereits in vollem Gange. Mitarbeiter stecken einen bogenförmigen Metallrahmen im Boden fest und verankern ihn vorne und hinten unauffällig mit dünnen Seilen aus transparentem Material. An der höchsten Stelle misst er ungefähr zweieinhalb Meter. Oben und unten sind an beide Seiten Halterungen geschweißt, in die ein Mitarbeiter jetzt Ketten einhängt. Die eiserne Konstruktion ist mit einer Zündschnur umwickelt. Rundherum werden mehrere Feuerschalen aufgestellt und mit Holz und Papier bestückt. Schon bald lodern die kleinen

Scheiterhaufen vor sich hin. Zwar ist es noch nicht dunkel, doch auch während der blauen Stunde sorgt das Züngeln der Flammen für eine dramatische Atmosphäre. Plötzlich ertönt Musik. Offensichtlich soll es jetzt losgehen. Die Unterhaltungen brechen langsam ab, es wird still.

Es ist eine eigentümliche, wunderliche Musik, die die Veranstalter dieser Performance ausgesucht haben. Eigentlich sind es nur Geräusche, aneinandergereihte Dissonanzen, die die Ohren des Publikums bis aufs Äußerste strapazieren. Ruhig zwar, aber dennoch rebellisch und aggressiv in der Verweigerung jeder Rücksichtnahme auf Hörgewohnheiten und -intuitionen. So unvermittelt, wie die Klänge begannen, verstummen sie auch wieder. Etwa zwei Minuten lang passiert gar nichts. Als die ersten Anwesenden unruhig zu werden beginnen, schwillt ein Ton langsam von einem leisen Säuseln zu massivem Volumen an – und bricht wieder ab. Diesmal kam das Geräusch eindeutig vom Waldesrand her. Aller Augen wenden sich dorthin. Aus dem Gestrüpp und Gewirr der niedrig hängenden Zweige tritt eine Gestalt hervor. Sie trägt einen eng anliegenden schwarzen Anzug aus glänzendem Lack. Das Gesicht und der Hals werden von einer Maske aus demselben Material verhüllt. Über die Hände sind Handschuhe – ebenfalls aus Lack – gestreift. Nicht ein einziger Streifen Haut ist zu sehen. Nur an den Augen, der Nase und dem Mund ermöglichen winzige Luftlöcher den Vollzug der körperlichen Grundfunktionen.

Diese offensichtlich weibliche Gestalt, die in ihrer artifiziellen Aufmachung in krassem Kontrast zur Natur ringsum steht, führt hinter sich eine zweite Frau, die um einiges kleiner ist. Sie trägt ihr blondes Haar locker aufgesteckt und ist in ein weißes Gewand aus transparentem Stoff gehüllt. Den Blick hält sie gesenkt. Um ihren Hals trägt sie ein weißes Lederhalsband, in dessen Ring eine Leine derselben Farbe gehakt ist. Locker liegt der Riemen in der Hand der Führerin. Auch die Hand- und Fußmanschetten der engelsgleichen Erscheinung sind weiß. Auf den hohen Absätzen ihrer Lackstiefeletten schreitet die Führerin vorsichtig durch das Gras. Auf bloßen Füßen folgt ihre Gefährtin. So ziehen beide in den durch die Feuerschalen markierten Zirkel ein, in dessen Mitte der Bogen in den Abendhimmel ragt. Noch immer keine Dunkelheit. Außerhalb des Kreises hat ein Mann mit einer Trommel Platz genommen. Er schlägt einen langsamen Rhythmus. Beide Darstellerinnen präsentieren sich für einen Moment frontal ihrem Publikum. Lackschwarz gepanzert die eine, feenhafte Lichtgestalt die andere. Ein schöner Anblick. Applaus brandet auf. Schließlich legt die transparent Gewandete ihre Kleidung ab, wendet den Betrachtern den Rücken zu und stellt sich mit weit geöffneten Beinen unter den Rahmen. Sie erhebt die Arme. Ihre maskierte Partnerin verbindet die Hand- und Fußfesseln mit den Ketten des Bogens. Sie tritt für einen Moment beiseite und gibt den Blick auf den fixierten Körper frei. Das Feuer knistert. In kurzer Zeit würde Dunkelheit auf die Szenerie niedersinken. Der Trommler beschleunigt den Takt. Ein Mann tritt in den Feuerkreis, nackt bis auf einen ledernen Lendenschurz. Er trägt ein silbernes Tablett. Was liegt darauf? Marie kann es nicht genau erkennen. Gebannt schauen alle zu ihm hin. Er nimmt Aufstellung neben dem gesichtslosen Kunstwesen in Lack. Dann kniet er nieder und präsentiert mit erhobenen Armen das Tablett.

Der Rhythmus der Trommel variiert. Was wird passieren? Schwarz glänzende Finger nehmen etwas von der silbernen Platte herunter und halten es zwischen Daumen und Zeigefinger dem Publikum entgegen. Ein Raunen geht durch die Menge.

»Was ist das?«, flüstert Paul.

Marie schüttelt den Kopf: »Ich weiß es nicht.«

Das Mädchen neben ihr wendet sich um:

»Das ist eine Kanüle mit einer bunten Feder hinten dran«, sagt sie. »Eine Nadel mit Verzierung.«

»Oh«, entgegnet Marie, »danke.«

Selbst im Dämmerlicht kann sie sehen, wie sämtliche Farbe aus dem Gesicht ihres Freundes verschwindet.

»Vielleicht sollte ich lieber gehen«, überlegt Paul leise, »ich kann doch kein Blut sehen.«

»Ich glaube nicht, dass es bluten wird«, sagt das Mädchen.

»Marit beherrscht ihre Technik virtuos. Außerdem: Hier soll es schön aussehen, da würde Blut die Allermeisten nur stören. Bleib wenigstens noch einen Moment. Du würdest wirklich was verpassen. Und falls es dir doch zu viel werden sollte – gehen kannst du immer noch.«

Zwar ist Paul skeptisch, andererseits verspürt er auch wenig Lust, sich zwischen den dicht an dicht auf dem Rasen lagernden Zuschauern durchzudrängen. Das würde auf jeden Fall die Atmosphäre gespannter Konzentration zerstören. Also bleibt er sitzen. Und wartet. Und hofft.

Doch tatsächlich: kein Blut, keine Schreie, keine Tränen. Marie sitzt leicht vorgebeugt und starrt mit geöffnetem Mund aufs Geschehen. Nadel um Nadel schiebt Marit in den bloßen Rücken, der ihr still und ruhig dargeboten wird. Und jede einzelne Nadel schmückt eine bunte Feder, jede leuchtet in einer anderen Farbe: Rot, gelb, violett, ultramarinblau und smaragdgrün leuchtet der Rücken. Bald schillert auf dem Körper ein Farbenmeer. Und nun wird auch eine Form erkennbar: Stück für Stück wächst das reich gefiederte Herz aus dem Rücken der zarten, hellhäutigen Frau hervor. Marie ist erstaunt. Hätte man ihr vorher berichtet, was sie hier zu sehen bekäme, sie wäre dem Geschehen ferngeblieben. Doch die Worte wären nur ein falscher, schaler Abglanz dessen gewesen, was sich hier den Augen bietet. Nun ist sie fasziniert angesichts einer nie geahnten Verbindung von Schmerz und Ästhetik.

Feder für Feder setzt die üppige Kontur sich fort. Von Schulterblatt zu Schulterblatt und bis hinunter zum Poansatz. Als nur noch drei oder vier Kanülen auf dem Tablett liegen, beschleunigt sich der Rhythmus der Trommel, wird lauter, heftiger und schwillt zeitgleich mit dem Setzen der letzten Nadel zu einem fulminanten Finale an. Danach – Stille.

Es wurde höchste Zeit, die Präzision erfordernde Handarbeit zu beenden. Endgültig ist nun das Dunkel der Nacht herabgefallen; jetzt bilden die Feuerschalen die einzige Lichtquelle. Doch dann setzt der Assistent der schwarzen Meisterin sein Tablett ab und nimmt selbst ein letztes, im Publikum nicht erkennbares Stück herunter. Er macht sich am Fuße des Bogens zu schaffen. Natürlich, es sind Streichhölzer! Der junge Mann entfacht die um den Aufbau gewundene Zündschnur. Schnell ist der gebundene Körper von Flammen umkränzt. Flackernd streben sie in den Himmel, wild und doch in sicherer Entfernung von der so tapferen jungen Frau. Was für ein Bild: das bunt gefiederte Herz; der weiße Rücken; die lodernden Flammen! Der Trommler hat sein Spiel wieder aufgenommen. Ekstatisch hetzt er den eigenen Tönen hinterher, jagt sie, fängt sie – und verstummt. Ruhe. Ganz plötzlich. Nur noch das Knistern der Feuer.

Es ist zu Ende. Die Zuschauer brauchen eine ganze Weile, ehe sie aus ihrer Verzauberung erwacht sind. Dann entlädt sich die übergroße Spannung in donnerndem Applaus. Minutenlang. Marie klatscht, bis ihr die Hände wehtun. Und Paul ist froh, dass er dem Rat des Mädchens Folge geleistet hat. Doch blass ist er immer noch.

»Es war eine Erfahrung«, das muss er sich eingestehen. »Doch vor der nächsten Performance«, so beschließt er, während er sich etwas mühsam erhebt, »werde ich mich vorher über das Programm informieren.«

7. Kapitel

Max und Anna

Am nächsten Morgen erscheint es Paul und Marie, als seien sie bereits eine Ewigkeit hier in Ahrenshoop. Weit weg ist der Düsseldorfer Alltag. Was das Wetter betrifft, so zeigt sich der Sommer von seiner schönsten Seite. War es gestern bereits angenehm warm, so liefert der heutige Morgen das Versprechen heißer Temperaturen. Beim Frühstück bilden sich mehrere Gruppen, die zum Strand gehen wollen. Auch Paul und Marie verspüren Lust aufs Meer. Ein bisschen schüchtern bittet Louisa darum, sich ihnen anschließen zu dürfen. Tina und Xenia schliefen noch.

»Die haben gestern nach der Performance noch ganz schön viel Wein getrunken«, erklärt sie.

»Aber natürlich, sehr gern«, lädt Marie das stille Mädchen ein. »Deine Freundinnen wissen ja gar nicht, was sie verpassen. Ich habe heute Morgen gehört, dass der Strand wunderschön sein soll.«

Sie trennen sich noch einmal, und jeder holt seine Badesachen. Als Paul und Marie ihr Häuschen betreten, scheint ihnen das Wohnzimmer mit noch mehr Kram vollgemüllt zu sein als bei ihrer Ankunft.

»Also«, sagt Paul, »Ingrid und Bernd sind zwar ganz lockere, witzige Typen, ich bin aber doch sehr froh, dass sie heute Mittag den Bungalow räumen müssen und abends von der Bildfläche verschwinden. Die sollten ohnehin langsam mal aufstehen, denn dieses Chaos zu beseitigen dauert sicher eine ganze Weile. Und für das verklebte Geschirr wäre vielleicht ein Meißel nicht schlecht. Mich würde nicht wundern, wenn die das einfach so stehen ließen.«

»Ich würde hier auch gern mal gemütlich sitzen«, merkt Marie an. »Solange die noch da sind, ist daran nicht zu denken. Außerdem bin ich neugierig auf Anna. Was wir gestern beim Frühstück über sie gehört haben, klang richtig spannend.«

Einige Minuten später holt Louisa Paul und Marie ab. Auch sie schüttelt den Kopf über das Chaos im Häuschen.

»Das ist der Vorteil beim Zelten«, sagt sie, da weiß man wenigstens, mit wem man es zu tun hat.«

Aber so richtig glücklich ist sie im Moment mit ihren Zeltgenossinnen nicht. Warum haben Tina und Xenia gestern Abend so albern gelacht, als sie nach einem Glas Wein auf Cola umgestiegen ist?

Schließlich machen sie sich zu dritt auf den Weg. Marie schwenkt die Badetasche. Ganz schön schwer! Aber Paul hat auch noch Proviant eingepackt – denn an so einem herrlichen Tag könnte man gar nicht lang genug am Strand bleiben.

Zunächst wandern sie die Landstraße entlang. Louisa summt leise eine Melodie und lässt das Gras am Wegesrand durch ihre Finger gleiten. Schließlich biegen sie rechts ab und durchqueren ein Wäldchen. Dahinter beginnt ein schmaler Weg, der durch die Dünen direkt zum Badestrand hinunterführt – genauso, wie Klaas es heute Morgen beschrieben hatte. Schon jetzt brennt die Sonne.

»Wollten wir nicht eigentlich irgendwo hinfahren, wo es nicht so warm ist?«, fragt Marie.

»Ich habe gehört, auf Mallorca soll es gerade ziemlich kühl sein«, entgegnet Paul und fährt fort: »Dann können wir ja fürs nächste Jahr schon mal Ballermann-Ferien vormerken.«

Er lächelt Marie mit dem unschuldigsten Gesichtsausdruck der Welt an.

»Oh«, stöhnt Marie, »ich glaube, dafür bin ich nicht Masochistin genug.«

Louisa lacht. »Ich auch nicht«, bekräftigt sie Maries Abneigung.

»Nun«, sagt Paul, »was den Grad deines Masochismus angeht, so wärst du vielleicht eine Kandidatin – aber ich glaube, das ist trotzdem nichts für dich. Eher für deine beiden Freundinnen. Aber die Vorstellung, die du gestern mit Elin geboten hast, die war schon beeindruckend, wirklich. Dabei wirkst du so sanft. Aber einstecken kannst du – alle Achtung!«

»Vielen Dank«, antwortet Louisa leise. Sie errötet vor Freude. »Also eigentlich war das ja noch gar nichts.«

»Für dich vielleicht«, gibt er zurück. »Doch du hättest die Gesichter einiger Teilnehmer sehen müssen.«

»Also«, schaltet Marie sich ein, »das war schon ganz ordentlich, was du da ausgehalten hast, Louisa. Ganz große Klasse. Und du sahest auch so anmutig dabei aus. Ich habe deine Tapferkeit und dein Durchhaltevermögen jedenfalls sehr bewundert. Und fast mehr noch, mit welchem Selbstbewusstsein, ja, welcher Selbstverständlichkeit du nackt vor der Gruppe gestanden hast.«

»Ich liebe das«, flüstert Louisa beinahe unhörbar. »Ich liebe solche Situationen. Zu Hause finde ich viel zu selten Gelegenheit dazu.«

Paul ist inzwischen ein Stück vorausgegangen. Die Mädchen schlendern hinterher. Louisa nimmt das Wort wieder auf.

»Ich beneide dich. Ich hätte auch gern einen Freund, der meine Neigungen teilt.«

»Und ich beneide dich«, entgegnet Marie. »Deine Sicherheit im Umgang mit deinen Vorlieben, dein Mut und deine Treue zu dir selbst! Außerdem hast du einen schönen Körper. Bleibe so natürlich, wie du bist. Dann wirst du sicher bald einen Mann finden, der zu dir passt.«

Doch Maries Gedanken sind weniger optimistisch als ihre Worte.

Louisa hat aber auch wirklich recht drastische Bedürfnisse, denkt sie. *Für Paul wäre das zu viel.*

Und damit hat sie auch recht.

Inzwischen sind sie am Strand angekommen; weißer Sandstrand kilometerweit. Und grün bewachsene Dünen. Marie denkt an den schwarzen Schotter in Norditalien. Dort haben sie vor zwei oder drei Jahren ihren Urlaub verbracht. Um wie viel schöner ist es doch hier! Sie breiten ihre Handtücher aus und setzen sich hin.

»Tut dir denn dein Po noch weh?«, erkundigt sich Marie. »Und deine Brüste? Ja, überhaupt dein ganzer Körper?«

»Alles«, lautet die selige Antwort. »Die letzte Nacht war wunderschön. Zwar wäre es toll gewesen, wenn Elin noch weiter gegangen wäre, aber auch so habe ich mich – im wahrsten Sinne des Wortes – schon recht zerschlagen gefühlt.«

Louisa lächelt versonnen.

»Ich bin dann schon früh in meinen Schlafsack gekrochen, bevor sich Tina und Xenia hingelegt haben. Es hat sich einfach wahnsinnig angefühlt, mich nach überstandenem Schmerz so einzukuscheln. Ich habe es mir dann so richtig besorgt. Das mache ich eigentlich selten. Und während ich mich geliebt habe, waren meine Gedanken bei Elin. Der Orgasmus kam ganz schnell.«

Louisa hatte mit eindringlicher Stimme gesprochen und jedes ihrer Worte so bedeutungsvoll klingen lassen, als läge darin die Offenbarung ihres tiefsten Inneren. Vielleicht war es auch so.

»Vielleicht ist der Schmerz der Schlüssel zu Louisas Seele«, überlegt Marie und hat auf einmal Angst, dass diese hingabewillige junge Frau nur zu leicht an Männer geraten könnte, die ihr absolut nicht guttun würden.

Man muss auf sie aufpassen, denkt sie noch. Doch alle Besorgnis ist vergessen, als sie zu dritt auf die Brandung zu rennen und sich in die kühlen Fluten stürzen – Louisa mit Spuren am ganzen

Körper. Es ist gut, dass Paul an ein Picknick gedacht hat, denn mittags hat keiner Lust, nach Hause zu gehen. Am frühen Nachmittag stoßen noch Tina und Xenia dazu:

»Haben wir uns gedacht, dass wir euch hier finden, aber sag mal, Lou, warum bist du denn einfach so verschwunden, ohne eine Nachricht zu hinterlassen?«

Louisa antwortet nicht, aber das haben die beiden wohl auch gar nicht erwartet. Später bauen sie alle zusammen eine riesige Sandburg und spielen Fußball mit einem Gummiball, den Marie eingepackt hatte. So ist es kein Wunder, dass sie am späten Nachmittag müde sind. Also allgemeiner Aufbruch! So könnten sie vor dem Abendessen noch bequem duschen und ausruhen.

»Na ja«, sagt Paul, »nachdem jetzt auch Bernd und Ingrid endgültig verschwunden sind, können wir euch demnächst auch mal einen gemütlichen Sitzplatz in unserem Wohnzimmer anbieten.«

»Richtig!«, ruft Marie aufgeregt. »Das hatte ich komplett vergessen. Heute kommen Max und Anna!« Sie legt direkt einen Schritt zu. »Marie liebt diese Anna schon, bevor sie sie auch nur kennengelernt hat«, seufzt Paul. Doch seine theatralische Stimme sowie das Zwinkern seiner Augen verraten, dass er nur Spaß gemacht hat.

Schließlich öffnen sie das Tor zum Gelände des Camps. Tina, Xenia und Louisa steuern Richtung Zeltplatz, Paul und Marie Richtung Bungalow. Man winkt einander zu.

»Bis später beim Essen!« Louisa blickt dem Paar einen Moment länger nach als ihre Freundinnen.

Wie oft sind sie nun schon den kleinen Pfad entlanggewandert, der direkt auf ihr Haus, die Neununddreißig, zu führt? Doch diesmal liegt in diesen letzten Metern eine besondere Spannung.

»Ob sie wohl schon da sind?«, überlegt Marie laut. Im Stillen hat sie sich diese Frage den ganzen Tag über gestellt. Paul wirft einen Blick auf seine Uhr. Es ist halb sechs.

»Möglich«, sagt er, »sogar wahrscheinlich.«

Und in der Tat: Als Marie die Klinke versuchsweise hinunterdrückt, springt die Tür sofort auf. An der Küchenzeile gegenüber steht eine Frau. Sie wendet ihnen den Rücken zu, dreht sich aber sofort um und stellt ihr Wasserglas zur Seite.

»Hallo«, grüßt sie mit klangvoller Stimme. »Ich bin Anna. Und wenn Klaas mir nichts Falsches berichtet hat, dann seid ihr Marie und Paul.

»Exakt«, sagt Paul und stellt die Tasche ab. Für einen Moment genießt er den Anblick des sauberen und ordentlichen Wohnzimmers. Tatsächlich haben Bernd und Ingrid ihre Pflicht getan. Fast tut es ihm leid, dass er ihnen anderes unterstellt hat. Vielleicht wären die beiden gar nicht so übel gewesen.

Anna sieht vollkommen anders aus, als Marie sie sich vorgestellt hat. In ihrer Phantasie hatte sie unwillkürlich einen niedlichen Frauentyp entworfen, zierlich gebaut, im Rock, auf hohen Schuhen und mit langen Haaren; vom Wesen her zurückhaltend und lieb. Annas Erscheinung repräsentiert das genaue Gegenteil. Marie ärgert sich, dass sie selbst offensichtlich geneigt ist, einer als besonders devot beschriebenen Frau automatisch ein püppchenhaftes Äußeres und eine dementsprechende Persönlichkeit zu unterstellen. *Ich bin eine Sexistin*, schimpft sie sich im Geiste.

Da steht sie also – Anna. Mittelgroß, Anfang vierzig, von athletisch-androgyner Figur mit etwas breiteren Schultern und dazu passenden Hüften. Ihre Kleidung: ein legerer Hosenanzug aus schwarzem Leinen, darunter ein leuchtend rotes T-Shirt. Das raspelkurze Haar ist schwarz gefärbt. Sie trägt eine kastenförmige Brille mit einem dicken, dunkelroten Kunststoffgestell – eine Farbe, die sich auf pikante Weise mit ihrem leuchtenden Lippenstift beißt.

Fasziniert starrt Marie die Frau an. Von ihr geht eine ungeheure Präsenz aus. In jedem ihrer Worte und jeder ihrer Bewegungen liegt unglaublich viel Energie. Ihre Aussprache ist prononciert, fast pedantisch. »Max, mein Mann, ist gerade noch bei Klaas. Er wird aber gleich kommen, dann lernt ihr auch ihn kennen.« Keine Endsilbe verschluckend, nagelt sie die Worte vor sich in den Dielenboden.

»Ihr wart wohl schon ziemlich oft hier?«, ergreift Paul das Wort.

»Du hast recht. Wir kommen schon seit Jahren nach Ahrenshoop. Viele Berliner scheinen zu denken, außerhalb von Berlin gäbe es keine Sadomasochisten mehr – höchstens noch in Hamburg. Hier wird man eines Besseren belehrt. Ein Sommer ohne wenigstens eine Woche in Ahrenshoop? Mir würde etwas fehlen! Inzwischen kennen wir hier auch viele Leute. Und es hat auch etwas, sich mal nicht der Außenwelt anpassen zu müssen, einmal im Jahr so richtig ...«

Bevor sie den Satz zu Ende bringen kann, öffnet sich die Tür. Ein Mann betritt das Haus – so groß, dass er darauf achten muss, sich nicht an der oberen Türkante zu stoßen. Lächelnd tritt er Paul und Marie entgegen.

»Mein Name ist Max«, sagt er. »Auf gutes Miteinander. Wir werden jetzt für fast drei Wochen hier zusammenleben. Na, es wird schon gut gehen.«

Für Paul und Marie gibt es keinen Grund, daran zu zweifeln. Max wirkt sehr ruhig; fest und energisch ist sein Händedruck.

»Wir werden dann erst mal auspacken«, sagt er und fügt nach einem Moment hinzu: »Habt ihr für heute Abend schon etwas vor? Vielleicht habt ihr Lust, mit uns nach dem Essen ein Glas Wein zu trinken? Wir sind ziemlich müde von der Reise. Für heute Abend ist, wie wir gehört haben, eine Latex-Party angekündigt, aber dazu werden wir uns nicht mehr aufraffen können.«

»Gern«, sagt Marie, und Paul stimmt ebenfalls zu.

Als das Berliner Paar sein Schlafzimmer aufsucht, lässt Anna Max bewusst den Vortritt. Davon zeugt ihre einladende Handbewegung. Paul und Marie sehen sich unauffällig an.

Nach dem Essen treffen sie sich alle unter dem Zeltdach vor dem Holzhaus. Anna holt Wein- und Wassergläser aus der Küche.

»Was möchtet ihr trinken?«, fragt Max. »Weißwein? Rotwein? Haben wir beides mitgebracht. Der Weiße steht auch schon im Kühlschrank.

»Ihr seid ja phantastisch organisiert«, sagt Marie. »Also einen kühlen Weißwein fände ich jetzt einfach himmlisch. Es ist immer noch so warm!«

Das finden alle, und so ist die Wahl schnell getroffen. Max öffnet die erste Flasche. Erst schenkt er Marie ein und dann Paul. Anschließend stellt er den Wein auf den Tisch. Anna greift sofort danach und füllt das Glas ihres Mannes. Nachdem sie sich selbst bedient hat, ist die Flasche bereits leer.

Max erhebt sein Glas. Er richtet seinen Blick auf Paul.

»Auf unsere Wohngemeinschaft!«, sagt er.

Sie stoßen an. Danach prostet er Marie zu und zuletzt Anna. Marie entgeht nicht, mit was für einem Blick er seine Frau ansieht.

Wie sehr er sie lieben muss, denkt sie.

»Wir haben den ganzen Tag im Auto gesessen«, sagt Anna. Sie atmet tief durch und fährt sich mit allen zehn Fingern durch die kurzen Haare.

»Von Berlin bis hierher, das ist schon ganz schön weit. Trotzdem genieße ich die Fahrt nach Ahrenshoop immer wieder. Es ist, als entführte mich Max in eine andere Welt. Ich trug fast die ganze Zeit über Handschellen. Zwei Stunden lang musste ich schweigen. Mit wie wenig man sich doch eine Reise kurzweilig gestalten kann.«

Sie grinst und sieht Max an. Zwei Reihen gleichmäßiger, strahlend weißer Zähne werden sichtbar.

»Dann habt ihr also schon auf der Fahrt gespielt«, sagt Paul langsam. »Wenn ich ehrlich bin, habe ich über solche Möglichkeiten noch nie so richtig nachgedacht. Obwohl ... jedenfalls habt ihr viel Phantasie.«

»Wieso gespielt?«, lässt Anna sich vernehmen. »Wir spielen nicht, wir leben einfach unser Leben.« Sorgfältig moduliert ihre Stimme jede einzelne Silbe. Und wenn sie nicht anschließend ein gewinnendes Lächeln aufgesetzt hätte, dann hätten ihre Worte einer gewissen Schärfe nicht entbehrt.

Nun wird Marie klar, was Thijs neulich beim Abendessen meinte, als er Max und Anna als ziemlich straight bezeichnet hat. Was bei ihr und Paul – vielleicht auch bei Thijs und Famke – in strikter Abgrenzung vom Alltag vonstatten geht, das haben Max und Anna in ihr ständiges Miteinander integriert.

Ist es das, was auch ich mir wünsche?, fragt sich Marie. Sie weiß es nicht. Jedenfalls meint sie, eine besondere Spannung zwischen den beiden wahrzunehmen, zum Beispiel eben gerade, als sie sich ansahen und Anna die Augen niederschlug. Mit welcher Ruhe hingegen blickt sie selbst, Marie, ihrem Partner ins Gesicht. Wie gerne verliert sie sich in seinen dunklen Augen! Und wie viel sorgloser geht sie mit ihm um! Würde es Paul gefallen, wenn sie ihm auch einmal demonstrativ den Vortritt ließe – ohne besondere Vereinbarung und zudem vor den Augen anderer? Oder wäre es ihm peinlich? Marie hält beides für möglich. Doch wenn sie ehrlich ist, dann hat es sie bereits erregt, zu sehen, wie Anna Max eben den Wein eingeschenkt hat. Was mochte dabei in ihrem Kopf vorgegangen sein – oder auch zwischen ihren Beinen? Sie würde die ältere, erfahrene Frau gern so vieles fragen. Aber sie traut sich nicht. Und vor den Männern schon gar nicht.

»Nun ja«, sagt Max in verbindlichem Ton, »Anna hat nicht unrecht. Tatsächlich stehen wir dem Begriff ›Spiel‹ sehr kritisch gegenüber. Aber das bedeutet kein Werturteil gegenüber Menschen, die hierzu eine andere Auffassung vertreten. Jeder muss für sich selbst herausfinden, wie seine Erfüllung aussieht. Aber genug davon! Erzählt doch mal ein bisschen über euch: Wo kommt ihr her? Was macht ihr?«

Anna interessiert sich sehr für Maries Studium. »Ich habe auch Soziologie studiert«, erklärt sie, »wenn auch nur im Nebenfach.«

»Wirklich? Und was tust du jetzt?«, fragt Marie, die sich noch nicht sicher ist, in welche Richtung sie nach der letzten bestandenen Prüfung steuern wird.

»Ich bin Journalistin. Und Max arbeitet ebenfalls in diesem Bereich. Er ist selbstständig, während ich Redakteurin bei einer Berliner Tageszeitung bin; Ressort Außenpolitik.«

»Tja«, kommt es von Max, »Anna hat es sozusagen ›geschafft‹: Festanstellung. Ordentliches Gehalt. Davon kann ich nur träumen. Aber um ehrlich zu sein: Mir fehlt Annas unbedingter Ehrgeiz. Hinzu kommt: Ich liebe meine Freiheit! Manchmal fange ich erst mittags an zu arbeiten – und höre irgendwann in der Nacht auf. Wenn die Sonne scheint, dann kann ich mich mit meinem Laptop nach draußen setzen. Das sind Arbeitsbedingungen, die für mich manche Unsicherheit aufwiegen.«

»Das ist auch schön.« Anna nickt zustimmend. »Ich habe früher genauso gearbeitet. Aber mir fehlte dabei der Austausch mit Kollegen, Kontakte – ich brauche mehr Menschen um mich herum – und direktere Anerkennung.«

Liebevoll und stolz sieht Max sie an: »Ja, Anna gibt stets ihr Äußerstes. Auf allen Gebieten – wirklich auf allen.«

Er nimmt ihre Hand. Sie sehen einander an wie ein frisch verliebtes Paar. Dabei sind sie seit zehn Jahren verheiratet.

Marie leert ihr Weinglas als Letzte. Anschließend gähnt sie so herzhaft, dass sie alle anderen mit ihrer Müdigkeit ansteckt. Einvernehmlich fällt der Beschluss, die zweite Flasche Weißwein für einen der nächsten Abende aufzuheben.

»Ich glaube«, sagt Paul noch, als sie nebeneinander im Bett liegen, »mit denen werden wir keine Probleme bekommen – zumindest was die Ordnung betrifft. Im Zweifelsfalle sage ich Max, er soll Anna zum Aufräumen abkommandieren.«

In dem Moment, in dem die Worte gefallen sind, würde er sie gern auch schon wieder zurücknehmen. Von Marie kommt keine Antwort. *Sie schläft bestimmt schon*, denkt Paul.

8. Kapitel

Wendepunkte

Als sie noch mit Ingrid und Bernd zusammenwohnten, hatte Marie jedes Mal die Badezimmertür geöffnet, ohne anzuklopfen, ja, ohne auch nur zu zögern. Die beiden waren viel später zu Bett gegangen – und dementsprechend auch später aufgestanden. Der Schlüssel musste irgendwann einmal verloren gegangen sein. Doch heute fährt Marie erschrocken zurück: Plötzlich steht sie der nackten Anna gegenüber – die sich von Maries unerwartetem Erscheinen nicht abhalten lässt, weiterhin gemächlich ihre Bodylotion einzumassieren.

»Komm doch herein.« Das volle Timbre ihrer Stimme klingt einladend. Normalerweise hätte Marie die Tür sofort wieder geschlossen. Es war ihr schon immer ein wenig peinlich gewesen, andere Menschen nackt zu sehen, während sie selbst angezogen war. Sie hatte dann das Gefühl, ihr Gegenüber dabei in eine unfassbar unangenehme Position zu bringen. Für Anna jedoch scheint es das Alltäglichste der Welt zu sein, einer beinahe Fremden unbekleidet gegenüberzustehen – und das, obwohl die verwirrte Marie sie – wenn auch ohne Absicht – intensiv betrachtet.

»Ja ... vielen Dank.« Marie betritt das Bad. Natürlich hätte sie sich genauso gut noch einmal für zehn Minuten hinlegen können, doch von Annas Anblick geht ein Sog aus, dem sie sich einfach nicht entziehen kann. Obwohl Anna kräftig gebaut ist, wirkt sie keineswegs untersetzt. Alles an ihr ist straff und fest. Ihre Schenkel wirken muskulös, ebenso ihre Arme. Die Brüste zeigen sich ungewöhnlich symmetrisch, rund und voll, mit dunklen Vorhöfen und großen Brustwarzen. Ihre Scham ist komplett rasiert, doch Annas Körperbau lässt dabei keine Assoziationen von Kindlichkeit aufkommen. Den linken Oberschenkel ziert seitlich ein großes Tattoo: ein verschlungenes *M*. *M* wie Max! Marie erschrickt. Sie hat dergleichen noch nie gesehen. Offensichtlich bemerkt Anna ihren Blick.

»Ja«, sagt sie, »irgendwann war es so weit. Ich wollte sein Zeichen tragen.«

Inzwischen hat Marie die Badezimmertür von innen geschlossen und sich ans Waschbecken gestellt. Während sie ihre Zähne putzt, schielt sie unauffällig auf Annas Tätowierung. In Gedanken fährt sie mit einem Finger die Form des Buchstabens nach. Doch es geht nicht nur um den Bann, das Erstaunen –, ja, Erschrecken – das für Marie von diesem Symbol ausgeht. Sie stellt sich vor, wie es wäre, Annas leicht gebräunte Haut zu berühren, einfach nur so, weil es schön ist. Während sie in Gedanken bereits deren kompletten Körper ertastet, ist Anna auf einmal fertig und verlässt das Bad.

Verwirrt steht Marie unter dem harten Strahl der Dusche. Bisher hatte sich ihr Interesse für die weibliche Physis in Grenzen gehalten. Beim Sportunterricht in der Schule hatte sie andere Frauen höchstens betrachtet, um sich mit ihnen zu vergleichen. Sinnliche Empfindungen jedoch waren dabei nie aufgekommen, eher Neid – auf kleine Brüste und kinderschmale Hüften. Doch diese Zeiten sind vorbei.

Gott sei Dank!, denkt Marie, bevor sie das Wasser abdreht.

Beim Frühstück sitzen Max und Anna an einem anderen Tisch als Paul und Marie. Marie sieht Anna mit einer anderen Frau lachen. Sie legt ihr sogar den Arm um die Schulter. Brüsk dreht Marie sich weg. Ist das Eifersucht, was da in ihrer Brust sticht?

Was soll das?, denkt sie. *Ich habe einen liebevollen Freund, habe alles, was ich mir nur wünschen kann.*

Doch dann kommt ihr plötzlich ein anderer Gedanke; ein ganz fremder und ketzerischer: *Ich habe* – und bisher war das für sie auch nie ein Problem gewesen – *in meinem Leben mit keinem anderen Menschen Sex gehabt als mit Paul. Mit keinem anderen Mann – und mit einer Frau schon gar nicht. Und seitdem ich mit Paul zusammen bin, habe ich keine anderen Lippen mit meinen berührt und keine anderen Arme um mich herum gespürt. Ich bin mir sicher, dass Paul mir während all der Jahre treu war, doch er hat Erfahrungen gesammelt, bevor wir uns kennengelernt haben – er ist schließlich auch einige Jahre älter als ich. Ist das gerecht? Sollte ich nicht noch eine Chance bekommen, nie Erlebtes nachzuholen? Ich liebe Paul über alles! Doch sollte es mir deshalb auf ewig verwehrt sein, einem anderen Körper nahe zu sein? Ach, Anna! Lass mich dir doch auch einmal den Wein einschenken!*

Und Marie errötet tief über der Unerhörtheit dieses Wunsches.

Plötzlich tippt jemand sie von links auf die Schulter. Sie fährt herum. Es ist ihr Freund. Er lächelt.

»Na, wovon hast du geträumt? Ich habe dich schon zweimal gefragt, ob du noch Kaffee möchtest. Er deutet auf die große rote Thermoskanne vor ihnen. »Nein, danke«, antwortet Marie leicht zerstreut. »Lass mich raten.« Mit diesen Worten nimmt Paul seine erste Frage wieder auf. »Es ist Anna, die dir schlaflose Nächte und umnachtete Frühstücksstunden bereitet – habe ich recht?«

Wütend sieht Marie ihn an. Gleichzeitig zucken ihre Hände im Schoß.

»Gar nichts hast du!«, faucht sie. »Lass mich bloß mit dieser Anna in Ruhe!«

Paul hatte es scherzhaft gemeint, doch Marie ist wirklich böse.

Was habe ich nur falsch gemacht?, denkt er auf dem Weg zurück zum Bungalow. *Sie ist doch sonst nicht so empfindlich.* Versöhnlich legt er seine Hand auf ihre Schulter. Maries Haltung entspannt sich. Sie küsst ihn auf die Wange. So plötzlich, wie ihre Wut emporkochte, so plötzlich legte sie sich auch wieder.

Am Vormittag beteiligen Paul und Marie sich an einem Bondage-Workshop. Marie hat sich hierfür dünne schwarze Leggins angezogen und ein schwarzes T-Shirt mit dreiviertellangen Ärmeln aus demselben Material. Sie hat nichts dagegen, dass Willem, der Kursleiter, eine aufwändige Ganzkörperbondage an ihr vorführt. Zum ersten Mal genießt sie das Gefühl, angesehen zu werden. Das Publikum besteht nicht aus Models, sondern aus Menschen: Eine ist dick, und einem Mann fehlt die rechte Hand.

Die weißen Seile bilden einen ansprechenden Kontrast zu Maries schwarzem Outfit. Willem zeigt und erklärt langsam jeden Handgriff. Marie fühlt sich sichtlich wohl, und Paul gefällt es, seine attraktive Freundin in den Händen eines anderen Mannes zu betrachten. Marie empfindet das einengende Gefühl des so kunstvoll um sie gelegten Netzes als angenehm, sogar erregend. Sie würde die Seile am liebsten überhaupt nicht mehr ablegen.

»Hast du gut aufgepasst?«, flüstert sie Paul später ins Ohr.

»Ich würde zu gern einmal mit solchem Schmuck schlafen gehen oder ihn unter meiner Kleidung tragen. Das stelle ich mir unglaublich sexy vor!«

Paul lächelt: »Du wirst schon sehen! Und ansonsten bitte ich Willem um eine Nachhilfestunde.«

Gegen Mittag kehren sie in ihren Bungalow zurück. Von den Berlinern fehlt jede Spur. Marie setzt sich mit einem Buch aufs Sofa. Doch sie kann sich nicht auf den Text konzentrieren. Spätestens seit heute früh – seit dem Erlebnis im Badezimmer – fühlt sie eine große Verwirrung. Und plötzlich verspürt sie den dringenden Wunsch, darüber zu sprechen. Sie würde sonst keine Ruhe finden – dessen ist sie sich sicher.

Mit einem Mal ist sie der vollkommen irrationalen Überzeugung, Paul betrogen zu haben – wenn auch nur in Gedanken. *Und wie unverhältnismäßig habe ich heute morgen reagiert*, überlegt sie. *So darf es nicht weitergehen.*

Plötzlich bricht es aus ihr heraus:

»Paul, es tut mir sehr leid, dass ich dich vorhin so grob behandelt habe. Und ich fürchte, das erklärt sich daraus, dass du irgendwie ... also, was ich sagen will ... ich denke, an deiner Vermutung über den Grund meiner geistigen Abwesenheit ist schon irgendetwas dran.« Sie seufzt und schweigt. Paul sieht sie aufmerksam an. Er kennt Marie lange genug, um zu spüren, dass sie ihm etwas Wichtiges mitteilen möchte. Scherze – gleich welcher Art – wären hier völlig fehl am Platz.

»Tatsächlich«, beginnt Marie, »hat Anna mich bereits fasziniert, bevor ich ihr zum ersten Mal begegnet bin. Ich war gespannt auf eine Frau, ja, auf ein Paar, das SM in einer anderen und konsequenteren Weise lebt als wir. Ich hatte mich darauf gefreut, eine Frau kennenzulernen, die ich vieles würde fragen können, die mir in meiner eigenen Unerfahrenheit zur Seite stehen und mich in der Legitimität meiner sexuellen Vorlieben bestätigen könnte. Heute früh jedoch, als ich Anna im Bad überraschte, da verspürte ich auf einmal ein Bedürfnis, das auf einer ganz anderen Ebene liegt, das dringende Verlangen, ihren Körper zu berühren, sie zu umwerben und ihr zu schmeicheln.«

Marie atmet einmal tief durch. »Oh Paul, sag mir, habe ich dich jetzt betrogen? Wenn du nun sauer auf mich wärest, verstehen könnte ich's! Trotzdem: Du bist für mich der Einzige. Ich bin so verwirrt. Meine Sehnsucht nach Anna hat nichts damit zu tun, dass ich unsere Beziehung in Frage stellen würde. Ich ...«

»Hör mal«, unterbricht Paul sie ruhig aber energisch, »du hast mich nicht betrogen. Und ich glaube, das ist dir auch klar! Und es ist absolut in Ordnung, dass du Phantasien hegst, in denen ich nicht der Hauptakteur bin, ja, in denen ich nicht einmal vorkomme.«

Zunächst ist Marie erleichtert. Aber Ruhe kehrt nicht in ihr Herz zurück. Pauls Worte treffen nicht den Kern ihres Problems, das wird ihr allzu schnell klar: *Es ist nicht nur eine Phantasie, deretwegen ich mir ein schlechtes Gewissen machen würde. Es ist ein ungestilltes Verlangen, ein ganz konkreter Wunsch. Ich will, dass er Wirklichkeit wird.*

Am Nachmittag hat Paul Lust, eine Runde mit dem Rad zu drehen, und Marie schließt sich gern an. Die Temperaturen sind nicht zu hoch. So viel Natur wie hier werden sie für den Rest des Jahres nicht mehr zu sehen bekommen. Sie gehen zum Büro hinüber und haben Glück: Für den heutigen Tag sind noch genügend Räder frei. Beide entscheiden sich für altmodische Hollandräder – was soll man hier auch mit einem Mountainbike anfangen? In Ahrenshoop und Umgebung zeigt sich nicht der kleinste Hügel.

Gemächlich radeln Marie und Paul die Landstraße entlang. Links und rechts davon liegen Mähwiesen und Viehweiden. Mitunter grasende Rinder oder Pferde. Einmal halten sie an und steigen ab. Marie hat ein besonders hübsches Pferd entdeckt. Sie sehen dem zierlichen Rappen mit der schmalen Blesse eine Weile zu, wie er grasend von Büschel zu Büschel seiner kargen Weide zieht.

Auch Paul verliert sich in der Betrachtung des sehnigen Tieres. Doch seine Gedanken ziehen zu den Ereignissen des Vormittags. Nicht nur Marie hat eine Entdeckung gemacht, die sie in ihrem Selbstverständnis erschüttert. Auch ihm war etwas widerfahren, womit er niemals gerechnet hätte. Er hat es als unglaublich aufregend empfunden zuzusehen, wie Marie von einem anderen Mann gefesselt wurde. Er hatte sich in diesen Momenten vorgestellt, er sei ein großer Herrscher aus vergangenen Zeiten, der seine Lieblingssklavin großmütig und ausnahmsweise einmal einem Freund überlässt. Willem hatte Gefallen an Marie gefunden, das wurde während ihres Zusammenspiels nur allzu deutlich. Doch anstatt eifersüchtig zu werden, hatte Paul sich als alleiniger Besitzer eines unermesslich wertvollen Gutes gefühlt, das ihm jeder neidete, das aber doch nur ihm allein gehörte und gehören konnte. Die schöne Marie war in diesen Momenten das Instrument gewesen, das ihm zu einem stillen und unauffälligen Machtrausch verholfen hatte.

Zwar hatte er sich gegen diese Empfindungen, die ihm irgendwie vermessen und größenwahnsinnig erschienen, gewehrt. Doch vergeblich. Also warum diese Gefühle nicht annehmen und zu ihrer beider Vergnügen ausnutzen? Auch Marie hatte die Aufmerksamkeit des anderen Mannes genossen, hatte hin und wieder zu Paul hingeschielt, um zu prüfen, ob er es auch bemerkte, mit welchem Bemühen dieser Fremde sie behandelte.

Vielleicht, so denkt Paul, während er unverwandt auf die Pferde schaut, *gibt es ja irgendwann eine Möglichkeit, so etwas noch einmal zu erleben?* Dann aber mit ihm selbst als Regisseur? Er hatte im Internet für solche Spiele das Wort ›Verleih‹ gelesen. Es kam ihm vollkommen unpassend vor, verdinglichend und unromantisch. Während der kleine Rappe mit einem Huf scharrt, geht ihm eine andere Vokabel durch den Kopf: ›Auslieferung‹. *Ja*, denkt Paul, *das ist es!*

Mit einem Mal fegt ein kleiner kräftiger Schimmel in scharfem Galopp heran, der bisher am anderen Ende der Weide ruhig grasend vorwärtsgezogen war. Der Rappe schreckt hoch. Wiehernd wirft er den Kopf in die Luft und galoppiert dem anderen Pferdchen hinterher. Gemeinsam jagen sie über die Weide, bäumen sich auf und schlagen übermütig mit den hinteren Beinen aus. Marie schüttelt den Kopf:

»Zwar spielen sie nur. Doch wie schnell kann aus Spiel Ernst werden, wenn sich eines verletzt; oder auch eines das andere.«

Vielleicht sollten bestimmte Phantasien einfach dort bleiben, wo sie entsprungen sind: im Kopf, geht es Paul auf der Rückfahrt durch den Kopf. Doch so wie Marie ein ganz reales Begehren nach Anna verspürt, so würde auch er seine Traumbilder gern Wirklichkeit werden lassen.

Pünktlich zum Abendessen geben sie die Fahrräder wieder ab. Während der Mahlzeit beginnt es plötzlich zu nieseln. Eilig befestigen Mitarbeiter die Zeltplanen an den entsprechenden Vorrichtungen. Ungemütlich wird es aber doch. Darum essen Paul und Marie zügig ihr Reiscurry auf und laufen anschließend durch den immer stärker werdenden Regen zum Bungalow. Marie springt in die ersten Pfützen, dass es nur so spritzt.

Im Haus sitzen Max und Anna am Tisch. Offensichtlich haben sie nicht am gemeinsamen Essen teilgenommen.

»Ich bin ein leidenschaftlicher Koch«, erklärt Max etwas später. »Und gerade im Urlaub möchte ich meinem Hobby frönen. Beim nächsten Mal seid ihr herzlich eingeladen. Aber setzt euch doch. Wenn bei den Temperaturen des gestrigen Abends ein frischer Weißwein angemessen war, so könnten wir es jetzt mal mit einem Chianti Classico – eigens aus Italien mitgebracht – versuchen. Was meint ihr?«

Paul und Marie stimmen zu – wenn auch ein wenig zögernd.

Demnächst werde ich Max auf ein Gläschen Kräutertee einladen, plant Marie.

Die Sofas sind bequemer als die Holzstühle am Tisch. Nachdem Max und Anna abgeräumt haben, setzen sie sich alle zusammen hin. Es ist kühl geworden im Häuschen. Anna legt eine Strickjacke um ihre Schultern, und Paul zieht den Reißverschluss seiner Kapuzenjacke bis zum Anschlag. Max und Marie verteilen Kerzen im Raum; die spenden Wärme und ein gemütliches Licht. Draußen ist es jetzt beinahe dunkel. Der Regen klopft aufs Dach und gegen die Fenster. Bald steht eine leere Flasche Wein auf dem Tisch. Hatten sie eben noch rege über die Kräfteverteilung innerhalb der Hauptstadtregierung diskutiert, so schleicht das Gespräch nun angestrengt um Kurven und Biegungen dahin, umkreist den von allen anvisierten Gegenstand, ohne ihn jedoch wirklich zu fassen, bemüht sich zu verschweigen, was doch jeder hören will. Und schließlich ist es Marie, die den Anfang macht:

»Wie war das eigentlich bei euch? Wie seid ihr zu SM gekommen? Habt ihr es gemeinsam entdeckt, oder habt ihr euch schon in einem entsprechenden Umfeld kennengelernt? Verzeiht meine Neugier, aber für mich – das heißt, für uns – ist es hier im Camp das erste Mal, dass wir mit anderen Menschen in Kontakt kommen, die so – oder zumindest so ähnlich – lieben wie wir.«

Endlich. Das Eis ist gebrochen.

»Ja«, beginnt Max tief durchatmend. Wäre er noch Raucher, so hätte er sich jetzt eine Zigarette angesteckt.

»Das war damals alles nicht so einfach. Ich bin mit Anna seit zehn Jahren verheiratet.«

Er wirft ihr einen Blick zu, lächelnd. »Vor fünfzehn Jahren haben wir uns kennengelernt. Es gab damals kaum SM-Gruppen oder -Verbände, und vom Internet wusste man noch nicht allzu viel. Dennoch existierten kleine, private Interessenzirkel, zu denen jedoch nur schwer Zugang zu finden war. Eine Freundin von mir organisierte so einen Jour fixe. Und eines Tages erzählte sie mir, eine ihrer Freundinnen sei gerade von Hannover nach Berlin gezogen. Sie könnte sich vorstellen, dass wir uns verstehen könnten.«

Er macht eine Pause. Sein Gesichtsausdruck ist nur schwer zu deuten. Die Kerzen flackern auf dem Tisch und verwischen seine Miene zusätzlich mit tanzenden Schatten.

»Und das war dann Anna«, setzt Max seine Erzählung fort. »Als ich an jenem denkwürdigen Abend das Wohnzimmer betrat, saß sie in einem weißen Ledersessel, futuristisches Design. Sie trug ein schwarzes Kleid mit Spaghettiträgern, ganz schlicht, und irrsinnig hohe Sandaletten aus Lack, geschmückt mit kleinen Strasskristallen. Als ich sie sah, musste ich mich kurz am Türrahmen festhalten, sonst hätte es mich wohl umgehauen.«

Die Erinnerung lässt ihn kurz auflachen. »Annas Freundin hat uns dann bekannt gemacht. Wir haben den ganzen Abend miteinander gesprochen und gelacht. Es war, als würden wir uns schon unglaublich lange kennen. Wir haben unsere Telefonnummern ausgetauscht. Ich habe es nicht lange ausgehalten. Bereits am Nachmittag des nächsten Tages rief ich Anna an.« Er nickt bekräftigend, als bestätige er sich selbst noch einmal den Hergang.

»Bis dahin hatte ich noch keine großartige Erfahrung mit SM. Ein bisschen mit Seilen herumprobiert, mehr nicht. Und selbst dafür musste ich die Frauen mit Engelszungen umgarnen. Anna war meine erste Freundin, die ich zu nichts überreden musste. Im Gegenteil. Anna forderte. Daran musste ich mich am Anfang erst gewöhnen.« Er grinst. »Das ging jedoch schnell. Hatte zunächst Anna meine Grenzen erweitert, so gelang es mir schon bald, sie auch einmal an die ihren zu führen. Gemeinsam entwickelten wir uns weiter – natürlich, es gab auch Konflikte, Abstürze, Abbrüche, aber wir haben immer wieder zueinander gefunden, und uns dem gestellt, was Beziehungsarbeit heißt.«

Anna nickt nachdenklich: »Ja, das hat Max sehr treffend beschrieben. Ich hatte zwar zum Zeitpunkt unserer ersten Begegnung schon mehr Erfahrung mit SM als er, aber das, was ich suchte, hatte ich ebenfalls noch nicht gefunden. Da ich SM nie als Spiel, sondern immer schon als Lebensstil betrachtet habe, war die Erfüllung für mich nur in einer festen Beziehung zu denken. Mit Max habe ich den Mann gefunden, mit dem mich noch vieles mehr verbindet, ähnliche Anschauungen und Lebensentwürfe, ähnliche Interessen und vor allem anderen – ich war schon bald nach dieser so segensreichen Idee meiner Freundin unglaublich in ihn verliebt.« Pause. »Ich bin es heute noch.«

Plötzlich rückt Max näher an Anna heran. Er flüstert ihr etwas ins Ohr.

»Ja«, sagt Anna laut. »Das ist eine schöne Idee, ich bin einverstanden.«

Ihr Mann erhebt sich vom Sofa. »Moment«, sagt er, »ich bin gleich wieder da.«

Durch die dünnen Wände hindurch hört man ihn im Schlafzimmer kramen. Bereits nach kurzer Zeit kehrt er zurück. In seiner Hand verbirgt er einen Gegenstand, der metallisch klirrt. Max setzt sich wieder und zeigt ihnen, was er mitgebracht hat. Es sind Klammern – Brustwarzenklammern, Nippelklemmen, die mit einer etwa dreißig Zentimeter langen Kette verbunden sind. Genau solche, wie Paul sie kürzlich erst in dem kleinen SM-Shop bewundert hat.

»Ich glaube, es war Marie«, setzt Max an, »die irgendwann erwähnt hat, dass ihr kaum Spielzeug besitzt. Und ich muss zugeben, es reizt mich sehr, junge Menschen dazu zu verführen, etwas Neues auszuprobieren. Diese Klammern, man nennt sie im Fachhandel ›Clover Clamps‹ oder auch ›Schmetterlingsklemmen‹, sind das erste richtige SM-Spielzeug, das ich vor fünfzehn Jahren für Anna gekauft habe. Sie sind höchst wirkungsvoll: Wenn man an der Kette zieht, dann zieht man die Nippel in die Länge, und gleichzeitig pressen sich die Klammerbacken noch enger zusammen. Doppelter Schmerz – oder doppelte Lust, je nachdem, wen man vor sich hat. Ich möchte euch beiden gern diese Klammern schenken. Zum einen, weil ich es mir wünsche, euch in den Genuss ihrer Qualen zu bringen; zum anderen jedoch als Symbol beständiger Liebe und Zärtlichkeit, als Glücksbringer für eure Zukunft.«

Er legt das Instrument vor Paul und Marie auf den Tisch. »Vielen Dank«, sagt Marie gerührt, »das ist sehr lieb von dir, das heißt, von euch beiden. Ich fühle mich geehrt, dass ihr uns einen so persönlichen Gegenstand schenkt.« Paul schließt sich ihrem Dank an. Er fügt noch hinzu: »Natürlich ehrt uns die Bedeutung und Symbolkraft dieses Geschenks, aber mal ganz ehrlich: Die ganz profane Seite interessiert mich fast noch mehr. Ich wünsche mir schon länger, so etwas einmal auszuprobieren!«

Marie wirft ihrem Freund einen leicht irritierten Blick zu. Davon wusste sie noch gar nichts. Die Kerzen brennen langsam herunter. Es hat aufgehört zu regnen. Pauls Gedanken beschäftigen sich gerade mit Maries wohlgeformten Brüsten.

Ich glaube, sie wird nichts dagegen haben, wenn wir es einmal mit den Klemmen versuchen, überlegt er. Max' Aufmerksamkeit fokussiert sich nun auf Anna. Er hat sie zu sich herangezogen.

»Steh auf«, sagt er leise.

Unwillkürlich sehen Paul und Marie zu ihm hin. Was wird nun passieren? Anna erhebt sich sofort. Nun steht sie vor ihrem auf dem Sofa sitzenden Mann. Mit einer energischen Geste deutet Max auf den Boden und sieht Anna streng an.

Na los!, signalisieren seine Augen. *Worauf wartest du noch?*

Und dann geschieht das Unglaubliche: Anna kniet vor ihrem Mann auf dem Teppich nieder. Es ist ganz still im Raum. Beide scheinen die Welt um sich herum vollkommen vergessen zu haben.

Paul und Marie beginnen, sich ein wenig unwohl zu fühlen. Wäre es dem anderen Paar lieber, wenn sie das Wohnzimmer verlassen würden? Oder würde das eine Brüskierung bedeuten? Sie bleiben sitzen, wenn auch zweifelnd: Beide haben das Gefühl, Zeugen einer intimen Handlung zu sein, einer radikalen Zärtlichkeit, angesichts derer ihre Anwesenheit zum platten Voyeurismus verkommt.

Nun legt Anna ihren Kopf in Max' Schoß, der ihr daraufhin mit einer Hand den Mund öffnet und seine Finger hineinschiebt. Vor allem Paul ist die Situation nicht ganz geheuer. Er meint, hier ein Paar beim symbolischen Geschlechtsverkehr zu beobachten. Vielleicht ist eine solche Deutung auch zulässig – doch ein Blick in Max' Gesicht hätte ihm gezeigt, worum es in letzter Instanz geht: um Macht und deren sichtbare Ausübung.

Marie hingegen fragt sich vor allem, was Anna in derartig exponierter Stellung empfinden mag, während sie dort unten auf dem Boden an den Fingern ihres Mannes saugt und sich im Spiegel seiner Augen erkennt. Auf dessen geflüsterte Frage »Was bist du?« antwortet sie mit »Ihre Sklavin, mein Herr«.

Paul fühlt zudem einen gewissen Druck auf sich lasten, die unausgesprochene Erwartung Max', dass er nun Ähnliches mit Marie tun möge, ja, dass man am Ende sogar zu viert ...? Doch vielleicht ist das auch eine Projektion – Pauls eigene Phantasie? Denn schließlich ist es nicht so, dass ihm dergleichen niemals durch den Kopf gegangen wäre. Hinzu kommt der Reiz, die sonst sprühend selbstbewusste Anna einmal in so devoter Pose zu erleben.

Marie registriert die Aufmerksamkeit, mit der ihr Freund jeder Regung, jedem leisen Wort des anderen Paares folgt, und ihre Gefühle oszillieren zwischen den verschiedensten Polen hin und her: Einerseits fragt sie sich, was in den beiden – insbesondere in Anna – wohl vorgehen mag.

Andererseits jedoch findet sie das Verhalten des Paares ein bisschen aufdringlich. Zudem fragt sie sich, ob es für die eigene Persönlichkeit gut sein kann, Devotion derart demonstrativ auszuleben, wie es hier geschieht.

Doch durch alle Ratio hindurch frisst sich noch etwas anderes, das von Minute zu Minute stärker wird. Es ist Neid, der da von tief unten heraufdringt. Plötzlich hegt Marie den (unvernünftigen?) Wunsch, sich selbst in so hingegebener Position zeigen zu dürfen. Sie möchte, dass Paul ihr seine vollkommene Aufmerksamkeit schenkt, so wie Max seit Minuten schon seiner Anna. Und sie wünscht sich, dass ihr Partner selbst so viel Sicherheit besitzt, dass er ihr hilft, das eigene Zögern zu überwinden. Dass er sagt: »Was wir tun, muss niemand verstehen, nicht einmal wir selbst. Es reicht, wenn es uns Freude macht.«

Ihr Blick fällt auf die Klammern, die vor ihr auf dem Tisch liegen. Das Metall glänzt im Schein der Kerzen. Zwischen Maries Beinen pulsiert es leicht. Wer weiß, was die nächsten Tage bringen werden?

9. Kapitel

Frauengespräche. Männergespräche

Nur die Pfützen erinnern noch an den Regen, der gestern Nacht über die Kolonie herniederging. Doch die Kraft der Sonne würde auch diese Lachen bald zum Verdunsten gebracht haben. Zwar ist es um acht Uhr morgens, als Max von seinem Lauftraining bereits wieder zurückkehrt, noch angenehm kühl, doch schon jetzt lässt sich erahnen, dass ihnen ein heißer Tag bevorsteht.

Das Rauschen der Dusche weckt Paul und Marie. Nachdem sie alle vier ihre Morgentoilette beendet haben, gehen sie gemeinsam zum Frühstück hinüber. Heute nehmen Max und Anna ganz selbstverständlich neben Paul und Marie Platz. Zwar winkt Annas gestrige Frühstücksnachbarin einladend, doch Anna winkt nur freundlich zurück. »Sagt mal«, wendet sie sich dann an die beiden, »ich würde nachher gern ein paar Einkäufe machen, aber Max hat keine Lust, mich zu begleiten. Will nicht von euch jemand mitkommen? Alleine ist das so langweilig.«

Für einen Moment stockt Marie der Atem. Mit Anna in den Ort gehen! Sie versucht, ihre Aufregung zu unterdrücken. »Also ich würde dich gern begleiten«, sagt sie – vielleicht eine Spur zu hektisch – und hofft inständig, dass Paul nicht mitkommen möchte.

Paul möchte sie nicht begleiten, sondern lesen. Zumindest behauptet er das. Weshalb sollte er seiner Freundin nicht zugestehen, mit Anna allein zu sein? Er ahnt, dass sie das Bedürfnis hat, die Ältere manches zu fragen. Ein Gespräch unter Frauen eben. Und so setzt er sich demonstrativ mit einem Pädagogik-Wälzer unter das Zeltdach.

Anna wäre gern mit dem Fahrrad nach Ahrenshoop hinein gefahren, aber Marie erklärt, sie habe gehört, dass für heute schon alle Räder reserviert seien. Je länger sie die Mitbewohnerin für sich haben könnte, umso besser! Anna nickt nur. »Macht nichts«, sagt sie und greift nach einem geflochtenen Korb. Dann geht es los. Gemeinsam verlassen sie die Kolonie und spazieren die Landstraße entlang. Schweigend. Annas Blick fällt auf Maries Hände. Die Art, wie die Jüngere an ihren Fingern zieht und anschließend Halt an den Trägern ihres Rucksacks sucht, lässt Anna vermuten, dass Marie gerade einen inneren Kampf mit sich ausficht.

»Wie lange bist du eigentlich schon mit Paul zusammen?«, fragt sie.

Marie zuckt zusammen. Sie hatte gerade krampfhaft überlegt, wie sie am besten eine Unterhaltung eröffnen könne, die sich nicht nur um das Essen im Camp oder Klaas' bevorstehende Geburtstagsparty dreht. Annas Frage kann ein unverbindliches Geplänkel einleiten, doch ebenso könnte sich hieraus ein tiefer gehendes Gespräch entwickeln.

»Ja«, antwortet Marie, »sechs Jahre sind das jetzt schon.« Anna nickt. »Das habe ich mir gedacht. Ihr wirkt sehr vertraut miteinander. In unserer Szene ist es ja oft so, dass Menschen aufgrund ähnlicher sexueller Vorlieben zusammenfinden, dann aber schnell merken, dass das keineswegs für eine dauerhafte Beziehung ausreicht. Die Trennung kommt dann meist ganz schnell. Liebe muss wachsen; Beziehungen bedeuten Arbeit. Die Geduld und Hartnäckigkeit bringen viele nicht auf. Mir kommt es vor, als seien all diese Kontaktbörsen im Internet – sei es nun im SM-Bereich oder nicht – Supermärkte für Menschen. Lebendige Waren bieten sich selbst feil, man kann sie vergleichen und abwägen. Und wenn's beim ersten Date nicht so der Knaller war, dann wird eben umgetauscht und der nächste Mann oder die nächste Frau ausprobiert. Irgendwo muss doch die optimale Lösung zu finden sein. Die gibt es nicht. Doch genau das gaukeln diese Portale heutzutage vor.

Obwohl wir es früher als SMler schwerer hatten als ihr heute, so glaube ich doch, dass manches auch leichter war, denn wenn man im raren Angebot jemand gefunden hatte, mit dem es zu passen schien, dann konzentrierte sich die ganze Energie darauf, einen solchen Kontakt in eine stabile Beziehung umzuwandeln. Heute winkt immer noch das Versprechen des Unmöglichen aus dem Netz. Aber bei Paul und dir ist das ja anders. Ganz anders.«

»Mit dem Internet hatten wir während unserer ganzen SM-Zeit nie zu tun«, erklärt Marie, »so lange, bis Paul es dann doch einmal versucht hat und dabei auf die glorreiche Idee gekommen ist, mir diese Reise zu schenken. Ich war noch nie im Internet auf solchen Seiten.«

»Hat Paul mal darüber gesprochen, warum er SM im Netz gesucht hat? Ich finde zwar nicht, dass du da bisher Großartiges verpasst hast, aber ich will es auch nicht einfach schlechtmachen. Viele interessante Termine – zum Beispiel Partys oder Stammtische – stehen im Internet. Die Berliner Szene ist ohne Vernetzung über das Web nicht mehr zu denken. Aber ihr habt ja in dieser Hinsicht bisher gar keine Kontakte gepflegt. Insofern würde mich Pauls Motivation schon interessieren.«

Anna ist sich darüber im Klaren, dass Marie sie auf dünnes Eis lockt. Vielleicht ist sie schon einen Schritt zu weit gegangen? Doch Marie ist froh, dass das Gespräch sich gar nicht erst mit Oberflächlichkeiten aufhält. Sie antwortet:

»Ich habe darüber in meiner großen Freude auf die Reise anfangs gar nicht nachgedacht … dann aber doch. Und ich bin auch auf etwas gestoßen, was bedeutsam sein könnte.«

Sie zögert. Soll sie wirklich darüber sprechen? Anna ist doch fast noch eine Unbekannte. Eigentlich ist es nicht Maries Art, allzu schnell jemandem ihr Herz zu öffnen. Doch andererseits: Hat nicht auch Anna, gestern während der Szene mit Max, ihr und Paul gegenüber großes Vertrauen bewiesen? Zwar ging es da nicht um Geständnisse, aber Max und sie haben durch Gestik und Handlungen bereits einiges über das Wesen ihrer Beziehung enthüllt.

»Also, weißt du ...«, beginnt Marie langsam, »ich glaube, Paul und ich sind mit unserem SM ein bisschen in eine Sackgasse geraten. Unsere Spiele laufen immer auf die gleiche Art und Weise ab; wir verabreden vorher alles, da ist nicht viel Raum für spontane Aktionen – oder auch für unkontrollierte, unvorhersehbare Gefühle. Es gibt auch viele Techniken, die wir noch nicht ausprobiert haben – zum Beispiel Klammern.«

Sie lächelt. Hätte sie in diesem Moment Annas Gesichtsausdruck betrachtet, sie wäre bestimmt über die intensive Konzentration verwundert gewesen, mit der Anna sie ansieht, beinahe schon anstarrt.

Marie nimmt ihre Rede wieder auf: »Also, bei mir sind im Laufe der Zeit schon ab und zu bestimmte Wünsche aufgetaucht, aber ich war zu unsicher, um mit Paul darüber zu sprechen. Vielleicht ging es ihm ähnlich, und er hat im Internet nach Anregungen gesucht, wie wir unser Repertoire erweitern könnten. Manchmal hoffe ich es fast. Aber es ist schon wahnsinnig: Seitdem wir diesen Aufenthalt hier gebucht haben – und erst recht, seitdem wir hier sind –, hat sich schon so viel getan, was ich nie für möglich gehalten habe.«

Marie holt tief Luft. Jetzt oder nie! Immerhin hat Anna auch schon eine etwas heikle Frage gestellt.

»Du, Anna ...« Marie dehnt jedes ihrer Worte, um den gefährlichen Moment noch ein bisschen hinauszuzögern.

»Ja«, kommt es von der Angesprochenen, und der erwartungsvolle Ton ihrer Stimme lässt dieses kleine Wort vielversprechend schillern.

»Ich würde dich gern so vieles fragen«, setzt Marie an. »Du hast so viel Erfahrung und so viel Selbstsicherheit. Max und du, ihr habt beide die Courage, ganz offen in eure Beziehung zu integrieren, was zum Beispiel bei uns ausschließlich im Schlafzimmer abläuft. Denn wenn ich richtig vermute, so bedienst du Max nicht nur hier im Camp bei Tisch, sondern auch zu Hause. Und wie du gestern Abend zu seinen Füßen knietest, da machtet ihr auf mich einen Eindruck von so tiefer Verbundenheit, was mich sehr berührt hat. Ich war sogar ein wenig neidisch. Wie fühlst du dich in solchen Situationen? Oder ist diese Frage zu persönlich?«

»Nein, nein«, wehrt Anna ab, »keineswegs. Ich spreche gern über diese Dinge, und ich bin froh, endlich wieder einmal jemand kennengelernt zu haben, der sich dafür interessiert. Du glaubst gar nicht, auf wie viel Unverständnis oder sogar Ablehnung wir unter anderen SMlern stoßen. Ich glaube aber, dass das häufig auch auf Missverständnissen beruht. Es gibt Bereiche in meinem Leben, in die ich mir nie von Max hineinreden lassen würde. Und damit meine ich nicht allein die berufliche Ebene. Ich weiß selbst am besten, welche Frisur mir steht und in welcher Kleidung ich mich wohlfühle. Aber Max hat auch stets viel Verantwortungsbewusstsein bewiesen. Warum sollte er etwas von mir fordern, was nicht zu mir passt? Hätte er ein Püppchen gewollt – er hätte sich eine andere Frau suchen müssen. Doch was ist daran falsch, so viel Phantasie, Spiel, Lust und Geilheit in den Alltag zu bringen, wie nur möglich? Jedes Mal, wenn ich Max bediene, beim Fernsehen neben ihm knie, ihm den Vortritt lasse, so ist das ein symbolischer Kuss, ein Ausdruck für die Art unserer Liebe, eine Versicherung und Bestätigung unserer Beziehung. Und zudem erregt es mich auch sexuell, heute genauso wie zu der Zeit, als wir damit angefangen haben. Ich möchte nicht anders leben.«

Anna macht eine Pause. Sie denkt noch einmal über ihre Worte nach. Sie nickt, wie um sich selbst zu bestätigen, dass ihre Aussagen Gültigkeit haben. Dann fährt sie fort: »Ich bezeichne mich als Sklavin. Ich fühle mich so – als Eigentum meines Gebieters und meines Geliebten. Kann es etwas Schöneres geben? Für mich nicht. Das mag sich schwülstig und anachronistisch anhören, ja.

Marie, ich bin sicher kein einfacher Mensch, bin es nie gewesen. Überleben war für mich als Jugendliche alles. An Max' Seite überlebe ich seit fünfzehn Jahren – und zwar gut. Vielleicht bin ich nicht zum Glücklichsein geboren. Bei Max jedoch habe ich meinen Frieden gefunden. Und das ist sehr viel.«

Inzwischen haben sie den Ortskern erreicht. »Sollen wir erst einmal etwas trinken gehen?«, fragt Anna. »Ich komme um vor Durst.« Nachdenklich stimmt Marie zu.

Paul kann sich währenddessen kaum auf sein Buch konzentrieren. Immer wieder wandern seine Gedanken zu den beiden Frauen. Würde Marie versuchen, sich Anna körperlich anzunähern? Eigentlich kann er sich das nicht vorstellen. Würde sie mit ihr über SM sprechen? Über ihre Beziehung? Und damit auch über ihn, Paul? Ach, was sollte das! Die Grübelei würde ihn nicht weiterbringen. Sicher würde Marie ihm später von dem Gespräch berichten. Ansonsten würde er sie einfach fragen. Warum auch nicht?

Gerade als Paul die Aufmerksamkeit erneut auf seine Lektüre zu richten versucht, schlendert Max über die Wiese auf das Zeltdach zu. Unter dem Arm hat er einen Laptop. Nachdem er auf den Titel in Pauls Hand geschielt hat, grinst er.

»Ja, der Beruf lässt einen selbst im Urlaub nicht los.« Er klappt sein Notebook auf. Tasten klappern, Buchseiten rascheln. Einige Minuten vergehen.

»Die Frauen sind im Ort?« Max Stimme hebt sich am Ende des Satzes und verwandelt so die Feststellung in eine rhetorische Frage. Schließlich weiß er selbst, wohin Anna und Marie gegangen sind. Paul entschließt sich, die Einladung zum Gespräch anzunehmen. Er lässt den Band sinken.

»Ja«, sagt er, »ganz recht.«

Max nickt bedächtig. Er scheint zu überlegen, wie er eine Unterhaltung in Gang bringen könnte.

»Hmm«, kommt es endlich von ihm. Dann holt er tief Luft für den Sprung ins kalte Wasser: »Deine Freundin ist eine tolle Frau«, sagt er.

»Ich weiß«, antwortet Paul, »ich weiß es nur zu gut. Und das Erstaunlichste ist, dass wir uns – anders als ihr – im ... nun, wie soll ich das nennen ... ganz ›normalen‹ Leben kennengelernt haben, auf einer Party in dem Jugendzentrum, in dem ich mal gearbeitet habe.«

»Ja«, kommt es von Max, »auf den ersten Blick mag das wohl verwunderlich sein, aber vielleicht waren es auch ganz bestimmte Elemente ihrer Ausstrahlung, die dich angezogen haben? Marie hat so etwas, ich weiß nicht, wie ich es ausdrücken soll, ohne das, was ich sagen möchte, durch irgendwelche platten Worthülsen zu verfälschen. Sie scheint mir devot und trotzdem – oder vielmehr gerade deswegen – stolz zu sein. Bei ihr fehlt alles Übertriebene, Theatralische. Sie würde dir nie Versprechungen machen, die sie dann doch nicht einhalten kann oder möchte. Bei wie vielen SMlern beschränkt sich Unterwerfung auf verbalen Radikalismus! Und anschließend ist nichts dahinter! Lieber kleine Taten als große Worte – das ist zumindest meine Ansicht. Und dafür steht Marie! Sie ist eine von den Echten. Das spüre ich. Vermutlich, na, eigentlich bin ich mir sogar sicher, trug sie den Wunsch nach Unterwerfung schon lange in sich, bevor ihr einander getroffen habt. Und du hast dieses Potential schließlich zur Entfaltung gebracht. Vermutlich hat sie auch an dir unbewusst ganz bestimmte Attribute wahrgenommen. Aber vielleicht ist das auch alles laienpsychologischer Schwachsinn.«

»Eigentlich ist das ›Wie‹ und ›Warum‹ auch egal«, überlegt Paul laut. Die Hauptsache ist, dass Marie und ich zueinander gefunden haben und SM uns beiden eine Bereicherung ist.«

»Da sagst du etwas Wahres.« Max' Stimme klingt entschieden. »Allerdings habe ich gerade bei euch das Gefühl, dass die Vernunft und Fragen wie ›dürfen wir das auch wirklich?‹ das Vergnügen auch oft trüben. Oder liege ich da falsch?«

Paul seufzt. »Nein, das ist wirklich unser Problem. Ich denke häufig über Männerbilder in unserer Gesellschaft nach. Ich will doch kein Macho sein! Und Marie ist sehr sensibel für geschlechtsspezifische Unterdrückung. An der Uni hat sie in einer feministischen Gruppe mitgearbeitet.«

»Na und?«, fragt Max. »Wo ist das Problem? Das hat doch nichts miteinander zu tun. Glaubst du, bei Anna und mir ist das anders? Anna ist wahrlich keine Frau, deren einziges Problem es wäre, dem Ehemann alles recht zu machen. Die meiste Hausarbeit erledige ich. Und einen Kochtopf kann meine Frau kaum von einem Autoreifen unterscheiden. Nein, nein – es geht bei SM doch um bewusste und reflektierte Entwicklung von Machtstrukturen, die einzig und allein dem allseitigen Lustgewinn unterstehen. Das ist doch genau das Gegenteil von Alltagssexismus!«

»Ja, na klar. Das sagen wir uns ja auch immer.« Pauls Stimme klingt leicht gequält. »Aber zwischen Theorie und Praxis besteht ein großer Unterschied, und ich glaube, im Moment kämpfen wir mit einem gordischen Knoten.«

»Schöne Metapher. Und höchste Zeit, dass ihn jemand mit einem Schwert zerschlägt!«

Im Café greift Anna in diesem Augenblick gerade nach Maries Hand. Marie errötet. Ihre Augen klammern sich an den Zuckerstreuer.

Paul fährt sich durch die Haare. »Ihr seid so anders«, sagt er. »Bei euch läuft alles ganz selbstverständlich und ungezwungen.« Sein Unwohlsein am gestrigen Abend hat Paul inzwischen vergessen. Auch ihn hat das Gesehene beeindruckt – das musste er sich im Nachhinein eingestehen.

»Wir sind auch älter«, stellt Max fest. »Irgendwann fragt man sich nicht mehr, was andere denken könnten. Wir sind niemandem Rechenschaft schuldig. Aber es hat auch lange gedauert, bis wir an diesem Punkt waren. Das Beispiel anderer Paare hat uns bei unserer gemeinsamen Entwicklung geholfen.«

Paul nickt. »Ich denke auch, dass es eine gute Idee war, hierherzukommen. Neulich habe ich Marie morgens im Bett ganz plötzlich überfallen – und bin etwas härter rangegangen. Und als wir gestern an dem Bondage-Workshop teilgenommen haben, da hat ein fremder Mann Marie vor einem großen Publikum gefesselt – das wäre bis vor Kurzem undenkbar gewesen.

»Na siehst du, was alles in deiner Freundin steckt!« Max klatscht sich begeistert auf die Schenkel. »Was habe ich dir gesagt?! Aber, mein Bester, verzeih mir die folgende Anmerkung: Es liegt in letzter Instanz an dir, Maries Anlagen auch zu entwickeln. Und ich glaube, da ist noch vieles möglich.«

Paul hat Max zum Schluss nicht wirklich zugehört. Ein kurzer innerer Kampf, dann traut er sich: »Darf ich dir mal etwas Persönliches erzählen?«

»Alles, was du willst.«

»Als ich Marie während des Bondage-Kurses in den Händen eines anderen Mannes beobachtet habe – das hat mich ganz unwahrscheinlich angemacht. Findest du das in Ordnung? Marie hat es auch gefallen – das war zumindest mein Eindruck.«

»Was soll daran nicht in Ordnung sein? Wenn es euch beiden gefallen hat, dann ist so etwas doch eine grandiose Erfahrung, die euch übrigens auch als Paar näherbringen kann. Warum wiederholt ihr das nicht? Du könntest es dann ganz bewusst inszenieren.«

»Nichts lieber als das. Aber wie? Und mit wem? Und was sage ich Marie? Und überhaupt, kann man denn ...?«

»Jawohl Paul, man kann! Und Marie sagst du erst mal gar nichts. Es ist nicht gut, alles schon im Vorhinein zu zerreden.

Wenn sie nicht will, kann sie schließlich jederzeit aussteigen. Und, Paul …«

Max hüstelt. »Also, ich weiß ja nicht, ob du schon an bestimmte Mitspieler denkst, aber falls du noch keine konkreten Personen im Auge hast, dann biete ich dir hiermit ganz unverbindlich meine – oder besser gesagt, unsere – Dienste an. Ich sage es dir im Vertrauen: Anna giert nach Marie, seitdem wir hier sind. Zwar ist sie meine Sklavin, doch jungen Frauen gegenüber hat sie eine überaus dominante Ader. Sie würde sich nur zu gern – deine Erlaubnis vorausgesetzt – deiner Freundin annehmen, sie erziehen, sie die Kunst der formvollendeten Unterwerfung lehren. Man sollte bei Marie tatsächlich nicht einfach mit der Tür ins Haus fallen. Sie wirkt sehr empfindlich. Nein, das ist das falsche Wort! Sensibel trifft es besser. Aber du hast gesagt, sie hätte die Aktion beim Workshop genossen. Was hältst du davon, wenn Anna sie ein wenig auf die Verwirklichung deiner Phantasie vorbereiten würde … mit mir als männlichem Part … es müsste ja gar nicht bis zum Äußersten kommen, also, wenn du verstehst, was ich, also …«

Zum Schluss verhaspelt sich Max. Er scheint zunehmend aufgeregt angesichts der Möglichkeiten, die da auf ihn zukommen könnten.

»Also wie auch immer«, nimmt er den Faden wieder auf, »es ist in jedem Fall ungeheuer reizvoll, am ersten Verleih einer jungen Sklavin beteiligt zu sein.«

Da ist es wieder, das grässliche Wort! Verleih! Paul schweigt und denkt nach. Alles scheint sich ein wenig zu leicht zu fügen. Und zu schnell. Er hatte bisher auch nicht an Max gedacht. Aber mal ehrlich: Den Mann, dem er Marie spontan und voller Begeisterung anvertrauen würde, den müsste er wohl backen. Wenn seine Phantasie jemals Realität werden sollte, dann gäbe es wohl keine andere Möglichkeit, als ein Exemplar aus Fleisch und Blut zu akzeptieren. Und Max war eigentlich mehr als nur passabel.

»Pass auf«, sagt Paul langsam, »wir machen es folgendermaßen: Sprich mit Anna und leite alles Notwendige ein. Deren Sympathie wird von Marie erwidert, so viel kann ich dir mit Sicherheit sagen. Ich werde Marie gegenüber deutlich machen, dass ich ihr jeden Spaß mit deiner Frau gönne, dass sie sich über eventuelle Eifersüchteleien meinerseits keine Sorgen zu machen braucht. Dann lass uns die Entwicklung beobachten. Wenn alles gut läuft, kann man dich irgendwann ins Gespräch bringen. Gibt Marie ihre Einwilligung, dann sollst du sie haben. Eine Bedingung allerdings stelle ich.«

»Und die wäre?«

»Verwende nie wieder das Wort ›Verleih‹!«

Max lacht befreit auf. Die Anspannung der letzten Minuten fällt von ihm ab.

»Alles klar!«, sagt er. »Daran halte ich mich gern.«

Inzwischen hat Anna ihren Platz Marie gegenüber verlassen und sich neben sie gesetzt. Vergessen ist der Einkauf! Eigentlich brauchte Anna auch gar nichts.

10. Kapitel

Entwicklungen (1)

Gegen Mittag kehren Anna und Marie ins Camp zurück. Anna hatte auf dem Heimweg doch noch ein paar Getränke erstanden und Marie eine Tüte Äpfel. Den Korb trägt Anna dann in der linken Hand, rechts hat sie sich bei Marie untergehakt. Marie kann es nicht fassen: Ihre Sehnsüchte beginnen, sich zu verwirklichen – und das durch Annas Initiative. Sie selbst muss überhaupt nichts tun. Der Heimweg vergeht viel zu schnell. Viel zu schnell sind sie am Tor angelangt, und Anna zieht ihren Arm weg, um die Pforte zu öffnen. Dann stehen sie wieder auf dem Grund und Boden dieser bizarren Parallelwelt und legen die letzten Meter bis zum Haus zurück.

Unter dem Zeltdach sitzt Max und hämmert auf die Tasten seines Notebooks ein. Zunächst bemerkt er Marie und Anna nicht. Erst als sie schon beinahe vor ihm stehen, blickt er auf. Es scheint, als müsse er sich einen Moment vergegenwärtigen, wo er ist und wer da vor ihm steht.

Dann nickt er den Frauen zu und will sich erneut seiner Tätigkeit zuwenden. Doch Marie unterbricht ihn mit einer Frage: »Wo ist Paul?« Irritiert zuckt Max zusammen. »Wie? Ach so, ja, der ist mit einigen anderen schwimmen gegangen. Wenn du den Spielplatz überquerst, dann kommst du nach etwa zwei Minuten zu einem kleinen Sandstrand. Der wird auch gern als Badebucht genutzt. Marie überlegt einen Moment. Sie hätte schon Lust, ebenfalls ins Wasser zu springen. Sie bringt die Äpfel weg und holt ihren Bikini.

»Den wirst du wohl nicht brauchen«, sagt Anna lächelnd.

»Kommst du mit?«, fragt Marie.

Doch Anna möchte lieber ihre Yoga-Übungen machen. Sie geht hinein, und nachdem Marie verschwunden ist, steht Max auf und folgt seiner Frau. Auf den Stühlen liegt ein bunter Bikini, achtlos hingeworfen.

Nach ein paar Minuten hat Marie den Strand erreicht. Sie erkennt Paul schon von weitem und winkt ihm zu. Doch er sieht sie nicht. Paul ist vollauf damit beschäftigt, ein Marie unbekanntes Mädchen mit Wasser vollzuspritzen. Vor noch nicht allzu langer Zeit hätte Marie dieser Anblick eifersüchtig gemacht. Jetzt nicht mehr. Und erst recht nicht nach dem, was sie gerade mit Anna erlebt hat. Ein leiser Anflug schlechten Gewissens.

Dann steht Marie auch schon im Sand und reißt sich die Klamotten vom Leib. Paul staunt nicht schlecht, als er sieht, wie seine Freundin sich vollkommen nackt in die Fluten stürzt. Vergessen ist das andere Mädchen. Der Anblick der so mutig gewordenen Freundin bringt sein Geschlecht sofort zum Anschwellen. Paul zieht es vor, sein steifes Gemächt im Wasser zu verbergen. Er nähert sich Marie und zieht sie an sich. Seinen Unterleib reibt er an ihren Lenden. Gemeinsam entfernen sie sich von der Gruppe und schwimmen etwa fünfzig Meter. Dann steuern beide, wie auf eine geheime Verabredung hin, das Ufer an. Hier gibt es jedoch keinen Strand, sondern eine steile Böschung. Die Seeoberfläche ist von dunkelgrünem, glänzendem Film bedeckt, der einen Blick auf den Grund verhindert, obwohl das Wasser Marie hier nur bis zur Brust reicht. Auf dem Schlick schwimmen Seerosen.

Paul presst den Körper seiner Freundin mit dem Rücken gegen den erdigen Uferwall. Er sieht ihr prüfend in die Augen. Marie will es auch, kein Zweifel. Die Geilheit tropft aus ihrem Blick. Am Vormittag hat sich während der mit Anna verbrachten Zeit einiges aufgestaut, was jetzt der Entladung entgegendrängt. Es ist Pauls Schwanz, der schon mit dem Eindringen eine Ahnung der bevorstehenden Erleichterung bringt, doch vor Augen steht

Marie das Bild Annas. Später wird ihr Rücken von den Wurzeln wundgescheuert sein. Doch jetzt gerade bemerkt sie das Kratzen nicht einmal.

Im Stehen stimulieren Pauls Stöße nicht nur ihre Möse, sondern auch ihre Klit. Jedes Mal, wenn Paul seinen Schwanz erneut in den Tiefen von Maries Körper versenkt, erfährt auch der vordere Bereich ihres Geschlechts eine unerhörte Reibung, die sie schon bald zum Äußersten treibt. Doch als sie ihre Lust laut herausschreien will, presst ihr der Freund ganz plötzlich die Hand vor den Mund.

»Sei still, Schlampe«, zischt er. *War ich das?*, denkt er. Was nicht aus Marie herauskommen kann, schlägt wie ein Blitz in ihr Inneres ein. Ihre Möse explodiert. Der Höhepunkt durchzuckt ihren ganzen Körper, lässt ihn sich krümmen und durchschüttelt ihn mit der vollen ekstatischen Wucht, die inzwischen auch Paul ergriffen hat.

Nach einigen Minuten, die sie zunächst keuchend, dann ruhiger werdend, im Schilf verbringen, kehren sie zu den anderen zurück. Niemand scheint ihre Abwesenheit bemerkt zu haben. Erleichtert seufzt Marie auf. Doch dann denkt sie: *Die anderen, die anderen. Diese anderen gibt es vielleicht nur in meinem Kopf.*

Übermütig lachend, sich knuffend und schubsend, nehmen Paul und Marie den Weg zum Bungalow im Laufschritt. Sie kommen gerade im richtigen Moment. Max hat Salat gemacht. Dazu stellt er Brot und Käse auf den Tisch. Erst jetzt bemerken Paul und Marie, wie hungrig sie sind. Anna bietet nach dem Essen an, Kaffee zu kochen. Schon bald kehrt sie mit einem großen Tablett zurück, verteilt bunte Becher und schenkt allen aus der Thermoskanne ein. Doch während sie ihren Mann versorgt, ist es bestimmt nicht der Gedanke ans Verwöhnaroma, der ein Lächeln auf ihr Gesicht zaubert.

Max rührt in seiner Tasse.

»Wie kommt ihr eigentlich mit den Klammern zurecht?«, fragt er. »Schon mal ausprobiert?« Paul und Marie sehen sich an.

»Noch nicht«, antwortet Paul. »Wir sind einfach noch nicht dazu gekommen. Aber wenn ich ehrlich bin: Es ist noch etwas anderes. Ich weiß nicht so richtig, wo man sie an den Nippeln befestigt. Und ich habe Angst, etwas falsch zu machen, was Marie verletzen könnte. Die Klammern wirken schon ziemlich fest – jedenfalls für meine Begriffe.«

»Eigentlich ist das ganz einfach«, antwortet Max. »Dabei kann man nicht viel falsch machen. Natürlich, wenn die Nippel bereits blau anlaufen, dann wird es höchste Zeit, die Klemmen zu entfernen, ganz egal, wo sie sitzen. Doch so weit sollte man es auch gar nicht erst kommen lassen. Aber …« – er sieht zu seiner Frau hin – »Wenn ihr ganz sichergehen wollt, würden wir es euch einfach mal zeigen. Ich könnte Anna zum Demonstrationsobjekt machen« – er grinst –, »obwohl das vielleicht gar nicht so sinnvoll ist. Jeder Busen ist anders und will anders behandelt werden. Am besten wäre es, wenn Anna Marie die Klammern anlegen würde – sie hat sehr viel Gefühl für die Beschaffenheit des weiblichen Körpers –, also … ich meine, natürlich nur, wenn du, Paul, einverstanden wärest, und Marie natürlich erst recht …« Seine Stimme klingt eine Nuance höher als sonst. Er wirft Marie einen Blick zu, den sie ruhig erwidert. Ihre Miene ist frei von Ablehnung oder Empörung.

Einen Moment lang Schweigen. Schließlich ist es Paul, der das Wort ergreift. Er wendet sich an Marie.

»Was meinst du? Ich wäre einverstanden, schließlich dient es der Sicherheit. Anna hat bestimmt viel Erfahrung.«

Seine Freundin nickt langsam. »Ja«, lautet ihre Antwort, »warum eigentlich nicht.«

»Gut«, schaltet sich Anna ein. »Wie wäre es heute Abend nach dem Essen? Wir könnten uns im Bungalow treffen.« – Allgemeines Einverständnis.

Wie kann ein Nachmittag sich nur so zäh hinziehen? Die Worte des Buches, in das sich Marie zu vertiefen sucht, wollen einfach keinen Sinn ergeben. Und so kapituliert sie gegenüber den Anforderungen der intellektuellen Sphäre und wendet sich den Ereignissen ihrer unmittelbaren Umgebung zu.

Was macht eigentlich Louisa? Seit dem Einzug der Berliner kreisten Maries Gedanken nahezu ausschließlich um Anna. Jetzt schlägt sie den Weg zum Zeltplatz ein. Vielleicht wäre Louisa dort zu finden. Vor dem Zelt der Clique sitzt Tina und feilt sich die Fingernägel.

»Hallo«, grüßt Marie, »wo sind denn die beiden anderen?« Tina schaut missgelaunt zu ihr empor.

»Also Xenia, unsere Alternativ-Tussi, übt mit ein paar Leuten Jonglieren. Und Louisa? Ich weiß es nicht. Aber neulich wurde sie von Jannis, einem Camp-Mitarbeiter, zum Spazierengehen abgeholt. Keine Ahnung, wo die grad unterwegs ist – und mit wem.«

»Hm, danke.« Nachdenklich umrundet Marie einmal das Zeltareal. Louisa und Jannis? Jannis – das müsste der große Dunkelhaarige sein, der auch bei den Vorbereitungen für die Feuerperformance mitgeholfen hat. Dem Aussehen nach könnte er ein Bruder Louisas sein. Die beiden wären ein schönes Paar.

Marie richtet ihren Blick unwillkürlich auf die eigenen Fingernägel. In manchen Dingen ist Tina kein so schlechtes Vorbild. Sie entscheidet sich, den Rest des Nachmittags der Körperpflege zu widmen. Sie möchte schön sein – auch für Anna.

Enthaart, mit perfekt gepflegten Füßen und sorgfältig manikürten Fingernägeln schwebt Marie später zum Abendessen. Endlich! Nun ist es fast so weit, und sie würde Annas Hände auf ihrer Haut spüren dürfen. Meist ist sie die Letzte, die ihren Teller geleert hat. Heute ist sie die Erste. Max und Anna sitzen wieder einmal an einem anderen Tisch und unterhalten sich angeregt mit dem lesbischen Pärchen, das im Bungalow nebenan wohnt.

Besorgt schielt Marie zu ihnen hinüber. Anna wird ihre Verabredung doch nicht vergessen haben? Es sieht nicht so aus, denn nachdem sie sich voneinander verabschiedet haben, kommen die Berliner zu Paul und Marie herüber. Gemeinsam wandern sie zum Haus.

Nein, denkt Marie, *außer Paul hat tatsächlich noch niemand meine Brust berührt, denn Tobias habe ich abgewiesen, bevor es dazu kommen konnte. Aber ich wollte es eben auch nicht, damals, auf dieser Party. Jetzt ist das etwas völlig anderes. Vorfreude, Aufregung und ein bisschen Angst.*

Max betritt den Bungalow als Letzter. Er schließt die Tür. *Jetzt gibt es kein Entkommen mehr*, geht es Marie durch den Kopf. Erstaunt bemerkt sie die leichte Erregung, die sich plötzlich ihren übrigen Gefühlen beimischt und sogar die nun vorherrschende Empfindung bildet.

»Na«, sagt Max zu Paul gewendet, »dann hol doch mal die Klammern.« Heute setzt sich Anna neben Marie, und Maries Freund wird sicher gleich neben Max Platz nehmen, den Frauen gegenüber.

Paul kommt aus dem Schlafzimmer zurück und legt die Klammern auf den Tisch. Ein klirrendes Geräusch. Unentschlossen steht er neben dem Tisch. Anna sieht ihn lächelnd an.

Setz dich, scheint ihr Blick zu sagen. *Das ist jetzt meine Aufgabe.* Ein kurzes Zögern noch, dann lässt Paul sich neben Max in die Polster sinken. Niemand spricht. Jedes Wort würde die knisternde Spannung zerstören, die auf einmal den Raum erfüllt. Anna atmet hörbar, während sie nun das T-Shirt der jungen Frau hochschiebt. Überdeutlich fühlt Marie den Stoff über ihre Haut gleiten. Die Nippel richten sich sofort steil auf. Sie hatte auf einen BH verzichtet. Mit entblößter Brust sitzt Marie schließlich vor den Männern. Im ersten Moment würde sie sich am liebsten mit den Armen vor den Blicken schützen. Doch sie unterdrückt den Reflex und zwingt sich zum Aushalten. In ihrem ganzen Leben hat sie sich noch nicht so nackt und ausgeliefert gefühlt. Jedoch nachdem sie einige Augenblicke gelitten hat, scheint es ihr, als ob in ihrem Gehirn plötzlich ein Schalter umgelegt würde. Und langsam werden ihr Unwohlsein und ihre Scham von einer anderen Empfindung verdrängt: Genuss. Genuss an der Erniedrigung, halbnackt drei bekleideten Personen gegenüberzusitzen. Genuss an der Tatsache, dass es Anna war, die sie in diese Situation gebracht hat. Genuss an dem Gefühl von Verletzlichkeit und Schutzlosigkeit. Und Stolz – in Anbetracht der lüsternen Blicke, die sich auf ihre schöne Brust richten.

Augenblicke, die Marie wie eine Ewigkeit erscheinen. Endlich greift Anna in Zeitlupentempo, den Blick fest auf Marie geheftet, nach dem Instrument auf dem Tisch. Dann beugt sie sich seitlich über die Jüngere und legt ihr das Marterwerkzeug an. Scharf beißt die erste Klemme in die so empfindliche Körperstelle. Unwillkürlich seufzt Marie auf. Schon hat Anna die zweite Klammer befestigt. Die Verbindungskette reicht bis knapp zum Bauchnabel hinunter. Marie schluckt. Es ist schmerzhaft, schmerzhafter als sie gedacht hatte. Anna hat die Klammern genau auf den Nippeln platziert; ein wenig weiter hinten wäre mehr Haut zwischen den Klammerbacken gewesen. Dort würde es weniger wehtun. Aber Anna hatte einfach nicht widerstehen können: Zu perfekt sah es aus, wie Maries große Brustwarzen von dem Instrument zusammengedrückt wurden. Fast schöner noch als ihre bei ihr selbst. Prüfend sieht sie ihr Opfer von der Seite an. Maries Gesichtsausdruck spiegelt den ungewohnten Schmerz. Die Augen der Männer hingegen hängen ausschließlich an den so grausam geschmückten Brüsten.

Eigentlich hatte Anna vorgehabt, die zu Demonstrationszwecken angelegten Klemmen gleich wieder zu entfernen. Doch nun hat die ihrem Mann gegenüber stets so devote Frau Blut geleckt. Und Marie gefällt ihr über alle Maßen. Anna kann einfach nicht widerstehen: »Zehn Minuten wirst du wohl aushalten«, sagt sie streng.

»Und komm nicht auf die Idee, dich auch nur irgendwie zu rühren. Du hältst ganz still, verstanden?« Das ist eine vollständig andere Anna als die, die Marie bisher kennengelernt hat. Aber es ist eben immer noch Anna. Anna, der Marie vertrauen möchte und kann. Und als sie schließlich leise antwortet: »Ja, ich will tun, was du mir befohlen hast«, da kommen diese Worte auch von einer anderen Marie als der, die Anna bis jetzt erleben durfte. Überrascht registriert Marie, wie gut es ihr gelingt, mit der neuen Situation umzugehen, ja, wie viel Spaß ihr dieses Spiel bereitet. Paul ist unsagbar stolz auf seine tapfere Freundin. Und Max? Der hatte es sowieso schon immer gewusst.

In zehn Minuten kann die Ewigkeit wohnen. Anna streichelt ihr Opfer und spricht ihm Mut zu. Und schließlich kommt für Marie ein Punkt, an dem der Schmerz in der Brust nachlässt, die Nippel sich an den Druck gewöhnt haben. Dafür spürt sie jetzt umso deutlicher das Pochen zwischen den Beinen, das sich schon während der letzten Minuten aufgebaut haben muss. Oh, wie gern würde sie jetzt ihre Hand auf die pulsierende Klitoris pressen! Doch sie hat sich durch ein Versprechen gebunden! Sie will Anna auf keinen Fall enttäuschen! Und sie will Paul zeigen, wozu sie fähig ist. Zum ersten Mal während ihres Martyriums richtet sie ihren Blick auf die Gesichter der Männer. Paul wirkt unruhig. Er leidet mit ihr, das ist deutlich. Max hingegen hat sich bequem zurückgelehnt. Zwar erregt ihn Maries Anblick stark, doch er weiß sich zu beherrschen. Er ist im Verlauf des Geschehens in die Rolle des kühlen, distanzierten Herrn geschlüpft, für den es selbstverständlich ist, eine Sklavin leiden zu sehen. Und diese Ausstrahlung, für die Marie gerade nur allzu empfänglich ist, steigert ihre Erregung ins Unermessliche.

Anna sieht auf die Uhr. »Zehn, neun, acht«, zählt sie die letzten Sekunden. Bei ›null‹ nimmt sie Marie die Klammern ab. Ruckartig schießt das Blut zurück in die eben noch abgeklemmten Kanäle. Damit hatte Marie nicht gerechnet. Sie schreit auf vor Schreck und Schmerz. Doch ihr Oberkörper sinkt in Annas Arme, die darauf vorbereitet war. Sie streichelt Maries Locken und lobt sie für ihre Tapferkeit. Vielleicht würde Marie am nächsten Tag das Bedürfnis verspüren, über diese Erfahrung zu sprechen. Doch jetzt gibt sie Pauls Wunsch, das Schlafzimmer aufzusuchen, nur zu gern nach.

Auch die hilfsbereiten Mitbewohner legen sich bald darauf hin. Im Gegensatz zu Anna ist Max schnell eingeschlafen. Doch seine Frau hat das Erlebte mehr aufgewühlt, als sie gedacht hätte. Marie ist nicht nur hübsch und lernbereit. Anna gefällt Maries bescheidenes Wesen, dem jede Form von Verstellung und alles Aufgesetzte so fern liegen, wie es auch Max bereits Paul gegenüber formuliert hat. Als Max ihr von dem Gespräch mit Paul erzählt hatte, war sie noch skeptisch gewesen.

»Marie ist noch lange nicht so weit«, so hatte sie behauptet. Doch diese Einschätzung musste sie revidieren. Auf einmal bekommt sie riesige Lust dazu, Marie alles beizubringen, was eine Sklavin ihrer Meinung nach wissen und können muss.

Der nächste Tag vergeht, ohne dass Anna Gelegenheit bekommt, sich der weiteren Umsetzung ihrer Vorstellungen zu widmen. Max möchte gern zu einer Tagestour mit dem Auto aufbrechen – aber nicht ohne Anna. Paul hingegen zieht es Richtung Strand – und zwar mit Marie. Anna sieht den beiden ein bisschen wehmütig nach. Alles andere hat schließlich noch genug Zeit. Sicher wäre es auch besser, nichts zu überstürzen. Schließlich blieben noch etwas mehr als zwei gemeinsame Wochen. Da sollte sich gewiss noch einiges erreichen lassen!

Schon am Abend kündigt sich eine gute Gelegenheit für den kommenden Tag an, die Entwicklung voranzutreiben. Max hatte sich vor dem Essen am Schwarzen Brett über die Planungen für die nächste Zeit informiert. Besonders hat es ihm ein Fußballturnier angetan, das für den kommenden Vormittag angesetzt ist. Um zehn Uhr soll's losgehen. Paul ist sofort Feuer und Flamme. Schließlich hat er als Schüler jahrelang im Verein gekickt. Marie hasst Ballspiele. Anna ringt einen Moment mit sich. Eigentlich liebt sie Fußball, doch eine solche Gelegenheit, mit Marie allein zu sein, würde so schnell nicht wiederkommen: »Was meinst du, Marie? Sollen wir währenddessen einen Spaziergang machen?« Marie stimmt erfreut zu, und Max verkneift sich aus taktischen Gründen jede Bemerkung über die Leidenschaft seiner Frau fürs Mittelfeld.

Am nächsten Morgen begeben sich Paul und Max gegen zehn Uhr zum Turnier. Schon jetzt ist es ziemlich warm, und so begrüßt Marie Annas Vorschlag, den Schatten des Waldes aufzusuchen. Zunächst wandern sie am See entlang bis zum Spielplatz, doch anstatt dann weiter dem Ufer zu folgen, zeigt Anna Marie einen kleinen Weg, der in den Wald hineinführt und der Marie bisher nicht aufgefallen ist. Hier ist es angenehm kühl und dunkel. Der Pfad ist so schmal, dass eine von ihnen vorangehen muss. Anna setzt sich an die Spitze. Behutsam biegt sie störende Zweige zur Seite und bahnt so den Weg für Marie.

»Bald werden wir an einer Lichtung sein«, sagt sie, da können wir für einen Moment verschnaufen.« Tatsächlich: Nach etwa zehn Minuten stehen sie am Fuße einer kleinen Wiese. Die Sonne bringt das Gras zum Glänzen. Kaum ein Mensch scheint hier in letzter Zeit seinen Fuß auf die Vegetation gesetzt zu haben.

Plötzlich sieht Anna einen Baumstumpf, und ihre vagen Phantasien kristallisieren sich erstaunlich schnell zu einem konkreten Inhalt. »Komm!«, sagt sie und greift nach Maries Hand. Sie zieht die junge Frau mit sich. Es geht einmal über die Lichtung, bis hin zu jenem Stumpf, auf den Anna sich mit einer raschen Drehung setzt. Dann packt sie Marie, die leicht überrumpelt vor ihr steht, an beiden Handgelenken. Einen Moment lang sehen die Frauen einander in die Augen.

Was wird nun kommen?, fragt sich Marie halb ängstlich und halb in freudiger Erwartung. Der Spaziergang war nur ein Vorwand gewesen; diese Ahnung – halbe Hoffnung – wird nun zur Gewissheit.

Anna zieht an Maries Knöcheln und macht ihr so auch ohne Worte klar, was sie nun zu tun hat. Die Festgehaltene zögert nur einen ganz kurzen Moment. Denn will sie es nicht auch selbst? Im Zeitlupentempo sinkt sie vor der älteren Frau auf die Knie und senkt den Blick. Sie traut sich kaum noch zu atmen.

Na also, denkt Anna, *die erste Hürde wäre genommen.* Schließlich durchbricht sie mit ihren Worten die Stille: »Sieh mich an«, Marie. Marie tut, wie ihr geheißen. Anna schenkt ihr kein Lächeln.

»Ich möchte dir etwas zeigen«, fährt sie fort, »von dem ich finde, dass du es wissen musst, um deinem Herrn eine gute Sklavin zu sein. Das willst du doch, oder?«

Marie nickt. *Mein Herr*, denkt sie, *ist Paul das? Und was will ich eigentlich? In letzter Zeit hat sich so viel entwickelt, ich weiß gar nichts mehr. Aber vielleicht ist das gut. Einfach geschehen lassen …*

Weiter kommt sie nicht, denn Annas Stimme reißt sie aus ihren Überlegungen. »Eine Antwort, Marie.«

»Ja, Anna, das will ich«, platzt es leicht atemlos aus Marie heraus. »Und ich möchte alles lernen, was du für notwendig hältst.«

»Schön.« Anna klingt ruhig, vielleicht sogar unbeteiligt, doch innerlich triumphiert sie: *Jetzt habe ich die Voraussetzung geschaffen, um Marie auch weiterhin führen zu können*, so ihr Gedanke. Jetzt gilt es, der Jüngeren gegenüber Haltung zu bewahren.

»Also«, setzt Anna ihre Rede fort, »es gibt sieben Positionen, die jede Sklavin auf Kommando einnehmen können muss. Ich beschreibe dir jetzt die Bewegungsabläufe, und du folgst meinen Beschreibungen, klar?«

Endlich entlässt sie Maries Knöchel aus ihrem Griff. »Ja, ich habe verstanden.« Diesmal kommt die Antwort prompt.

»Gut. Position Nummer eins funktioniert folgendermaßen: Du richtest deinen Körper kniend auf und verschränkst die erhobenen Arme hinter dem Kopf.«

Marie setzt Annas Ausführungen sofort um. Anna steht auf und geht einmal um ihre Schülerin herum.

»Warte einen Moment«, sagt sie, »ich bin gleich wieder da.« Am Waldesrand bricht Anna eine dünne, geschmeidige Gerte aus dem Geäst. Sie beobachtet Marie aus einigen Metern Entfernung. Das Mädchen ist ihr nicht mit dem Blick gefolgt, sondern schaut ruhig geradeaus. *Gut so*, denkt Anna, *sie weiß, was sich gehört.*

Marie spürt ihre Kniescheiben, auf denen nun ein Großteil ihres Körpergewichtes ruht. Auch die erhobenen Arme dürften irgendwann zu schmerzen beginnen. Aber da ist Anna bereits wieder bei ihr und bereit, sie zu erlösen.

»In dieser Haltung bietest du dem Herrn deinen Körper für die verschiedensten Maßnahmen dar. Achte darauf, dass deine Beine leicht gespreizt sind und die Arme eine anmutige Form ergeben. Aber genug davon. Kommen wir zu Nummer zwei. Du darfst dich jetzt auf deine Fersen niederlassen. Die Hände legst du mit geöffneten Handflächen auf die Oberschenkel. Den Blick senken ... aber der Rücken bleibt gerade.«

Anna versetzt Marie einen leichten Schlag mit der Gerte aufs Schulterblatt. Marie zuckt zusammen. Sie hatte den Stock in Annas Hand eben nicht bemerkt. »Diese Position ist als Ruheposition gedacht«, erläutert Anna. »So wartest du auf weitere Anweisungen – oder auf deinen Herrn, falls er anderweitig beschäftigt sein sollte.« Annas Tonfall lässt erahnen, an welche Art von Beschäftigung sie gerade denkt.

»Und jetzt wird es spannend. Nummer drei ist eine Position, in der deine Körpersprache vollkommene Unterwerfung ausdrücken soll. Beuge den Oberkörper nach vorn und lege das Gesicht seitlich auf den Boden. Dein Rücken wird verlängert durch die ausgestreckten Arme. Drück die Wirbelsäule durch und lass deinen Hintern hervortreten, so weit du nur kannst. Und mach dabei die Beine breit.« Marie nimmt die Knie ein Stück auseinander, doch als Anna kontrollierend den Rock hoch- und den Slip hinunterzieht, ist ihre Rosette noch nicht zu sehen.

»Breit, habe ich gesagt«, zischt Maries Lehrmeisterin und zieht ihrer Schülerin die Gerte über das Fleisch. Überrascht schreit Marie auf. In der Tat hat Anna hart zugeschlagen, davon zeugt ein tiefroter Striemen. Dieser Anblick ist so reizvoll, dass sie ihr Schlagwerkzeug am liebsten aufs Neue erhoben hätte, doch jetzt ist anderes wichtiger; eine entsprechende Gelegenheit würde sich sicher in Kürze bieten.

»Siehst du«, sagt Anna aufmunternd, »so ist es brav.« Sie streicht über die Spur, und Marie schiebt dieser sanften Hand den Unterleib ganz automatisch so weit sie nur kann entgegen.

»Vier«, fährt Anna fort mit ihrer Lektion: »In dieser Position gewährt dein Körper dem Herrn verschiedene Vergnügungsmöglichkeiten. Du darfst jetzt den Oberkörper heben und dich auf die Hände stützen, schön auf alle viere, wie ein kleiner Hund.« Marie gehorcht. Anna legt ganz schön Tempo vor. Marie findet kaum Zeit, sich Gedanken zu machen oder zu schämen. Vielleicht ist das Absicht?

»Sehr schön«, lobt Anna jetzt und streichelt die junge Frau, die gerade zu ihrer Sklavin wird. »Und jetzt kommt etwas besonders Schönes.« Kunstpause. »Wenn man dir befiehlt, Haltung Nummer fünf einzunehmen, darfst du deinem Herrn und allen anderen Zuschauern zeigen, wie du es dir selbst besorgst. Richte dich kniend auf wie schon bei Nummer eins.«

Marie folgt. Anna tritt ganz nah an sie heran. »Und jetzt wichs dich, du kleine Schlampe!« Ihre Stimme klingt hart, und hart ist auch der Griff, mit dem sie Maries Kopf an den Haaren ganz plötzlich nach hinten reißt.

Annas Sklavin traut sich nicht, den ihr unangenehmen Befehl zu verweigern. Aber das ist es nicht allein. Zu sehr ist sie im Spiel gefangen, zu sehr von der Herrin fasziniert, um sich nicht zu wünschen, ihr gerecht zu werden. Und so legt sie gehorsam ihre Finger auf den Kitzler. Erst drückt, streichelt und massiert sie ihn, dann fährt sie mit ihrer Hand immer fester durch ihr feuchtes Geschlecht. Annas Anwesenheit ist vergessen. Marie fühlt jetzt die reine Geilheit, nichts anderes mehr. Sie stellt sich vor, von Anna mit der Gerte gepeitscht zu werden. Nicht ein Hieb oder zwei wie eben, sondern eine ausgiebige Tracht Prügel zu erhalten, und zwar während Paul kalt lächelnd zusieht. Vom Höhepunkt trennen sie jetzt Nanosekunden und – absolut unerwartet – Annas Hand.

Die erfahrene Frau hat Marie sehr genau beobachtet. Und in dem Moment, der ihr der passende zu sein scheint, packt sie deren Hand und reißt sie fort vom Zentrum der Lust. Marie kann sich nicht mehr beherrschen. Ihrer Kehle entflieht ein Laut des Protestes, der direkt mit einem Schlag auf die Wange quittiert wird.

»Es geht jetzt nicht um deine Befriedigung, und das weißt du auch ganz genau«, sagt Anna ruhig. Ja, Marie weiß es nur zu gut. »Passenderweise« – und zum ersten Mal während ihrer Ausführungen lächelt ihre Lehrerin – »kommen wir nun zu Nummer sechs, der Position zum Auspeitschen.«

Marie spürt ihr Blut in den Adern rauschen. Angst. Und Verlangen. Doch da fährt Anna schon fort: »Aber ich will jetzt Gnade walten lassen, denn ich brauche deine Energien noch für anderes.« Marie bleibt keine Zeit zum Rätseln. »Steh auf!«, befiehlt die Meisterin. Sie führt ihre Sklavin zu einem großen Baum am Rande des Waldes: »Hebe die Arme und stütze dich bis zum Ellbogen am Stamm ab. Beine breit! Hohlkreuz! So bietest du den Rücken, den Po und die Schenkel der Peitsche dar. Und außerdem siehst du so auch noch sehr schön aus.« Die letzten Worte flüsterte Anna fast unhörbar vor sich hin. Doch Marie hat sie trotzdem gehört. Sie freut sich.

»So«, sagt ihre neue Herrin. »Nun sind wir fast am Ende. Die siebte Position ist, auch wenn du das zunächst vielleicht nicht so empfinden magst, die einzige, die dich wirklich kompromittiert. Bleib so stehen wie jetzt. Doch jetzt nimmst du die Arme herunter. Kreuze sie hinter dem Rücken! – Ja, richtig. – Außerdem senkst du den Blick.«

Wortgetreu führt Marie die Anweisungen aus. Anna wartet einen Moment. »Und? Wie fühlst du dich jetzt? Kannst du dir vorstellen, weshalb ich gerade diese Position zur unangenehmsten erklärt habe?«

Marie braucht einen Moment, um für ihre Gefühle die passenden Worte zu finden. »Ich komme mir vor wie ein Kind, dem man befohlen hat, sich zu schämen«, sagt sie dann langsam. »Wenn mein Herr diese Position anordnen würde, mich in dieser Haltung an die Wand oder in eine Ecke schickt, dann vielleicht, weil ich einen Fehler gemacht habe, über den ich nachdenken soll, oder weil er mich gerade nicht um sich haben will. Es ist das Schlimmste, was einer Sklavin passieren kann.«

Zum ersten Mal hat Marie nicht von ihrem Freund, Partner oder einfach von Paul gesprochen, sondern von ihrem Herrn. Sie wundert sich kurz darüber, wie leicht es ihr fiel, dieses Wort auszusprechen.

»Ja«, bestätigt Anna ernst. »Das hast du sehr treffend ausgedrückt. Ich empfinde es genauso. Und ich bin der Meinung, dass die dominante Person mit dieser Demütigung sehr vorsichtig umgehen sollte. Denn das kann wirklich wehtun. Du darfst dich jetzt umdrehen und mich ansehen.«

Als Marie Anna ins Gesicht schaut, ist sie nicht ganz sicher, ob darin nicht Spuren einer Verstörung zu finden sind. Vielleicht verbindet Anna mit ihren letzten Ausführungen unangenehme Erinnerungen?

»Ich bin sehr zufrieden mit dir«, sagt sie schließlich. »In den nächsten Tagen wirst du das Gelernte verinnerlichen. Die Zahlen müssen dir so in Fleisch und Blut übergehen, dass du im Ernstfall gehorchst, ohne überlegen zu müssen.«

»Ich werde nichts vergessen«, antwortet Marie. Und Anna ist sicher, dass die Zukunft diese Versicherung als wahr erweisen wird.

»Doch glaube nicht, ich würde dich hiermit entlassen. Ich finde, du solltest mir für all die Mühen, die ich mit deiner Erziehung auf mich nehme, auch etwas gönnen. Komm mit!« Maries neue Herrin greift nach der Hand ihrer gerade rekrutierten Sklavin. Sie zieht das Mädchen hinter sich her. Einmal über die Wiese, bis zum Baumstumpf. Anna setzt sich darauf, Marie kniet davor nieder – jetzt ohne zu zögern.

»Hast du schon mal einer Frau einen geblasen?« Marie läuft schlagartig rot an. Sie schüttelt den Kopf. »Nein«, sagt sie dann leise, »das habe ich nicht.«

»Dann wird es Zeit, dass du es lernst. Meinst du nicht auch?« Wie hypnotisiert starrt Marie auf den Schoß ihrer Herrin. »Ja«, flüstert sie. Ablehnung und Neugierde. Scham und Unsicherheit. Die Welt der Unterwerfung kennt keine Eindeutigkeit.

Anna steht auf und streift ihre Hose und den Slip hinunter. Dann setzt sie sich erneut, doch diesmal ganz weit nach vorn, auf die Kante des Klotzes. Marie muss nicht viel tun. Anna greift in ihre Haare und zieht ihr Gesicht zwischen die eigenen Beine.

Dort ist es feucht und warm. Es riecht würzig. Marie streckt ihre Zunge aus und beginnt zu lecken. Es schmeckt ein bisschen eigenartig. Ganz anders als ein Mann. Annas Lustdienerin umkreist die Klitoris mit der Zunge und fährt sanft die inneren Schamlippen entlang. Das ist schön, doch Anna braucht jetzt etwas anderes. Die angestaute Geilheit soll endlich zur Explosion gebracht werden. Sie steht auf und packt Maries Kopf links und rechts.

»Lass die Zunge draußen«, zischt sie nach unten. Und Anna reibt ihr Geschlecht an Maries Zunge, um sich dann immer heftiger an dem ihr dargebotenen Gesicht zu wichsen. Gleich würde es ihr kommen. Doch Anna zögert den Höhepunkt absichtlich hinaus. So würde sie Marie Duldsamkeit lehren und sich selbst eine längere Spanne des Genusses verschaffen. Doch der Druck wird immer stärker. Endlich, mit einem leisen Seufzer, gewährt Anna ihrem Körper die ersehnte Entladung. Marie hatte bisher nicht gewusst, dass es auch Frauen gibt, die beim Orgasmus abspritzen. Den Lustsaft ihrer Herrin im Gesicht wartet sie, bis Annas Atem sich beruhigt hat.

11. Kapitel

Entwicklungen (2)

Auch wenn Marie es nicht versteht: Ein Stück rundes Leder mit Luft drin kann die Aufmerksamkeit vieler Menschen für einen kompletten Tag vollständig absorbieren. Als sie mit Anna vom Spazierengehen zurückkehrt, ist das Turnier so richtig in Gang gekommen. Wer gerade nicht spielt, feuert die anderen Mannschaften aus Leibeskräften an. Eigentlich ist es viel zu heiß, um Sport zu treiben. Doch was bedeutet schon die Gefahr eines Sonnenstichs gegenüber dem Rausch des Spiels?

Zum einen empfindet Marie Genugtuung angesichts der Tatsache, dass sicher die Hälfte derjenigen, die da rennen, keuchen, ausrutschen, weiblichen Geschlechts ist (Paul hatte sich in der Vergangenheit nicht verkneifen können, eine Kausalverbindung zwischen Maries Desinteresse an Ballsportarten und ihrem Geschlecht herzustellen). Zum anderen fragt sie sich, was es mit Emanzipation zu tun hat, wenn Frauen nun jeden Unsinn mitmachen, der früher den Männern vorbehalten war.

Wie auch immer. Mit Paul braucht sie jetzt nicht zu rechnen. Sie sieht noch von Weitem, dass ein anderer Mann ihrem nass geschwitzten Freund einen Eimer Wasser über den Kopf gießt. Gejohle der Umstehenden. Zünftige Rituale. Marie schüttelt den Kopf und folgt Anna in einiger Entfernung zum Bungalow. Im Wohnzimmer schnürt Letztere bereits ihre Turnschuhe. Sie hatte gehört, man könne immer noch einsteigen.

Marie ist froh, jetzt allein zu sein. Schließlich hat sie Aufregendes hinter sich: das erste sexuelle Erlebnis außerhalb ihrer Beziehung – und noch dazu mit einer Frau! Darüber hinaus: eine neue Selbstverständlichkeit im Umgang mit ihrer Position als

Sklavin. Ganz schön viel für einen Vormittag! Marie legt sich auf eines der Sofas. Plötzlich fühlt sie Müdigkeit in sich aufsteigen. Vielleicht ist es die Hitze, die ihren Kreislauf verlangsamt? Vielleicht hat sie in letzter Zeit zu wenig geschlafen? Sie döst einige Minuten vor sich hin. Doch dann zieht sie es vor, das zum Liegen nicht allzu bequeme Sofa mit dem Bett zu tauschen. Nachdem sie sich ausgestreckt hat, durchfährt sie plötzlich ein Gedanke: *Ich muss Paul von dem Erlebnis mit Anna erzählen! Ich darf es ihm nicht verschweigen!* Doch die Müdigkeit ist stärker als das schlechte Gewissen, und so schläft Marie trotz Unbehagen ein.

Als sie erwacht, ist es später Nachmittag. Schlagartig sind auch die Sorgen wieder da. Am liebsten würde sie noch heute mit Paul sprechen – und wenn es abends nach dem Zubettgehen sein würde. Tatsächlich ergibt sich keine andere Gelegenheit. Das Turnier dauert bis kurz vor dem Abendessen. Und danach findet die Siegerehrung statt. Pauls Mannschaft hat sich relativ weit hinten platziert. Seiner Meinung nach liegt das vor allem an der von ihm als ›völlig unfähig‹ bezeichneten Schiedsrichterin. Frauen und Fußball! Hat er es nicht schon immer gesagt? Ein demonstrativer Blick in Maries Richtung. Doch die hat gerade überhaupt keine Lust, auf das Geplänkel einzugehen und sich angemessen aufzuregen.

Schließlich liegen sie im Bett. Eigentlich ist Paul so kaputt vom Rennen, Schießen, Schwitzen, dass er sofort in tiefen Schlaf fallen könnte. Doch die Worte, die seine Freundin nun neben ihm in die Dunkelheit spricht, lassen ihn spüren, dass es um etwas geht, was ihr wirklich auf der Seele lastet: »Da ist etwas, worüber ich mit dir sprechen möchte.« Bei alltäglichen Dingen spart Marie sich solche Einleitungen. Mit einem Mal ist Paul sehr wach.

»Ja«, sagt er in fragendem Tonfall irgendwo auf der Skala zwischen Erwartung und Besorgnis. »Ja«, wiederholt er, »worüber möchtest du mit mir sprechen?«

Und Marie erzählt. Sie erzählt ihm alles, was sie am Vormittag erlebt hat. Paul kann nicht umhin, Anna für ihren Einfallsreichtum und ihr listenreiches Vorgehen zu bewundern. Nichts hat sie von den Verabredungen verraten, die zwischen ihm und Max stattgefunden haben. Maries Wortwahl schwankt während ihres Berichtes zwischen Begeisterung und Schuldgefühl. Denn schließlich geht es hier nicht mehr um Phantasie! Sie hat Annas Möse gelutscht – realer geht es wohl kaum! Für einen Moment steigt Eifersucht in Paul auf. Doch dann wechselt seine Empfindung: Wie schade, dass er den Frauen nicht zusehen konnte! Was muss das für ein Anblick gewesen sein!

Außerdem – hat er nicht Max seine ausdrückliche Einwilligung gegeben? Hat er nicht zugestimmt, dass Anna sich um Marie kümmern solle? Und hätte er selbst widerstehen können, Unerlebtes, aber Herbeigesehntes auszuprobieren, wenn sich die passende Gelegenheit geboten hätte? Möglicherweise schon, oder auch nicht ... ja ... nein, er weiß es nicht. Doch eines ist sicher: Den Weg in Max' Arme würde Marie nur über Anna finden. Und möglicherweise würde Paul, wenn es tatsächlich zur Umsetzung seiner Phantasie kommen sollte, noch viel mehr Eifersucht empfinden. Vielleicht war das alles eine ganz schlechte Idee? Doch andererseits: Marie hat ihre Phantasie bereits umgesetzt, dann wäre es doch legitim, wenn er die Zeit weiter für seine eigene wirken ließe. Und verdammt! Er liebte Marie doch! Er sollte sich einfach mit ihr freuen, freuen, dass sie etwas Schönes erleben durfte! Und das sagt er ihr dann auch. Und fügt hinzu:

»Außerdem vermittelt Anna dir ja wirklich interessante Fähigkeiten, von denen ich ebenfalls profitieren kann.«

Marie ist froh und erleichtert, dass Paul sich nicht hintergangen fühlt. Eigentlich könnten sie jetzt beide zufrieden einschlafen. Aber nun ist es Paul, den das Gesprächsbedürfnis davon abhält.

»Marie«, beginnt er, »ich gönne dir wirklich jeden Spaß mit Anna. Und ich sehe deine Vergnügungen auch nicht als Gefahr für unsere Beziehung. Im Gegenteil. Anna scheint über magische Kräfte zu verfügen. Ich erkenne dich gar nicht wieder. Du bist so mutig geworden und so selbstbewusst. Du probierst Dinge aus, die du früher vielleicht nie für möglich gehalten hättest. Die kleine Session mit den Klammern zum Beispiel – die hat sich einfach so entwickelt. Ohne Absprache, ohne Plan. Du kannst auf einmal viel besser loslassen. Weißt du, während unserer letzten Zeit in Düsseldorf, da habe ich manchmal gedacht, bei uns ist alles ein wenig zur Routine geworden. Eine Session hatte bei uns immer einen genau definierten Rahmen. Da war kein Platz für spontanes Handeln, Überraschungen. Umschwünge. Und ich wusste nicht recht, ob und wie ich das ansprechen sollte. Ich hatte mich irgendwie zu dem Gedanken verstiegen, dass es dir so, wie wir es immer gemacht haben, am liebsten sei. Doch wenn ich mir deine Entwicklung ansehe, dann muss ich sagen: Hut ab, von dir kann ich nur lernen.«

Marie greift unter der Decke nach Pauls Hand. »Danke«, sagt sie leise. »Aber auch du bist anders geworden. Neulich, da hast du mich morgens ganz plötzlich überfallen. Und das war kein Kuschelsex. Oder im See. Wir haben zusammen den Bondage-Workshop mitgemacht. Früher hättest du das abgelehnt. Und dann die Sache mit den Klammern! Du fandest es doch geil, dort neben Max zu sitzen und zuzuschauen, wie Anna mich malträtiert hat, oder? Früher hättest du das als sexistisch und machohaft abgelehnt. Und jetzt konntest du es genießen. Oder irre ich mich?«

»Du irrst dich«, antwortet Paul ruhig. »Was?« Marie hofft, nicht richtig gehört zu haben. »Ich habe es nicht genossen«, bekräftigt er. Und setzt nach einer ganz kurzen Pause hinzu: »Denn ich hatte eine so gewaltige Erektion, dass mir fast die Hose geplatzt wäre.« Marie lacht laut auf. Sie erinnert sich an die anschließende Situation im Schlafzimmer. Tatsächlich hatte es Paul fast wehgetan, die Jeans herunterzuziehen.

»Ich finde es jedenfalls ganz toll und wahnsinnig spannend, was da gerade zwischen uns passiert«, sagt Marie noch. Paul antwortet mit einem innigen Kuss. Und damit ist auch alles geklärt, was der Nachtruhe im Wege stand.

In den nächsten Tagen denkt sich Anna immer wieder kleinere Aufgaben für Marie aus. Sie darf ihr etwas holen, etwas wegbringen oder jemandem eine Nachricht übermitteln. Als Anna Marie beim Abendessen um das Salz bittet, bemerkt Marie, wie allein diese alltägliche Gefälligkeit – ein Dienst, kaum der Rede wert – ihre Möse zum Triefen bringt.

Dann, endlich, ein neuer Höhepunkt: Marie darf Anna die Fuß- und Fingernägel feilen, lackieren und anschließend ihre Herrin, als die Anna sich inzwischen selbst bezeichnet, ausgiebig massieren. Wie Marie im Bikini neben der Luftmatratze kniet, auf die Anna sich bäuchlings gelegt hat, und Massageöl auf deren Rücken verteilt, da fühlt sie sich so ganz als Sklavin. Und noch schöner wird es, als Paul und Max aus dem Haus treten und ihr bei der Erfüllung ihrer neuen Pflicht zusehen. Marie geht vollkommen in ihrer Tätigkeit auf. Darum bemerkt sie zunächst nicht, dass Max inzwischen neben sie getreten ist. Mit großen, erschrockenen Augen sieht sie schließlich zu ihm in die Höhe. Er wirft ihr einen Blick zu – so kühl, dass ihr siedend heiß wird.

»Sehr schön«, sagt er leise. »Mach weiter so.« Dann dreht er sich um und geht. Marie schaut ihm noch lange nach.

Eines Abends, die zweite Urlaubswoche neigt sich bereits dem Ende zu, lädt Max seine Urlaubs-WG zum Essen ein. Er will für Paul, Marie und Anna ein Menü zubereiten – fünf Gänge mindestens. Schon nachmittags darf niemand mehr die Küche betreten. Der Koch möchte sich eine Überraschung vorbehalten.

Um acht Uhr ist es so weit. Alle nehmen am liebevoll gedeckten Esstisch Platz. Max hat Blumen und Kerzen aufgestellt. Es gibt sogar einen Aperitif. Im Hintergrund leise Musik. Die Atmosphäre ist anders als sonst. Ernst und ein bisschen feierlich. Irgendwann wird die schöne Zeit zu Ende sein. Der Alltag winkt schon aus der Ferne. Sie stoßen miteinander an, und Anna gibt Marie spontan einen Kuss. Für einen Moment wird Annas Sklavin ganz traurig.

Bald werden wir uns trennen müssen, denkt sie. Doch noch ist es nicht so weit, und außerdem wird sie im Herbst mit Paul nach Berlin fahren. Max und Anna haben ihre Mitbewohner eingeladen. Und darauf freut sich Marie jetzt schon!

Max serviert Bruschetta und anschließend Minestrone. Dazu hat er einen frischen Weißwein ausgewählt, der Marie auf ein Fischgericht tippen lässt. Tatsächlich: Als Hauptgericht brät Max für jeden eine Dorade. Zunächst ekelt Marie sich ein bisschen vor dem Fisch, der da auf ihrem Teller liegt und mit glasigen Augen ins Nichts glotzt. Doch nachdem sie Kopf und Schwanz entfernt hat, kann sie sich ganz auf den Geschmack konzentrieren, der durch feine Kräuter raffiniert ergänzt wird. Max ist ein grandioser Koch – das muss selbst die kritische Marie zugeben.

Wieder einmal ist der Brotkorb leer. Doch Max hat nicht knapp kalkuliert. Im Ofen wartet noch ein warmes Ciabatta darauf, verzehrt zu werden. Plötzlich wendet er sich an Marie:

»Hol bitte das Brot aus dem Ofen.« Marie zuckt zusammen. Hat er wirklich sie gemeint? Hat Max tatsächlich ihren Namen genannt – und nicht etwa Annas? Doch sein Blick, der auf sie gerichtet ist, beseitigt jeden Zweifel. Und er hat ihr keine Frage gestellt, sondern eine Anweisung formuliert.

Einen Befehl, denkt Marie. Unruhe erfasst sie. Was würde Paul denken, wenn sie gleich Max' Aufforderung Folge leisten wird? Denn eine Verweigerung kommt für sie nicht in Betracht.

Schließlich ist es der Mann ihrer Herrin, der ihr eine Aufgabe erteilt hat. Sie schluckt. Paul schaut auf seinen Teller. Er scheint zu warten, worauf auch immer. Seine Freundin steht auf und geht zum Herd. Anna atmet erleichtert aus.

Marie nimmt das warme Brot heraus. Zumindest könnte das ein uneingeweihter Zuschauer denken. Doch eigentlich ist das, was sie gerade tut, eine sexuelle Handlung. Ihr Körper jedenfalls signalisiert ganz deutlich, was er davon hält. Nachdem Marie sich wieder gesetzt hat, kneift sie die Schenkel zusammen und reibt sie leicht aneinander. Sie ist zufrieden in dem Bewusstsein, gehorcht zu haben. Eben hat Marie mitten aus dem Alltag heraus als Sklavin gehandelt. Max hat seine Forderung mit einer Ruhe und Sicherheit formuliert, die jeden Gedanken an Ungehorsam von vornherein unmöglich werden ließ. Und ebenso jeden Zweifel an der Ernsthaftigkeit seines Wunsches.

Und genau da liegt der Unterschied zu Paul, denkt Marie. In Gedanken unterstellt sie dem Freund die Absicht, etwas Vergleichbares von ihr zu fordern. Paul hätte mit sich gehadert, ob es anginge, seine Freundin derart den anderen vorzuführen. Und diese Unsicherheit hätte er nicht verbergen können. Da er selbst nicht von der Rechtmäßigkeit seiner Forderung überzeugt gewesen wäre, hätte er auch Marie nicht die Sicherheit geben können, die sie braucht, um gehorchen zu können. Max hingegen verfügt über genügend Stärke, um auch ihr einen Teil davon abzugeben. Ein erhebendes Gefühl. Marie freut sich. Sie hat eine Herausforderung mit Bravour gemeistert.

Max kredenzt zum Abschluss seines lukullischen Mahles Espresso und Grappa. Träge vom Genuss sitzt die WG am Tisch und nippt an ihren Schnapsgläsern und Kaffeetässchen. Die letzten Takte der Musik sind verklungen. Während des Essens wurde gelacht und diskutiert. Jetzt breitet sich Stille aus. Es ist erst zehn Uhr; keiner von ihnen hat Lust, schon ins Bett zu gehen.

Die Kerzen sind ein ganzes Stück heruntergebrannt. Hin und wieder rinnt ein Wachstropfen hinunter und bleibt am Leuchter kleben. Annas Blick verliert sich in den Flammen.

»Einen Blumenstrauß für deine Gedanken«, sagt Max und sieht seine Frau lächelnd an.

»Ach«, seufzt Anna sehnsüchtig. »Ich habe nur gerade daran gedacht, wie schade es um all das wunderbare Kerzenwachs ist. Damit könnte man so viele schöne Dinge treiben.«

»Oh ja«, bestätigt Max. Und er passt sich Annas verträumtem Tonfall an, ohne jeden Anflug von Süffisanz oder Ironie. Er steht auf und umrundet den Tisch. Hinter Anna bleibt er stehen. Er streichelt über ihr Haar und fährt schließlich mit der ganzen Hand durch ihr Gesicht. Erstaunt bemerkt Marie, wie groß sein Handteller ist. Für einen Moment fragt sie sich, wie es wohl wäre, von diesen Händen geschlagen zu werden.

Max hält seiner Frau Mund und Nase zu. Für Marie scheint eine Ewigkeit zu vergehen. Wie schafft Anna das nur? Doch schließlich zeigt ein jäher Ruck ihres Kopfes an, dass sie es nicht mehr erträgt. Ein winziger Moment noch – dann zieht Max die Hand weg. Anna ringt nach Luft. Sie atmet tief ein und aus. Ihr Gesicht ist ein wenig blass. Doch schon bald hat sie sich wieder erholt.

Nun zieht Max seiner Frau das T-Shirt bis über die Brust hinauf. Anna trägt keinen BH. Ihr Busen ist zwar groß, aber fest. »So fühle ich mich am wohlsten«, hatte sie Marie vor Kurzem erklärt. »Ansonsten würde ich Max diesen Wunsch nicht erfüllen, Versklavung hin oder her.« Jetzt greift ihr Gebieter nach einem der Leuchter. Anna biegt den Kopf zurück und bietet ihre Brüste einladend dar. »Tu mir weh«, flüstert sie leise. Gespannt verfolgen Paul und Marie das Geschehen. Paul spürt nichts mehr von dem betretenen Unwohlsein, mit dem er neulich zu kämpfen hatte. Und auch Marie beschäftigen vollkommen neue Empfindungen: Es erscheint ihr sehr reizvoll, ihre Herrin in untergeordneter Position beobachten zu dürfen. Aber ebenso sehnt sie sich danach, selbst einmal heißes Wachs auf der Haut zu spüren. Soll sie es wagen, Paul auf sich aufmerksam zu machen? ... Oder vielleicht auch Max?

Doch der ist gerade vollkommen bei Anna und richtet all seine Konzentration darauf, deren schwellende Brüste kunstvoll mit Wachstropfen zu verzieren. Er ergötzt sich sichtlich am leisen Aufschrei seiner Frau, wenn die Flüssigkeit das Zentrum der Empfindsamkeit ihrer Brüste erreicht – die Nippel, die bald mit einer dichten Wachsschicht bedeckt sind.

Anna genießt es ganz besonders, sich vor dem weniger erfahrenen Paar zu präsentieren. Sie liebt solch gespannte Aufmerksamkeit angesichts des Unbekannten. Und sie möchte Marie, ihrer Schülerin, Vorbild und Inspiration sein. Als Max seine süße Folter für einen Moment unterbricht, um die ausgegossene Kerze gegen eine neue zu tauschen, unterbricht ihn Anna mit einer Frage: »Max, findest du es nicht ungerecht, dass ich das Wachs zweier Kerzen abbekommen soll?« Irritiert sieht ihr Mann sie an. Anna nickt zu Marie hinüber: »Vielleicht hätte unsere junge Freundin auch Lust dazu.«

Die Vorstellung, ihre Sklavin ganz neuen Qualen auszuliefern, lässt Annas Stimme vor Erregung vibrieren. Herausfordernd sieht sie Marie an. Marie wirft einen Blick in Pauls Richtung. *Darf ich?*, scheinen ihre Augen zu fragen.

Paul steht auf. Er geht zu Marie hinüber und beugt sich über sie. »Willst du?«, flüstert er ihr ins Ohr. Seine Freundin nickt. Paul atmet einmal tief durch. Dann befreit er mit einem energischen Ruck Maries Oberkörper vom störenden Stoff des T-Shirts. Die Brustwarzen sind bereits vollkommen steif.

»Bitte sehr«, sagt er zu Max, »sie gehört dir.« Das soll ganz lässig und selbstverständlich klingen. Doch die Überwindung, die

Paul dieser Satz kostet, ist hörbar. Trotzdem treibt dieser Wortwechsel den Saft aus Maries Möse. Doch bevor sie in den Genuss der neuen, herbeigesehnten Empfindung kommt, packt Max ihre Nippel und zieht sie lang – und zwar so lang es nur irgend geht. »Tut mir leid. Die stehen so geil hervor, ich kann einfach nicht anders«, entschuldigt er sich ohne jedes Bedauern. Dann packt er den Kerzenständer. Zunächst hebt er die Hand sehr hoch. Wachs ist neu für Marie. Er will ihr nicht zu wehtun und dosiert darum vorsichtig. Tropfen für Tropfen nimmt die Flüssigkeit ihren Weg auf Maries zarte Haut. Sie unterdrückt ein Stöhnen. Wie gern hätte sie jetzt Pauls Hand gedrückt! Doch der sitzt unerreichbar weit entfernt, versunken in der Betrachtung sowie in Gedanken an die weitere Entwicklung des so verheißungsvoll Begonnenen.

Marie fühlt sich zunehmend wohl unter Max' Händen. Jeder Griff verrät Erfahrung und Einfühlsamkeit. Er weiß, was er tut. Sie kann ihm vertrauen. Ist sein Griff hart, so ist er es voller Absicht. Und als er jetzt aus knappem Abstand das Wachs direkt auf Maries Nippel fließen lässt, so ist der hiermit ausgelöste Schrei nicht das Produkt eines Versehens, sondern das Ergebnis genauer Berechnung. Dann gibt er Anna ein unauffälliges Zeichen. Sie weiß sofort, was sie zu tun hat, und geht zum Kühlschrank. Sie öffnet das Gefrierfach und löst einige Eiswürfel aus der Palette. Max hat Marie inzwischen die Hand vor die Augen gelegt. Er streichelt sie.

»Warte nur«, flüstert er. »Gleich wird dein Schmerz gelindert.«

Max nickt seiner Frau zu. Sie darf Marie mit den Eiswürfeln über die Haut fahren. Vorsichtig kratzt Anna das Wachs ab. Ihre eigene Brust ist noch immer mit Tropfen und Schlieren überzogen. Paul macht keinen Versuch, sich selbst an der Szene zu beteiligen. Nur die Distanz ermöglicht eine vollkommene Perspektive auf das Geschehen. Und wenn Maries Augen nicht durch Max' Hand verdeckt wären, dann würde ihr Blick auch immer wieder Kontakt zu Paul suchen und ihm stumm des Genusses versichern, der ihr das gesamte Arrangement bietet. So vergeht der Abend.

Der nächste Morgen bricht an und auch der übernächste. Unaufhaltsam rinnt die Zeit. Die dritte Ferienwoche beginnt. Bei passender Gelegenheit nimmt Max Paul zur Seite: »Hast du Marie schon gefragt? Läuft doch alles perfekt.«

»Ja ... es hat noch keine entsprechende Situation gegeben, also ich ... tue es bald.«

»Wir sind nur noch sieben Tage hier. Und das Ganze sollte doch auch ein bisschen vorbereitet werden. Vielleicht können wir auch einen der Räume in den Gebäuden neben dem Haupthaus bekommen. Hast du da mal reingeguckt? Sind zum Teil wirklich stimmungsvoll eingerichtet.«

»Ich habe den Klinik-Raum gesehen – mit dem gynäkologischen Stuhl.«

»Na ja, an den dachte ich nun nicht gerade. Aber es gibt einen Raum mit dem Namen ›Schwarze Lust‹. Der ist wirklich schön, und alles bekäme eine besondere Atmosphäre, außeralltäglich, das würde Marie sicher gefallen. Wenn wir bald einen festen Termin vereinbaren würden, dann könnte ich Klaas mal fragen.« – »Hm, ja, ich sehe selbst ein, dass es höchste Zeit ist, mit Marie zu sprechen. Ich werde es so schnell wie möglich erledigen. Sie ist so wagemutig geworden, da darf ich nicht feige sein.« Max klopft Paul anerkennend auf die Schulter.

Nachmittags möchte Marie sich einen Tee machen. Doch der ist inzwischen aufgebraucht. Und auch Brot und Obst gehen zur Neige.

Sie greift nach dem Einkaufskorb. Auf einmal hat sie Lust, einen Spaziergang in den Ort zu unternehmen. Überraschenderweise erklärt ihr Freund, er wolle sie begleiten.

»Hattest du nicht vor, zu dem Vortrag über SM und Sicherheit zu gehen?«

»Ach, na ja, eigentlich habe ich mehr Lust, ein bisschen zu laufen.«

Sie verlassen das Gelände des Camps und gehen eine Weile schweigend nebeneinander her. Dann beginnt Marie, über irgendeine Belanglosigkeit zu plaudern. Doch Paul hört ihr nicht zu.

»Marie«, unterbricht er sie mitten im Satz. Seine Stimme klingt eindringlich; eine Spur der Verzweiflung ist nicht zu überhören. Verwundert sieht sie ihn an.

Paul fährt fort: »Es ist noch nicht lange her, da hast du mich gefragt, ob ich es in Ordnung finde, dass du dich von Anna erotisch angezogen fühlst. Ich muss zugeben, ich habe mit einer derart rasanten Entwicklung nicht gerechnet. Aber wie ich es schon einmal gesagt habe: Ich freue mich für dich. Und auch für mich bieten deine Gefühle für Anna reizvolle Aspekte. Es ist wunderbar, dich mit ihr zu beobachten. Auch ich habe nun eine Phantasie, die mich nicht mehr loslässt. Darf ich sie dir erzählen?«

»Natürlich. Ich bin sehr gespannt.«

»Ich ... also ich stelle mir vor, dich als meine Sklavin einem anderen Mann auszuliefern. Und zuzusehen, wie er dann mit dir spielt ... dich benutzt. Und du würdest dich ihm hingeben, um mir Ehre zu machen. In diesem Moment wären er und ich die gleiche Person. Ich hätte mich gespalten. Ich könnte dich zugleich berühren und dabei zusehen. Manchmal denke ich auch an ein Paar. Ich habe Gefallen daran gefunden, Frauen miteinander zuzusehen. Für mich eine ganz neue Erfahrung. Marie, um es kurz zu machen: Was würdest du davon halten, solch ein Auslieferungsritual mit Max und Anna zu verwirklichen?«

Marie holt tief Luft. Sie hat in den letzten Tagen manchmal geahnt, dass es da irgendetwas gibt, das Paul beschäftigte. Er wirkte bisweilen unkonzentriert, sogar nervös.

Sie denkt nach. Warum eigentlich nicht? Doch würden Max und Anna auch mitmachen wollen? Schließlich ginge es ja darum, eine Rolle in Pauls Inszenierung zu übernehmen. Wäre das unter ihrer Würde? Würde Max, der unnahbare und erfahrene Herr, überhaupt mit einer so unerfahrenen Sklavin wie ihr spielen wollen? Und was genau stellt Paul sich vor? Soll es mit Max auch zum Geschlechtsverkehr kommen?

Als sie ihrem Freund all diese Fragen stellt, fällt Paul erst einmal ein Stein vom Herzen. Marie ist weder entsetzt noch erschrocken! Und beleidigt oder böse schon gar nicht.

»Beschreib doch noch ein bisschen konkreter, was du dir vorstellst«, sagt sie ganz ruhig und freundlich.

Paul will Marie nicht sagen, dass mit Max und Anna bereits alles abgesprochen ist. Es könnte Marie abstoßen, dass das meiste bereits feststeht und jetzt nur noch ihre Einwilligung fehlt. Außerdem soll sie nicht den Eindruck haben, die Berliner hätten sich ihr gegenüber nur aufgrund des Abkommens mit Paul so aufmerksam verhalten. Denn das ist schließlich falsch! Max und Anna mochten Marie von Anfang an!

»Also nehmen wir einfach den sehr wahrscheinlichen Fall an, unsere Mitbewohner haben Interesse. Ich werde sie, wenn du dich einverstanden erklären solltest, schnellstmöglich fragen. Mach dir keine Sorgen. Du müsstest gar nichts weiter tun. Das Organisatorische bliebe ganz in meiner Hand. Schließlich bin ich der Herr.« Paul grinst. Doch dann wird er sehr ernst. Er hat während der letzten Zeit viel nachgedacht. Jetzt versucht er, sich zu sammeln und zu konzentrieren, um Marie seine Überlegungen nahezubringen:

»Ich schlage dir vor, die Sache als eine Form der Initiation, als ein Ritual zu verstehen, das uns näher zusammenbringen soll. Vielleicht kann es auch eine Prüfung sein, bei der es um deine Lust an der Hingabe geht – aber ebenso um meine Fähigkeit, dir das Gefühl von Sicherheit und Aufgehobensein vermitteln zu können. Und um meine Selbstbeherrschung: Kann ich es ertragen, mich zurückzunehmen und dich in den Händen eines anderen zu sehen? Oder werden Eifersuchtsgefühle die Distanznahme unmöglich machen?

Wenn wir dieses Vorhaben in die Tat umsetzen, wenn wir einmal so mutig sind, dann gelingt es uns vielleicht auch immer wieder, mutig zu sein. Immer wenn wir in Zukunft Hemmungen haben, über Gefühle oder Phantasien zu sprechen, könnten wir uns dann an diesen Tag erinnern. Mir ist vollkommen klar, dass dieses Unternehmen für dich mit einem wesentlich größeren Einsatz verbunden ist. Doch vielleicht auch mit einem intensiveren Gefühlsgewinn.«

Paul bemerkt, dass Marie ihn unterbrechen will. »Warte«, sagt er, »ich komme sofort zum Punkt: Was genau passieren soll, das möchte ich gar nicht im Vorhinein bestimmen. Schließlich ist es genau dieses Abgesprochene, Geplante, von dem ich mich gern lösen würde. Ihr könntet die Szenerie einfach spontan miteinander entwickeln. Und ganz egal, wie weit es nun ginge oder ob es vielleicht auch zum Abbruch käme, ich würde in jedem Fall stolz auf dich sein und mich freuen, allein darüber, dass wir einen Versuch gewagt haben.«

Marie nickt. »Mir gefallen deine Gedanken«, sagt sie, »und ich möchte gern, dass es dazu kommt. Für mich wäre es ebenfalls ein Gewinn. Aber weißt du, was für mich an der Sache am reizvollsten ist? Was meine Neugierde am meisten weckt?«

»Nein. Sag es mir.«

»Es ist die Frage, wie es danach zwischen uns sein wird. Ob sich unser Sex, unsere Spiele, unsere Beziehung dadurch verändern werden.«

Paul nickt langsam. »Weißt du, was ich denke?«, fragt er – um gleich darauf selbst die Antwort zu geben: »Ich denke, dass sich durch unseren Aufenthalt hier – und ganz besonders durch die Bekanntschaft mit Max und Anna – schon so viel verändert hat, dass diese Sache nur den Höhepunkt eines Prozesses bedeuten würde, der bereits viel länger andauert.«

Und damit spricht Paul nur aus, was seiner Freundin auch schon durch den Kopf gegangen war.

12. Kapitel

Finale

Bereits am Abend des nächsten Tages ist alles Notwendige abgesprochen. Als Paul aufgeregt Maries positive Antwort überbrachte, lächelten Max und Anna einander nur kurz zu. Sie hatten nie an der Umsetzung des Planes gezweifelt. Anschließend versicherte Paul seiner Freundin, die Berliner wären spontan von der Idee begeistert gewesen und hätten sofort zugesagt. Er schämt sich auch jetzt noch ein bisschen für seine Korrekturen an der Realität. Trotzdem: Es ist sicher besser so!

Max und Paul hatten sich nach einigem Überlegen auf übermorgen Abend geeinigt. So bliebe noch Gelegenheit zur Vorbereitung. Aber auch nicht mehr zu viel Zeit, während der Marie sich in ihre Aufregung hineinsteigern könnte. Denn aufgeregt ist sie. Sogar sehr. Doch ebenso freut sie sich. Jetzt gilt es also, noch zwei Tage zu überbrücken: Morgen und den darauffolgenden großen Tag selbst.

Max war nach dem Gespräch mit Paul sofort zu Klaas gegangen, der ihm interessiert zugehört hatte. Den Raum könnten sie gern für ihr Vorhaben nutzen.

Die meisten Ideen zur konkreten Umsetzung stammen von Anna: Sie plädiert dafür, früh zu beginnen und das gemeinsame Abendessen ausfallen zu lassen. Marie sollte sich eine Weile vor Beginn zurückziehen, sich baden, schminken und angemessen auf das anschließende Ritual vorbereiten. Sie selbst wollte Marie dann abholen und an den Ort der Bestimmung bringen. Dieser Gedanke gefiel Paul gut. Er untersagte Marie, mit Max und Anna über die Abendplanung zu sprechen. Die Spannung sollte nicht zerstört werden. Marie willigte mit leiser Stimme ein. Und so wie sie bei dieser Gelegenheit mit gesenktem Blick vor Paul stand, da sah er in ihr zum ersten Mal vor allem die Sklavin, hinter der die Freundin und Lebenspartnerin zurücktrat.

Die Berliner haben sich inzwischen von Maries Aufregung anstecken lassen. Wie sollen sie diese zwei Tage noch miteinander aushalten? Max gibt sich betont fröhlich, lacht und scherzt. Doch das wirkt im Kontrast zu seiner sonstigen Ruhe gezwungen und künstlich. Deshalb gehen sich die Paare am Tage vor dem Ereignis, das inzwischen für alle so viel Bedeutung gewonnen hat, aus dem Weg. Paul gibt sich Mühe, Marie abzulenken, und schlägt vor, noch einmal Fahrräder auszuleihen. Als sie an der Weide vorbeiradeln, wo sie erst vor kurzem den Pferden zusahen, lassen beide ihre Blicke suchend schweifen. Doch umsonst. Leer erstrecken sich die Wiesen in der Sonne des August.

In einer kleinen, ihnen bisher unbekannten Ortschaft trinken sie Kaffee und kaufen eine große Tüte Lakritze. Auf dem Heimweg erklärt Marie, sie habe Lust, noch einmal ins Wasser zu springen. Zum Strand ist es nicht weit. Beide nehmen ein schnelles Bad im Meer, dann geht es endgültig nach Hause. Marie schmeckt das Salz auf ihren Lippen. Ein Blick auf die Uhr. Vor dem Abendessen wäre noch Zeit für eine Dusche.

Marie und Paul sind nicht überrascht, dass Max und Anna es für heute vorgezogen haben, sich zu alten Freunden zu setzen. Ein kurzes Nicken, ein angedeutetes Winken, mehr nicht. Und auch später müsste man nicht mehr unbedingt zusammentreffen.

Marie hatte sich ein bisschen vor der Nacht gefürchtet, sich selbst prophezeit, keine Ruhe finden zu können. Zu viele Fragen, zu viele Gedanken. Morgen, morgen, morgen würde es endlich so weit sein! Doch Radfahren und Schwimmen, Sonne und Wind haben sie müde gemacht. Und so hört Paul nach kurzer Zeit den gleichmäßigen Atem seiner schlafenden Freundin. Er selbst dreht und wendet sich noch eine ganze Weile, bevor er entspannen und den Schlaf zulassen kann.

Am nächsten Morgen erwacht Marie in aller Frühe. Und sofort schießt ihr die Bedeutung dieses Tages ins Bewusstsein, schlägt ein wie ein Blitz und streckt sie noch einmal in die Kissen nieder. Lieber nicht zu früh aufstehen: Sonst dauert der Tag nur umso länger! Plötzlich muss sie an die Weihnachtsfeste ihrer frühen Kindheit denken: das Warten auf den Weihnachtsmann, den Mann, der Geschenke, aber auch die Rute bringen kann. Aufregung, Vorfreude und ein bisschen Angst – so wie jetzt. Für Marie hatte es immer nur Geschenke gegeben. Trotzdem hatte ihr die Gestalt mit dem weißen Zuckerwattebart all die Jahre höchsten Respekt eingeflößt. Oh, wie war es Herrn Heisinger, dem netten Nachbarn, schwergefallen, seinen in der ganzen Straße bekannten Berliner Dialekt zu unterdrücken! Maries kleine Schwester war so bereits auf die Wahrheit gekommen, als Marie selbst das alljährliche Theaterstück noch zu gern mitgespielt hatte.

Als Paul und Marie – später als sonst – zum Frühstück gehen, ist von den Mitbewohnern weit und breit nichts zu sehen.

Gut so, denkt Paul. Auch diesen Tag werden sie erfolgreich bezwingen: Am Vormittag lernen Paul und Marie von Xenia, mit drei Bällen zu jonglieren. Gar nicht so schwer, wenn man den Bewegungsablauf einmal durchschaut hat! Marie freut sich schon jetzt darauf, ihre Schwester damit verblüffen zu können. Am Nachmittag machen sie einen Spaziergang zum Badestrand am See. Heute ist es nicht mehr so warm wie in der letzten Zeit. Und deshalb sitzen sie im Sand und plätschern nur mit den Füßen im Wasser. Schließlich räuspert sich Paul: »Wir wollen um acht Uhr anfangen. Du solltest dich vielleicht gegen sechs zurückziehen, noch etwas essen, baden, dich schminken, rasieren und so weiter. Lackier dir doch bitte auch die Nägel. Anna hat bereits alles zurechtgestellt. Sie hat dir auch ein Kleid rausgelegt. Du wirst nichts darunter tragen. Um kurz vor acht wirst du dir dann die Augen verbinden und dich mit dem Rücken zur Eingangstür im Wohnzimmer auf den Teppich knien. So hast du zu warten. Punkt acht wird Anna kommen und dich holen. Hast du noch eine Frage?«

»Nein.« Maries Stimme zittert leicht.

»Dann ist es gut.« Abrupt wechselt Paul das Thema. Bald darauf sieht Marie – wie schon so oft an diesem Tag – auf ihre Armbanduhr. Ganz unauffällig. Paul merkt es trotzdem. »In der Tat«, sagt er, »es ist so weit: zehn Minuten vor sechs. Geh, Marie! Geh nach Hause! Ich werde dich nicht begleiten. Du sollst allein sein in diesen letzten Stunden.« Marie nickt. Wortlos steht sie auf und verlässt die kleine Bucht. Paul sieht ihr noch lange nach.

Hoffentlich geht das gut, denkt er und weiß nicht mehr, zum wievielten Mal er das schon hofft.

Er selbst bleibt noch sitzen. Es ist so schön am See. Paul lässt ein paar flache Kiesel durchs Wasser flitschen. Da! Viermal schnellt das Steinchen auf der Wasseroberfläche empor. Verzweifelt versucht Paul, sich daran zu erinnern, wie sein Vater diese Technik früher nannte. Butterstulle? Krampfhaft hält er an dem Bild fest, wie der Vater mit ihm als Kind am Rheinufer gestanden und geübt hat – diese Butterstulle. Stundenlang. Jetzt nur nicht an Marie denken! Butterstulle – was für ein unpassendes Wort …

Anna hat für Marie im Badezimmer ein kleines Körbchen zusammengestellt: Badeschaum, Bodylotion, Parfüm, Nagellack, Lippenstift. Alles vom Feinsten. Und dazu zwei kleine Kerzen in Herzform. Marie lächelt, während das Wasser prasselnd in die Wanne einläuft. Wie liebevoll alles für sie vorbereitet wurde! Zwar ist sie eine Sklavin, spielt aber nichtsdestotrotz die Hauptrolle in dieser Inszenierung. Alle Vorbereitungen ranken sich um ihre Person. Marie entzündet die Wachslichter und steigt ins duftende Badewasser. Herrlich! In der sanften Umhüllung von

Vanille- und Orangenaroma legt sich ihre Aufregung. Sie wird ganz ruhig.

Als das Wasser langsam abkühlt, wäscht Marie ihr Haar und steigt aus der Wanne. Fönen? Sie entscheidet sich dafür. Ihre dichten Locken würden sonst nicht rechtzeitig trocknen. Rasiert hat Marie sich bereits am Morgen. Jetzt korrigiert sie nur noch einmal die wichtigste Stelle: das Zentrum ihrer Weiblichkeit. Inzwischen entfernt sie die Haare dort immer regelmäßiger. Annas Körpermilch riecht nach Holz und Gewürzen. Dazu passt das kräftige Parfüm, ein Duft, der für den Sommer eigentlich viel zu schwer ist. Marie sprüht es hinter die Ohrläppchen, zwischen die Brüste und – in einem Anfall plötzlicher Entschlossenheit – auch zwischen die Beine auf die frisch rasierte Scham. Wie das brennt! Sie legt ihre Hand lindernd auf die Stelle und fährt ein paar Mal sanft über ihren Kitzler. Nein, nicht jetzt! Erschrocken zieht sie ihre Finger weg. Sie muss sich aufheben für später. Alles! Denn ihr Verlangen soll heute anderen gehören. Jetzt ist sie vollkommen Sklavin, ohne Recht am eigenen Leib.

Der Nagellack erscheint Marie eine Spur zu rot. Egal. Schließlich war es Anna, die die Farbe ausgesucht hatte. Auch das Kleid, das sie tragen soll, stammt aus dem Fundus ihrer Herrin und ebenso die Augenmaske aus weichem, schwarzem Leder. Marie nimmt den weißen Stoff vom Hocker neben der Badewanne und hält das Kleid in die Höhe. Passen müsste es. Annas Figur ist der ihren ähnlich. Annas Wahl gefällt ihr. Sehr schlicht und trotzdem sexy. Sie schlüpft hinein. Weich fällt der Jersey an ihr hinab, schmiegt sich eng an Maries Oberkörper und betont ihre Taille. Dabei fällt er locker über die Hüften und umspielt schwingend ihre Knie. Gehalten wird das schöne Stück von zwei Bändern, die im Nacken zu einer Schleife gebunden sind.

Nachdem sie sich geschminkt hat, geht Marie ins Schlafzimmer hinüber. Sie posiert vor dem großen Wandspiegel. Ein prüfender Blick, dann lächelt sie ihrem Bild zu. Es gefällt ihr, was sie da sieht. Plötzlich durchfährt sie ein jäher Schreck! Wie spät ist es? Eine Uhr! Wo ist ... Natürlich! In der Küche an der Wand. Maries Armbanduhr liegt vergessen im Bad. Die Zeiger der Küchenuhr stehen auf halb acht. Noch beinahe eine halbe Stunde. Im Geiste geht sie noch einmal alle Anweisungen durch. Nein, sie hat nichts vergessen.

Marie setzt sich auf eines der beiden Sofas. Von hier aus könnte sie die Uhr am besten im Auge behalten. Tick. Tack. Ticktack. Die Zeit läuft. Fünf Minuten nach halb acht. Marie steht auf und holt sich ein Buch. Doch zum Lesen fehlt ihr jetzt die Konzentration. Trotzdem zwingt sie sich dazu. Sie entziffert die Buchstaben, ohne dass ihr Gehirn deren Bedeutung erfassen würde. Viertel vor acht.

»In zehn Minuten werde ich mir die Binde anlegen«, beschließt Marie. Mit einem Mal muss sie ganz dringend auf die Toilette. Sie lässt sich Zeit dabei. Fünf Minuten hat sie auf diese Art bewältigt. Phantastisch! Genauso viel, wie ihr noch bleiben. Und in altbewährter Manier lässt Marie ihre Gelenke knacken, untermalt vom rhythmischen Ticken der unerbittlichen Küchenuhr. Sieben Minuten vor acht. Sechs Minuten vor acht. Fünf Minuten vor acht. Annas Sklavin greift zur Augenmaske und geht langsam in die Knie, anweisungsgemäß den Rücken der Tür zugewandt. Nun kann die Herrin kommen.

Es war bereits allerhöchste Zeit. Nach wenigen Augenblicken wird draußen an der Tür ein Geräusch vernehmbar. Jemand tritt ein. Ist es wirklich Anna? Marie bemüht sich, ganz still zu verharren. Schritte. Der Boden vibriert leicht. *Rücken gerade*, korrigiert sie sich im Stillen. Sie strafft ihre Haltung und nimmt die Schultern zurück. Position Nummer zwei.

»Schön«, sagt eine Frauenstimme in die Stille hinein. Kein Zweifel: Es ist Anna. Anna geht langsam und gemessen einmal im Zimmer auf und ab. Bei jedem Schritt bohren sich ihre Absätze in Maries Eingeweide. Spannung bis an die Grenzen des Erträglichen.

Oh, bitte, denkt Marie noch, *lass mich nicht so lange warten*, bevor jedes Räsonieren erlischt, sich auflöst in einem Raum, in dem die Vernunft keinen Platz hat.

»Hoch mit dir!« Hart kommt der Befehl aus Annas Mund. Leicht schwankend richtet Marie sich auf. Blind steht sie da und wartet. Worauf eigentlich? Auf eine Herausforderung? Eine Prüfung? Oder einfach auf eine einmalige Gelegenheit, ihrer Sehnsucht, ihrem Verlangen, ihrer Geilheit Nahrung und Befriedigung zu verschaffen?

Ein plötzlicher Griff von hinten lässt Marie zusammenfahren. Ehe sie sich's versieht, hat Anna ihre Handgelenke mit Schellen verbunden. Der Schlüssel dreht sich im Schloss. Es gelingt Marie, einen Laut der Überraschung zu unterdrücken.

»Dreh dich um!« Wie kalt und mechanisch Anna auf einmal klingt! Wie eine Gefängniswärterin, die nichts weiter tut, als ihrer Arbeit nachzugehen. Marie fürchtet, dass ihr der Lustsaft gleich das Bein hinunterlaufen wird. Sie schämt sich.

Anna packt ihre Untergebene an den Oberarmen und schiebt sie vor sich her zur Tür. Sie drückt auf die Klinke, öffnet und will Marie mit sich hinausführen.

»Vorsicht! Die Schwelle!«, warnt sie, die Stimme eine Spur weicher. Erschrocken zieht Marie die Luft ein. So soll sie über das Grundstück laufen? Mit hartem Griff am Arm geführt, blind torkelnd und in Handschellen? Aber was soll sie tun? Jetzt ist es zu spät! Und wäre es nicht schwerer, ihre Herrin zu bitten, Fesseln und Binde zu lösen, als neben ihr den Weg bis zu den Gebäuden hinzuwanken?

Es ist doch nicht weit!, ruft Marie sich in ihrem Inneren selbst ermutigend zu. Und so tritt sie, ihrem Schicksal ergeben, an Annas Seite den Weg an – den kurzen, der aber jetzt unermesslich lang zu sein scheint. Schritt für Schritt.

Für ihr Schuhwerk hatte Marie keine besonderen Anweisungen erhalten. Jetzt ist sie froh, flache Sandalen gewählt zu haben. Hohe Absätze würden ihr bei diesem Balanceakt erhebliche Schwierigkeiten bereiten. Nur langsam kommen sie vorwärts. Doch Anna erweist sich als umsichtige Führerin. Rechtzeitig weist sie ihre Sklavin auf Unebenheiten des Bodens hin. Rechtzeitig kündigt sie Richtungswechsel an.

Ich bin in guten Händen, denkt Marie und fühlt sich mit einem Mal ganz leicht, beschwingt und voller Vorfreude.

Dann bleibt Anna unerwartet stehen. »Wir sind da«, erklärt sie. »Ich öffne jetzt die Tür.« Quietschende Angeln. Sie geleitet Marie hindurch und einige Schritte in den Flur hinein. Während Anna die Tür wieder schließt, gewinnt die junge Frau an ihrer Seite einige Momente zur Besinnung. Leise Musik dringt an Maries Ohr; unbekannte mystische Klänge. Der Duft von Räucherstäbchen erfüllt sie. Wäre Marie schon einmal in einem SM-Club gewesen, so hätte sie sich jetzt daran erinnert gefühlt – und es wäre nur halb so aufregend gewesen. Doch so erleben ihre unverbrauchten Sinne alles ganz intensiv und keiner bekannten Erfahrung assoziierbar.

Marie bewegt sich an Annas Seite vorsichtig durch den Korridor. Sie braucht dazu ihre gesamte Konzentration. In ihrem Kopf rauscht es heftig. Mit jedem Schritt, der sie dem Raum näher bringt, wird die Musik deutlicher wahrnehmbar. ›Schwarze Lust‹ – der Raum macht seinem Namen alle Ehre. Zwar sind die Wände dunkelrot gestrichen, doch die üppigen, lichtdichten Vorhänge, das Mobiliar, die Kerzen – alles schwarz. Ebenso die ledernen Utensilien, die ordentlich an den Wänden hängen: Peitschen, Gerten, Lederfesseln. Das Sortiment lässt kaum Wünsche offen.

Max und Paul haben während ihrer Vorbereitungen die Abendsonne ausgesperrt. Stattdessen illuminieren Kerzen den Raum. Ein schummeriges Licht, das mit dem hellen Schein von Aufklärung und Rationalität nicht konkurrieren will. An der linken Wand sitzen die beiden Männer auf hohen Stühlen. Anna hat dafür gesorgt, dass beide sich dem Anlass entsprechend gekleidet haben: schwarze Hose, schwarzes Hemd. Die Frauen aus dem Bungalow nebenan hatten gern ihr Häuschen zum Umziehen zur Verfügung gestellt.

Die ›Schwarze Lust‹ beherbergt alle gängigen Spielgeräte: Folterbank, Andreaskreuz, Pranger und Zuchtbock; zudem ein großes, metallenes Bett, dessen Matratze mit Gummi überzogen ist. Anna bleibt einen Moment mit Marie in der Tür stehen, um sich auf die Atmosphäre einzustimmen. Zwar ist das alles für sie nichts Neues, bedeutet aber trotzdem den Schritt in eine Parallelwelt, den sie ganz bewusst vollziehen möchte. Sie freut sich darauf, Marie gleich die Maske abzunehmen, denn ihre Sklavin – da ist sie ganz sicher – hat so etwas noch nie gesehen.

Paul und Max genießen derweil die Betrachtung Maries. *Was mag in ihrem Kopf jetzt vorgehen?*, überlegt Paul und beschließt, seine Freundin später einmal danach zu fragen. Max hingegen hat nur Augen für die Schönheit Maries, für ihr üppiges Haar und die Brustwarzen, die unter dem leichten Kleiderstoff überdeutlich hervortreten. Anna löst die Handschellen und dreht Marie so herum, dass sie den Männern direkt gegenübersteht.

»Eins«, befiehlt sie. Sofort kniet ihre Sklavin sich aufrecht hin und verschränkt die Arme hinter dem Kopf. Die Maske raubt ihr nicht nur den eigenen Blick, sondern bietet auch Schutz vor fremden. Blind muss Marie nichts peinlich sein. Anerkennend streicht Anna ihrer Sklavin über die Haare. Stolz steigt in ihr auf.

Mein Werk, denkt sie, *das ist mein Werk*. Die Männer nicken ihr anerkennend zu und deuten damit ihre Zufriedenheit an.

»Zwei«, kommandiert Maries Herrin. Dankbar begibt sich die Sklavin in die weniger anstrengende Ruheposition. Anna entfernt die Maske. Darunter hielt Marie die Augen geschlossen. Sie blinzelt. Wo ist sie? Zwar ließ man ihr gegenüber Andeutungen fallen, wohin man sie bringen würde, doch das hier übertrifft ihre Phantasie bei Weitem.

»Sieh dich ruhig um«, sagt Anna leise. Sie liest das Staunen in den Augen ihrer Sklavin und freut sich schon jetzt darauf, Marie in Berlin einmal in einen wirklich großen Club auszuführen. Neugierig verfolgt Paul das Mienenspiel seiner Freundin: Überraschung, Überwältigung. Und Einschüchterung? Kein Laut jedoch kommt über Maries Lippen.

»Da drüben«, Anna deutet auf ein kleines Tischchen, »liegen Halsband und Lederfesseln. Bring mir alles.« Fragend sieht Marie ihre Herrin an. »Nein«, sagt Anna, »du darfst nicht aufstehen. Das geht auch auf allen vieren.« Langsam und mit katzenartigen Bewegungen schiebt sich Marie vorwärts. Sie denkt jetzt nicht an ihre Zuschauer, sondern konzentriert sich nur auf sich selbst. Schon hat sie die niedrige Ablagefläche erreicht. Sie greift nach den Gegenständen, hält sie fest und es bedarf auf dem Rückweg all ihrer Konzentration, um keinen zu verlieren. Anna lobt sie angemessen. Marie beugt ihren Nacken und bekommt das Halsband angelegt, ebenso Hand- und Fußfesseln.

»Beine breit!« Annas Anweisung kommt unerwartet scharf. *Habe ich etwas falsch gemacht?*, zweifelt Marie. Nein, das hat sie nicht. Anna streift ihr das Kleid über die Schenkel und fährt mit der Hand zwischen Maries Beine. Aber es gibt nichts zu beanstanden. Die Scham ist vollkommen glatt; nicht ein Härchen steht kratzig hervor.

»Steh auf, wende dich den Herren zu und zieh dein Kleid aus!«, lautet ihr nächster Befehl. Marie erschrickt. Beim Ausziehen derart beobachtet zu werden – das hält sie nicht aus! Vielleicht aber doch? Denn was soll sie tun? Hat sie eine Wahl? Ein Widerwort würde die ganze Atmosphäre zerstören! Und so erhebt sie sich ganz langsam. Wie in Trance löst sie die Nackenschleife, packt den weiten Rock und zieht das Kleid über den Kopf. In dieser Bewegung streckt sich ihr Körper anmutig.

Oh, denkt Paul, *das musst du mir zu Hause noch unzählige Male vorführen, so schön war das.*

In Maries Kopf saust es. Sie spürt plötzlich starken Druck auf den Ohren. Oder bildet sie sich das nur ein? Splitternackt steht sie vor zwei Männern und bietet sich ihnen dar. Deren Augen fahren Achterbahn auf ihren weiblichen Rundungen. Marie fühlt sich von den Blicken verschlungen. Sie kann einfach nicht anders und zieht das Kleid, das sie immer noch in der Hand hält, vor ihr Geschlecht.

»Marie!« Annas Stimme klingt schneidend. »Lass das Kleid fallen!«

Erschrocken gehorcht die junge Frau. Wie konnte sie nur? Vollkommen schutzlos steht sie nun mitten im kalten Wind der Sichtbarkeit. Paul, dem Maries Schamgefühle nur allzu vertraut sind, leidet mit seiner Freundin. Aber er sagt nichts. Es ist Max, der schließlich das Schweigen bricht. Er wendet sich an seine Frau:

»Liebe Anna, deine Sklavin ist wirklich ein ganz reizendes Geschöpf, und es ist ein großer Gewinn, sie betrachten zu dürfen.« Fast hätte Marie gelächelt. Max hat nicht nur viel Erfahrung, sondern auch Einfühlungsvermögen. Er hat erkannt, wie er ihr über die unangenehme Situation hinweghelfen kann. Sie fasst neuen Mut, stellt sich gerade hin und wagt es sogar, den Männern ins Gesicht zu sehen.

Anna wartet noch einen Augenblick, dann befestigt sie eine Kette an Maries Halsband und führt das Mädchen zum Stuhl ihres Mannes. Sie übergibt ihm die Sklavin mit den Worten: »Sie hat in der letzten Zeit viel gelernt. Bitte mach mir doch das Vergnügen, dich von ihren Qualitäten zu überzeugen.« Max nimmt die Kette: »Nichts, was ich lieber täte.« Doch er richtet die Antwort nicht an seine Frau, sondern freundlich lächelnd an Marie, die daraufhin errötet. Er steht auf und führt die Untergebene in den Raum hinein. Anna setzt sich währenddessen auf seinen Platz. Sie wirft einen kurzen Blick auf Paul, der gebannt und mit halb geöffnetem Mund das Geschehen verfolgt.

Max führt Marie an die gegenüberliegende Wand. Dort ist ein mit Leder gepolstertes Andreaskreuz angebracht. Er entfernt die Kette vom Halsband und verbindet Maries Hand- und Fußfesseln mit den vier kurzen Ketten, die von der Konstruktion herabhängen. Nun bezeichnet ihr Körper ein großes X, bis aufs Äußerste gespannt und jeder Berührung preisgegeben. Eine ungewohnte Stellung für Marie. Max lässt der Sklavin Zeit, sich daran zu gewöhnen. Doch schon bald hat sie ihr Gleichgewicht gefunden. Marie presst die Brüste fest gegen das Polster, legt die Arme ebenfalls an und nutzt mit den Beinen geschickt den kleinen Spielraum, den die Ketten ihr lassen. Ja, jetzt geht es. Den Po präsentiert sie so wirkungsvoll, wie die Fixierung es zulässt.

Max schreitet an der Wand mit der Peitschensammlung entlang. Blicke. Schritte. Er entscheidet sich für ein nicht zu hartes Modell aus Wildleder. Hiermit würde er seine Kraft verausgaben können, ohne seinem Opfer Unmögliches abzuverlangen. Wie schön die Peitsche war! Ein silberner Griff, in dem sich die Riemen bündeln. Blank und glänzend. Max genießt es, die Lederstränge zu fühlen. Weich und doch schwer liegen sie in seiner Hand. Gleich würde Marie ihre Wucht zu spüren bekommen. Doch warum beeilen? Er will diesen schönen Körper Schritt für Schritt kennenlernen und in Besitz nehmen. Sanft streicht er mit den Riemen über Maries Schultern, lässt sie über Rücken und Schenkel gleiten und zieht sie zwischen den Beinen hindurch. Maries Atem beschleunigt sich, wird hörbar. Es gefällt ihr, wie

Max sie berührt, keine Frage. Zunächst setzt er seine sanfte Forschungsreise über ihren Körper fort, doch schon kurz darauf geht er zu leichten Schlägen über. Von den Schulterblättern arbeitet er sich hinunter bis zu den Knien und anschließend wieder hinauf.

Max fühlt sich ganz anders an als Paul: In seinen Bewegungen liegt eine stärkere Entschlossenheit. Sie sind zielgerichteter. Weniger fließend. Staccato statt legato. Marie lässt sich fallen in den Strudel der Sinnesreize: Berührungen, Klänge und Düfte. Und über allem schwebend: das Bewusstsein sich auszuliefern, zu gehorchen, zu dienen.

Langsam werden die Schläge fester. Und fester. Und noch fester. Max ist einen Schritt zurückgetreten und holt nun weit aus. Die Riemen der Peitsche treffen Maries Haut mit einem satten Klatschen. Immer wieder. Zischen und Klatschen. Ein grausames Konzert. Paul zuckt jedes Mal zusammen. Woher soll er wissen, dass diese Peitsche so hart nicht ist? Doch auch sie reicht aus, um Schmerzen zuzufügen. Inzwischen folgt jedem Schlag das Echo eines deutlich hörbaren Stöhnens. Gequält? Lustvoll? Wohl beides: Marie hat ihren Körper inzwischen ganz fest ans Kreuz gepresst. So gelingt es ihr, die Klit am Leder zu reiben. Der wohldosierte Schmerz, die geile Stimulation sowie das Gefühl, bisherige Grenzen mit jeder Minute weiter hinter sich zu lassen, treiben Maries Erregung bereits jetzt auf die Ekstase zu.

»Ja«, schreit es plötzlich aus ihr heraus. Und noch einmal: »Ja.«

Alles in Marie ist ein einziges Ja. Max ist begeistert. Er fasst seinem Opfer zwischen die Beine und kneift ihm fest in die Klitoris. Als er die Hand zurückzieht, muss er sie an der Hose abwischen.

Paul hatte sich ein bisschen davor gefürchtet, dass die Realität weit hinter seiner Phantasie zurückbleiben würde, ja, dass sich vielleicht nicht einmal das erhebende Gefühl einstellen würde, das ihn ergriffen hatte, als Willem seine Freundin fesselte. Doch diese Angst erweist sich nun als grundlos. Auch wenn die Phantasie mächtig ist – ihre Bilder verblassen vor der Intensität der Wirklichkeit, die Paul jetzt erleben darf. Unwillkürlich setzt er sich breitbeiniger hin und lehnt sich lässig zurück. Er ist der Herr, der sich erlaubt hat, seine Sklavin an einen anderen Herrn auszuliefern. Der Besitzerstolz spricht nur zu deutlich aus seiner Pose. Anna lächelt.

Max verspürt Lust, Marie umzudrehen. Herausfordernd strecken sich ihm ihre Brüste entgegen. Ihnen will er sich jetzt widmen. Von den Haken an der Wand nimmt er zwei Gerten: Die eine endet in einer breiten Schlaufe, sie sollte Marie nicht sehr wehtun. Die andere hingegen ist lang und dünn. Hiermit würde er die Sklavin herausfordern.

In der neuen Position ist ihr Körper der Ansicht beider Zuschauer frontal preisgegeben. Marie schließt die Augen. Max lässt die Sklavin gewähren. Auf dieser Ebene will er nichts erzwingen. Mit der Zeit würde Marie an Selbstsicherheit gewinnen. Max beginnt, ihre Brüste zu schlagen. Bald schon sind sie leicht gerötet. Marie scheint das überhaupt nichts auszumachen. Frech streckt sie ihm ihren Busen entgegen. Sie grinst sogar.

»Na so was«, sagt Max leise, legt die sanfte Gerte zur Seite und greift zur scharfen. »Nun sollst du mal sehen, was mit solchen Schlampen wie dir passiert! Auch noch provozieren – unglaublich!«

Er schlägt zu, und zwar fest. Marie verzieht ihr Gesicht, bleibt aber still. »Na«, kommt es herausfordernd von ihrem Peiniger, »das ist schon etwas anderes, nicht wahr?« Marie antwortet nicht. Jetzt lässt Max sich seinerseits fallen: »Kriege ich keine Antwort? Du störrisches kleines Biest. Ich will von dir jetzt darum gebeten werden, dass ich deine Brüste hart und unnachsichtig peitsche. Und zwar so laut, dass alle Anwesenden es hören.«

Es dauert einen Moment, bis Marie realisiert hat, was Max da von ihr fordert. Sie holt tief Luft. Einmal. Zweimal. Doch dann geht es: »Bitte, Herr, peitschen Sie mir die Brüste, bis ich es nicht mehr aushalte.«

Ganz von selbst wechselt sie zur Höflichkeitsform über, wozu sie sich bisher nicht hatte überwinden können. Max geht ganz schön ran, das musste Paul ihm lassen. Er dagegen hätte Skrupel gehabt, seiner Freundin eine derartige Bitte abzuverlangen. Und vielleicht war genau das ein Fehler. Denn Marie schien jetzt regelrecht nach Härte zu lechzen. Wenn sie sich jetzt in Max … nein, das wäre unmöglich. Max liebt Anna, und Marie würde bei ihm, Paul, bleiben. Es scheint ihm trotzdem klug zu sein, sich das eine oder andere von dem, was Max gerade tut, zu merken. Das Zischen der Gerte beendet Pauls Überlegungen. Und er ist es, der jetzt zusammenzuckt, nicht seine Freundin.

Schon bald stehen Maries Brüste in Flammen. Ihr Fleisch brennt lichterloh. Unmöglich, sich den Liebkosungen der Gerte zu entwinden. Und während sie schreit, scheint sich die Welt aus den Angeln zu heben. Max lässt schließlich das Instrument seiner Züchtigung sinken. Er dreht sich um, winkt seine Frau heran und flüstert ihr etwas ins Ohr. Anna nimmt daraufhin ein Säckchen von der Aufhängevorrichtung an der Wand. Dann tritt sie neben das Andreaskreuz, Max zieht sich währenddessen zurück. Marie lächelt die Herrin an. Zwar ist ihre Stirn bereits nass von Schweiß, doch genug hat sie noch lange nicht.

Anna schüttelt das Säckchen: »Na, was meinst du, was da drin ist?« Marie kann es sich denken: »Vielleicht Wäscheklammern?«

»Ganz genau«, lautet die Antwort. Anna öffnet den Beutel und verteilt Klammer für Klammer auf Maries Körper. Besonders scharf beißen die Klemmen in den bereits so stark beanspruchten Brüsten zu. Marie reibt stöhnend ihren Leib am Kreuz. Auch gemein: die Stellen, an denen die Klammern nicht viel Fleisch finden. So klemmt an den Oberarmen nur ganz wenig Haut dazwischen. Und das tut richtig weh!

Endlich hat Anna ihr Werk vollendet. Sie streichelt Marie und flüstert lobende Worte. Trotzdem lässt sie es sich nicht nehmen, die Klitoris an der darauf sitzenden Klammer in die Länge zu ziehen. Marie brüllt auf wie ein angeschossenes Tier.

»Tut das etwa weh?« Annas Stimme ist zuckersüß. »Soll ich die Klammern vielleicht abnehmen? Du darfst mich darum bitten.«

Die Schmerzen haben inzwischen Maries Scheu gelöst. Sie ist nun Wachs in den Händen derer, die für ihre lustvollen Qualen verantwortlich sind.

»Bitte, Herrin, nehmen Sie mir die Klammern ab«, sagt Marie, ohne zu zögern. Und Anna willigt tatsächlich ein.

Paul ist erleichtert. In der Zuschauerposition leidet man intensiver mit dem Opfer mit, als wenn man als Täter an der Tortur beteiligt wäre. So hingegen fehlt der unmittelbare Kontakt mit dem Gequälten, es ist schwieriger, sich in dessen Empfindungen einzufühlen; schwieriger auch, dessen Geilheit zu spüren. Doch kurz darauf zuckt Paul auch schon wieder erschrocken zusammen. Denn Anna nimmt nun keineswegs sanft und vorsichtig Klammer für Klammer ab. Oh nein! Sie hat zu der langen Gerte gegriffen, die Max so gute Dienste geleistet hat, und entfernt die Klemmen mit energischen Schlägen. Das klappt nicht immer sofort. Dann hängt die Wäscheklammer noch an einer ganz kleinen Hautfalte, ein zweiter, ja manchmal sogar ein dritter Schlag wird notwendig. Marie schreit einige Male gellend auf. Hätten die Ketten es nicht verhindert, sie hätte sich gedreht und gewunden wie ein Aal. Es tut sehr weh. Und die Gegenwehr macht es nur noch schlimmer. Also versucht sie, sich zu beruhigen und dem Schmerz zu öffnen. Ihn nicht wegzudrängen, sondern zuzulassen. Marie gibt sich ganz. Sie treibt der Auflösung entgegen. Sie fliegt. Max folgt dem Geschehen mit ruhigem Blick.

Die letzte Klammer fällt zu Boden. Dann Stille. Marie zieht die Nase hoch. Die Tränen stehen ihr in den Augen – richtig geweint hat sie jedoch nicht. Auf einmal sind da viele Hände, streichelnd und liebkosend. Anna küsst sie. Auf die Wangen, auf den Mund. Gierig saugt Marie an den Lippen ihrer Herrin. Rotz, Spucke und Tränen überall. Max löst die Ketten. Beide nehmen Marie zwischen sich und schließen sie in die Arme. Es kostet Paul all seine Willenskraft, um nicht aufzuspringen und dasselbe zu tun. So stehen sie eine Weile zu dritt, und Marie genießt die Erschöpfung von ihrer vorangegangenen Gratwanderung. Max' Kopf ist dicht an ihrem Ohr. Er zieht sie noch näher zu sich heran. Dann flüstert er:

»Möchtest du mit mir schlafen?« Marie möchte jetzt alles – nur eines ganz sicher nicht: auf halber Strecke abbrechen.

»Ja.« Sie wispert ebenfalls. Kurz denkt sie an Paul.

Doch hatten dessen Worte nicht den Gedanken an Sex eingeschlossen: … *ganz egal, wie weit es nun ginge … nichts bestimmen … entwickeln* – so hatte er doch gesprochen! Pauls Bild entgleitet ihr. Es zieht vorüber wie eine Wolke im Wind.

»Ja«, bekräftigt Marie.

Max packt sie im Nacken und führt sie zum Zuchtbock hinüber. Er drückt ihren Oberkörper in die Horizontale und nestelt ein Kondom aus der Hosentasche. Von hinten dringt er in sie ein. Problemlos. Maries Geschlecht ist triefnass.

»Gib's ihr«, sagt Anna herausfordernd, »fick sie richtig durch.« Und zu Marie: »Wehe, du kommst. Reiß dich zusammen und beherrsch dich.« Paul beißt die Zähne zusammen. Zum einen vor Eifersucht. Zum anderen vor Empörung: Wie gehen die beiden mit seiner süßen Freundin um! Zum Dritten aufgrund seiner steilen Erektion. Es ist schrecklich – schrecklich geil!

Manchmal leistet Max auch seiner Frau Gehorsam. Zum Beispiel jetzt: Er presst Marie mit den Schulterblättern fest auf die gepolsterte Lederfläche. Immer tiefer stößt er in ihr Loch hinein. Er schwitzt, ohne es zu merken. Hart lässt er sein Becken auf Maries Lenden klatschen. Max ächzt und grunzt und stöhnt. Schließlich explodiert er.

Marie hat sich alle erdenkliche Mühe gegeben, an nichts zu denken, was sie auch nur im Geringsten erregen könnte. Denn bei ihr sind es die Bilder, die zusammen mit der körperlichen Stimulation den Orgasmus auslösen. Still liegt sie da, während Max seinen Schwanz herauszieht und ihr noch einen Klaps auf den Hintern verabreicht:

»Braves Mädchen.« Marie wagt nicht, sich zu rühren. Nahezu hörig sehnt sie sich nach der nächsten Anweisung, nach dem nächsten Befehl. Es soll noch nicht vorüber sein. Jedoch: Der Herr hat sich Erleichterung verschafft. Was kann dann noch kommen?

»Steh auf, Marie.« Das war Anna. Marie folgt. Mühsam erhebt sie sich. Plötzlich spürt sie die körperliche Anstrengung. »Her zu mir!« Mit schwer gewordenen Gliedern bewegt Marie sich auf ihre Herrin zu. Die Lust hat wirklich ihren Preis. Anna streichelt ihr über die Wange.

»Das hast du gut gemacht. Max hat es eben sehr genossen, das sehe ich ihm an. Zum Schluss sollst auch du dein Vergnügen haben: Position Nummer fünf: Jetzt will ich dich kommen sehen!«

Marie wird dunkelrot im Gesicht. Denn Anna tritt jetzt zu Paul und Max hinzu, und so würde sie beim Ausführen dieses Befehls gleich drei aufmerksame Zuschauer haben. Danach jedoch wäre es vorbei. Und hat sie nicht bis zu diesem Punkt ihren Gehorsam und ihre Unterwerfungsbereitschaft überzeugend unter Beweis gestellt? Es wäre billig, jetzt einen Rückzieher zu machen, nur weil diese Anweisung sie mehr Überwindung kostet als alles Vorherige. Marie hat ihren Ehrgeiz – und auch ihren Stolz. Aufgeben kommt nicht in Frage! Schon gar nicht so kurz vor dem Ende.

Und außerdem: Wäre es nicht schön, jetzt selbst noch einen Orgasmus zu erleben?

Annas Sklavin kniet nieder und spreizt die Beine. Aller Augen richten sich ganz unwillkürlich auf ihr Geschlecht. Fast hätte Marie lachen müssen.

Bin nicht in letzter Instanz ich es, die das Geschehen lenkt?, denkt sie. Dann zieht sie mit der linken Hand noch zusätzlich ihre Schamlippen auseinander und beginnt, sich zu reiben. Sie biegt den Oberkörper nach hinten und saugt die Luft scharf ein. Ja, das ist es, was sie jetzt braucht! Und diesmal würde Anna sie nicht kurz vor dem Höhepunkt bremsen! Marie denkt an die Bilder der letzten Stunden. Ein bunter Videoclip aus Realitätsfragmenten zieht an ihren Augen vorbei. Währenddessen starrt sie Paul unverwandt an. Und auch jetzt, als die Wellen über ihr zusammenschlagen, hält sie den Blick fest auf ihren Freund gerichtet. Denn waren Max und Anna nicht letztlich die Vermittler eines Vorgangs zwischen ihnen?

Während Paul Marie beim Masturbieren zusieht, spürt er deren Erregung am eigenen Leib. Und auch der Orgasmus scheint sich auf ihn zu übertragen. Als Marie anschließend ihren aufgerichteten Körper auf die Fersen hinabsinken lässt, hat sich auch für Paul eine große Spannung gelöst. Im Nachhinein kann er kaum glauben, dass alles, was er gesehen und gefühlt hat, der Realität angehörte. Vielleicht würde er seine Empfindungen irgendwann einmal in Worte fassen können. Doch jetzt müsste er vor einer solchen Aufgabe kapitulieren.

Marie verharrt in kauernder Stellung. Sie wartet. Die Musik ist schon lange verklungen. Erst jetzt fällt es ihr auf. Anna ist die Erste, die sich traut, die Stimmung durch Bewegung zu brechen. Sie steht auf. Max folgt ihr. Er nickt Paul zu, es ihm gleichzutun. Gemeinsam helfen sie Marie in die Höhe. Sie liebkosen nicht nur die tapfere Sklavin, sondern schließen sich alle gegenseitig in die

Arme. Paul stehen Tränen der Rührung in den Augen. Er zieht Marie so fest an sich, dass er ihr fast den Atem nimmt. Max und Anna treten zurück. Anna nimmt schließlich ihren Mann bei der Hand und führt ihn aus dem Raum.

»Komm«, sagt sie leise, »ich glaube, die beiden wollen jetzt allein sein.«

Lange fällt kein Wort zwischen Marie und Paul. Zu unmittelbar die Eindrücke und viel zu intensiv, um sie gleich in Diskursfetzen zu zerreißen. Später – viel später – würden sie darüber sprechen können. Schließlich verlassen sie das Gebäude. Während sie über das Grundstück spazieren, fragt Marie jedoch leise:

»Und? Habe ich die Prüfung bestanden?« Paul drückt fest ihre Hand.

»Meine Sklavin«, sagt er nur und küsst sie.

Sie gehen nicht sofort zum Haus zurück, sondern drehen noch eine kleine Runde über das dunkle Gelände. Der Mond erscheint als dünne Sichel am Himmel. Eine sternenklare Nacht. Marie fröstelt. Es ist fast Mitte August. Die Nächte werden bereits kühler.

Zehn Minuten später stehen sie vor ihrem Bungalow. Das Licht brennt. Offensichtlich sitzen Max und Anna im Wohnzimmer. Worüber sie wohl gerade sprechen? Von dem unmittelbar Vorangegangenen? Marie ist ein wenig beklommen zumute, als sie die Tür öffnen. Wird man einander wieder unbefangen gegenüberstehen können?

»Immer herein mit euch! Schön, dass ihr auch da seid«, kommt es von Max, kaum dass Paul und Marie den Flur betreten haben. »Ihr kommt gerade recht. Ich habe eine Flasche Wein geöffnet. Ein ganz edler Tropfen!«

Marie bringt es jetzt nicht fertig, Max wie geplant als Alternative Kräutertee vorzuschlagen. Stattdessen setzen sie sich zu den Mitbewohnern, trinken, reden und lachen mit ihnen bis in die tiefe Nacht hinein: über das Camp und seine Bewohner, über die Mitarbeiter, über Berufliches und auch über den geplanten Berlin-Besuch.

»Mit Max und Anna haben wir echte Freunde gewonnen«, überlegt Paul später im Bett. Marie schafft es gerade noch, ein zustimmendes Geräusch abzugeben. Dann ist sie auch schon eingeschlafen.

Die wenigen Urlaubstage, die noch vor ihnen liegen, vergehen wie im Flug. Am letzten Tag unternehmen Paul und Marie mit Anna, Max und deren Auto eine Fahrt nach Amsterdam. So ist selbst die auf der Hinreise entstandene Idee eines Stadtbesuchs noch Wirklichkeit geworden. Müde kehren sie abends ins Camp zurück.

Morgen Mittag würde der Shuttle-Bus Paul und Marie zum Bahnhof bringen. Max und Anna hingegen verblieben noch zwei Urlaubstage.

»Keine Ahnung, was wir jetzt für Mitbewohner bekommen«, sagt Max. Dann grinst er: »Aber viel schlimmer als ihr können die eigentlich gar nicht sein.«

Marie schnaubt in theatralischer Empörung durch die Nase. Und plötzlich fällt ihr noch etwas Wichtiges ein:

»Komm, Paul«, sagt sie, »wir gucken mal nach Tina, Xenia und Louisa. Vielleicht fahren wir morgen mit ihnen im selben Bus?«

Sie schlendern zum Zeltplatz hinüber und treffen die Freundinnen auch dort an. Und tatsächlich: Es ist der gleiche Transport!

»Aber«, sagt Tina und verdreht die Augen, »ihr müsst mit Xenia und mir vorliebnehmen. Louisa bleibt bis zum Ende der Semesterferien hier.«

Sie deutet mit dem Kopf zu ihrer Zeltgefährtin hinüber, die einige Meter weiter neben Jannis auf einer Bank sitzt. Als Louisa Tinas Blick bemerkt, steht sie auf und kommt herüber.

»Ich wollte mich auch noch von euch verabschieden«, sagt sie. »Ich bleibe voraussichtlich bis Mitte Oktober in Holland. Bis das Camp schließt, wohne ich bei Jannis in seinem Mitarbeiter-Zimmer. Danach ... mal sehen.«

»Oh, Louisa, das ist ja wunderbar!« Marie umarmt das zurückhaltende Mädchen.

Und am nächsten Tag ist es dann so weit: Gegen zwölf Uhr fährt der Bus auf dem Parkplatz vor, der Paul und Marie, Tina, Xenia und noch viele andere Gäste nach Amsterdam zum Bahnhof bringen würde. Max und Anna haben ihre Mitbewohner begleitet. Abschiedsumarmungen. Anna küsst Marie noch ein letztes Mal.

»Vergiss nicht, dass du jetzt auch meine Sklavin bist«, flüstert sie. »Ruf mich bald an. Und schreib mir. Wir sehen uns im Herbst in Berlin!«

Marie würgt ihre Traurigkeit hinunter. »Mach's gut«, sagt sie, und ihre Stimme zittert ein wenig dabei. Der Busfahrer drückt bereits ungeduldig auf die Hupe. Einsteigen. Hinsetzen. Losfahren. Marie schließt die Augen und lehnt ihren Kopf an Pauls Schulter.

Stunden später. Gleichmäßig rattert der Zug dahin. Bald wäre Düsseldorf erreicht. Marie wirft einen Blick aus dem Fenster. Die Abendsonne taucht die vorbeifliegende Landschaft in warmes Licht. Doch Marie hat jetzt keinen Sinn für den reizvollen Anblick. Still hängt sie ihren Erinnerungen an die drei vergangenen Wochen nach. Es war so schön! Und jetzt sollte ganz einfach wieder der Alltag losgehen? Paul beobachtet Marie unauffällig, aber aufmerksam. Die Wehmut steht ihr ins Gesicht geschrieben. Und dahinter verbirgt sich auch Angst: Wie würde es zwischen ihr und Paul weitergehen? Sollte es ihnen gelingen, die Erfahrungen, die unzähligen Eindrücke in ihre Beziehung aufzunehmen? Oder würde alles beim Alten bleiben? Auch Paul ist in nachdenklicher, melancholischer Stimmung. Seine Position rückt nun ins Rampenlicht: grell und gnadenlos. Marie hat ihren Willen, ihren

Mut und ihre Fähigkeit zum Spiel mit der Unterwerfung hinlänglich bewiesen. Paul seufzt – beinahe unhörbar.

Nun liegt es an mir, denkt er mit ambivalenten Gefühlen. Plötzlich sehnt er sich nach Max, der ihn bestärken würde.

Sein Blick wandert zu Boden. Ein Schuhband hat sich gelöst. Er will sich gerade bücken, um es neu zu knüpfen. Da kommt ihm ein Gedanke.

Wozu habe ich eine Sklavin. Doch er zögert immer noch. Oder schon wieder? Sie sind allein im Abteil. Kann er es riskieren? Bei Max oder Anna würde Marie sicher keinen Widerspruch wagen. Aber bei ihm? Doch was sollte es? Sie ist schließlich *seine* Sklavin. Max und Anna hingegen sind jetzt weit weg.

Vorsichtig stößt er mit der Schuhspitze gegen ihren Unterschenkel. Erstaunt sieht Marie auf. Er verstärkt den Druck und deutet mit der Hand auf seinen Fuß. Maries Augen folgen der Bewegung. Und als wäre es das Selbstverständlichste auf dieser Welt, bückt sie sich und bindet seinen Schnürsenkel sorgfältig zu einer gleichmäßigen Schleife. Anschließend lächelt sie ihn freundlich an und lehnt sich wieder in ihren Sitz zurück. Paul kann kaum glauben, was er gerade erlebt hat. Und mehr noch: Marie schaut jetzt nicht etwa verschämt zum Fenster hinaus, sondern ihm direkt ins Gesicht. Und wie ihre Blicke nun ineinander versinken, da liegt so viel Altes und Vertrautes darin. Doch dieser kleine, schillernde Funken, der jetzt in beider Augen erstrahlt, der ist neu.

Der Gedanke

Erstes Kapitel

Die Wahl

Der Gedanke ließ ihn einfach nicht mehr los: eine Frau zu besitzen, als Sklavin, ganz für sich allein. Sie würde ihm Lust- und Erziehungsobjekt sein, Gesellschafterin, Kind, Hure und Hündin. Und so suchte er eines Tages ein Frauenlager auf, in dem er jedes der dort gefangenen Mädchen würde erwerben können, als sein Eigentum, als Gegenstand seines Besitzes.

Die Aufseherinnen zeigten ihm mehrere große Käfige voll weiblicher Geschöpfe. Die Mädchen saßen, standen, gingen umher, wie es ihnen gefiel, nur gesprochen werden durfte nicht. Sein Blick fiel auf eine junge Frau, die am andern Ende des Raumes an die Wand gekettet war. Sie kauerte auf Stroh, den kleinen Körper nur notdürftig mit einer kurzen Tunika verhüllt, zu kurz, um die Striemen auf den Oberschenkeln zu verdecken. Die Aufseherin bemerkte seinen fragenden Gesichtsausdruck.

»Nehmen Sie bloß nicht die Nummer 301«, sagte sie. »Die macht Ihnen nur Ärger. Sie tritt um sich und beißt in jede Hand, die sich ihr zuwendet. Sie ist undankbar und gefühlskalt. Mit ihr holen Sie sich eine Schlange ins Haus.«

Sie machte ihn auf ein blondes Mädchen aufmerksam, das schon die ganze Zeit darum bemüht war, ihm schöne Augen zu machen. Er betrachtete ihre runden Schenkel, ihr gefälliges Gesicht. Trotz oder gerade wegen ihres Lächelns erschien sie ihm kalt und glatt. Diese Frau würde ihm sicher sagen, dass sie ihn liebe und verehre, sooft er es nur hören wollte. Ehrlich meinen würde sie es vielleicht niemals. Von der gequälten Kreatur dort hinten würde er solche Worte möglicherweise nie vernehmen. Doch dafür bliebe sie bei der Wahrheit.

Und plötzlich packte ihn das Mitleid. Er hörte nicht mehr auf die Tiraden der Wärterinnen. Nachdem die erforderlichen Papiere unterzeichnet waren, ließ er sich das Mädchen bringen. Sie trug ein Halsband, und man übergab ihm die daran befestigte Kette. Sie sah ihn nicht an. Eigentlich hätte er sie gern an die Hand genommen, aber er wusste sich zu beherrschen. Es war schließlich nur eine Sklavin. Außerdem waren ihre Gelenke, umschlossen von Ledermanschetten, hinter dem Rücken miteinander verbunden. So führte er sein Eigentum aus dem Kerkergewölbe.

Scheinbar gleichgültig trottete sie hinter ihm her. Plötzlich fühlte er einen Ruck an der Kette und drehte sich um. Das Mädchen hatte offensichtlich den Versuch gemacht, sich loszureißen. Sie hatte sich auf den Boden geworfen und fing an zu schreien. Fast ähnelte sie einem wilden Tier. Sofort stand eine der Aufseherinnen neben ihr und schlug mit der neunschwänzigen Katze auf sie ein.

»Hören Sie auf«, sagte er kurz, »sie gehört jetzt mir.« Wütend schnaubte die Wärterin: »Sie werden schon noch sehen, was Sie davon haben! Die einzige Sprache, die die Kleine versteht, ist Gewalt. Sie wird Ihnen das Haus anzünden. Aber beschweren Sie sich nicht, ich hätte Sie nicht gewarnt!«

Die junge Frau hatte sich inzwischen ganz dicht an eine Wand des engen Ganges gedrückt. Sie zitterte leicht. Vielleicht fror sie. Er wandte sich ihr zu, schlug sie jedoch nicht, obwohl das sicher gerechtfertigt gewesen wäre. Stattdessen griff er ihr fest in den Haarschopf und zwang sie, ihn anzusehen.

»Warum machst du es dir so schwer?«, fragte er. Sie antwortete nicht. Aber ihr Gesicht zeugte von innerem Kampf. *Niemals*, so dachte sie, *werde ich nachgeben*. Aber insgeheim wünschte sie, sie könnte es eines Tages.

2. Kapitel

Fahren, fahren, fahren

Er hielt ihre Kette in der Hand und hatte sie zusätzlich am Oberarm gepackt. Sie blickte stur geradeaus. Sein Auto stand auf dem weitläufigen Vorplatz. Man hatte ihr für die Fahrt lediglich eine Decke übergeworfen, darunter war sie nackt. Das grobe Gewebe bildete einen reizvollen Kontrast zu der zarten Haut. Er öffnete die hintere Autotür und stieß die junge Frau hinein, wofür er sich bereits im selben Augenblick insgeheim Vorwürfe machte. Die Situation überforderte ihn. Er fühlte sich noch kaum als Herr des Mädchens. Fast war sie ihm ein wenig unheimlich in ihrem fortwährenden Schweigen. Lieber wäre es ihm gewesen, sie hätte geweint oder gejammert. Dann hätte er sie trösten oder ein paar strenge Worte sprechen können. So wusste er nicht, wie er sich ihr gegenüber verhalten sollte. Den Stoß in den Wagen hatte sie mit stoischer Gelassenheit hingenommen. Er ging einmal um das Auto herum, atmete tief durch und setzte sich ans Steuer. Sofort nachdem er den Motor angelassen hatte, drehte er das Thermostat auf die höchste Stufe. Da die Hände des Mädchens nach wie vor durch Lederhandfesseln verbunden waren, konnte sie die Decke nur mühsam enger um sich ziehen.

»Keine Sorge, dir wird gleich warm«, sagte er zu ihr, froh darüber, das Schweigen brechen zu können. Sie antwortete nicht. Im Rückspiegel konnte er sehen, wie sie den Kopf wandte und auf den Ort ihrer bisherigen Gefangenschaft zurückblickte.

Er fragte sich, was sie mit diesem Kerker, in dem sie vielleicht Jahre verbracht hatte, verband. Hatte sie unter den anderen Insassinnen vielleicht eine Freundin gehabt? Insgeheim schalt er sich selbst für seinen Egoismus, der ihn dazu getrieben hatte, das

Mädchen seinem bisherigen Umfeld zu entreißen. Doch war er nicht auch ihr Erlöser? Die Wärterinnen schienen sie ausnahmslos gequält zu haben. Vielleicht auch ihre Mitgefangenen? Zwar hatte er ebenso wenig vor, die Kleine zu verwöhnen, doch würde sie es bei ihm viel besser haben – so viel stand fest! Er würde sie zu seiner Sklavin machen, und in der Unterwerfung würde das Mädchen Stolz und Erfüllung finden, da war er ganz sicher. Allerdings musste er sich an diese Überzeugung immer wieder einmal selbst erinnern.

Plötzlich fiel ihm ein, dass er gar nicht wusste, wie er sie ansprechen sollte. Hatte solch ein Wesen überhaupt einen Namen? Die Wärterin hatte sie als ›Nummer 301‹ bezeichnet, und so stand es auch in seiner Besitzurkunde: ›Sklavin Nummer 301‹. Aber als Anrede erschien ihm das untauglich. Er würde sich einen Namen ausdenken müssen. Dann wäre jeder Ruf eine Erinnerung daran, dass sie ihm gehörte, ihm ganz allein! Draußen zogen die Bäume vorbei. Er fuhr bereits die Allee entlang, die direkt zu seinem Anwesen führte. Ein wenig außerhalb des Ortes gelegen, stellte es den idealen Rückzugsort für die Verwirklichung dunkler Leidenschaften dar. Jeden Morgen fuhr er als ehrbarer Geschäftsmann mit dem Auto in die nahe gelegene Stadt zur Arbeit. Niemand würde je etwas erahnen. Zwar war er nicht auf illegale Weise zu seinem Eigentum gekommen, doch die Ebenen von Erlaubtem und Akzeptiertem können bisweilen weit auseinander liegen.

Er wandte den Kopf. »Wir sind gleich am Ziel«, sagte er. Das Mädchen schwieg. Ihn überrollte eine Welle der Wut. *Dich werde ich noch lehren, mir zu antworten*, dachte er. Doch bevor er sich seinem Ärger weiter hingeben konnte, musste er bereits abbiegen. Die letzten hundert Meter rumpelte der Wagen über Kopfsteinpflaster, um schließlich auf dem Rondell vor dem Landhaus zum Stehen zu kommen. Kies knirschte.

3. Kapitel

Ankunft

Mehrere terassenartig angelegte Rasenflächen trennten Wohnhaus und Einfahrt. Der Vorgarten konnte fast mit einem kleinen Park konkurrieren. Die Person, die auf der Veranda stand, war nur undeutlich zu erkennen. Es handelte sich um Margret, seine Haushälterin: eine große, hagere Person, nicht unbedingt unattraktiv, aber eigen ... *sehr eigen*, dachte er. Sie hatte die Nachricht, dass eine zweite Frau ins Haus kommen würde, scheinbar gleichmütig aufgenommen. Aber er spürte ihre ablehnende Haltung. Vielleicht hegte sie eifersüchtige Gefühle. Zwar hatte sie nie den Versuch einer Annäherung gemacht, aber Margret hatte fast ihr ganzes Leben auf diesem Gut verbracht und war seinen wechselnden Bewohnern gegenüber stets loyal gewesen. Manchmal glaubte er, dass sie ihn heimlich liebte. Gleichwohl, das Mädchen würde Margrets Position keine Konkurrenz machen. Im Gegenteil: Er beabsichtigte ihr ein hohes Maß an Verfügungsgewalt über seine Sklavin zuzusprechen, doch ahnte er, dass sich die Probleme dadurch nicht lösen ließen. Es galt, auf der Hut zu sein!

Er öffnete dem Mädchen die Autotür und hakte die Kette in den Ring an ihrem Halsband. Sie schien von selbst darauf zu achten, ihm den Vortritt zu lassen. So bewegten sie sich auf das Haus zu. Wortlos nahm Margret die Ankunft des Hausherrn und seiner Begleitung zur Kenntnis. Als er ihr das Mädchen vorführte, nickte sie bloß.

»Nun«, ergänzte sie, »etwas mickrig, die Kleine.« Mit diesen Worten ging sie hinein. Leise seufzend folgte er ihr durch die Haustür. Sie standen in einer großen Halle, von der eine Treppe in den ersten Stock führte. Das Mädchen sollte erst einmal baden. Außerdem würde sie etwas zum Anziehen bekommen. Nach dem Abendessen – sie musste doch hungrig sein – wollte er ihr Haus und Grundstück zeigen.

Die Treppe war breit genug, um nebeneinander gehen zu können. Er legte den Arm um die Schultern des Mädchens, das sich nicht dagegen wehrte, aber merklich angespannt war. Ihm wurde klar, wie wichtig ihre Namensgebung war. Nicht allein wegen der Verständigung, sondern auch zur Demonstration seiner Besitzerrechte an diesem Wesen. Es dürfte nichts Schwülstiges sein. Sie war keine Kokotte, sondern eine Sklavin. Alles, was irgendwie an Demimonde erinnerte, schloss sich für ihn von selbst aus. Trotzdem konnte er es nicht lassen, im Geiste sämtliche französischen Romane, die er kannte, durchzugehen. Und auf einmal fiel es ihm ein. Er wusste, wie sie hieß! Es war eine plötzliche Eingebung: *Emma*, dachte er, *kleine Emma*. Er sprach den Namen halblaut vor sich hin, und wie sie daraufhin den Kopf wandte, da war er für einen kleinen Moment sicher, gewonnen zu haben. Bald schon würde sie seine Emma sein.

Nach etwa einer Stunde kam sie herunter. Unsicher stand sie an der Flügeltür zum Esszimmer. Sie sah gut aus, fand er. Emma trug einen schwarzen, knielangen Rock in A-Linie und ein ebenfalls schwarzes, eng anliegendes Oberteil mit langen Ärmeln, das in Wickeltechnik durch ein schmales Bändchen auf der rechten Hälfte gebunden war. Löste man diesen Wickel, so war ihre Brust entblößt. Zudem stützte dieser aparte Stoff ihren Busen auch ohne Büstenhalter und ließ ihn voller wirken, als er tatsächlich war.

Zufrieden winkte er sie hinein. Er vermutete, dass ihre schwarzen Strümpfe an den Haltern aus schwarzer Spitze befestigt waren, die er ihr vorhin über den Badewannenrand gelegt hatte. Eine Unterhose trug sie wohl nicht. Er würde das nachher noch kontrollieren. Und wenn doch – sie musste jene Regeln bereits kennen gelernt haben –, dann hätte er wenigstens einen Grund, sie zu züchtigen. Ohnehin hätte er sich am liebsten sofort ihres Körpers bemächtigt, aber er sah ein, dass es besser wäre, erst ihr Vertrauen zu gewinnen. Er hatte Zeit, viel Zeit.

Nachdem sie gegessen hatten, brachte er Emma auf ihr Zimmer. Später einmal, so wünschte er es sich, sollte sie ihm zu Füßen schlafen. Doch vorerst ließ er sie allein auf einem nicht allzu breiten Eisenbett nächtigen.

Wie lange mochte sie nicht mehr auf einer Matratze gelegen haben? Dies war sein letzter Gedanke, bevor er das Licht löschte.

4. Kapitel

Last Exit

Wasser. Überall Wasser. Die Sklavin 301, nun Emma genannt, saß in einem kleinen Schlauchboot. Um sie herum paddelten ihre ehemaligen Mitgefangenen durch ein riesiges Abwasserohr. Manche allein, manche zu zweit oder mehreren. Aus einem Lautsprecher schallte Musik. Hin und wieder erklang eine Stimme. Nummern wurden aufgerufen. Ihre Trägerinnen durften dann dem Schild mit der Aufschrift ›Exit‹ folgen und ins offene Meer hinaus fahren. In die Freiheit? 301 wusste es nicht. Schließlich blieb sie allein zurück. Die Musik setzte aus. Das Wasser stieg. Ganz langsam. Zuerst bemerkte das Mädchen nichts. Dann schrie sie. Aber sie wusste, dass man ihr nicht helfen würde …

Schwer atmend fuhr Emma hoch. Es war stockdunkel im Zimmer. Sie schwitzte. Nach ein paar Minuten wurde sie ruhiger. *Nur ein Traum*, dachte sie, *es war nur ein Traum*. An Schlaf jedoch war nicht mehr zu denken. Im Grunde fand sie ihren neuen Herrn nicht unangenehm. Sie hatte eine Spur von Enttäuschung – oder zumindest Verwunderung – darüber empfunden, dass er sie nicht bei sich schlafen ließ. Doch sprach es für ihn, sie nicht gleich am Tage ihrer Ankunft zu nötigen. Ihr war klar, dass sie großes Glück gehabt hatte. Es war die vielleicht letzte Möglichkeit, einem Leben in Kerkerhaft zu entgehen. Der letzte Ausweg. Wenn sie jetzt nicht nachgab, dann würde der Herr sie zurückschicken. Das war jedenfalls möglich, Emma wusste es genau. Und tief in ihrem Inneren verbarg sich auch schon lange der Wunsch, den Widerstand aufzugeben. Sie hatte stets weniger mit den Wärterinnen gekämpft als mit sich selbst, mit ihrem eigenen

Trotz und ihrem Stolz. Doch konnte sie den nicht auch in der Unterwerfung behaupten? Sie dachte an die Zeit der Inhaftierung zurück. Eine der Aufseherinnen, Charlotte, war manchmal, nachdem sie ihr die Peitsche verabreicht hatte, ein wenig bei ihr geblieben. Emma kniete dann vor ihr, das Gesicht in ihrem Schoß verborgen. In solchen Momenten streichelte Charlotte Emmas Haare und redete ihr gut zu. Das hatte sie sehr genossen. Seltene Momente der Zuwendung. Wenn sie sich jetzt Mühe gab, dann würde es vielleicht öfter oder sogar immer so sein können.

Inzwischen war die Sonne aufgegangen. Wie spät es aber genau war, wusste Emma nicht. Irgendwann vernahm sie Schritte auf dem Flur. Langsam öffnete sich die Zimmertür. Der Herr stand in Bürokleidung vor ihr. Unsicher sah sie ihn an. Er wollte ihr lediglich einen guten Morgen wünschen. Bis zum Abend hätte er in der Stadt zu tun. Seine Haushälterin würde sich um sie kümmern. Emma rang sich zu einem Lächeln durch und nickte zu seinen Ausführungen. Am liebsten aber hätte sie ihn angefleht, bei ihr zu bleiben. Sie hatte Angst vor Margret. Wie grausam Frauen sein können, hatte sie in ihrem bisherigen Leben immer wieder aufs Neue erfahren müssen. Emma fragte sich, wie sie die Zeit bis zu seiner Rückkehr überstehen sollte. Sie wollte etwas sagen, doch da hatte er die Tür bereits wieder geschlossen.

5. Kapitel

Abend, endlich

Unruhig ging Emma in der Eingangshalle auf und ab. In einer Stunde würde er zurückkehren. Sie ertappte sich dabei, dass sie hin und wieder einen Blick in den Spiegel warf, ihre Haarsträhnen ordnete und sich fragte, ob sie ihm gefallen würde. Daran hätte sie vor vierundzwanzig Stunden noch keinen Gedanken verschwendet.

Das Frühstück hatte Emma heute in der Küche eingenommen. Während sie ihren Haferbrei löffelte, lief Margret geschäftig umher, ohne auch nur ein Wort an sie zu richten. Aber nachdem die Mahlzeit beendet war, entschied die Haushälterin, dass Emma sich nützlich machen könnte, und wies sie an, die Bodendielen in der Küche mit Holzöl einzureiben. Es schien dem Mädchen eine Ewigkeit zu sein, die sie, nur mit einem alten Hemd bekleidet, auf Knien verbrachte. Aber sie traute sich nicht, eine Bemerkung zu machen. Während der Zeit ihrer Gefangenschaft hatte sie solche Arbeiten oft verrichten müssen. So stupide die Tätigkeit war, so viel Raum ließ sie zum Nachdenken und Träumen. Irgendwann war es schließlich vorbei. Sie spülte ihre Hände ab, denen man die Jahre harter Arbeit ansah, und zog sich wieder die Kleidungsstücke des gestrigen Tages an. Gern wäre sie durch den Garten des Anwesens spaziert, aber offenbar hatte Margret die Anweisung, sie nicht aus dem Haus zu lassen.

Das Wohnzimmer lag zum Garten hinaus. Große Flügeltüren aus Glas ermöglichten einen wunderbaren Ausblick auf das Grundstück. Plötzlich schrak Emma zusammen. Margret war unbemerkt hinter sie getreten und hatte ihr eine Hand auf die Schulter gelegt.

»Siehst du den Ring dort draußen?«, fragte sie. Und tatsächlich sah Emma, dass in die Wand des Hauses, welche die Terrasse von einer Seite her flankierte, ein stabiler Eisenring eingelassen war.

»Das hat dein neuer Herr extra für dich machen lassen«, sagte Margret, und ihre Stimme klang eine Spur zu freundlich: »Wenn du Glück hast, meine Kleine, dann wird dir die Kette etwas Auslauf ermöglichen.«

Emma beschloss, sich nicht provozieren zu lassen. Sie musste das Vertrauen ihres neuen Herrn gewinnen, dann würde er sie sicher auch irgendwann in den Garten lassen. Sie sehnte sich so sehr nach Licht und Luft. An Flucht dachte sie nicht. Wohin sollte sie fliehen? Sie konnte dabei nur verlieren.

Notgedrungen verbrachte Emma den Nachmittag im Haus. Bewundernd betrachtete sie die Bücher in den Bibliotheksräumen. Wahllos nahm sie Bände aus den Regalen und schlug sie auf. Immer wieder las sie den berühmten Satz: *Worüber man nicht reden kann, darüber soll man schweigen.*

Ja, dachte sie, *das passt – wenn auch in ganz anderem Sinn – auf meine Situation. Ich brauche über meine Wünsche, Träume und Nöte hier kein Wort zu verlieren. Aber wenn ich es schaffe, seine Liebe zu gewinnen, dann brauche ich mir keine Sorgen mehr zu machen.*

Emma wusste ganz genau, dass der einzige Weg hierzu der der Hingabe und Unterwerfung war. Gerade durch den Verzicht auf Gegenwehr würde er ihr Anerkennung und Respekt zuteil werden lassen, dessen war sie sich gewiss. Und nun wartete sie auf ihn, wartete so intensiv und so voll der besten Vorsätze – schon den ganzen Tag lang.

Die Uhr schlug sieben Mal. Kaum war sie verstummt, hörte Emma Reifen auf dem Kies. Sie lief zum Fenster: Endlich! Sie beobachtete, wie er aus dem Auto stieg. Der Herr schlug den

Weg zum Haus ein. Sie musste sich beherrschen, um nicht zur Tür zu rennen und sie aufzureißen. Als er das Haus betrat, stand sie scheinbar zufällig in der Halle. Sie atmete einmal tief durch, gab sich einen Ruck und ging auf ihren Herrn zu. Er strich zuerst sanft über ihre Haare, um sie anschließend auf die Wange zu küssen. Nachdem Emma ihm den Mantel abgenommen hatte, erkundigte er sich nach ihrem Tagesablauf. Während sie berichtete, schüttelte er unmerklich den Kopf. Zum Putzen hatte er sie wahrhaftig nicht aufgenommen. Er würde mit seiner Haushälterin reden müssen. Aber das sollte Emma nicht wissen. Als sie gemeinsam hineingingen, griff das Mädchen nach seiner Hand. Das erstaunte ihn und gefiel ihm auch. Sie wirkte viel aufgeschlossener als gestern. Er überlegte, ob er sie bereits an diesem Abend ins Reich seiner Phantasien entführen könnte.

6. Kapitel

Von Schmerz und Demut

Die vier Kerzen, die auf dem kleinen Tisch vor dem Spiegel aufgebaut waren, bildeten die einzige Lichtquelle des Raumes. Nur der Mond steuerte noch seinen fahlen Schein bei, den er durch das Fenster seitlich auf die Szenerie warf. Emma wusste nicht, wie lange sie sich schon in diesem Zimmer befand. Es mussten Stunden vergangen sein, seit ihr Herr sie hineingeführt hatte. Nun stand sie, die Arme über dem Kopf gefesselt und durch eine Kette mit dem Haken in der Decke verbunden, in der Mitte. Über den Augen trug sie eine Binde aus rotem Samt, ihre Füße steckten in hochhackigen Pantöffelchen aus Lackleder. Der Herr saß einige Meter entfernt in einem Sessel und betrachtete sie aufmerksam.

Weil sie bisher so brav gewesen war, hatte er ihr die Peitsche mit besonderer Härte gegeben. Ihre Lenden waren tiefrot gefärbt. Sie hatte sich gewunden wie ein Aal. Und wenn er sich ihre Reaktionen im Nachhinein vergegenwärtigte, so lag hierin eigentlich ein stärkerer Widerstand, als wenn sie geschrien hätte oder geweint. Fast war er versucht, Emma darauf anzusprechen. Doch jetzt wartete er auf etwas anderes.

Der Herr stand auf und ging zu ihr. Energisch griff er Emma unter das Kinn. Zwar konnte sie ihn nicht ansehen, aber die Berührung vergegenwärtigte ihr seine Präsenz, seine Wünsche, seinen Willen. Und er wollte, dass sie sich für die Schläge, die sie empfangen hatte, bedankte; er wollte es so sehr, dass er ihr angedroht hatte, sie so lange hier stehen zu lassen, bis sie nachgeben und sich seiner Forderung beugen würde.

Eigentlich war die Züchtigung für Emma nicht ausschließlich unangenehm gewesen. Währenddessen hätte sie zwar alles dafür gegeben, dass der Schmerz aufhören möge, doch hinterher fühlte sich ihr gesamter Körper heiß, erregt und sehr wach an. Sie spürte ein Gefühl der Freude und des Stolzes darauf, für ihren Herrn gelitten zu haben. Emma hatte sich ganz dieser Empfindung hingegeben. Und obwohl sie also allen Grund dazu gehabt hätte, wollte sie seinem Wunsch nun nicht nachkommen. Immer noch tobte der Widerstand in ihr. Sie selbst erkannte ihre oberflächliche Stärke als Schwäche: Sie war noch zu schwach, ihre Rolle anzunehmen und zu bestätigen. Sie wusste sehr genau, dass sie ein Spiel mit dem Feuer wagte. Ihre nahezu eingeschlafenen Hände verdeutlichten ihr die Dringlichkeit ihrer Lage. Sie balancierte auf dünnem Eis. Er würde von sich aus keine Gnade gewähren, zumindest konnte sie es sich nicht vorstellen. Emma focht wieder einmal mit sich selbst, mit ihrem Trotz, der sie schon so oft in Schwierigkeiten gebracht hatte.

Der Herr überlegte, was er tun sollte, falls Emma tatsächlich stur bleiben würde. Die Drohung, sie hier stehen zu lassen, war unvorsichtig gewesen. Er berührte ihre Hände, die langsam kalt wurden. Er musste sich etwas einfallen lassen. Sofort! Sie durfte seine Ratlosigkeit auf keinen Fall bemerken. Er strich ihr durchs Gesicht. Erstaunt fühlte er, wie sie unwillkürlich seine Hand mit der Zunge annahm und ableckte wie ein Hund. Der Kampf in ihrem Inneren währte noch einen kurzen Moment. Als sie dann ihr »Danke Herr, dass Sie mich geschlagen haben« aussprach, war er für einen Augenblick versucht, sie erleichtert in die Arme zu schließen. Stattdessen streichelte er – unhörbar aufatmend – den Haarschopf seiner Sklavin und nahm ihr dann die Augenbinde ab. Als sie nach Stunden von ihrer Blindheit erlöst wurde, bedankte sie sich noch einmal. Und nun meinte sie es auch so.

7. Kapitel

Der Käfig

Die Wochen vergingen. Emmas Tagesablauf wurde zur Routine. Nach dem Frühstück, das sie in der Küche unter Margrets Aufsicht zu sich nahm, half sie im Haushalt. Entweder arbeitete sie mit der Haushälterin zusammen, meist in leicht angespannter Atmosphäre, oder erledigte eigenständig kleinere Aufgaben. Das Verhältnis der beiden Frauen war von Eifersucht auf Margrets und Angst auf Emmas Seite geprägt. Emma sprach in Anwesenheit der Haushälterin nur das Nötigste. Der Konflikt kam nicht zum Ausbruch. Margret unterdrückte ihre Sehnsüchte, dem Herrn näher zu kommen, seit Jahren. Nur zu gut wusste sie, dass sie keine Chance hatte, von dem Status der Bediensteten zu dem der Hausfrau aufzusteigen. Und Emma war bestrebt, einen oberflächlichen Schein von Harmonie aufrechtzuerhalten. Sie wollte den Herrn in keinem Fall verärgern. Sie fürchtete sich noch immer vor der Möglichkeit, fortgeschickt zu werden.

Eines Abends nach dem Essen nahm der Herr Emmas Hand und führte sie zu einem der großen Räume im ersten Stock.

»Ich habe eine Überraschung für dich«, sagte er lächelnd. Die Tür war verschlossen, und als er sie öffnete, fragte Emma sich gespannt, was es sein möge. Er stieß die Türflügel weit auf. In der Dunkelheit des Raumes nahm Emma zunächst nur Schemen wahr, aber als der Herr das Licht angeschaltet hatte und das Zimmer durch einen riesigen Kronleuchter eindrucksvoll illuminiert wurde, staunte das Mädchen sehr.

In der Mitte des Raumes stand ein großer kuppelförmiger Käfig, geräumig genug, um einen Menschen aufzunehmen. Sein Gestänge war aus dunklem Messing. Der Boden war von Kissen bedeckt, die in leuchtenden Farben schillerten: purpurrot, safrangelb und azurblau. Auch ein tiefes Smaragdgrün fehlte nicht. Dieser Käfig hatte keinerlei Ähnlichkeit mit dem kargen Gefängnis, aus dem sie stammte. Und doch musste sie an früher denken. Der Herr sah sie von der Seite an.

»Gefällt es dir?«, fragte er. Emma nickte ein wenig unsicher.

»Zieh dich aus«, sagte der Herr. Seine Sklavin gehorchte sofort. Obwohl sie erst seit Kurzem hier war, tat sie das fast immer. Allzu häufig musste sie an ihren Traum denken. Doch nicht nur Angst trieb sie. Ohne dass diese Erkenntnis voll in ihr Bewusstsein vorgedrungen wäre, ahnte sie, wie gut sie es doch getroffen hatte.

Der Gebieter hakte eine leichte Kette in ihr Halsband ein. Zuerst schien er sie einfach nur in den Raum hineinführen zu wollen, doch dann besann er sich anders. Er drückte leicht auf ihre Schultern. Sie verstand das Signal und begab sich auf alle viere. Sie kroch geschickt mit geschmeidigen, katzenhaften Bewegungen über das Parkett auf den Käfig zu. Ihr Herr drehte sich kurz nach ihr um. Er genoss den Anblick dieses schönen Körpers, der so ganz und gar ihm gehörte, über alle Maßen. Die Käfigtür quietschte ein wenig. Ohne dass weitere Anweisungen notwendig gewesen wären, kletterte Emma hinein und kniete sich auf die Kissen. Sie senkte den Blick und wartete. Er wusste, dass dies ein kritischer Moment war. In der letzten Zeit hatte er das Mädchen bei sich im Bett schlafen lassen, was sie ganz offensichtlich genossen hatte. Er zögerte noch einen Augenblick.

»Gute Nacht, Emma.« Er ging hinaus. Es erschien ihm klüger, sich nicht noch einmal umzudrehen. Hinter ihm blieb es ruhig. Kein Protestgeschrei, kein Gitterrasseln. Er löschte das Licht, die Tür lehnte er nur an. Emma war nun allein. Die Dunkelheit wurde gebrochen durch den sanften Schein einer roten Ampel, die in einer Ecke des Raumes leuchtete. Doch an der Situation änderte das nichts. Emma saß allein im Käfig. Ganz allein.

8. Kapitel

Das Fest

Auch wenn es nicht angenehm war, er konnte es nicht länger ignorieren: Emma langweilte sich und war einsam. Probleme solcherart hatten in seinen Phantasien keine Rolle gespielt. Die größte Freude seiner Sklavin würde es sein, ihm, ihrem Herrn, zu dienen. Weiter war er nie gekommen. Was es für ihn selbst bedeutete, ausschließlicher Bezug eines menschlichen Geschöpfes zu sein – darüber hatte er nicht nachgedacht. Er nahm dem Mädchen viele Freiheiten. Wog der Genuss der Unterordnung – der sich bei Emma mitunter durchaus einzustellen schien – diese Beschneidungen auf?

Hatte er seine Haushälterin anfangs scharf zurechtgewiesen, weil sie sein kostbares Eigentum zu Putzdiensten heranzog, so musste er sich jetzt eingestehen, dass auch er nicht wusste, was Emma während seiner Abwesenheit tun konnte. Durch diese Arbeiten wurde sie beschäftigt und konnte sich körperlich betätigen. Er überlegte schon seit Längerem, einem Teil seiner beruflichen Verpflichtungen von seinem Wohnsitz aus nachzugehen. Doch ihm war klar, dass das nicht reichte. Emma war jung, sie musste auch andere Menschen zu Gesicht bekommen. Und so beschloss er, bei nächster Gelegenheit alle in Frage kommenden Freunde einzuladen und ihnen Emma vorzustellen. Vielleicht würde das Mädchen der einen oder anderen seiner weiblichen Bekannten gefallen. Möglicherweise würde auch die Sklavin eines Freundes sich für Emmas Freundschaft – oder zumindest Gesellschaft – interessieren. So wie bisher könnte es jedenfalls nicht weitergehen.

Emma hatte sich schon lange insgeheim gewünscht, Freunde ihres Herrn kennenzulernen. Ja, sie wollte mehr über ihn erfahren. Das ging sogar so weit, dass sie begann, seine Lieblingsgerichte zu probieren, denn sie war der Überzeugung, dass man jemanden besser verstehen konnte, wenn man aß, was diesem sehr gut schmeckte. Und selbst als sie hörte, dass sie auf dem in Aussicht gestellten Fest nackt im Käfig ausgestellt werden sollte, konnte dieser Umstand ihren Enthusiasmus nicht bremsen.

Die Haushälterin reagierte missmutig auf die Pläne des Herrn, die für sie vor allem Arbeit bedeuteten. Auch sie langweilte sich oft. Aber ihre Langeweile rührte nicht von Unterbeschäftigung her. Sie litt bisweilen unter der Eintönigkeit ihrer Tätigkeiten. Und obwohl sie – im Gegensatz zu Emma – ständig für ihren Dienstherrn im Einsatz war, so hatte er sich nie dazu herabgelassen, ein Fest für sie auszurichten. Überhaupt drehte sich alles nur noch um Emma. Allzu oft musste Margret mit ansehen, wie ihr Arbeitgeber das Mädchen auf eine Art berührte, die ihr wohl niemals zuteil werden würde. Jahrelang hatte sie gehofft. Vergebens.

Der Tag des Festes nahte. Der Herr hatte entschieden, mehrere Zimmer des ersten Stocks den Feierlichkeiten zu öffnen. Jeder Raum erhielt eine Funktion, von der riesige Buchstabentransparente zeugten, die die Zimmerwände bedeckten. Rote Lettern auf schwarzem Grund: ›Befehlen‹ stand in dem einen Raum, ›Schmerz‹ in dem anderen. Aber auch die profanen Dinge des Lebens wie ›Tanzen‹, ›Essen‹ und ›Rauchen‹ erhielten eigene Zimmer. Kurz bevor die Gäste kamen, ließ Emma sich bereitwillig in ihren Käfig einschließen. Sie war neugierig. Im Raum für Befehle würde sie sicher einige der interessanteren Aktivitäten während dieses Abends beobachten können.

Die ersten Gäste trafen ein und betrachteten Emma mit unverhohlenem Interesse. Der Gastgeber, ihr Freund, der die Einsamkeit liebte, hatte schon so lange keine Sklavin mehr gehabt. Zusammengelebt hatte er bisher mit keiner. Was musste das für ein Wesen sein, das er in seinem Haus ertragen konnte? Von ihrem

Platz aus konnte Emma den kompletten Raum überschauen. Ihr Blick blieb an einem attraktiven Mann hängen, der allein an einer Wand stand. Er hatte den intelligentesten und sympathischsten Gesichtsausdruck, den sie jemals gesehen hatte. Die anderen Gäste sprachen französisch mit ihm. Sie nannten ihn Michel. Zu Emmas Leidwesen verließ er das Fest schon sehr früh.

Ihr Herr unterhielt sich währenddessen angeregt mit einer Frau, die ungefähr in seinem Alter zu sein schien. Sie wirkte sympathisch, und Emma hoffte, ihr vorgestellt zu werden. Tatsächlich wandte sich der Herr nach einiger Zeit in ihre Richtung. Gemeinsam mit seiner Bekannten kam er auf den Käfig zu. Die Nacktheit war Emma auf einmal unangenehm. Sie zog den Bauch ein und war versucht, mit den Händen ihre Scham zu bedecken. Doch da steckte die Fremde schon eine Hand durch das Gitter. Emma wusste, was von ihr erwartet wurde. Langsam näherte sie sich auf allen vieren. Die dicken Kissen, die den Käfigboden bedeckten, ermöglichten bequeme Bewegungen. Sie reckte den Hals wie eine Raubkatze und streckte ihr Gesicht der lockenden Frauenhand entgegen. Der Herr hielt den Blick auf seine Freundin gerichtet.

»Das ist Emma, meine Sklavin, seit Kurzem in meinem Besitz. Ich hoffe, sie sagt dir zu.«

Marlene lächelte ihn an. Das Mädchen schien ihr zu gefallen. Er beobachtete die beiden Frauen wie ein Pferdehändler, der stolz ist, dass seine beste Stute dem anspruchsvollen Kunden gefällt. Bald stand er auf und bat um Entschuldigung; schließlich bedurften auch die anderen Gäste der Aufmerksamkeit des Gastgebers.

Langsam strich Marlene durch Emmas Haar. Emma hielt den Kopf gesenkt. Doch dann sah sie auf. Sie schaute Marlene direkt in die Augen. Für einen Moment stockte ihr der Atem. Ein bisher unbekanntes Gefühl der Faszination und Sehnsucht ergriff Besitz von ihr.

9. Kapitel

Suspense

Erschöpft sank Emma auf alle viere. Ihr Gebieter ließ die Leine nach, so dass sie ungehindert aus dem bereitgestellten Hundenapf trinken konnte. Nach einigen Minuten hieß der Herr sie aufstehen und wies sie an, sich mit dem Rücken an der Außenseite des Käfigs zu positionieren. Ihre Arme und Oberschenkel fesselte er an die Stangen. Eine schwarze Augenbinde beraubte Emma ihrer Sicht. Der Herr trat einen Schritt beiseite. Er drehte sich um.

»Bitte, sie gehört dir«, sprach er, in eine Ecke des Raumes gerichtet. Marlene, die das Geschehen bisher aus der Distanz beobachtet hatte, trat heran. Sie hatte während der Begegnung auf dem Fest durchaus Interesse an Emma entwickelt. Ihr gefiel der kleine, mädchenhafte Körper, der kräftig und schmal zugleich erschien. Zudem übte das Leben, das Emma führte, eine gewisse Faszination auf sie aus. Die Absolutheit, mit welcher der Herr, einer ihrer ältesten Freunde, seine Phantasien ausagierte, begeisterte sie und stieß sie zugleich ab.

Schweigend stand sie vor Emma und betrachtete das Mädchen; je länger, desto angespannter wurde die Sklavin. Was würde passieren? Emma war klar, dass die beiden noch nicht fertig mit ihr waren. Schließlich zog Marlene tief an ihrer Zigarette und blies Emma den Rauch ins Gesicht. Vollkommen überrascht drehte diese mit trockenem Husten das Gesicht zur Seite, soweit es möglich war. Sofort griff Marlene ihr in den ohnehin schon zerzausten Haarschopf und brachte ihren Kopf wieder in die Ausgangsposition. Sie gab ihr eine leichte Ohrfeige und nahm die Klammern zur Hand. Emmas Klitoris war bereits angeschwollen. Feuchtigkeit stand zwischen ihren Beinen. »Was bist du doch für eine geile Hure«, sagte Marlene. »Deine kleine Drecksfotze hat mir die Hand besudelt. Das wirst du jetzt schön ablecken.«

Gehorsam tat Emma, wie ihr befohlen. Nicht nur, dass sie jetzt keine Kraft gehabt hätte, Widerstand zu leisten, nein, sie genoss es auch, sich fallen zu lassen. Sie genoss es, von jeder Entscheidungsmöglichkeit entbunden zu sein, aber damit auch von jeder Entscheidungspflicht. So war ihr der Zwang nicht nur Repression, sondern auch Freiheit, oder vielmehr eine höhere Form davon, die zu empfinden vielleicht einiger dialektischer Umwege bedurfte oder eben einer bestimmten Neigung, die Emma zweifelsohne trotz gelegentlichen Widerstands zu eigen war. Wenn sie sich dann in bodenlosem Fall von einem starken Konterpart aufgefangen fühlte, empfand sie zumindest für einen Augenblick Geborgenheit, Nähe und Schutz. In solchen Momenten hätte sie fast weinen mögen.

Marlene setzte jeweils drei Klammern an Emmas Schamlippen und eine an die Klitoris. Emma wand sich vor Schmerz und Erregung, soweit es die Seile zuließen. Marlene betrachtete ihr Opfer mit einer Mischung aus Härte und Mitgefühl. Sie wollte eindeutigere Reaktionen sehen. Sie wollte Emma um Gnade flehen hören.

Gemeinsam mit dem Herrn band sie das Mädchen los, aber nur um es herumzudrehen und sogleich wieder festzubinden. Sie befahlen ihr, den Rücken zum Hohlkreuz durchzudrücken und die Lenden so weit wie möglich herauszustrecken. Während Marlene an den Klammern spielte, ergriff der Herr einen dünnen Rohrstock und schlug zu. Erst leicht, dann fester. Bisher hatte er Emma eher geschont, aber einmal, einmal wollten sie beide – Marlene und er – ihre eindeutige und drastische Reaktion darauf erleben. Schon nach wenigen Schlägen schwitzte das Mädchen stark und wand sich stöhnend. Bald darauf schrie sie. Als ihr die Tränen kamen, setzte der Herr die Schläge aus. Doch ein Blick in die Augen seiner Sklavin zeigte ihm, dass sie sein Tun billigte. Keine Wut lag darin, sondern Ruhe und Demut. Den Herrn überkam plötzlich ein großer Schreck. Ihm wurde klar, was er in dieser Intensität noch nicht gespürt hatte: Er liebte Emma. Er hatte sich in seine Sklavin verliebt.

Marlene hatte währenddessen die Klammern abgenommen. Die plötzliche Rückkehr des Blutes raubte Emma nahezu die Sinne. Als Marlene bemerkte, dass die Konzentration des Herrn nicht mehr bei ihrem gemeinsamen Spiel war, sondern sich ausschließlich auf Emma fokussierte, ließ sie von dem Mädchen ab und trat an die Wand. Von hier aus konnte sie die Interaktion zwischen Herrn und Sklavin unauffällig verfolgen. Doch bald darauf verließ sie den Raum. Sie ahnte, dass es besser sei, die beiden allein zu lassen.

10. Kapitel

Alltag

Der Herr hatte seinem Beruf stets größte Priorität eingeräumt. Doch seit einiger Zeit ertappte er sich häufiger dabei, während der Arbeit gedanklich abzuschweifen. Zu reizvoll war seine private Situation in letzter Zeit geworden, als dass er der Versuchung hätte widerstehen können, seinen Laptop und seine Akten des Öfteren bereits nachmittags zusammenzupacken und zu Hause weiterzuarbeiten. Dabei schätzte er Emmas Gesellschaft in seinem Arbeitszimmer. Das Mädchen störte ihn überhaupt nicht. Still kauerte sie auf ihrem Kissen in einer Ecke und las. Manchmal schrieb sie etwas auf, hin und wieder zeichnete sie in ein Skizzenbuch. Nur das gelegentliche Klirren ihrer Ketten erinnerte ihn dann an ihre Anwesenheit. Besonders gern aber sah er sie direkt zu seinen Füßen. Sie legte ihren Kopf in seinen Schoß und verharrte so für erstaunlich lange Zeit vollkommen ruhig. Mitunter wies er sie an, sich nackt neben seine Akten auf den Schreibtisch zu setzen. Er konnte dann meist noch die frischen Striemen betrachten, die er ihr am Abend zuvor als Gutenachtgruß zugefügt hatte. Emmas zierliche Füße steckten in kleinen Pantöffelchen aus Lackleder, und sie baumelte unbeschwert mit den Beinen. Allerdings brachte ihn dieser Anblick schon nach kurzer Zeit so in Wallung, dass er sich die Stirn abwischen und seine Sklavin schließlich auf ihren Platz zurückschicken musste. Ein Schluck Wasser tat ihm in solchen Momenten gut.

Seine vermehrte Anwesenheit im Haus sowie vor allem ihr Verhältnis zu Marlene führten dazu, dass Emma sich nicht mehr so einsam fühlte. Sie wurde insgesamt fröhlicher und gesprächiger, und ihre Erzählungen von der Vergangenheit wichen der stärkeren Teilnahme an der Gegenwart. Wurde die Atmosphäre im Landhaus früher allein von der griesgrämigen Haushälterin bestimmt, so herrschte jetzt meist ein heiterer Ton, der auch den Herrn selbst freundlich und gnädig stimmte.

Als er eines späten Nachmittags in sein Heim kam, bot sich ihm ein schöner Anblick. Auf dem breiten, einladenden Sofa im Wohnraum saß Marlene. Ihre schwarze, elegante Kleidung bildete einen edlen Kontrast zu dem cremefarbenen Bezug des Möbelstücks. Vor ihr, nackt und auf allen vieren, mit anmutig gebogenem Rücken, Emma, geschmückt mit einem Stachelhalsband, das durch eine kurze Leine mit Marlenes Handgelenk verbunden war. Die helle Haut des Mädchens hob sich schön von der schwarzen Felldecke, auf der sie lagerte, ab. Hin und wieder fütterte Marlene sie mit Obststückchen aus einer Schale, die vor ihr auf dem Couchtisch aus schwarzem, japanischem Lack stand. Die beiden Frauen wirkten vollkommen friedlich und mit sich selbst beschäftigt. Sie hatten den Herrn, der an der Tür stand, noch nicht bemerkt, so sehr waren sie in ihr Spiel versunken. Leise zog er sich zurück. Es wäre schade, diese Ruhe zu stören. Kurz darauf stand er am Fenster seines Arbeitszimmers und dachte nach. Beruflich hatte er den Zenit bereits erreicht. Jetzt schien es, als sei ihm auch privat das höchste Glück geschenkt worden. Im Grunde handelte es sich bei seiner jetzigen Situation um die Erfüllung seiner lang gehegten Träume, doch eine große Unruhe bemächtigte sich seiner:

Was bedeutet Glück, dachte er, *wenn man in der ständigen Angst leben muss, es wieder zu verlieren? Wer nichts hat, dem kann nichts genommen werden. Und je stärker man sich bemüht, das Glück dauerhaft in seinem Leben zu verankern, es festzuhalten, sich daran zu klammern, umso größer ist die Gefahr, alles zu verlieren.* Er vergegenwärtigte sich das Los des Faust und der

Helena. Ihm leuchtete ein, dass der Versuch, arkadisches Glück auf ewig zu halten, in seiner Radikalität scheitern musste.

Mit einem Mal überkam ihn die Vision, all die seligen Momente, die er in der letzten Zeit erlebt hatte, könnten nur ein Traum gewesen sein. Daraufhin begab er sich, so schnell er nur konnte, ins Wohnzimmer – ja, er rannte nahezu. Als die beiden Frauen seiner so plötzlich ansichtig wurden, erschraken sie über den aufgelösten Zustand des Herrn. Ohne darauf zu achten, riss er Emma an sich. Er schüttelte und küsste sie gleichzeitig, und weil das eigentlich immer half, gab er dem verwirrten Mädchen ein paar Ohrfeigen. Heftig atmend ließ er von ihr ab. Als er ihren irritierten, doch keineswegs entsetzten Gesichtsausdruck wahrnahm, wich der Druck aus seinem Kopf, die Anspannung verließ seine Glieder. Er atmete tief durch und begrüßte die beiden Frauen.

11. Kapitel

Einkaufen

David war ein Mann, der das Dekadente liebte und sich vieles gönnte. Auf den Luxus einer eigenen Meinung allerdings verzichtete er schon seit geraumer Zeit. Insbesondere seit er den Status des Sklaven Nummer drei verlassen hatte und Marlene ihn in den Rang eines legitimen Ehemannes hatte aufsteigen lassen, hatte er sich den Wünschen und Präferenzen seiner Frau immer bedingungsloser angepasst. Seit Neuestem aber sah er sie kaum noch. Wenn David von der Arbeit kam, lag immer häufiger eine Nachricht auf dem Tisch: »Besuche meinen Jugendfreund«, oder Ähnliches. Im Grunde war ihm klar, worum es sich handelte. Vermutlich hatte seine Frau nun eine Gelegenheit gefunden, ihren Neigungen dem eigenen Geschlecht gegenüber nachzugehen. David hatte von gemeinsamen Bekannten längst gehört, dass Marlenes alter Freund eine junge Sklavin aufgenommen hatte. Er war nicht direkt eifersüchtig, doch er vermisste die Gesellschaft seiner Frau und Herrin, die ihn nach einem langen Arbeitstag stets mit neuen Kräften versorgte.

Mittlerweile bereiteten Emma und Marlene sich auf einen Stadtbummel vor. Der Herr hatte entschieden, dass es bald zu kalt sein würde, um Emmas permanente Nacktheit im Intimbereich guten Gewissens verantworten zu können. Aber er selbst fühlte sich außer Stande, eine Entscheidung im Hinblick auf weibliche Unterwäsche treffen zu können. So war er froh, dass Marlene ihn in dieser Angelegenheit vertreten konnte. Er beschrieb ihr, was er sich vorstellte, und schickte die beiden Frauen in die Stadt.

Das Dessousgeschäft erweckte bereits aufgrund seiner Schaufensterdekoration einen edlen Eindruck, die Erwartungen wurden aber durch die Inneneinrichtung noch weit übertroffen. Die Präsentation der Waren glich kunstvollen Arrangements, geschmackvollen Stillleben, die zu harmonisch wirkten, als dass sie den Gedanken aufkommen lassen könnten, sie stünden zum Verkauf. Kaum war Marlene mit Emma an der Hand eingetreten, eilte eine Verkäuferin auf sie zu und fragte nach ihren Wünschen. Die Angestellte trug Nahtstrümpfe und sehr hohe Schuhe, dazu einen Bleistiftrock. Sie war ausnehmend hübsch. Marlene referierte nahezu wortgetreu die Vorstellungen des Herrn. Die Verkäuferin nickte beflissen und verschwand, um bald darauf mit mehreren Schachteln wiederzukehren. Sie entnahm ihnen einige Wäschestücke, und schickte Emma zur Anprobe. Obwohl sich keine weiteren Personen im Geschäft befanden, zog diese schamhaft den Vorhang zu. Marlene setzte sich auf einen Stuhl nahe der Kabine, die Verkäuferin blieb neben ihr stehen. Nach ein paar Minuten forderte Marlene Emma auf, sich zu zeigen. Das Mädchen aber tat so, als habe es die Anweisung nicht gehört. Marlene wusste genau, weshalb. Sie erhob sich und zog den Vorhang beiseite. Der Blick, mit dem sie Emma fixierte, verbot jeglichen Protest.

»Komm heraus und zeig dich.« Nur langsam trat die Sklavin aus dem sichtgeschützten Karree. Sie stand nun in dem schmalen Gang, der zwischen den Kabinen verlief und an dessen Anfangs- und Endseite große Spiegel angebracht waren. Da sämtliche Vorhänge beiseite gezogen waren, reflektierten auch die Seitenspiegel das Bild Emmas. Diese Galerie erzeugte eine Flut von Bildern des Mädchens, das so totaler Sichtbarkeit ausgeliefert war.

Die Verkäuferin zuckte merklich zusammen. Der Anblick von Striemen und blauen Flecken auf Emmas Rücken und Schenkeln ließ sie schaudern. Das knappe Spitzenhöschen verdeckte fast nichts von dem, was die Angestellte offensichtlich als Misshandlung wahrnahm. Marlene musterte die Frau von der Seite. Sie weidete sich an deren Entsetzen. Der Büstenhalter, den Emma trug, war kaum als solcher zu bezeichnen, so knapp war er geschnitten. Er stützte die Brust nur, ohne sie zu verdecken. So wurden auch die leichten Schürfwunden an den Brustwarzen der Sklavin sichtbar. Die schwarzen Stümpfe mit dem breiten Spitzenrand, gehalten von einem zierlichen Strumpfgürtel, verdeckten die Spuren auf Emmas Schenkeln nur notdürftig. Marlene forderte Emma auf, sich umzudrehen und den beiden Frauen ihre Rückenpartie zuzuwenden. Anstelle des spiegelbildlichen Abglanzes konnte die Verkäuferin die Farbenpracht nun im Original sehen. Ein leiser Aufschrei entfuhr ihrer Kehle.

»Nun«, sagte Marlene, »das Set passt doch sehr gut, finden Sie nicht?« Die Frau drehte sich zu ihr um. »Was um Himmels willen ist mit dem Mädchen passiert?«, stieß sie hervor. »Die Kleine hat mich provoziert, außerdem hatte ich Lust, sie zu quälen«, entgegnete Marlene. Ungläubig starrte die Frau sie an. »Sie waren das? Aber wie können Sie so etwas tun? Das ist Körperverletzung und ...« Hier wurde sie von Emma unterbrochen, die inzwischen an Marlenes Seite getreten war und ihr die Hand auf die Schulter gelegt hatte. »Warum regen Sie sich so auf?«, warf sie ein. Ihre anfängliche Unsicherheit war einer souveränen Ruhe gewichen. »Es war eine gerechte Bestrafung und außerdem: Wenn meine Herrin Lust hat, mich zu quälen, dann freue ich mich, ihr dieses Vergnügen bereiten zu können. Meine Spuren erfüllen mich mit Stolz.« Und Emma verschwand wieder in der Kabine.

Verstört packte die Verkäuferin die Unterwäsche ein. Immer wieder starrte sie ihre Kundinnen an und schüttelte dabei den Kopf. Verschwörerisch drückte Marlene Emmas Hand. Emma drückte – zur Bestätigung – zurück.

Derweil saß David auf der heimischen Couch. Der Fernseher lief. Das Bier stand in Reichweite. David warf sich eine Handvoll Erdnüsse ein.

12. Kapitel

Wahlverwandtschaften

Als Marlene abends heimkehrte, bedurfte es keiner Erklärung, um zu erkennen, was ihr Mann dachte. Im Grunde wusste sie selbst, dass es so nicht weitergehen konnte. Ihre Ehe war stets harmonisch verlaufen, und Marlene liebte David sehr. Zwar bot ihr die Erziehung Emmas eine reizvolle Aufgabe, doch ihre Lebenspartnerschaft würde sie dafür nicht aufs Spiel setzen.

Zudem war ihr nur allzu klar, dass Emmas Herr sich aus einer Notsituation heraus an sie gewandt hatte: Die naive Hoffnung, seine griesgrämige Haushälterin würde sich Emmas annehmen, ihr Gesellschaft, Freundschaft und Abwechslung bieten, konnte doch nur scheitern! Über Alternativen hatte er nie nachgedacht. Konfrontiert mit den Unwägsamkeiten der Realität hatte er das Nächstliegende getan: Hatte eine Person hinzugezogen, bei der Eifersucht ausgeschlossen war und die seinem Anliegen etwas abgewinnen konnte. In letzter Instanz war der Herr auf sie angewiesen, auch wenn er immer wieder suggerierte, ausschließlich ihr Vergnügen im Sinn zu haben.

Marlene ärgerte sich. Wenn die derzeitige Situation andauerte, so würde es auf einen Ehekonflikt hinauslaufen, an dessen Eskalation sie keinerlei Interesse hegte, schließlich wusste sie, dass David recht hatte. Die Möglichkeit der Beendigung ihrer Verbindung mit Emma empfand sie allerdings auch als wenig befriedigende Alternative. Zu groß war ihre Sympathie für das Mädchen geworden, zu sehr schätzte sie auch die regelmäßigen Gespräche mit dem Jugendfreund. Und so entschied sie, ihren Mann bei nächster Gelegenheit in das Ensemble einzuführen, ja, sie fragte sich, weshalb sie nicht schon längst Entsprechendes in die Wege geleitet hatte. Zudem stellten sich seit einiger Zeit Probleme, bei deren Lösung David von großem Nutzen sein konnte.

Emmas Körper entsprach den Bedürfnissen ihres Herrn in einer wesentlichen Eigenschaft nicht. Man hatte bisher offensichtlich versäumt, ihre hintere Öffnung für das Vergnügen der Männer zu präparieren. Ihr Gebieter wünschte dringlich, sie auf diese Art zu benutzen, sah sich jedoch selbst nicht in der Lage, dementsprechende Übungen mit Emma zu absolvieren. In ihrer Phantasie erschien die Sklavin Marlene mit dem Oberkörper auf den Mahagonischreibtisch im Arbeitszimmer gestützt, David hinter ihr stehend, der das Mädchen nach des Herrn Regie einreiten sollte.

Doch so weit war es noch nicht. Bei ihrer nächsten Zusammenkunft wählte Marlene gemeinsam mit dem Herrn aus einem entsprechenden Sortiment einen Gummizapfen aus und schob ihn Emma in den After. Die Befestigung an einer schmalen, goldenen Hüftkette sorgte dafür, dass er nicht von der Körperöffnung verschluckt werden konnte, doch war die noch ungedehnte Öffnung ohnehin zu eng. Emma schien mit dieser Vorrichtung unzufrieden. Ihre sonst energischen Schritte wichen einem zaghaften Getrippel, das Marlene für eine Sklavin auch adäquater und reizvoller fand. Nachts entfernte der Herr den Gummipfropfen. Nach ein paar Tagen schien sich Emma daran gewöhnt zu haben, ihr Körper schien gereift für die nächste Größe. Wenn sie auf einem Stuhl saß, rutschte sie nun oft unruhig auf und ab. Vielleicht war es nun an der Zeit, dass ein Schwanz aus Fleisch und Blut ihr einmal kräftig in die Lenden stieß.

Auch wenn diese Aufgabe David nicht allzu sehr reizte, so war er doch froh, dass seine Herrin sich ihm wieder zugewandt hatte und etwas von ihm forderte. Zwar widersprach die befohlene Leistung dem von ihm gepflegten submissiven Habitus – in dem geplanten Arrangement jedoch wurde dieser Umstand durch die vollkommene Funktionalisierung seiner Person aufgehoben. Und so konnte schon bald ein Termin festgelegt werden.

Zum vereinbarten Zeitpunkt saß der Herr neben Marlene auf der Ottomane, die an der Nordwand des Arbeitszimmers für Ruhepausen bereitgestellt war. In der Mitte des Raumes kniete Emma auf einem runden Polster aus rotem Samt. Sie war nackt, nur eine schwarze Augenbinde bedeckte ihr oberes Gesichtsfeld. Den Hals schmückte ihr schönstes Halsband, schwarz und mit Nieten verziert. Die Hände waren hinter dem Rücken mit Ketten verbunden. David stand vollständig angekleidet an der gegenüberliegenden Wand und wartete darauf, dass er gebraucht würde. Den Blick hielt er gesenkt. Er wusste, dass es ihm streng verboten war, Emma in irgendeiner nicht unbedingt notwendigen Weise zu berühren. Vor allem aber war ihm unter Androhung der schrecklichsten Strafen untersagt worden, sich in das Mädchen zu ergießen. Er sollte keinerlei Befriedigung empfinden, im Gegenteil: Er war lediglich das Werkzeug einer Operation, die Befriedigung dem Herrn allein vorbehalten, der diese fortan bei seiner entsprechend vorbereiteten Sklavin finden könnte. Für Emma war das Geschehen ihre Initiation, eine ritualisierte zweite Entjungferung.

Der Herr führte Emma zu dem schweren Schreibtisch, auf dem links und rechts Kerzen in hohen Leuchtern brannten. Er drückte ihren Oberkörper nieder. Wie oft schon hatte sie in dieser Position verharrt, um die Strafen für all ihre kleinen Verfehlungen entgegenzunehmen? Sie wusste es nicht. Hinter ihr knarrte das Parkett. Marlene hatte David ein Zeichen gegeben, und dieser war an ihre Seite getreten. Emma schluckte. Sie versuchte, sich zu entspannen und die Beobachter zu vergessen. Sie fühlte, wie David sie um die Hüfte packte und begann, in sie einzudringen. Emma verkrampfte sich. Marlenes Mann zog sich zurück und versuchte es nach einer kurzen Pause erneut. Die Sklavin dachte daran, dass der Zapfen, den sie zuletzt getragen hatte, sicher so groß war wie das Glied, das er nachbilden sollte. Es folgte ein kurzer Moment des Schmerzes, und dann hatte sich David seinen Weg gebahnt. Marlene befahl ihm, erst vorsichtige Bewegungen auszuführen, um dann zu immer festeren Stößen überzugehen. Nach kurzer Zeit schon schlug sein Becken hart auf Emmas Lenden. Die noch ungewohnten Reize brachten sie zum Stöhnen, ja zum Schreien, doch sie hielt still und wehrte sich nicht. Als David spürte, dass er kurz vor dem Erguss stand, zog er sich aus Emma zurück. Der Druck des Spermas war fast schmerzhaft. Marlene lächelte grausam. Emma wartete reglos auf weitere Anweisungen. Sie würde sich erst aufrichten, wenn man es ihr ausdrücklich erlaubte. Doch vorerst wollte der Herr noch für einen Moment ihren Anblick genießen. Ein winziger Blutstropfen rann ihr das Bein hinunter.

Als er seine Sklavin schließlich auf den Schoß nahm, fühlte er, dass ihr Körper und selbst ihr Haar schweißnass waren. Gerührt ob ihrer Mühen und ihres Gehorsams schloss er sie in die Arme. Er wusste, dass sie nun für ihn bereit war.

13. Kapitel

Gehirne im Tank

13.1 Monadologie

Ruhelos streifte Emma durch die langen Flure des ersten Stockwerks. Gedankenversunken schritt sie auf und ab. Wieder einmal wurde sie gequält von ihren Ängsten und Zweifeln. So oft verspürte sie das Bedürfnis, sich ihrem Herrn mitzuteilen, sich ihm ganz und gar anzuvertrauen, ihm nicht nur äußerlich zu gehören, sondern ihm einen Teil ihres Inneren zu übergeben. Doch wusste sie nicht, wie solcher Wunsch realisiert werden könnte. Oft holte sie tief Luft, um etwas zu sagen, doch dann schienen ihr die Worte bedeutungslos, blasse Schatten ihrer eigentlichen Gefühle und Sehnsüchte, unfähig, ihr wahres Empfinden zu vermitteln. Zudem war sie sich der Gefühle des Herrn unsicher. Gewiss war er meist gut und gerecht zu ihr, aber sie sehnte sich danach, dass er sich ihr einmal öffnen würde, dass er ihr eine Gewissheit – wovon auch immer – zu geben vermochte. Zwar nahm sie durchaus sein mitunter auffallend unausgeglichenes Verhalten wahr, wusste es aber nicht zu deuten, zu fremd war er ihr noch.

Doch manchmal, ganz selten nur, sahen sie einander in die Augen und sprachen dabei kein Wort. Dann meinte sie, etwas bei ihm zu finden, irgendetwas. Was aber genau das war, das offenbarte sich ihr nicht. War es Zuneigung, Herablassung oder Besitzerstolz? War er ihr zugetan oder hatte er sich lediglich an ihre Anwesenheit gewöhnt?

Und sie selbst? Was fühlte sie? Wusste sie es wirklich zu benennen? Vielleicht war eine klare Kategorisierung ihrer Emotionen auch gar nicht möglich, vielleicht nicht einmal wünschenswert, denn für Emma stand fest, dass sie ihr Zuhause gefunden hatte. Oft plagten sie Verlustängste, oft fürchtete sie, der Herr könnte ihrer überdrüssig werden. Der Fall, den sie bis vor Kurzem noch für unmöglich gehalten hatte, war eingetreten: Sie wollte eine Sklavin sein, die Sklavin ihres Herrn.

Doch vielleicht würde sie sich jeder beliebigen Hand beugen, die ihr Nahrung, Strafe und sanfte Berührungen spendete? Da erschien vor ihren Augen die imaginäre Gestalt des Gebieters. »Nein«, flüsterte sie fast unhörbar, »nein, nicht jeder ....«

13.2 Sine nomine

Langsam fuhr der Herr das letzte Stück Landstraße zu seinem Anwesen hinauf. Der feste Griff ums Lenkrad war ein Anzeichen seiner Anspannung, die er täglich auf dem Heimweg verspürte. Immer hegte er die Befürchtung, Emma könnte etwas passiert sein, sie könnte versucht haben zu fliehen, oder noch Schlimmeres. Immer noch hegte er Zweifel an ihrer Zutraulichkeit, immer noch fürchtete er, sie plötzlich zu verlieren. Vielleicht hätte es ihm Erleichterung verschafft, mit ihr darüber zu sprechen, aber er konnte nicht. Er konnte es einfach nicht. Er hatte nie gelernt, seine Gefühle auszudrücken. Zudem befürchtete er, eine allzu große Offenheit könnte seinem Status schaden. Und so erstickte er fast an seiner eigenen Unsicherheit. Mitunter verhielt er sich Emma gegenüber unbeherrscht und widersprüchlich. Er reagierte hart, wenn eigentlich Verständnis angebracht wäre. Auf der anderen Seite ließ er ihr bisweilen Unarten durchgehen, die eigentlich durchaus strenge Sanktionen gerechtfertigt hätten.

So quälte auch er sich. Oft hätte er Emma gern etwas mehr von sich offenbart. Er hätte ihr gern aus seiner Vergangenheit erzählt und wollte ihr mehr sein als nur der Herr. Mitunter erregte es ihn ungemein, wenn er den Respekt und die leise Furcht der Sklavin spürte, mitunter erschrak er darüber. Dann fragte er sich, ob es vertretbar war, einen Menschen derart zu konditionieren, ihn derart zur Abhängigkeit zu erziehen. Er hatte keineswegs damit gerechnet, dass Emma so gut auf seine Erziehung ansprechen würde, wie es nun der Fall war. Er hatte eindeutig mehr Widerstand erwartet. Erst jetzt war er sich der großen Verantwortung vollkommen bewusst, Lebensmittelpunkt eines anderen Menschen darzustellen. Hatte er das wirklich gewollt? Die Verantwortung lastete schwer. Doch war er entschlossen, sie zu tragen.

Obwohl sich außer ihm keine weiteren Autofahrer auf der Straße befanden, blinkte er ordnungsgemäß, bevor er abbog und auf sein Grundstück zufuhr.

14. Kapitel

Ein Vogel

Das milde Frühjahr war einem kühlen und verregneten Sommer gewichen. Die Vorrichtung auf der Terrasse, vorgesehen für die Fixierung von Emmas Halskette, blieb weitgehend ungenutzt. In den vergangenen Wochen hatte die Sklavin große Fortschritte gemacht. So ließ der Herr ihr die Zügel nach und nach ein wenig länger. Eines Tages, als die Sonne endlich einmal mit fahlem Licht hinter den Wolken hervortrat, saß der Herr auf der Terrasse. Neben ihm lagerte Emma auf einem großen Polster, den Kopf hielt sie an seine Seite geschmiegt. Hin und wieder strich der Herr durch ihr Haar. Als er bemerkte, dass seine Sklavin langsam unruhig wurde, erlaubte er ihr, allein im Garten spazieren zu gehen. Schon mehrfach hatte sie ohne Ketten das Grundstück erkunden dürfen; stets hatte sie auf diesen Streifzügen die Nähe der Mauer gemieden. Flucht war ihr niemals in den Sinn gekommen, wovor hätte sie auch fliehen sollen?

Als Emma gemächlich über den Rasen flanierte, flog plötzlich ein kleiner Vogel neben ihr her. Das Mädchen passte das Tempo seiner Schritte dem Flug des kleinen Tieres an. Als es beschleunigte, begann Emma zu laufen und schließlich zu rennen. Der Wettkampf war bereits im Vorhinein entschieden. Nach wenigen Schritten war die Sklavin besiegt, und der Vogel schwang sich hoch in die Luft hinauf. Schon war er ihrem Blick entschwunden.

Durch die Bewegung hatte Emma ihre Körperkraft seit langem wieder gespürt. Sie spannte ihre Muskeln an und rannte und rannte. Sie fühlte sich energetisch und voll überschüssiger Stärke. Von fern, wie durch eine Nebelwand vernahm sie die Rufe ihres Herrn. Sie kehrte nicht um, sie konnte es nicht. Jeder Gedanke war ausgeschaltet, sie war nur noch Körper, Kraft und Vorwärtsdrang.

Schon war sie an der Mauer. Der Anlauf gab ihr genügend Schwung, um sich hinaufzuziehen. Keuchend setzte sie sich auf die Steine. Schwer atmend kam sie langsam wieder zu sich. Sie richtete ihren Blick in den Garten und sah ihren Gebieter mit schnellen Schritten auf sich zukommen. Am liebsten wäre er gerannt, doch er mühte sich um Beherrschung. Sein Gesicht war verzerrt von einer Mischung aus Angst und Wut, als er vor ihr stand. Ohne ein Wort zu sprechen, umklammerte er ihre Unterschenkel und riss sie hinab. Als er ihr den Arm schmerzhaft auf den Rücken drehte und sie vor sich her Richtung Wohnhaus stieß, wurde ihr klar, was sie getan hatte, und nackte Angst ergriff Besitz von ihr. Sie hatte nicht fortlaufen wollen. Sie hatte nicht bewusst gehandelt. Sie war einfach nur gelaufen und hatte sich an der Kraft ihres Körpers erfreut. Zwar hatte sie den Herrn durchaus herausfordern wollen, aber ganz sicher niemals durch Fluchtsimulation; der Preis dafür wäre zu hoch gewesen.

Der Herr öffnete die Terrassentür und schob seine Sklavin hinein. Er drehte sie zu sich und packte ihren Haarschopf mit der linken Hand. Das Mädchen ahnte, was ihm bevorstand. Er schlug ihr ins Gesicht: einmal, zweimal, zehnmal. Tränen in Emmas Augen. Als sie das erste Mal aufschluchzte, ließ er von ihr ab. Ein Geräusch an der Tür erregte seine Aufmerksamkeit. Er begegnete dem schadenfrohen Blick der Haushälterin, die das Geschehen beobachtet hatte. Er befahl Emma barsch, sich nicht von der Stelle zu rühren, und zog die Flügeltüren mit Nachdruck zusammen.

15. Kapitel

Die Strafe (1)

Emma saß auf dem Bett in ihrem Zimmer. Das war ihr befohlen worden, bis eine Entscheidung über das weitere Vorgehen getroffen wäre. Sie hatte nicht einmal den Versuch unternommen, sich zu verteidigen. Das hätte alles nur noch schlimmer gemacht. Der Herr war in seiner Fassungslosigkeit ohnehin nicht in der Lage gewesen, ihr zuzuhören.

Nachdem er sie in ihrem Zimmer eingeschlossen hatte, war er als Erstes zum Telefon geeilt, um Marlene zu verständigen. Nun saß er mit ihr im Wohnzimmer, und sie berieten über künftige Maßnahmen. Emma hatte die Hoffnung, dass Marlene, stets kühl und sachlich, beruhigend auf den Herrn einwirken würde. Dass sie jedoch auch von ihr keine Nachsicht zu erwarten hatte, war ihr nur allzu klar. Angespannt knetete sie ihre Bettdecke und biss sich die Lippen blutig. Sie wartete. Sie wusste nicht, wie lange sie hier schon saß. Es mussten Stunden sein. Irgendwann legte sie sich nieder und schlief ein.

Sie erwachte, als sie vom Korridor her Schritte und Stimmen hörte. Emma wickelte sich fester in ihre Decke und drehte sich zur Wand. Als der Herr in Begleitung Marlenes das Zimmer betrat, stellte sie sich schlafend. Der Herr rüttelte an ihrer Schulter und befahl ihr mitzukommen. Leicht benommen erhob sie sich. Beim Aufstehen wurde ihr für einen Moment schwarz vor den Augen. Doch der Herr hatte seine Sklavin fest am Oberarm gepackt und verhinderte ihr Niedersinken. Ein wenig steif vom langen Liegen tappte sie neben ihm her. Plötzlich hatte sie große Angst. Würde er sie zurückschicken? Oder an einen neuen Herrn abgeben? Sie spürte, wie ihr bei diesem Gedanken die Tränen kamen. Der Herr führte Emma in sein Arbeitszimmer. Marlene folgte ihnen und setzte sich still auf das Sofa nahe der Tür. Der Herr nahm hinter seinem Schreibtisch Platz. Emma stand vor ihm, zwischen ihnen die massive Tischplatte. Er sah sie lange an. Er betrachtete sie mit einem Ausdruck, der Trauer, Wut und Entsetzen vereinte. Seine Sklavin senkte den Blick und harrte aus. Sie konnte ohnehin nichts mehr ändern. Endlich sprach der Herr sie an:

»Emma«, sagte er, »du hattest dich so gut entwickelt. Nie – ich betone, niemals – hätte ich mit so etwas gerechnet. Für einen Moment habe ich darüber nachgedacht, dich fortzuschicken, aber ich bin auch der Auffassung, dass du noch eine Chance verdient hast. Zum anderen jedoch will ich es dir so leicht nicht machen. Du bleibst bei mir – jetzt erst recht – und wirst deine gerechte Strafe bekommen. Glaube ja nicht, dass du mir mit einer einmaligen Züchtigung davonkommst. Die folgende Zeit wird sehr unangenehm für dich werden, dessen sei dir sicher.«

Emma versuchte, Blickkontakt mit Marlene aufzunehmen, doch die fixierte beharrlich ein Gemälde an der gegenüberliegenden Wand.

Und dann legte er der Sklavin dar, was er zu tun beabsichtigte: Vormittags würde sie – nun von ihm nicht nur geduldet, sondern anbefohlen – unter Margrets Aufsicht im Haushalt arbeiten. Dabei wären ihr die unangenehmsten Aufgaben vorbehalten. Die alten Hemden, die sie gewöhnlich bei der Hausarbeit trug, würden für die kommende Zeit ihre ausschließlichen Kleidungsstücke sein. Den Nachmittag hätte sie auf ihrem Zimmer zu verbringen. Sie dürfte in dieser Zeit nur Bücher lesen, die er für sie ausgewählt hatte. Schließlich sei die Sprengkraft der Literatur keineswegs zu unterschätzen. Das Abendessen erhielte sie gemeinsam mit der Haushälterin in der Küche, um ihm anschließend vorgeführt zu werden. Erst würde er sie durchprügeln und sich dann im Gespräch von der Echtheit ihrer Reue und ihrer Besserungsabsichten überzeugen. Danach wäre er, bei entsprechendem Wohlverhalten ihrerseits, durchaus geneigt, sie noch ins Bett zu bringen, schließlich sei er kein Unmensch. Wie lange er so mit ihr verfahren würde, bliebe ungewiss. Nicht zuletzt hinge es von ihr, Emma, selbst ab. Vermittelte sie ihm den Eindruck wahrer Reue und demütiger Sanftmut, so würde es nicht allzu lange dauern. Wenn dies allerdings nicht der Fall sein sollte, dann ...

Weiter kam er nicht, denn plötzlich stand Marlene auf und verließ den Raum. Ungläubig blickte der Herr auf die Tür, die sie geräuschvoll hinter sich ins Schloss gezogen hatte.

Erregt hastete Marlene durch den Flur auf die Treppe zu. Sie hatte zuvor unter vier Augen versucht, den Herrn zu beschwichtigen. Sie hatte sich bemüht, ihm klarzumachen, dass er sich mit allzu umfassenden Strafmaßnahmen nur selbst unglücklich machen würde. Nie, da war sie sich ganz sicher, hatte Emma fliehen wollen. Das Mädchen liebte seinen Herrn über alles. Sie offenbarte ihre Gefühle auf ihre Art, zum Beispiel, wenn sie Marlene gegenüber von ihm sprach, durch ihren Gesichtsausdruck, wenn sie für ihn litt, und mit ihrem Strahlen, wenn er nach einem langen Arbeitstag nach Hause kam. Zwar war auch Marlene unklar, was in jenen Momenten im Garten in Emma gefahren sein mochte, aber das hätte man im Gespräch sicher herausbekommen können. Bisher hatte Emma zu ihrem Verhalten noch keinerlei Stellung beziehen können. Den Herrn interessierten die Gründe ihres Handelns in seiner Rage nicht, sondern nur der Umstand, dass eine bestimmte Handlung stattgefunden hatte. Marlene seufzte. Auch sie hätte eine strafende Maßnahme ergriffen, aber es wäre etwas Kurzes und Einprägsames gewesen, gefolgt von Verzeihen und erneuter Annahme des Mädchens. Sie hatte tatsächlich geglaubt, den Herrn in diesem Sinne beeinflussen zu können. Stundenlang hatte sie auf ihn eingeredet –

und nun das! Momentan konnte sie für Emma wohl leider nichts mehr tun. Aber in den kommenden Tagen würde sie erneut versuchen, eine Begnadigung zu erwirken. Als sie endlich in ihrem Auto saß und den Motor anließ, fühlte sie sich bedrückt und leer.

Nach Hause, dachte sie, *nach Hause zu David.*

16. Kapitel

Die Strafe (2)

Die folgenden Tage erlebte Emma nur im Vorbeiziehen. Sie stand wesentlich früher auf als sonst, schrubbte Böden, polierte Spiegel und sortierte Müll bis zum Mittag. Die Haushälterin richtete dabei nur das Wort an sie, wenn sie etwas zu beanstanden hatte – und wie oft war das der Fall! Von der Lustsklavin war Emma zur Arbeitssklavin gesunken. Nun befand sie sich in genau der Position, in der Margret sie von Anfang an hatte sehen wollen. Der Herr kam nicht mehr früher nach Hause, um sich ihr zu widmen. Wenn er eintraf, sah sie ihn nicht, da die Haushälterin sie auf seine Anweisung hin in ihr kleines Zimmer gesperrt hatte. Und später, nach dem eingenommenen Abendessen, wehrte er jeden Versuch zärtlicher Annäherung Emmas ab. Er schlug Emma und schimpfte mit ihr. Er wollte keine Begründungen hören, ihm reichten Entschuldigungen. Das machte die Sache einfacher, schließlich konnte sich Emma ihr Verhalten selbst nicht wirklich erklären. Und ob sie ihre diffusen Empfindungen dem Herrn hätte kommunizieren können, blieb allemal fraglich.

So zogen die Tage trostlos dahin, vierundzwanzig Stunden erschienen wie eine Ewigkeit, wie ein ganzes Leben. Die Ungewissheit war schlimm. Wie lange sollte es noch so weitergehen? Emma hatte sich mit dem Schutzmantel eines vollkommenen Stoizismus umgeben, anders hätte sie ihre Situation nicht ertragen können. So hatte sie es bereits früher getan. Doch ihre Seele blutete. Stumm schrie sie nach Ansprache und Zärtlichkeit. Nachts weinte sie oft. Gerade der Kontrast zu den vergangenen Wochen ließ ihr die Situation so unerträglich erscheinen. Sie fühlte sich verlassen. Alles schien in tiefer Dunkelheit versunken.

Emma vermisste Marlenes Gesellschaft, die Abendessen mit ihrem Herrn und überhaupt alles, was ihr Dasein in letzter Zeit bestimmt hatte. Die Vormittage erschienen ihr durch die Arbeit noch erträglich. Aber die Nachmittage, die sie allein auf ihrem Zimmer verbringen musste, würden sie irgendwann brechen: Die Stille kroch ihr ins Rückenmark und bildete dort ein Geschwür. Manchmal konnte die Stille unfassbar laut sein. Sie zerriss ihr nahezu das Trommelfell. Wenn sie auf dem Bett oder dem Stuhl saß, hatte sie mitunter das Gefühl zu fahren. Die Reglosigkeit schlug um in Schwindel. Alles wurde eins. Ruhe und Lärm, Gelähmtheit und Bewegung. Alles verschlang sich zu einem Gebilde, das sich in ihrem Kopf festsetzte, ihre Gedanken fraß und ihr Gehirn verätzte.

Emma konnte sich nicht mehr auf Geschriebenes konzentrieren. Die Lektüre der wenigen Bücher, die ihr erlaubt waren, ermüdete sie ungemein. Schon nach kurzer Zeit verschwammen die Buchstaben vor ihren Augen, und sie hätte das Buch zur Seite legen mögen, um einzuschlafen. Sie begann, den Moment herbeizusehnen, in dem sie die Schritte des Herrn auf dem Korridor hören konnte. Zwar waren die Begegnungen meist schmerzhafter Art, doch inzwischen reichte ihr die Berührung allein, gleich welcher Art. Emma sog jedes Wort ihres Herrn in sich auf, auch wenn es gegen sie gerichtet war. Oft versuchte sie, sich an ihn zu klammern, ihm Zärtlichkeiten zu entlocken – ohne Erfolg. Er schlug sie, doch inzwischen ohne Gefühl. Kein Affekt der Wut steuerte ihn mehr, sondern einzig der Wunsch, seine Sklavin angemessen zu bestrafen. So quälte er Emma keineswegs maßlos: Die Dosierung des Schmerzes war wohlüberlegt – und vielleicht gerade deshalb so kalt.

Trotz Marlenes vehementen Widerspruchs war er immer noch von der moralischen Rechtmäßigkeit seines Handelns überzeugt. Allerdings traten bei ihm in letzter Zeit vermehrt gesundheitliche

Beschwerden auf, begleitet von großer Nervosität. Irgendwann fiel ihm auf, dass diese Erscheinungen in Verbindung mit seiner häuslichen Situation standen. In einem schwachen Moment gestand er sich ein, was er im Grunde längst wusste: Die Abhängigkeit seiner Sklavin war keine einseitige. Er vermisste die Gespräche mit ihr und ihren Körper neben sich im Bett. Niemand kam auf ihn zu, wenn er aus der Stadt zurückkehrte. Letztlich hatte er sich selbst in den Käfig gesperrt, in einen Käfig aus verstocktem, festgefahrenem Prinzipiendenken, aus dem es nur noch schwer einen Ausweg gab. Und er begann, Marlenes Warnungen zu verstehen. Er würde, so hatten ihre letzten Worte gelautet, nicht nur Emmas Vertrauen, sondern auch seine eigene Glaubwürdigkeit aufs Spiel setzen. Oder er könnte bis an das Ende aller Tage so weitermachen und hätte in diesem Fall ein Menschenleben auf dem Gewissen – denn die Form, in der sich Emmas Existenz derzeit vollzog, konnte er nicht ernsthaft als Leben ansehen. Er wäre dann kein Herr mehr. Stattdessen hätte er die Verwandlung zum Tyrannen vollzogen. Marlenes Stimme hatte während ihrer Philippika eine leicht pathetische Färbung angenommen. Beim Verlassen des Raumes hatte sie sich noch einmal umgedreht: »Wenn du wieder zur Vernunft gekommen bist, dann kannst du dich ja melden. Bis dahin verschone mich bitte mit dem Wahnsinn, der in diesem Haus vor sich geht.«

Es war an einem Samstag, spätnachmittags. Der Herr saß an seinem Schreibtisch und versuchte zu arbeiten. Schon seit einiger Zeit griff er immer wieder an seine rechte Schläfe, um sie zu massieren. Er hoffte, so die Migräne lindern zu können. Aber es half nicht. Er warf den Füllfederhalter hin. Mit geballten Fäusten und zusammengekniffenen Augen saß er da. Es war ein kurzer, aber intensiver Kampf. Endlich atmete er tief durch und stand auf. Er schlug den Weg zu Emmas Zimmer ein. Es war Nachmittag. Bisher hatte er sie nur an den Abenden aufgesucht.

17. Kapitel

Borderline

Mit einem Mal trieben ihn ungeheure Ängste. Es war, als wäre er aus einer tiefen Erstarrung erwacht. Was hatte ihn nur getrieben? Wie hatte er so grausam sein können? Möglicherweise war es verletzter Stolz gewesen, der sein Handeln geleitet hatte. Oder eine abstrakte Phantasie davon, wie mit einer aufsässigen Sklavin zu verfahren sei, hatte ihm das Hirn vernebelt. Doch mit einem Mal kam er wieder zu sich. Es ging um *seine* Sklavin, um *seine* Emma, und nicht um irgendein konstruiertes Wesen, wie es sich in den zahlreichen Geschichten, die er früher so gern gelesen hatte, fand. Das hier war keine Literatur, es war Realität! Und mehr als das: Es war sein Leben. Sicher würde Emma ihm nie wieder so strahlend entgegenlaufen wie früher, nie wieder ihre Arme so vertrauensvoll um seinen Hals schlingen und nie, nie wieder ihr Gesicht so innig an seine Schulter pressen.

Er versuchte, diese plötzlichen Visionen zu unterdrücken, doch sie packten ihn hinterrücks und klammerten sich an seine Kehle. Ihm wurde schwarz vor Augen. Da stand er auch schon vor Emmas Tür. Ungeachtet des aufgelösten Zustands, in dem er sich befand, riss er die Tür auf. Überrascht, ja erschrocken flog der Blick der Sklavin in seine Richtung. Sie saß auf dem Bett und kratzte wie besessen ihre Beine. Trauer und Monotonie hatten ihr bereits seltsame Gewohnheiten beigebracht. Als sie ihren Herrn sah, ließ sie auf der Stelle von sich ab. Sie kniete nieder und senkte den Blick. Doch der Herr packte ihre Schultern und zog sie in die Höhe. Emma war auf Ohrfeigen gefasst, stattdessen wurde sie in die Arme geschlossen. Verunsichert stand sie da, steif wie ein Stock, unfähig, die Berührung zu erwidern. Sie konnte nicht glauben, wie ihr geschah. Sie rechnete damit, sich im nächsten Moment auf dem harten Dielenboden zu finden, gepeitscht und gedemütigt. Zwar hatte sie ihren Herrn oft launisch erlebt, doch ein solcher Umschwung überforderte ihr Vorstellungsvermögen. Inzwischen hatte sie sich ihrem Los ergeben. Oft glaubte sie, für ihre Verfehlung bis ans Ende aller Tage büßen zu müssen. Und doch musste sie an ihre Begnadigung glauben. Eines Tages wäre es so weit! Sie musste daran glauben – allein, um zu überleben.

Nur zu gut bemerkte er ihre Anspannung. Er ließ von ihr ab. »Emma ...«, setzte er an, und griff ungeschickt nach ihrer Hand. Am liebsten hätte er geweint, nur ein Rest von Vernunft und Selbstbeherrschung ermöglichten ihm, das notwendige Rollenspiel aufrechtzuerhalten. Er musste so tun, als ob er, vollkommen überzeugt von seinem Handeln, seiner Sklavin nun verziehen habe und die gerechte Bestrafung beenden wolle.

Konzentriert beobachtete Emma ihren Gebieter. Sie versuchte, seine Körpersprache zu interpretieren. Sie spielte im Geiste die Möglichkeit einer Vergebung – oder zumindest Begnadigung – durch. Daran klammerte sie sich, wie an einen Strohhalm. Gleichzeitig fürchtete sie eine abgrundtiefe Enttäuschung. Erneut betrachtete sie ihren Herrn. Langsam, ganz langsam erfasste sie nun, dass er offenbar wieder einmal mit einem extremen Stimmungsumschwung zu kämpfen hatte, diesmal anscheinend wahrhaft zu ihren Gunsten. Das Mädchen begriff, dass es nur eine, nur eine einzige Möglichkeit gab, aus dem leidvollen Zustand herauszutreten: Sie musste ihren Herrn in seinem verzweifelten Versuch, Souveränität zu wahren, bestätigen. Sie musste seine Rolle des überlegenen, gnädigen Gebieters durch die der reumütigen Untergebenen ergänzen. Sie durfte sich keinesfalls anmerken lassen, dass sie seine Verzweiflung und Fassungslosigkeit durchschaut hatte. Und so sank sie vor ihm nieder, bat ihn unter Tränen um Verzeihung und küsste emphatisch die ihr dargebotene Hand, sein Zeichen der Vergebung.

Es fiel Emma nicht leicht, diesen – so plötzlichen – Bruch mit zu vollziehen. Schon nahm der Herr ihre gewohnte Kleidung aus dem Spind, schon wartete er darauf, dass sie sich das graue Hemd, welches sie während der Exekutionszeit ständig getragen hatte, vom Leib reißen würde. Es ging alles zu schnell. Eben noch gequälte Delinquentin, jetzt wieder angenommen als braves kleines Mädchen, als Sklavin, als Lustdienerin. Emma seufzte leise. Während sie sich anzog, saß der Herr neben ihr auf dem Bett. Unablässig strich er dabei durch ihre Haare und redete auf sie ein.

»Eine Reise«, sagte er, »eine Reise wäre jetzt sicher das Richtige. Emma, wir fahren weg. Nur du und ich. Du wirst lernen, mir wieder als Sklavin anzugehören und manchmal vielleicht sogar als Frau an meiner Seite.« Bei sich dachte er, dass sie sich solch temporäre Absage an die Routinen des Alltags beide verdient hatten. Glücklich über diesen Einfall wie ein Kind, das ein Geschenk erhalten hat, führte er Emma aus dem Zimmer. Dabei summte er die unendlich klagende Melodie der Mignon: *Kennst du das Land, wo die Zitronen blühn?* In Gedanken dichtete er den Schlussvers um. Das sehnsüchtige *Dahin! Dahin möcht' ich mit dir, o mein Beschützer, ziehn,* wurde bei ihm zu einem *möcht' ich mit dir, o mein Gebieter, ziehn.*

Italien, dachte er, *nach Italien!*

18. Kapitel

Zitronen und Goldorangen

Souverän steuerte der Herr den Wagen durch die Schweizer Berge. Nach einer Übernachtung in Freiburg näherten sie sich heute dem Ziel, einem kleinen Dorf im Norden Italiens. Hier gedachte der Herr mit Emma eine unbestimmte Zeit zu verweilen, getrieben von der Hoffnung, seine Sklavin möge die letzten Wochen vergessen und sich ihm erneut – und stärker als zuvor – annähern. Emma saß neben ihm. Brav hielt sie ihre Beine in geöffneter Stellung. Der Herr hatte bereits seit geraumer Zeit die Hand auf ihr Knie gelegt. Es schien, als müsste er sich der physischen Gegenwart seiner Sklavin permanent vergewissern. Noch immer gab es Momente, in denen er kaum glauben konnte, dass ihm Emma nach wie vor loyal ergeben war. Doch so verhielt es sich tatsächlich. Nach ihrer Strafe hatte sie ein übergroßes Zärtlichkeitsbedürfnis entwickelt. Wann immer der Herr es erlaubte, drückte sie sich fest an ihn und presste ihr Gesicht an seine Brust. Vielleicht empfand sie in einem der hintersten Winkel ihres Herzens auch Zorn oder Enttäuschung. Doch Gefühle solcher Art wurden verdrängt von dem allzu deutlichen Bewusstsein, wie gut sie es mit ihrem Herrn und ihrem Zuhause trotz allem getroffen hatte. Es war lebensnotwendig für sie, hiermit ihren Frieden zu schließen. Und so wurde sie wieder zu dem braven Mädchen, das sie vor jenen schrecklichen Ereignissen gewesen war – von Tag zu Tag ein wenig mehr.

Die Sonne stand schon hoch am Himmel. Der Herr legte ein zügiges Tempo vor. Im Verlauf des Nachmittags wollte er in der kleinen Pension eintreffen, in der er für sich und Emma ein Zimmer hatte reservieren lassen. Plötzlich legte Emma ihre kleine Hand auf seine. Scheu sah sie ihn von der Seite an. Er erwiderte ihren Blick mit einem sanften Lächeln. Wie glücklich konnte er sich schätzen, solch ein wunderbares Eigentum für sich allein beanspruchen zu dürfen!

Bald erreichten sie die italienische Grenze. *Ligurien*, dachte der Herr, *endlich!* In etwa drei Stunden würden sie ihr Ziel erreicht haben. Emma schien nun zu schlafen. Das Fahren strengte sie an. Des Öfteren hatte der Herr einen Rastplatz ansteuern müssen, um voller Mitgefühl seine leichenblasse Emma zu betrachten. Ihm selbst war der Fluch der Reisekrankheit bislang erspart geblieben.

Nach einiger Zeit wechselte der Herr von der Autobahn auf die Landstraße. Die Umgebung trug nun deutlich mediterrane Züge. Die Farben des Südens – hatte Emma sie je gesehen? Der Boden leuchtete matt in hellem Ocker, das vertrocknete Gras in olivgrünen Schattierungen. Die Häuser, die hin und wieder am Wegesrand auftauchten, waren in pudrigem Rosa gehalten, in sattem Kontrast dazu die Fensterläden in Chromdioxyd. Räudige Katzen räkelten sich in der Sonne.

Der Herr hatte Imperia, eine mittelgroße Stadt, bereits hinter sich gelassen. Bei Diano Marina lenkte er den Wagen schließlich in die Berge. In etwa zwanzig Minuten würden sie Deglio Feraldi erreicht haben, ein Dorf mit der überschaubaren Anzahl von ungefähr einhundert Einwohnern. Obwohl hier nahezu die gesamte Bürgerschaft der katholischen Kirche angehörte, wählte weit über die Hälfte kommunistisch. Wahrscheinlich bestand hier ein Zusammenhang mit der Tradition dieser Bergregion: Einst hatten sich hier Partisanen verborgen gehalten. Konzentriert fuhr der Herr durch die engen Serpentinen. Trotz aller Vorsicht warf er einen Blick zur Seite. Emma schlief. Einige Minuten vergingen, bis der Herr den Wagen endlich auf dem Dorfplatz vor der Kirche parkte. Sanft berührte er seine Beifahrerin an der Schulter. »Aufwachen, kleine Sklavin«, sagte er, »wir sind da.«

19. Kapitel

Neues und Altes

Das Zimmer war klein, aber freundlich. Emma genoss die kühle Luft im Haus. Trotz der vorangeschrittenen Uhrzeit hatte die Sonne noch nichts von ihrer Kraft verloren. Erschöpft setzte sich Emma auf das große Doppelbett aus gebürstetem Eisen. Die bedruckte Überdecke war vom vielen Waschen verblichen. Anmutig verschlungen rankte sich ein Muster aus Heckenrosen über den Stoff. Rechts in der Ecke stand ein Tisch mit zwei Stühlen. Doch vermutlich würde man sich nicht allzu oft im Zimmer aufhalten. Besonders die große überdachte Terrasse vor dem bäuerlich anmutenden Haus hatte es Emma angetan. Hier luden Schaukelstühle aus Rattan zum müßigen Verweilen ein. Der Herr sprach noch mit den Wirtsleuten. Nachdem er mit seinen Versuchen auf Englisch gescheitert war, hatte er es mit einigen italienischen Versatzstücken probiert. Zwar war es möglich, so die wichtigsten Formalien zu klären, doch an eine wirkliche Unterhaltungen war nicht zu denken. Emma hatte daraufhin leise geseufzt und sich zurückgezogen. Insgeheim war es ihre Hoffnung gewesen, auch einmal auf andere Menschen zu treffen, ein Stück alltägliche Welt zu erleben, das ihr bisher verschlossen geblieben war.

Als der Herr das Zimmer betrat, erhob Emma sich augenblicklich. Sie rechnete nicht damit, dass durch eine Ortsveränderung die zu Hause geltenden Regeln abgemildert wurden – zumindest, solange keine Zuschauer zu entdecken waren. Doch als sie niederknien wollte, winkte der Herr ab. Auch er schien müde zu sein.

»Pack erst einmal deinen Koffer aus«, sagte er. »Außerdem möchtest du dich sicher frisch machen. Danach können wir uns zum Abendessen setzen. Und vielleicht hast du später noch Kraft für einen kleinen Spaziergang.«

Als Emma ihre Sachen in den Schrank räumte, dachte sie zum ersten Mal seit langer Zeit über Bekleidungsfragen nach. Ihre Garderobe war wenig umfangreich. Zu Hause trug sie meist Röcke, die leicht hochzuschlagen waren, und Oberteile, die kaum verdeckten, was sie nicht verhüllen sollten. All ihre Kleidungsstücke waren schwarz. Das war unkompliziert in der Kombination und passte zudem zu den silbernen Reifen, die sie inzwischen um den Hals und die Handgelenke tragen durfte. Doch hier konnte sie sich so nicht zeigen. Zu groß die Gefahr, dass sie mit ihrer nahezu uniformartigen Kleidung auffiele. Vor Reiseantritt war sie darum mit Marlene zum Einkaufen in die Stadt gefahren – was sich als schwieriges Unterfangen erwiesen hatte. Eigentlich wollte Emma nichts anderes tragen. Sie führte nun einmal kein normales Leben. Und so empfand sie normale Kleidung als einen Fremdkörper, als Element aus einer anderen Welt, das nichts mit ihr zu tun hatte. Nur selten bekam sie Altersgenossinnen zu Gesicht. Marlene hatte ihr vieles gezeigt und mit einer unerschöpflichen Geduld immer neue Vorschläge gemacht. Aber Emma war unbeteiligt geblieben. Sie konnte nicht sagen, ob ihr dieses besser gefiel oder jenes. Sie hatte nie die Chance erhalten, einen eigenen Geschmack auszubilden. Darum war die Entscheidung allein Marlene überlassen worden, der es Freude machte, Kleidungsstücke für die rund zwanzig Jahre jüngere Emma auszuwählen – Kleidungsstücke, die sie selbst nicht mehr tragen konnte.

Als Emma nach Beendigung ihrer Toilette aus dem Badezimmer zurückgekehrt war, dachte sie einige Minuten nach, um dann ein knöchellanges Sommerkleid aus luftigem Stoff zu wählen. Das Kleid hatte Spaghettiträger und betonte Emmas kleine Brüste. In der Taille wurde es weiter und umspielte locker die

Beine. Sein Grundton war von tiefem Rotviolett, verziert mit Blumen in einer helleren Schattierung derselben Farbe. Mit den locker aufgesteckten Haaren sah Emma romantisch und altmodisch aus, wie aus einer anderen Zeit. Ihr Blick in den Spiegel verriet Unsicherheit. Sie wusste nicht, wie hübsch sie aussah. Der Herr beobachtete sie unauffällig.

Glücklicherweise, dachte er, *ist sie sich ihrer Wirkung nicht bewusst*. Er wollte dafür sorgen, dass es vorerst so blieb. Gewiss würde seine kleine Sklavin die Aufmerksamkeit der Männer auf sich ziehen.

20. Kapitel

Fremde voreinander

Beim Abendessen, das auf der Terrasse eingenommen wurde, ließ es sich der Herr nicht nehmen, Emma Wein aus der Karaffe einzuschenken. Bisher hatte sie ihn bei Tisch bedienen müssen, wenn auch nicht immer. Für ihre Bedürfnisse hatte sie dagegen stets selbst zu sorgen. War es die ungewohnte Umgebung, die den Herrn dazu verführte, Gewohnheiten und Regeln aufzubrechen? Vielleicht trug auch die mediterrane Atmosphäre dazu bei, der doch oft ein Hauch Beschwingtheit und Leichtigkeit innewohnt? So sprach der Herr dem Wein auch in stärkerer Weise zu als an der heimischen Tafel. Während sie noch auf die Speisen warteten, hatte er die Karaffe nahezu allein geleert. Emma wunderte sich, kannte sie ihren Gebieter doch in diesen Dingen ausschließlich im Zustand exorbitanter Kasteiung. Sie selbst trank nur wenig. Sie vertrug ohnehin keine starken Getränke, und gerade jetzt erschien es ihr besser, einen klaren Kopf zu behalten.

Nach schmackhaften Antipasti wurde gegrillter Fisch serviert, der auf einem Kräuterbett ruhte. Doch wie Emma den Fisch auf ihrem Teller ansah, da wurde ihr mit einem Mal klar, dass die Fische, die sie vorhin in dem Aquarium im Speisesaal bewundert hatte, nicht zur Zierde gedacht waren. Einen Moment lang kämpfte sie mit Übelkeit. Aber sie zwang das Bild vor ihren Augen nieder und erlegte den Fisch mit energischem Gabelstich zum zweiten Mal. Wie schon so oft dachte sie darüber nach, wie wenig sie von dieser Welt wusste.

Vom großen Tisch am anderen Ende der Terrasse wehten immer wieder Lachsalven und Gesprächsfetzen zu ihnen herüber. Emma verstand kein Italienisch, einzig die ständig wiederkehrende Formulierung ›i communisti‹ verriet ihr, dass es um ein politisches Thema ging.

Und selbst wenn sie deutsch sprächen, dachte Emma traurig, *könnte ich nichts dazu beitragen, denn ich habe auch hiervon keine Ahnung*. Und eine unbestimmte Sehnsucht ergriff von ihr Besitz, eine diffuse vitalistische Gier nach Leben. Sie fühlte, dass der Blick des Herrn auf ihr ruhte. Rasch verabschiedete sie sich von ihren Gedanken und wandte ihm ihre Aufmerksamkeit erneut zu. Nur eine leise Wehmut flackerte noch für einen Moment in ihrer Seele.

Sanft und wohlgestimmt von der reichhaltigen Mahlzeit lächelte der Herr Emma an. Sein Blick war schon ein wenig glasig. Seine Nervosität hatte er nun durch erhöhten Alkoholkonsum zu beschwichtigen gesucht, doch ohne Erfolg. Hier konnte er Emma gegenüber nicht so leicht auf gewohnte Verhaltensmuster zurückgreifen. In der veränderten Umgebung fühlte er seine Autorität in Frage gestellt. Hier konnte er nicht so leicht die zwischen ihnen etablierten Rituale und Methoden zur Geltung bringen. Völlig unbewaffnet – geradezu nackt – stand er, der Gebieter, vor seiner Sklavin. Auch ihr verändertes Äußeres trug dazu bei, die Selbstverständlichkeit, mit der er ansonsten anordnete und befahl, in Frage zu stellen. Vor ihm stand kein uniformiertes Wesen mit Hundehalsband oder Sklavenreifen als Manifestation der Unterordnung, sondern eine junge, hübsche – und augenscheinlich freie – Frau, wie sie ihm im täglichen Leben ständig auf der Straße begegneten.

Vielleicht war es ein Fehler, hierherzukommen, überlegte er, während er Emma ansah. Gleichzeitig jedoch erregte ihn die Fremdheit und Andersartigkeit, in der er sie gerade wahrnahm, aufs Äußerste. Und plötzlich überkam ihn ein Gefühl der Ruhe, das von seinem Körper und seinem Geist gleichermaßen Besitz ergriff. *Nach alldem, was in letzter Zeit geschehen ist*, dachte er, *kann ich mir ihrer sicher sein.* Als sie schließlich zu fortgeschrittener Stunde ihr Zimmer aufsuchten, bot er ihr galant den Arm. Hätte ein Fremder ihnen zugesehen, so hätte er sie für ein ganz normales Liebes- oder Ehepaar halten mögen. Das Äußere jedoch sagt oft nur wenig über das Wesen eines Verhältnisses. Der Herr hing gerade ganz anderen, für Außenstehende sicher bizarren Phantasien nach – und Emma erst recht.

21. Kapitel

Ausflug zum Strand

Das Doppelbett hatte eine durchgehende Matratze. Das war dem Herrn am Nachmittag nicht aufgefallen. Doch mehr als vor dem gestörten Schlaf fürchtete er sich vor einer allzu großen Nähe zu seiner Sklavin. Wenn sie zu Hause bei ihm schlief, so war ihr Platz am Fußende seiner riesigen Bettstatt, die einer gepolsterten Insel glich. Hier würden sie dagegen völlig ungeschützt nebeneinander liegen müssen; zu gering der Platz, Emma guten Gewissens in die gewohnte Position zu verweisen. Hoffentlich würde es ihm gelingen, sein Unbehagen zu verbergen.

Als Emma aus dem Bad zurückkehrte, trug sie nur ein schwarzes Spitzenunterhemd und ein winziges Höschen. Ihr Haar, das sie vorhin aufgesteckt hatte, bauschte sich nun um das schmale Gesicht. Er fand sie hinreißend und ärgerte sich, dass es ihm zunehmend schwerer fiel, eine überlegene Distanz zu bewahren, wie es nun einmal zu seinem Rollenverständnis gehörte. Gleichzeitig jedoch genoss er es, sich den sinnlichen Eindrücken hinzugeben. So schliefen beide friedlich nebeneinander ein.

Am nächsten Tag wurden sie schon früh durch die Sonne geweckt. Emma sprang sofort aus dem Bett, der Herr erhob sich einige Minuten später – ein wenig benommen von den Genüssen des letzten Abends. Das Frühstück erwies sich als ausnehmend karg; es bestand lediglich aus trockenem Weißbrot, Butter und Marmelade, deren Rot eine Nuance zu hell strahlte. Der Kaffee allerdings war hervorragend. Emma konnte es kaum erwarten, das Meer zu sehen. So beluden sie nach dem Frühstück das Auto mit Badesachen und Proviant. Dem Herrn war nicht ganz wohl bei dem Gedanken, die Serpentinen abwärts zu fahren: zu eng die

Straße, als dass zwei Autos ungehindert hätten aneinander vorbeimanövrieren können. Kam tatsächlich einmal Gegenverkehr, so musste derjenige, der abwärts fuhr, seinen Wagen rückwärts in eine der Haltebuchten steuern, die in bestimmten Abständen den Wegesrand kurvig werden ließen. Als sie heil auf der Landstraße am Fuße des Berges angekommen waren, empfand der Herr eine große Erleichterung. Noch ein oder zwei Abfahrten, dann würde es ihm zur Selbstverständlichkeit geworden sein.

Emma hatte seine Nervosität nicht bemerkt. Der Blick aus dem Fenster hatte ihre Aufmerksamkeit zu sehr in Anspruch genommen. Olivenhaine säumten den Weg, und in weiter, weiter Ferne glitzerte tiefblau das Meer. Der Herr legte eine CD ein und trat auf das Gaspedal. Emma lachte; ihre Haare flogen im Wind.

Nach kurzer Zeit parkte der Herr den Wagen am Straßenrand. Linker Hand stieg das Gebirge unvermittelt steil an: zerklüftete Felsen in stahlgrauem Ton, hier und dort vertrocknete Gewächse. Rechts ein direkter Abfall bis hinunter zum Fels- und Kieselstrand. Die Fauna wurde hier reichhaltiger, aber das meiste war verdorrt und vertrocknet von der sengenden Hitze des Sommers. Sie mussten klettern, um den Strand zu erreichen. Der Herr wollte Emma behilflich sein, doch die erwies sich als ausnehmend geschickt. Wenn sie auszurutschen drohte, ging sie in die Knie und nahm die Hände zu Hilfe. Behände wie ein Äffchen turnte sie in Windeseile den Abhang hinab. Der Herr folgte ihr langsam.

Der Strand enttäuschte Emma; sie hatte gehofft, im Sand liegen zu können. Stattdessen gab es hier schwarze Kiesel und Felsen. Wohlweislich hatte der Herr dicke Matten mitgenommen, so konnten sie dennoch bequem Platz nehmen. Gegen die Sonne schützte ein Schirm. Außerdem cremte der Herr Emmas Körper vollständig mit Sonnenlotion ein. Emma war nackt. Ihre Bräune würde nicht von Bikinistreifen durchbrochen werden. Der Herr fand es für sich selbst standesgemäßer, eine Badehose zu tragen.

Emma richtete ihre Aufmerksamkeit auf die anderen Badegäste, die ausnahmslos männlich waren und auffallend gut aussahen. Alle waren vollkommen unbekleidet. Während Emma die Männer betrachtete, wurde ihr klar, dass dies eine geschlossene Gesellschaft war, der sie selbst und ihr Herr nicht angehören konnten. Letzterer lag neben ihr auf der Matte und hatte nichts bemerkt.

Trotzdem ist das hier öffentliches Gelände, dachte Emma, *jeder darf hier liegen.* Allerdings entgingen ihr das Tuscheln und die irritierten Blicke nicht. Da jedoch weiter nichts geschah, schloss sie die Augen. Als sie sie einige Zeit später wieder öffnete, hatten sich unweit von ihrem Lager drei Männer postiert, die Emma und ihren Gebieter provozierend ansahen. Der eine von ihnen massierte, mit einem Arm aufgestützt auf der Seite liegend, ungeniert seine Genitalien. Frech grinste Emma ihn an. Der Mann grinste zurück. Beide betrachteten sie nun den Herrn, der, nichts ahnend von den Vorgängen um ihn herum, im Wirtschaftsteil seiner Zeitung blätterte. Emma lächelte still in sich hinein.

22. Kapitel

Und wieder wird es Abend

Es war später Nachmittag, als der Herr und Emma in ihr Bergdomizil zurückkehrten. Emma war müde von der körperlichen Anstrengung des Schwimmens. Kaum hatten sie ihr Zimmer betreten, da sank Emma erschöpft auf das Bett nieder. Sie hatte sich trotz steiniger Meeresböschung getraut, in die kühlen Fluten zu steigen. Mit kraftvollen Zügen war sie hinausgeschwommen, bis hin zu einem Felsen, der sich dunkel aus dem Wasser bäumte. Geschickt hatte sie ihn trotz rutschigen Schlicks und schlüpfriger Algen, die an den Seiten klebten, erklommen. Der Herr hatte ihr dabei zugesehen. Emmas zarter Körper im Kampf mit der archaischen Materie war ein zu reizvoller Anblick gewesen. Unauffällig hatte er einige Fotoaufnahmen gemacht. Emma sollte hiervon nichts merken, seine Sklavin war bereits ein wenig eitel geworden.

Immer wieder hatte Emma das Meer aufgesucht; grenzenlos schien ihre Sehnsucht nach dem Gefühl des Wassers auf der Haut. Leise hatte der Herr geseufzt. Verbarg sich hierin eine unbewusste Sehnsucht nach Freiheit? Doch als er Emmas Lachen gehört, ihr zufriedenes Gesicht nach jedem Bad gesehen und die Freude gespürt hatte, mit der sie sich ihm stets erneut zugewandt hatte, da drängte er die Sorgen in den hintersten Winkel seines Gehirns. Emma besuchte wahrscheinlich zum ersten Mal in ihrem Leben einen Strand, wie sollte sie da nicht unersättlich sein. Und so hatte er ihr nur lächelnd durch die nassen Haare gestrichen.

Nach zwei Stunden der Ruhe erwachte Emma um sieben Uhr erfrischt und unternehmungslustig. Die Sonne hatte sich zurückgezogen, und so war die Luft angenehm temperiert, ohne durch

Kühle frösteln zu lassen. Sowohl der Herr als auch Emma waren sehr hungrig. Der Herr schlug Emma vor, die Befriedigung der elementaren Bedürfnisse mit einem Spaziergang zu verbinden. Er führte sie in ein nahe gelegenes Dorf, höher in das Gebirge hinauf. Auf der Terrasse eines kleinen Gasthofes ließen sie sich nieder. Sie mussten noch ein wenig warten. Nach einiger Zeit bevölkerten immer mehr Einheimische die noch freien Plätze. Bald wurden die ersten Speisen aufgetragen. Es gab kein Menü à la carte, sondern es wurden immer neue Köstlichkeiten gereicht, und jeder nahm, wonach es ihn gelüstete. Auf die Austern verzichtete Emma. Nicht, dass sie um ihre Gesundheit gebangt hätte, doch sie bevorzugte kräftige Speisen, die einen würzigen Duft verströmten. Das gegrillte Lammfleisch entsprach ihrem Geschmack dabei sehr. Der Herr jedoch liebte Austern. Er häufte reichlich auf seinen Teller und verzehrte sie mit Genuss. Erstaunt sah ihm Emma zu. Als die Nachspeisen kredenzt wurden, war es bereits dunkel. Man zündete Kerzen in Windlichtern aus Glas an. In dem warmen Schein, der von ihnen ausging, erschien Emma ihrem Herrn noch liebreizender als sonst.

Plötzlich legte sie die Serviette nieder, stand auf und trat an die Balustrade. Jenseits der Terrasse ging es steil bergab. Die Aussicht musste bei Tag atemberaubend sein. In der Dunkelheit wirkte das Gebirge monumental, beinahe bedrohlich auf Emma. Sie wickelte ihr Tuch fester um die Schultern. Morgen würden die Olivenhaine wieder sanft und freundlich sein. Der Herr trat neben sie und berührte ihren Arm. Er fühlte eine leichte Gänsehaut und zog das Mädchen wärmend an sich. Hand in Hand nahmen sie den Weg zurück nach Deglio Feraldi.

Als sie den Dorfplatz erreicht hatten, fesselte der Anblick der kleinen Kirche Emmas Aufmerksamkeit: Durch eine entsprechende Illumination leuchtete es grün aus den Öffnungen des Glockenturms. Fledermäuse umschwirrten das Gebäude. Sie waren riesig. Emma konnte ihre Schwingen sehen, die exorbitante Ausmaße aufwiesen. Aus der Ferne schrie ein Käuzchen. Die Szene hatte eine gespenstische Anmutung. Die Palmen waren nur noch schemenhaft zu erkennen. Wieder kreischte das Käuzchen. *Eulen*, dachte Emma, *die Nächte im Kerker* ... Sie umkrallte die Hand des Herrn fester. Verstört zog sie ihn weg. Als sie die Pension erreicht hatten, beruhigte sie sich. Ihr Herz schlug wieder regelmäßig. Der Herr hatte ihre Aufwallung gespürt. Als sie gemeinsam im Bett lagen, schlief Emma schließlich vollkommen entspannt neben ihm ein.

23. Kapitel

Eine unruhige Nacht

Obwohl es Vollmond war, schlief Emma tief und fest. Der bewegte Tag hatte sie ermüdet und der Rotwein, den sie zum Essen genossen, sein Übriges getan. So erwachte sie auch nicht, als der Herr sich erhob und den Raum verließ. Eilig begab er sich ins Badezimmer. Er fror und schwitzte gleichzeitig. Ein plötzlich auftretender Schwindel ließ ihn nach dem Türrahmen greifen. Vorsichtig tastete er sich bis zum Rand der Badewanne vor. Seine Übelkeit war so stark, dass er nicht nachzuhelfen brauchte. Es ging schnell, und als der Anfall vorüber war, meinte er zunächst, Linderung zu verspüren. Schweißnass und zitternd legte er sich wieder ins Bett. Schon bald musste er erkennen, dass dies nur der Auftakt gewesen war. Er verfluchte sich für seine Gier, mit der er die Austern verschlungen hatte. Eine andere Ursache kam nicht in Betracht, von allem anderen hatte auch Emma gekostet. *Gott sei Dank,* dachte er. Bereits den Gedanken, Emma derart leiden zu sehen, konnte er nicht ertragen.

Schwer ging sein Atem. Er rang nach Luft. Ihm war, als stünde sein Puls still. Die Angst kroch in ihm hoch. Unwillkürlich fasste er nach seinem Herzen. Es schlug. Solch eine Vergiftung war nicht lebensgefährlich, das wusste er. Trotzdem dachte er darüber nach, einen Notarzt zu rufen. Inzwischen war auch Emma erwacht. Als sie das Bett neben sich leer gefunden hatte, war sie aufgestanden und auf den Flur hinausgetreten. Durch die Bodenritze der Badezimmertür sickerte Licht. Entschlossen drückte sie auf die Klinke. Als sie sah, wie ihr Herr sich quälte, meinte sie selbst, einen großen Schmerz zu fühlen. Sie konnte nur ratlos seinen Krämpfen beiwohnen und seine kraftlose Hand halten. Wie viel lieber wäre es ihr gewesen, sie würde an seiner Stelle sein. Dann wäre sie die Geschwächte, Leidende gewesen, und er der Starke, Souveräne. Er hätte sie gehalten und gewusst, was zu tun ist. So meinte Emma jedenfalls in diesem Moment. Sie konnte den Herrn nur bitten, einsichtig zu sein und einen Arzt zu rufen. Doch das wollte dieser nicht.

So verbrachten beide eine unruhige Nacht. Immer wieder schleppte er sich schwer ins Bad. Die so charakteristische Gliedersteife hatte von seinem Körper Besitz ergriffen. Stöhnend kehrte er jedes Mal wieder zurück. An Schlaf war nicht mehr zu denken. Emma legte ihm feuchte Tücher auf die Stirn und rieb seine Arme kühl ab. Als bereits der Morgen graute, fielen beide in einen unruhigen, oberflächlichen Schlaf. Gegen neun Uhr – die Sonne schien bereits durch ins Zimmer – erhob sich Emma. Sie konnte morgens nie lange liegen bleiben. Auf Zehenspitzen schlich sie durchs Zimmer. Der Herr schien endlich ein wenig Ruhe gefunden zu haben.

Allein saß Emma nun auf der Veranda. Sie trank Kaffee mit Milch und knabberte an einem Marmeladenbrot. Die anderen Gäste sahen von Zeit zu Zeit verstohlen zu der jungen Frau hinüber. Einige wisperten miteinander. Der eine oder andere mochte sich schon des Öfteren die Frage gestellt haben, in welchem Verhältnis das Mädchen und ihr deutlich älterer Begleiter wohl stehen mochten. Vermutlich hatten die meisten auf Ehepartner plädiert. Vielleicht beneidete der Mann am Tisch dort drüben den Herrn um die junge, frische Begleiterin. Möglicherweise neidete seine Frau Emma die offensichtliche Sorglosigkeit. Hatte zuvor die kühle Autorität des Herrn allzu aufdringliche Blicke verhindert, so war Emma nun der allgemeinen Neugier ausgeliefert.

Kaum hatte sie ihren Kaffee getrunken, erhob sie sich und floh die Treppe hinauf. Vor dem gemeinsamen Zimmer blieb sie erst stehen und lauschte einen Moment. Schlief ihr Gebieter noch?

Dann klopfte sie vorsichtig an. Nachdem sie ein leises »Herein« vernommen hatte, trat sie ein. Der Herr saß aufrecht mit einem Kissen im Rücken an das Betthaupt gelehnt. Blass lächelte er Emma zu. Es schien ihm ein wenig besser zu gehen. Erleichtert trat Emma neben ihn. Sie setzte sich und ergriff seine Hand. Schwach fuhr er ihr über das Gesicht. »Kleine Sklavin«, sagte er, »zwar fühle ich mich besser, doch heute wirst du dich allein amüsieren müssen. Aufstehen kann ich noch nicht.« Unhörbar seufzte Emma. Sie dachte an das Frühstück. Auf dem Zimmer wollte sie nicht bleiben, zu sehr lockte die Sonne. Doch einen Spaziergang allein in die Berge wollte sie nicht wagen. Zum einen wollte sie in der Nähe bleiben. Vielleicht würde der Herr ihrer Hilfe bedürfen? Zum anderen hätte er auch niemals eingewilligt, sie allein in der Einöde umherstreifen zu lassen. Und so griff sie nach dem dicken Buch auf dem Nachttisch.

Sieben Jahre auf einem Berg, dachte Emma, *das wollte ich nicht*. Noch nicht einmal sieben Tage waren sie hier auf diesem warmen, glühenden Berg. Und sieben Wochen würde sie gewiss brauchen, um die Lektüre, die ihr der Herr so sehr ans Herz gelegt hatte, zu bewältigen.

24. Kapitel

Neue Bekanntschaften

Auf der Terrasse setzte sich Emma in einen der Schaukelstühle, die ihr schon bei der Ankunft so gefallen hatten. Sie bestellte einen Kaffee und wandte ihre Aufmerksamkeit schließlich dem Buch zu. Schon nach kurzer Zeit war sie in den Text vertieft, und die Welt um sie herum versank.

Als Emma schließlich aufsah, wusste sie nicht, wie viel Zeit vergangen war, wie lange sie bereits hier saß. Die Sonne brannte. Doch im Schatten der überdachten Veranda ließ es sich angenehm ruhen. Der Kellner stellte ihr lächelnd eine Flasche Wasser auf den Tisch. Die stille junge Frau gefiel ihm gut. Er meinte oft, eine leichte Schwermut an ihr zu bemerken, gepaart mit einer rätselhaften Distanz alltäglichen Dingen gegenüber. Manchmal dachte er darüber nach, wie wohl ihr Alltag aussehen möge. Emma sah ihn dankbar an. Sie bemerkte selbst, dass sie zu wenig Flüssigkeit aufnahm; an südliche Temperaturen war sie nicht gewöhnt. Ihre Augen suchten die Stelle, an der sie aufgehört hatte zu lesen. Die kleine Schrift strengte sie an. Irgendwann begann sie unruhig zu werden. Zwar hatte der Herr sie nicht rufen lassen. Dennoch wollte sie nach ihm sehen, vielleicht würde er ihre Gesellschaft als angenehme Ablenkung empfinden. Sie stand auf und wandte sich dem Eingang zu. Da bemerkte sie, dass sie nicht mehr allein war. Am anderen Ende der Veranda saß eine junge Frau, ungefähr in ihrem Alter. Emma starrte sie an. Wie lange schon hatte sie nicht mehr mit Gleichaltrigen gesprochen? Und wie lange war es her, dass sie Kontakte zu Menschen außerhalb ihrer kleinen Welt gepflegt hatte? Das Mädchen erschien Emma als ein Wesen, entsprungen einer fremden Galaxie. Mit ausgestreckten Beinen saß die Beobachtete, klein und von schlanker Gestalt, auf einer alten Gartenliege. Ihr Haar war von der Farbe frischer Kastanien, leicht gebräunt ihr Gesicht. Sie trug ein ausgeblichenes T-Shirt in einem hellen Türkis, um den Hals mehrere dünne Ketten aus Glasperlen. Die verwaschene Jeans, die durch einen schlichten Ledergürtel gehalten wurde, hatte sie bis über die Knie hochgekrempelt. Auf dem Schoß hielt sie ein Notebook, auf dessen Tasten sie konzentriert tippte.

Zögernd trat Emma auf sie zu. Sie wusste, dass es unvernünftig war, aber Neugier und Faszination waren zu groß. Von der jungen Frau ging ein regelrechter Sog aus, dem Emma sich nahezu willenlos ausgeliefert fühlte. Etwa zwei Meter vor ihrer Liege blieb sie stehen. Emma war barfuß, ihre Schritte daher fast ohne Geräusch. Sie räusperte sich. Ein leises ›Hallo‹ kam über ihre Lippen. In dem Moment fiel ihr ein, dass es gut sein konnte, dass ihr Gegenüber anderer Nationalität sein konnte als sie. Emma konnte kaum Englisch – geschweige denn andere Sprachen. Das Mädchen hob den Kopf. Erstaunt, aber freundlich sah sie Emma an.

»Hallo«, entgegnete sie. Emma rang nach Luft. Über die der Begrüßung folgenden Konversationsmöglichkeiten hatte sie nicht nachgedacht. Sie zögerte einen Moment.

»Ich bin Emma«, sagte sie dann. »Ich habe dich hier noch nie gesehen. Bist du heute angekommen?«

»Ich heiße Kira. Angekommen bin ich gestern Nacht, du kannst mich also noch gar nicht gesehen haben.«

»Mit wem bist du hier?«, fragte Emma.

»Ich bin allein«, entgegnete Kira. »Bin getrampt. Endlich mal Urlaub, raus aus der Stadt, habe ich wirklich gebraucht. Und du?«

Emma zögerte. »Ich bin mit meinem Freund hier«, erklärte sie schließlich. Was blieb ihr auch anderes übrig? Kira nickte.

»Schön«, sagte sie und ihre Augen hefteten sich an einen Punkt hinter Emmas Rücken.

»Ist er das?« Sie deutete mit dem Kinn Richtung Eingang. Emma drehte sich um. In der Tür stand der Herr und schien auf sie zu warten.

»Es tut mir leid, Kira, ich muss gehen«, brachte Emma leicht atemlos hervor. Und mit dem stolzesten und zugleich traurigsten Blick, den Kira je gesehen hatte, drehte Emma sich um und ging auf den Herrn zu. Verwundert schaute Kira ihr nach. In ihrem Inneren regte sich Neid.

25. Kapitel

Die Beobachtung

Der Herr fühlte sich besser. Als er das Zimmer verließ, hatte er vorgehabt, Emma zu einem kleinen Spaziergang abzuholen. Er sehnte sich nach ein wenig Bewegung, trotz der Hitze. Der Rücken schmerzte vom langen Liegen. Erstaunt sah er, dass Emma offensichtlich eine Bekanntschaft gemacht hatte, noch dazu ein Mädchen ihres Alters. Zunächst regte sich spontanes Missfallen. Doch im Grunde hatte es ihn schon lange gewundert, Emma nie nach gleichaltriger Gesellschaft fragen zu hören. Sie hing an Marlene – doch Marlene konnte ihr keine gleichgestellte Freundin sein. Zwar behandelte sie Emma mit liebenswürdiger Herzlichkeit, aber das durfte nicht darüber hinwegtäuschen, dass sie letztendlich die Herrin und Emma die Sklavin war. Im Zweifelsfalle hatte sie alle Rechte über das Mädchen, auch wenn es in letzter Instanz natürlich er, der Besitzer, war, der entschied.

Der Herr wollte Emma nicht verbieten, Kontakte zu knüpfen. Er fürchtete, anderenfalls unnötigen Trotz herauszufordern. Nicht zuletzt hielt er es für eine gute Übung, wenn sie lernte, mit bestimmten Situationen in der Außenwelt umzugehen. Die Angst, seine Sklavin könnte versuchen, ihm zu entfliehen, war verschwunden – oder jedenfalls beinahe. Ein kleiner Nebelstreif zog hin und wieder durch die Klarheit seiner Gefühle und lichtete sich in Momenten wie gerade diesem: Emma kam strahlend auf ihn zu. Nicht einen Blick warf sie über die Schulter auf die zurückgelassene Gesprächspartnerin.

Mehrere Tage vergingen. Mit jedem neuen Morgen wurde der Herr ein bisschen kräftiger. Schon bald suchte er wieder mit Emma den Strand auf, schon bald unternahm er mit ihr an den kühlen Abenden Autofahrten in die umliegenden Orte. Dort aßen sie und spazierten die Strandpromenaden entlang. Wenn der Herr einmal in einer ruhigen Minute seine Empfindungen und unterschwelligen Gedanken prüfte, so musste er eingestehen, dass er nicht ganz grundlos versuchte, sich mit Emma möglichst wenig in der Pension aufzuhalten. Denn auf der Terrasse saß nahezu von früh bis spät Kira. Sie las oder kritzelte in ein dickes Notizbuch. Sie hämmerte auf die Tasten ihres Laptops ein oder döste mit Kopfhörern vor sich hin. Soweit der Herr es beobachten konnte, entfernte sie sich nur, um spazieren zu gehen, und abends fuhr sie hin und wieder mit einem jungen Hotelangestellten, der Feierabend hatte, auf seiner Vespa hinunter in den nächsten größeren Ort. Weiß der Himmel, wie sie des Nachts wieder herauf gelangte! Denn am anderen Morgen saß sie meist schon früh mit einer Tasse Kaffee und einem Hörnchen auf der Veranda. Zwar zog sie sich bisweilen auf ihr Zimmer zurück, aber dennoch: Diese Person war entschieden zu präsent, und Emma begann, über sie nachzudenken, das ahnte er.

Der Herr musste schließlich registrieren, dass Kira und deren möglicher Alltag zum Hauptgegenstand der Gedankenwelt Emmas avancierte.

»Was meinen Sie, was sie da immer schreibt?«, fragte Emma.

»Emma, ich weiß es nicht. Von mir aus frag sie danach«, entgegnete er.

»Woher sie wohl kommt?«, überlegte Emma laut.

»Ach Emma«, seufzte der Herr. Er erkannte die Berechtigung an, mit der Emma sich einem gleichaltrigen Geschöpf aus einer anderen Welt zuwandte, und wusste, dass Zwang und Verbote eine solche Anteilnahme nie vollkommen beseitigen konnten. Zudem musste er erkennen, dass die Fremde auch seine Vorstellungskraft beflügelte. Ob sie wohl glücklich war? Was würde sie sagen, wenn sie die Wahrheit über Emma und ihn erfahren würde?

Das würde man vielleicht nie erfahren. Aber wenigstens wollte er Emma eindringlich vor Augen führen, dass er sich über die Motive ihrer Neugier bewusst war. Sie sollte begreifen, dass er ihr nichts verbieten wollte, aber sie sollte auch die Risiken abwägen, die sich für den Schutz ihrer Privatsphäre aus einer näheren Bekanntschaft ergeben würden. Und vor allem sollte sie lernen, sich die Vorzüge ihres eigenen Status gegenüber dem Kiras zu vergegenwärtigen.

Am darauffolgenden Tag fuhr der Herr mit Emma am Vormittag nach Imperia, um Einkäufe zu erledigen. Die Stadt lag ungefähr eine Autostunde entfernt. Als sie am frühen Nachmittag in die Bergpension zurückkehrten, fühlte Emma sich erschöpft von der Hitze. Sie legte sich in das gemeinsame Bett, nackt, nur bedeckt von einem dünnen Laken. Der Herr hatte zunächst mit der Tageszeitung und einem Espresso auf der Veranda Platz genommen. Dort lagerte schon – wie stets – Kira mit ihren Heften und Stiften. Nach ein paar Minuten nahm er über seine Zeitung blinzelnd wahr, dass die junge Frau ihre Sachen zusammenraffte und hineinging. Kurz darauf kam sie mit einem Handtuch zurück, nickte dem Herrn beiläufig zu und überquerte die Terrasse. Sie schlug den Weg nach links ein, der sich direkt steil in die Berge hinaufschlängelte. Der Herr kannte die Umgebung. Eigentlich gab es nur einen Ort, den er anhand des mitgeführten Handtuchs als Ziel vermuten konnte. Er wartete, bis Kira aus seinem Blickfeld verschwunden war. Dann legte er die Zeitung nieder, stand auf und folgte ihr.

26. Kapitel

Der Bergsee

Seine Ahnung hatte nicht getrogen. Er hatte Kira genau dort gefunden, wo er sie vermutet hatte. Vorsicht hatte ihn geleitet, sie konnte ihn nicht bemerkt haben. Als die junge Frau zurückkehrte, saß er längst wieder lesend in seinem Rattansessel.

Auch am nächsten Tag zog Kira mit ihrem Handtuch los. Sie schien eine neue Gewohnheit zu entwickeln. Dem Herrn war es nur recht. Emma hatte sich wieder hingelegt. Es tat ihr gut, mittags zu ruhen. Dafür saßen sie an den Abenden umso länger im Freien. Als Kira, ihr Handtuch schwingend, des Weges kam, wartete er kurz ab, bis sie außer Sichtweite war. Dann stand er auf. Ohne Hast begab er sich auf das gemeinsame Zimmer. Emma schlief nicht fest. Sie döste lediglich mit geschlossenen Augen vor sich hin. Eine leichte Brise bauschte die Vorhänge vor dem geöffneten Fenster.

»Emma«, sprach er sie an, »bitte steh auf und komm mit. Ich möchte dir etwas zeigen.« Verwundert, doch ohne zu widersprechen, erhob sich das Mädchen. Auf der schmalen Treppe ging der Herr voran. Sie folgte ihm, ohne zu wissen, was sie erwarten würde.

Der Herr steuerte den Weg in die Berge an und fasste Emma an der Hand. Nach einigen Minuten – Emma kletterte nun hinter ihrem Herrn her – war aus nicht allzu weiter Entfernung das Rauschen eines Wasserfalls zu hören. Beinahe hatten sie den kleinen Bergsee erreicht. Um zu ihm zu gelangen, hätte man nun sicher zwanzig Meter steil hinabklettern müssen. Der Herr jedoch hielt Emma vom Rand zurück. Stattdessen umrundete er mit ihr die natürliche Ausschachtung und führte sie an die Stelle, von der aus der Wasserfall in die Tiefe brauste. Von hier konnte man den gesamten See aus der Vogelperspektive überblicken. Anstatt den Blick auf die Naturgewalt zu genießen, zog der Herr seine Sklavin zunächst hinter einem Felsbrocken zu Boden.

»Wenn du gleich hinunterschaust, dann gib acht, dass Kira dich nicht sieht. Sie badet dort unten im eisigen Wasser. Ich möchte, dass du versuchst, dich in sie hineinzuversetzen. Stell dir vor, du wärest sie. Stell es dir ganz fest vor: Du bist Kira. Und dann will ich deine Assoziationen hören. Lass dich einfach fallen, Emma, lass dich treiben.« Seine letzten Worte flüsterte er in nahezu hypnotisierendem Tonfall.

Emma lugte über den Felsen. Sie hätte auch aufstehen können, Kira konnte sie von unten nicht bemerken. Das Tosen des Wasserfalls hätte ihnen sogar ein normales Gespräch ermöglicht. Kira saß nackt am Rande des Gewässers. Ihr Haar war noch trocken und leuchtete dunkelrot in der Sonne. Offensichtlich war sie noch gar nicht im Wasser gewesen. Doch plötzlich stand sie auf. Sie breitete ihre Arme aus und streckte vorsichtig einen Fuß in den See. Sofort zog sie ihn wieder zurück, es musste eiskalt sein. Nach mehreren zaghaften Anläufen begann Kira, vorsichtig in das Gewässer zu waten. Als sie bis zur Hüfte darin stand, schien sie plötzlich den Boden zu verlieren. Sie warf sich nach vorn und schwamm. Trotz der Hitze überzog Emma bereits beim Zusehen eine Gänsehaut.

Kiras Zuschauerin hatte das Geschehen gebannt verfolgt. Tatsächlich hatte Emma die Welt um sich herum vergessen.

»Kalt«, sagte sie. »Oh, wie muss es kalt sein. Alle Glieder werden ihr erfrieren. Und dann kommt sie aus dem See. Da wird niemand sein, der sie in ein Handtuch wickelt und wieder aufwärmt. Sie wird sich allein trocknen müssen. Nur die Sonne kann sie wärmen.«

Emma hielt einen Moment inne. Der Herr betrachtete sie unauffällig von der Seite. Das Geschehen schien die Entwicklung zu nehmen, die er sich davon versprochen hatte.

»Allein«, versetzte Emma. »Sie ist allein im kalten Wasser. Sie ist überhaupt immer allein. Ob sie den ganzen Tag nicht spricht? Ob sie mit sich selber spricht? Was tut sie abends? Mit wem isst sie? Mit wem lacht sie?«

Inzwischen hatte Kira wieder Grund unter den Füßen. Die Wassertemperatur des Bergsees erlaubte auch nur ein kurzes Bad. Doch bevor das Mädchen endgültig aus den Fluten stieg, fing sie auf einmal an, ekstatisch auf und ab zu springen. Sie schaufelte Wasser mit den Händen, dass es nur so spritzte. Wild schüttelte sie ihr Haupt. Die Haare flogen ihr um den Kopf. Tropfen spritzten. Ein Jauchzen schwoll aus ihrer Kehle. Sie wähnte sich vollkommen unbeobachtet, so viel war gewiss.

»Frei«, rief Emma, ohne selbst zu merken, wie sie ihre Stimme hob. Mit einem Ruck wandte sie ihr Gesicht. Nun blickte sie dem Herrn direkt in die Augen. »Sie ist frei, sie kann tun und lassen, was sie will, wann sie es will und wie sie es will!«

Der Herr fasste nach Emmas Schultern. »Ja, Emma«, sagte er, »das mag sein. Aber das ist nicht alles. Erinnere dich an deine allerersten Äußerungen: Kälte und Einsamkeit.«

»Kalt, frei, allein«, rief Emma. Sie wirkte wie in Trance. »Kalt, frei, allein«, wiederholte sie.

»Emma«, sprach der Herr sie direkt an, ihre Schultern fester packend. »Ihr Leben mag dir zunächst frei erscheinen – und aufregend –, aber du kannst dir gewiss sein: Sie zahlt einen hohen Preis. Und mehr noch: Ihre Freiheit ist Zwang. Sie ist in ihr Dasein geworfen, sie kann ihm nicht entfliehen. Sie wird viele Sorgen haben, die du dir nie machen musstest. In vielen Dingen hast du, meine Emma, keine Wahl.«

Für einen ganz kleinen Augenblick war die Stimme des Herrn fast zärtlich geworden.

»Aber Kira auch nicht. Sie darf nicht nur entscheiden, sondern muss es: täglich, stündlich, vielleicht noch öfter. Eine fundamentale Ungeborgenheit in der Welt – das ist ihr Fluch! Emma, würdest du mit ihr tauschen wollen? Würdest du so leben wollen?«

Seine Sklavin hatte inzwischen den Blick zu Boden gesenkt. Er hob ihr Kinn und zwang sie, ihn anzusehen. Sie legte ihre Hände auf seine. Stumm schüttelte sie den Kopf.

27. Kapitel

Meditationen

Die Tage hatten eine Monotonie erhalten, die sie zu Anfang des Aufenthalts entbehrt hatten. Der Herr nannte es Gleichmäßigkeit. Endlich fand er die Ruhe, die er brauchte, um seinen Arbeitsalltag vollkommen zu vergessen. Doch er ahnte, dass Emma bald beginnen würde, sich zu langweilen – insbesondere da die Beobachtung Kiras für sie jene anfänglich starke Faszination verloren zu haben schien. Die Mädchen grüßten sich und tauschten einige belanglose Worte, mehr nicht. Zudem schien Kira zunehmend in ihre Tätigkeiten vertieft. Ohne ihr Notebook sah man sie höchstens bei den Mahlzeiten. *Vermutlich nimmt sie es auch mit ins Bett*, dachte Emma mit leichtem Schaudern. Wie gut hatte sie es doch dagegen.

Am Vormittag unternahmen der Herr und seine Sklavin stets einen Ausflug mit dem Auto zu den nahe gelegenen Küstenorten. Sie machten Besorgungen und Spaziergänge, suchten die kühle Luft alter Kirchen auf und genossen das Treiben in den Straßen. Meist ließen sie sich irgendwo zu einem Imbiss nieder und fuhren daraufhin zurück in die Berge. Emma pflegte ihre Mittagsruhe, und der Herr gab sich auf der Terrasse der Lektüre deutscher Zeitungen hin. Mitunter begegnete ihm Kira, die mit ihrem Handtuch vorbeischlenderte. Nachdem Emma sich erhoben hatte, fuhren sie zum Baden an den Strand. Abends im Hotel duschte Emma ausgiebig und machte sich für das Abendessen – im Hotel oder an der Küste – bereit. Danach saßen sie bisweilen noch ein wenig im Freien. Doch meist suchten sie schon früh ihr Zimmer auf.

Der frühe Nachmittag war für den Herrn die friedlichste Zeit des Tages. Während Emma ruhte, verbrachte der Herr besinnliche Momente. So sehr er die Gesellschaft seiner Sklavin schätzte, so sehr genoss er es, auch einmal allein zu sein. Und Emma erging es gewiss ebenso. Umso schöner war es dann, sich zu nachmittäglichen Unternehmungen erneut zusammenzufinden. Mitunter kam es vor, dass der Herr die Zeitung beiseite legte und seine Gedanken auf die Reise schickte. Er dachte über sein Leben nach, über Emma, über sein Leben mit Emma. Er wusste durchaus, dass das Mädchen manches vermisste; möglicherweise zeigten sich ihm bestimmte Mängel mit größerer Evidenz als ihr selbst, denn Emmas Abhängigkeit ließ sie sicher manches verdrängen. Manchmal musste er lächeln. Sie war so anspruchslos. Wenn er liebevoll mit ihr umging und sie spüren ließ, wie viel sie ihm bedeutete, war sie mit sich und der Welt im Einklang. So schien es jedenfalls. Aber kaum, dass sie wieder zu Hause wären, würde Emma erneut viel allein sein. Selbst wenn er seine Arbeit daheim verrichtete, konnte er sich nicht allzu viel mit Emma beschäftigen. Und so begann er ernsthaft, über Möglichkeiten nachzudenken, diese Situation grundlegend zu verändern. Ja, er hatte sogar schon eine Idee. Doch ob sein Anliegen zu verwirklichen wäre? Je öfter er Kira mit ihrem Handtuch, mit ihrem Notebook, mit ihren Heften und Stiften sah, desto dringlicher wurde sein Anliegen. Eines Nachmittags – sie wollte gerade ihren gewohnten Weg in die Berge nehmen –, da stand er auf und sprach sie an.

28. Kapitel

Veränderungen

Die Tage reihten sich aneinander wie identische Perlen auf einer Schnur – schön und glänzend eine jede, aber hatte man eine gesehen, so erübrigte sich die genaue Betrachtung der übrigen. Tatsächlich dachte Emma nun des Öfteren an die Heimat, an Marlene und sogar an Margret. Mitunter sehnte sie kühlere Temperaturen herbei. Und auch der Herr ertappte sich hin und wieder dabei, dass er sich Gedanken um sein Anwesen machte. Zudem kam beruflich ein größeres Projekt auf ihn zu. Er konnte die Gedanken an die noch zu treffenden Vorbereitungen nicht mehr lange verdrängen. Und so kam er mit Emma in vollkommener Übereinstimmung zu dem Entschluss, bald abzureisen. Einige wenige Tage würden ihnen noch bleiben, die sie müßig und, was Emma anging, im Gegensatz zur häuslichen Situation, doch recht disziplinlos verbringen würden. Der Herr hoffte sehr, dass dieser Urlaub in der Außenwelt Emma nicht all ihre kleinen und größeren Pflichten hatte vergessen lassen, auf deren Einhaltung hier, mit Rücksicht auf die Öffentlichkeit, verzichtet werden musste. Seiner Sklavin hingegen wurde nach der langen Zeit der Entwöhnung ihr eigener Körper bereits fremd. Sie spürte ihn nicht mehr. Er begann zu schwinden, er begann sich aufzulösen. Kein Brennen, keine Striemen und keine blauen Flecken erinnerten sie an dessen Leiblichkeit. Sie fühlte sich fremd in ihm und unwohl.

Und so fiel beiden der Abschied von Deglio Feraldi, vom Meer und vom Gebirge nicht so schwer, wie sie befürchtet hatten.

Nach Hause, dachte Emma mit leuchtenden Augen. *Wir fahren nach Hause*. Doch in ihre Vorfreude mischte sich auch ein unterschwelliges Gefühl der Angst, das ihr nicht vollständig ins Bewusstsein drang: Würde sie sich wieder in ihren Alltag einfinden können? Wie würde der Herr sich ihr gegenüber verhalten? Sie hatten nun längere Zeit wie ein unauffälliges Paar miteinander verkehrt. Zwar gab es hin und wieder einen Blick, eine Geste oder auch nur ihrer beider Gedanken, die eine grundsätzliche Spannung aktualisierten, doch auf jede Form sichtbarer Manifestation ihres Beziehungsmodus hatten sie verzichtet. Würde der Herr nun meinen, durch vermehrte Strenge seine alte Autorität restituieren zu müssen? Emma warf ihm einen unsicheren Blick zu. Was würde sie daheim erwarten? Würde sie sich einsam fühlen? Ob Margret ihr immer noch so feindlich gesinnt war? Ihre Anspannung löste sich erst, als sie im Auto saßen. Der Wind zerzauste Emma durchs geöffnete Fenster die Haare. Bei lauter Musik brausten sie über die Landstraße Richtung Norden.

29. Kapitel

Interludium

Nach einer Weile erreichten sie die Autobahn. Gleichmäßig fuhr der Herr dahin. Wenn der Weg derart ungehindert fortgesetzt werden konnte, dann würden sie bereits zu Mittag die Schweizer Grenze erreicht haben. Und nachdem der Herr den Wagen einige Zeit in ruhigem Tempo auf derselben Fahrbahn gehalten hatte, glitt Emma in den Schlaf hinüber.

Emma lag daheim im Garten an der Kette. Zwar verfügte sie über einen Bewegungsradius von mehreren Metern, und es war ihr gestattet, sich auf einer weichen Decke bequem auszustrecken, doch war sie fixiert wie ein Hund – daran änderte auch die Erlaubnis, sich durch Lektüre zu zerstreuen, nichts. Irgendwann hatte die Sklavin das Buch beiseite gelegt. Sie wechselte ihre Stellung und drehte sich auf den Rücken. Mit angezogenen Beinen lag sie auf ihrer Decke, ihr Blick richtete sich himmelwärts. Es war windstill, und so verharrten die Wolken bewegungslos in ihrer Position am Firmament. Nur einige Vögel lockerten die vollkommene Ruhe der Himmelsszenerie auf. Doch was war das? Zunächst meinte Emma, es mit einem riesigen Vogel zu tun zu haben, der sich auffallend langsam näherte. Doch dann senkte das Wesen seine Bahn. Unaufhörlich und dem Boden relativ nahe bewegte es sich auf Emma zu, die ihrem Blick kaum traute. Es war Kira. Kira, der kleine weißgefiederte Flügelchen aus dem Rücken gewachsen waren, schwebte gemächlich nieder. Und im selben Tempo vor ihr – Emma zwinkerte mehrmals, doch der Anblick änderte sich nicht – begleitete sie ihr Notebook, auf dem sie emsig tippte. Lässig und ohne ihre Flugbahn zu unterbrechen, winkte sie Emma einmal kurz zu. Dann entschwand sie – so unauffällig und selbstverständlich, wie sie gekommen war.

Als der Herr beim Wechseln der Spur ein scharfes Ausweichmanöver vollführen musste, drückte ein anderer Fahrer auf die Hupe, wovon Emma erwachte.

30. Kapitel

Die Heimkehr

Es war kalt und regnerisch, als sie zu Hause ankamen. Dem Sommer, der doch dem Kalender zufolge noch immer währte, gefiel es, sich als Herbst zu maskieren. Ein frischer Wind strich durch die hohen Bäume vor dem Haus. Der Herr und seine Sklavin trugen zusammen alle Gepäckstücke hinein, der Herr die schweren und Emma die leichten. Das Haus wirkte fremd und kalt. Es roch seltsam. Emma nahm Platz auf einem Sessel in der Eingangshalle. Sie wollte kurz ausruhen, bevor sie den Koffer auf ihr Zimmer bringen würde. Der Herr hatte erklärt, er müsse kurz in die Stadt fahren, um Lebensmittel für die kommenden Tage einzukaufen. Emma wunderte sich. Hatte Margret das nicht getan? Es war doch immer alles an Ort und Stelle, ohne dass sich der Herr selbst darum kümmerte.

Nachdem Emma ihre Kleidung ausgepackt hatte – sie warf alles in die Wäsche, so lang waren sie unterwegs gewesen –, begab sie sich in die Küche, um Margret zu begrüßen. Sie wusste, dass der Herr es erwartete, dass sie sich ihr gegenüber, der gegenseitigen Antipathie zum Trotz, höflich und respektvoll verhielt.

Als sie die Küche betrat, traf sie dort niemanden an. Suchend wanderte sie durch alle Räume und schaute in den Garten. Kein Mensch weit und breit. Was den Gärtner anging, so gab ihr seine Abwesenheit keine Rätsel auf: Er gehörte nicht wirklich zur Hausgemeinschaft und kam nur stundenweise, je nach Bedarf. Für Margret jedoch war das Haus des Herrn auch ihr Zuhause. Wo war sie?

Schon bald hörte Emma das Auto ihres Gebieters auf dem Kiesrondell halten. Sie lief hinaus. Gemeinsam brachten sie Tüten und

Getränkekisten in die Küche. Als der Herr sich anschickte, die Vorräte zu verstauen, konnte Emma nicht mehr an sich halten:

»Wo ist Margret?«, fragte sie. Der Herr legte den Käse beiseite und wandte sich ihr zu. Er schien einen Moment zu zögern. Schließlich setzte er sich auf einen Stuhl.

»Emma«, sagte er, »ich weiß, dass Margret dir gegenüber immer Vorbehalte hatte – und das aus verschiedenen Gründen.« Seine Mundwinkel verzogen sich fast unmerklich. »Natürlich konntest du ihr deshalb nie mit wirklicher Sympathie, gar mit Vertrauen begegnen, wie ich es mir ursprünglich gewünscht hatte. Und auch ich habe unter diesen Spannungen gelitten. Darum habe ich Margret ...«, er stockte, »nun ja, sie war auch schon älter, und darum habe ich sie in Rente geschickt.« Emma sah ihn an. Sie begriff, was geschehen war. Und mit einem Mal packte sie die Angst:

»Bin ich nun hier ganz allein, wenn Sie nicht da sind?« In Italien hatte sie gegen Ende des Aufenthalts begonnen, den Herrn zu duzen – jedenfalls in der Öffentlichkeit. Doch die Atmosphäre ihres Zuhauses ließ sie automatisch wieder in die alten Riten zurückfallen.

»Es ist nur für ein paar Tage, Emma. Wir werden schon etwas finden. Ich habe bereits eine Idee. Und ich verspreche dir, es wird besser als früher. Ja, ich denke sogar, du könntest Gefallen an meiner Lösung finden. Und bis dahin sollte vielleicht Marlene des Öfteren vorbeikommen.«

Marlene. Emma hatte zwar häufig an sie gedacht und ihr auch Karten geschrieben, aber sie war so erfüllt von all den neuen Eindrücken gewesen, dass sie nur hin und wieder ein Gefühl des Mangels verspürt hatte. Und auch das war schnell durch irgendeine Ablenkung verwischt worden. Doch nun fühlte sie sich von einer Woge der Sehnsucht nahezu niedergerissen.

»Wann werde ich sie sehen?«, fragte Emma.

»Wenn du es möchtest, frage ich, ob wir sie morgen Abend besuchen können«, entgegnete der Herr. Er ging in sein Arbeitszimmer, um zu telefonieren. Als er wiederkam, nickte er Emma zu. »Sie freut sich, uns morgen zum Essen zu sehen. Wir werden um 19 Uhr losfahren. Ich möchte, dass du dein Halsband anlegst und dich vollkommen schwarz kleidest.« Das Halsband. Wie lange hatte Emma es nicht mehr getragen! Als sie später allein auf ihrem Zimmer war, berührten ihre Finger das schwarze Leder, das, vom ständigen Tragen geschmeidig geworden, sich der Form ihres Halses immer mehr angeschmiegt hatte. Sie trat vor den Spiegel und legte es um. Ja, da war er wieder, der gewohnte Anblick. Sie ging zu ihrer Kommode und nahm die Manschetten für Arme und Beine heraus. Nachdem sie alles ordnungsgemäß befestigt hatte, setzte sie sich auf das Bett. Erst jetzt fühlte sie sich richtig zu Hause.

Aber etwas fehlte noch. Als Emma am folgenden Abend mit ihrem Herrn zu Marlene fuhr, trug sie unter dem Rock nur einen Strumpfhaltergürtel mit dünnen, glänzenden Strümpfen. Sie spürte ihr nacktes Fleisch kaum. Nichts tat ihr weh. Unzufrieden hatte sie zu Hause über die Schulter im Spiegel ihre makellose Haut betrachtet. Inzwischen gierte sie regelrecht nach der Peitsche, auch wenn sie das nicht wahrhaben wollte. Sie verstand sich oft selbst nicht. Wenn es so weit war, dass sie gezüchtigt wurde, dann schrie und weinte sie. Sie hätte in diesen Momenten alles darum gegeben, dass die ihr unerträglich scheinenden Schmerzen aussetzen würden. Manchmal bettelte sie um Gnade – die man ihr gewährte oder auch nicht, je nachdem wie stark ihre Peitschenmale bereits ausgeprägt waren. Doch hinterher, nach Beendigung aller Qualen, war es für sie umso süßer, je härter sie vorher malträtiert worden war. Und wenn die Zeichnung zu verblassen begann, dauerte es nicht lange, und sie sehnte sich aufs Neue nach der Tortur.

So hoffte Emma sehr, dass man sich nach dem Essen mit ihr befassen würde. Sie spielte sogar mit dem Gedanken einer kleinen Provokation oder Frechheit. Aber das war nicht notwendig. David, Marlenes Mann, hatte ein einfaches und dennoch deliziöses Mahl serviert. Er kochte wirklich hervorragend. Nach dem Espresso richtete der Herr seinen Blick auf Emma, die daraufhin errötete und ein wenig in sich zusammensackte. Fast hätte der Herr gelächelt. Er genoss die Vorstellung des Kommenden. Und er war sich der Wünsche, Sehnsüchte – und Ängste – seiner Sklavin gewiss. Er stand auf und bedeutete Emma mit einer Geste, dass sie dasselbe zu tun habe. Marlene erhob sich ebenfalls.

»Emma«, sprach der Herr, »was jetzt kommt, wird mir ganz sicher nicht mehr wehtun als dir. Im Gegenteil: Ich werde mich an deinem Anblick weiden, und deine Schreie werden mich verzaubern. Zieh dich aus.«

Emma schauderte leicht. Ihr Unterleib zog sich zusammen vor Furcht und vor Wollust. Am liebsten hätte sie ihre Kleider heruntergerissen und auf den Boden geworfen. Doch sie besann sich und legte alles ordentlich auf einen Sessel, so, wie sie es gelernt hatte. Marlene nahm sie am Arm. Ihre langen Fingernägel bohrten sich in Emmas Fleisch. Sie führte das Mädchen zur Wand, an der es sich mit erhobenen Armen abstützte. Der Herr rückte einen Sessel so, dass er eine günstige Perspektive aufs Geschehen einnehmen konnte. Genussvoll schwenkte er sein Cognacglas.

Marlene schien erregt, hatte sie doch lange auf Emmas Fleisch verzichten müssen. Sie begann mit leichten Peitschenschlägen, ging aber schnell zu stärkeren über. Schon bald holte sie weit aus und schlug fest zu. Emma schrie. Emma brüllte und weinte. Ihre Haut färbte sich schnell. In der nächsten Zeit würde sie eine Zeichnung in allen nur erdenklichen Farbschattierungen tragen. Marlene legte die Peitsche nieder und nahm eine dünne Reitgerte zur Hand. Emma wand sich wie ein Aal. Bei jedem Schlag, der ihre Haut verbrannte, schrie sie auf oder schluchzte geräuschvoll. Man musste sie schließlich mittels der Vorrichtungen fixieren, die in der dicken Wohnzimmerwand eingelassen waren. Irgendwann setzten die Schläge aus. Emma war schweißgebadet. Ihr Körper suchte Halt an der Wand. Sie keuchte und zog die Nase hoch. Der Herr stand auf. Gemeinsam mit Marlene öffnete er die Haken. Seine Sklavin sank ihm entgegen. Er nahm sie in die Arme und hob sie hoch. Er küsste sie, während Marlene mit kühlen Händen über die geschundenen Hautpartien strich. Emmas Tränen des Schmerzes waren versiegt. Die Tränen, die sie nun vergoss, waren einem Gefühl der Überwältigung und der Enthobenheit einer immensen Anspannung gewidmet – und nicht zuletzt einem tiefen Glücksempfinden.

31. Kapitel

Engel

Am nächsten Morgen verließ der Herr das Haus schon früh, um zur Arbeit zu fahren. Emma hatte ihm an Margrets Stelle das Frühstück bereitet. Sie hatte ein wenig Mühe mit dem Aufstehen gehabt, der gestrige Abend hatte sie sehr erschöpft. Gern hätte sie sich noch ein wenig der Ruhe hingegeben, aber die Anordnungen des Herrn waren eindeutig. Zudem erfüllte es sie mit Genugtuung, eine Aufgabe zu haben. Als sie sich zur gemeinsamen Mahlzeit niederließen, phantasierte sie, sie sei die Ehegattin und Verwalterin des Anwesens. Während sie noch vor sich hinträumte, musste der Herr bereits aufbrechen. Er gab ihr noch einige Instruktionen, dann verließ er das Haus. Emma hörte, wie er den Motor startete.

Sie war noch nie für längere Zeit allein in ihrem Heim gewesen. Sie wusste nicht, was sie tun sollte. Früher hatte Margret ihr oft Hausarbeit zugewiesen, und Emma hatte stets angenommen, dass dies im Wissen und nach dem Wunsche des Herrn geschah. Nun streifte sie ziellos durch die Räume. Es war ihr erlaubt worden, den Garten zu betreten. Aber der graue Himmel lud nicht dazu ein, im Freien zu verweilen. Emma versuchte zu lesen. Doch sie konnte sich nicht wirklich in ihr Buch vertiefen. Irgendwo im Haus raschelte und knisterte es ständig. Das war ihr vorher nie aufgefallen. Vielleicht waren es aber auch Geräusche, die sie selbst verursachte. Zwar verspürte sie gegen Mittag durchaus ein Gefühl des Hungers, doch der rechte Appetit fehlte. Eine Zeitlang stocherte sie missgelaunt auf ihrem Teller herum, dann schob sie ihn weg. Immerhin konnte sie einmal so lange in der Badewanne liegen, wie sie wollte. Immer wieder ließ sie heißes Wasser nach und fügte Schaumbad hinzu. Anschließend bettete sie sich auf das Sofa im Salon. Erschöpft vom Nichtstun schlief sie ein. Das Geräusch von Ledersohlen auf dem Steinfußboden ließ sie irgendwann hochfahren. Sie drehte sich um. In der Wohnzimmertür stand der Herr. Emma sprang auf und lief ihm entgegen. Mit einem Anflug von schlechtem Gewissen schloss er seine Sklavin in die Arme. Heute war er besonders lange fort gewesen. Emma war froh, endlich das Abendessen richten zu können. So hatte sie wenigstens etwas zu tun. Darüber hinaus genoss sie es, sich damit für ihren Herrn besondere Mühe zu geben. Sie wollte ihm zeigen, wie sehr sie ihn vermisst hatte. Schon bald nahmen beide an dem großen Tisch im Esszimmer Platz. Kerzen tauchten den Raum in ein sanftes Licht. Der Herr hatte eine Flasche Wein geöffnet. Tiefrot schimmerte er in den Gläsern. Emma liebte diesen Anblick.

»Nun, Emma«, hob der Herr an, »ich brauche dich wohl kaum zu fragen, wie du den Tag verbracht hast. Es war für mich von vornherein klar, dass dies nicht zum Dauerzustand werden darf. Und heute ist es mir auch gelungen, die Pläne, die ich schon früh gefasst hatte, in die Wege zu leiten.«

Emma sah auf. Sie wollte etwas sagen.

»Nein«, fiel der Herr ein, »sprich jetzt nicht. Ich habe etwas vorbereitet, eine Überraschung für dich. Du wirst schon sehen. Ein paar Tage allerdings werden bis dahin noch ins Land ziehen. Das eine oder andere hier wird sich verändern, aber ich denke, es wird ganz in deinem Sinne sein.«

Die nächsten Tage verbrachte Emma in Unruhe. Die Ankündigungen des Herrn beschäftigten sie. Was würde geschehen? Mitunter erhielt sie während seiner Abwesenheit Besuch von Marlene. Sie schien eingeweiht zu sein, den Plan zumindest in seinen groben Zügen zu kennen. Doch auch sie wollte Emma nichts verraten. Und dann war es plötzlich so weit: Gerade als

Emma begonnen hatte, sich an die neue Situation zu gewöhnen, eröffnete ihr der Herr eines Morgens beim Frühstück, dass sie heute der versprochenen Überraschung gewahr werden sollte. Er wies sie an, nach dem Frühstück ihr Zimmer aufzusuchen und die Tür zu schließen. Er würde sie holen, wenn es so weit sei. Sie solle sich in Geduld üben und warten. Emma tat, wie ihr geheißen. Angespannt lag sie auf dem Bett. Sie war nervös und aufgeregt. Was hatte das alles zu bedeuten? Weshalb diese Umstände? Was hatte der Herr vor? Fast fürchtete sie sich ein wenig. Sie nahm Platz an ihrem Tisch und versuchte zu lesen. Doch immer wieder schweiften ihre Gedanken ab. Bald stand sie auf und begann unruhig hin und her zu gehen. Ach, hätte der Herr sie doch eingeschlossen! Es kostete sie alle Willenskraft, nicht die Tür zu öffnen. Schließlich setzte sie sich ans Fenster und ließ den Blick in die Ferne schweifen. Der Himmel zeigte sich verhangen. Die Luft draußen war drückend schwül. Emma verspürte leichte Kopfschmerzen. Sie wusste nicht, wie viel Zeit inzwischen verstrichen war. Vielleicht zwei Stunden? Oder auch drei? Sie hatte sich gerade vollkommen im Anblick des Gartens verloren, als plötzlich die Tür aufsprang. Emma erschrak beinahe zu Tode. Sie fuhr herum. Im Türrahmen stand Marlene, die sich durch Emmas Reaktion nicht aus der Ruhe bringen ließ. Sie lächelte.

»Es ist so weit. Folge mir bitte.«

Emma stand auf. Ihr wurde plötzlich schwarz vor Augen. Sie musste sich an die Tischkante klammern. Doch nach einem Augenblick hatte sie sich wieder gefangen. Marlene war bereits auf den Flur hinausgetreten. Emma lief ihr nach. Marlene führte das Mädchen zunächst hinunter ins Erdgeschoss, um dann die Kellertreppe anzusteuern. Die Treppe, eher eine Stiege, war schmal und steil. Marlene ging vor.

»Sei vorsichtig und halte dich am Geländer fest«, sagte sie, sich zu Emma umblickend. Unten angekommen, wandte sich

Marlene dem linken Gang zu. Dieser führte in einen Teil des Kellers, der Emma bisher gänzlich unbekannt geblieben war. Die Wirtschaftsräume befanden sich im rechten Bereich des Untergeschosses. Der Gang war dunkel. Einzig von der Treppe fiel ein heller Schein auf die ersten paar Meter, der jedoch schnell von der Finsternis verschluckt wurde. Marlenes Hand strich suchend über die Wand. Dieses Terrain schien ihr bekannt zu sein. Als sie den Lichtschalter gefunden hatte, erleuchteten kleine Lämpchen, links und rechts versetzt an den Wänden montiert, den Gang, von dem mehrere Türen abzweigten. Es war nicht wirklich hell, doch es reichte, um gefahrlos vorwärtszukommen. Emma wagte nicht, etwas zu fragen.

»Komm nur, komm«, lockte Marlene sie. Emma folgte ihr. Der Keller erschien ihr ungeahnt weitläufig. Nie zuvor hatte sie sich über die tatsächliche Größe des Hauses Gedanken gemacht. Ihr Herz schlug deutlich fühlbar. Unvermittelt blieb Marlene vor einer der Seitentüren stehen.

»Und Halt«, kommandierte sie, wie zu einem Pferd. Emma blieb stehen. Sie sah nur noch, wie Marlenes Hand sich zur Wand bewegte. Dann wurde es dunkel. Absolut dunkel. Vor Schreck schrie Emma auf.

»Marlene ...«, keuchte sie.

»Ruhig, Emma«, sagte Marlene, »es ist alles gut.« Emma hörte, wie ihre Begleiterin die Tür aufstieß. Nur schwerfällig drehte diese sich in den Angeln. Ihr Quietschen ging Emma durch Mark und Bein. Alles blieb nachtschwarz. Emma konnte die eigene Hand vor Augen nicht sehen. Doch mit einem Mal schlug ein greller Lichtkegel wie ein Blitz in den vor ihnen liegenden Raum ein. Ein Scheinwerfer strahlte von der gegenüberliegenden Wand hin zur Tür. Geblendet kniff Emma die Augen zusammen. Sie trat zur Seite. Als sie ihre Augen wieder geöffnet hatte, brauchte sie einen Moment, um sich zu besinnen. Sie konnte kaum fassen, was sie da sah: Neben der Lichtquelle, die ähnlich einer Camera obscura selbst im Dunkeln verschwand, stand, ebenfalls nur in Schemen sichtbar, der Herr. Grell illuminiert wurde dagegen die Mitte des Raumes. Und der Anblick, der sich Emma bot, ließ ihren Atem stocken. Von einer Vorrichtung an der Decke hing kopfüber ein menschlicher Körper, befestigt an den Fußgelenken, die von breiten Ledermanschetten umschlossen wurden. Ein schwarzer, eng anliegender Nylonanzug verhüllte den schlanken Leib. Es handelte sich eindeutig um eine Frau. Selbst das Gesicht wurde von einer schwarzen Maske aus Stoff umschlossen. Auf den Rücken waren dem Körper Flügel geschnallt: schwarze Flügel aus Federn, ein filigranes Kunstwerk, das den unwirklichen, surrealistischen Anblick noch unterstützte.

Ein schwarzer Engel, dachte Emma, *ein dunkles Wesen aus einer anderen Welt*. Traumdunkelschön – die gewöhnlichen Worte reichten nicht aus, um die Szenerie zu beschreiben. Hatte Emma nicht neulich noch von Flügeln geträumt? Vielleicht war auch das, was sie als real gegenwärtig wähnte, nur ein Traum? Emma meinte bereits, den Alb zu fühlen, der auf ihrer Schulter saß und böse Worte zischen wollte. *Oh bitte*, dachte Emma, *bitte, ich möchte erwachen.*

Der Herr hatte nicht damit gerechnet, dass die Inszenierung Emma derart verunsichern würde. Er wollte das Rätsel nun auflösen.

»Emma«, sprach er sie an, »geh zu ihr und nimm ihr die Maske ab. Es ist Zeit.«

Erst traute sich Emma nicht, doch Marlene schob sie energisch vorwärts.

»Geh«, sagte sie, »wir müssen unser Opfer endlich erlösen. Sie war so tapfer.«

Emmas Finger berührten die Maske. Sie waren eiskalt und steif vor Angst. Vorsichtig entfernte sie die elastische Umhüllung des Gesichtes. Als sie es erkannte, fiel ihr der Stoff aus der Hand. Für einen Moment setzte ihr Herzschlag aus. Sie stolperte über ihre eigenen Füße und fiel auf die Knie. Sie bemerkte nicht einmal, dass sie blutete.

»Kira«, flüsterte sie. »Kira, du bist es wirklich.«

Der Herr trat neben die beiden Mädchen. Es war in der Tat Zeit, Kira aus ihrer misslichen Lage zu befreien.

Epilog

Der Herr hatte recht behalten. Alles war anders geworden. Alles war besser geworden. Es gab keinen Unfrieden mehr im Haus und keine Einsamkeit mehr für Emma. Denn nun war Kira da. Und sie würde bleiben. Zum einen erfüllte sie Margrets frühere Aufgaben im Haushalt, aber darüber hinaus bediente sie sowohl den Herrn als auch Emma unmittelbar und in allen Bereichen – auch in jenen, die für Margret immer verschlossen geblieben waren. Die eigentliche Sklavin im Haus war nun Kira. Doch niemals würde sie Emma, da war diese sich sicher, von der Seite des Herrn verdrängen. Kira war ihr zur Gefährtin, ja zur Freundin geworden. Und obwohl sie Emma auch als Dienerin zur Verfügung zu stehen hatte, tat das der harmonischen Gemeinsamkeit keinen Abbruch.

Als der Herr mit Emma das Speisezimmer betreten wollte, öffnete ihnen Kira die Tür. Während beide hindurchschritten, blieb diese mit gesenktem Blick stehen.

»Danke, Kira«, sagte Emma. Und in Gedanken fügte sie hinzu: *Für alles.*

Die Autorin

Anouk S. wurde 1980 im Rheinland geboren und studierte Philosophie und Neuere deutsche Literatur in Berlin. Nach ihrem Magisterabschluss war sie zunächst als freie Journalistin und Autorin tätig. Zurzeit arbeitet sie an ihrer Promotion, in der sie sich wie in ihren literarischen Werken mit Phänomenen der Macht und Herrschaft auseinandersetzt.

Anouk S.
DER GEDANKE
Drei Erzählungen

ANAIS Band 10
ISBN 978-3-89602-557-9

ANAIS ist ein Label des Berliner Schwarzkopf & Schwarzkopf Verlages.

Lektorat: Victoria Groß
Titelbild: © Mayer George Vladimirovich / shutterstock.com